D'amour et de haine

La trahison

tome 2

D'amour et de haine

La trahison

tome 2

Sonia Alain

ADA éditions

Éditeur : François Doucet
Révision linguistique : Féminin pluriel
Correction d'épreuves : Nancy Coulombe, Émilie Leroux
Conception de la couverture : Mathieu C. Dandurand
Photo de la couverture : © Thinkstock
Mise en pages : Sébastien Michaud
ISBN papier 978-2-89767-608-7
ISBN PDF numérique 978-2-89767-609-4
ISBN ePub 978-2-89767-610-0
Première impression : 2016
Dépôt légal : 2016
Bibliothèque et Archives nationales du Québec
Bibliothèque et Archives Canada

Éditions AdA Inc.
1385, boul. Lionel-Boulet
Varennes (Québec) J3X 1P7, Canada
Téléphone : 450 929-0296
Télécopieur : 450 929-0220
www.ada-inc.com
info@ada-inc.com

Diffusion

Canada :	Éditions AdA Inc.
France :	D.G. Diffusion
	Z.I. des Bogues
	31750 Escalquens — France
	Téléphone : 05.61.00.09.99
Suisse :	Transat — 23.42.77.40
Belgique :	D.G. Diffusion — 05.61.00.09.99

Imprimé au Canada

Participation de la SODEC.
Nous reconnaissons l'aide financière du gouvernement du Canada par l'entremise du Fonds du livre du Canada (FLC) pour nos activités d'édition.
Gouvernement du Québec — Programme de crédit d'impôt pour l'édition de livres — Gestion SODEC.

Je dédicace ce tome tout spécialement
à mon père, Jacques Alain, et à mon frère, Éric Alain, avec
qui j'ai partagé maintes aventures en Afrique.
Merci, papa, de m'avoir permis de découvrir
le Cameroun. Merci aussi d'être toujours là et d'avoir
ouvert mes horizons.
Frérot, tu retrouveras peut-être quelques
anecdotes de notre jeunesse dans cette histoire. Qui aurait
cru que les péripéties que nous y avons vécues à l'époque
trouveraient un jour leur place dans mes romans !

Table des matières

Prologue 1
Chapitre 1 : Vers un monde nouveau 3
Chapitre 2 : Quand le passé refait surface 23
Chapitre 3 : L'affrontement 39
Chapitre 4 : Vers sa destinée 63
Chapitre 5 : Au cœur de la jungle 89
Chapitre 6 : Contre toute attente 109
Chapitre 7 : Une réalité différente 127
Chapitre 8 : Une épreuve douloureuse 153
Chapitre 9 : La mission 181
Chapitre 10 : Piège infernal 199
Chapitre 11 : Quand l'horreur se déchaîne 217
Chapitre 12 : La fuite 245
Chapitre 13 : Exil en terre étrangère 267
Chapitre 14 : Une étreinte hors du temps 287

Chapitre 15 : Nuit de passion 313

Chapitre 16 : Leurre mortel 343

Chapitre 17 : Amour et trahison 363

Chapitre 18 : Au seuil du désespoir 379

Chapitre 19 : Prisonnière 395

Chapitre 20 : La rupture 423

Épilogue 445

Remerciements

Merci de tout cœur à mon époux, Sylvain, d'être aussi compréhensif. Merci, mon amour…

Un gros merci à mes trois bêta-lectrices : Sylvianne Breton, Jessica Gagnon-René et Johanne Poitras, sans qui je n'y serais jamais arrivée. Vous vous êtes montrées à la hauteur, et je vous remercie infiniment d'avoir été en mesure de soutenir ce rythme endiablé. Malgré la contrainte du temps, vous avez consacré beaucoup d'heures à mon roman. Je vous en suis très reconnaissante ! Vous m'êtes précieuses !

Merci également à AdA pour la publication de ce nouveau volet de l'histoire d'Adélaïde et d'Aidan.

Finalement, un énorme merci aux lecteurs et lectrices qui me suivront dans ce deuxième tome. Ne soyez pas inquiets, le dernier volume est déjà en cours d'écriture. Je ne souhaite pas vous laisser trop longtemps sur votre faim.

Prologue

En 1915, l'Afrique, comme d'autres continents, était morcelée en différentes colonies. La France, la Grande-Bretagne, la Belgique, le Portugal, l'Italie ainsi que l'Allemagne étaient les puissances qui détenaient ses terres. Ces pays cherchaient à y imposer leurs visions étroites afin d'asseoir leur pouvoir, voyant dans les indigènes primitifs qui habitaient ces régions une main-d'œuvre facile d'accès et bon marché.

Les gouverneurs de ces possessions étaient chargés de missions diplomatiques et devaient maintenir l'ordre public. Ces hommes d'État y menaient souvent une existence de pacha, entourés d'une multitude de serviteurs et de plusieurs soldats fidèles à leur cause. Ils évoluaient dans un cercle restreint, où le faste et la liberté d'action contrastaient avec les coutumes plus strictes de la mère patrie.

Au début de la Première Guerre mondiale, sur les rives de l'océan Atlantique se trouvaient deux colonies d'une importance capitale : le Nigéria, qui était sous tutelle britannique, ainsi que son pays voisin, le Cameroun, appartenant à l'Allemagne. En fait, des rumeurs couraient selon lesquelles une antenne devait être érigée par les Allemands en Afrique afin de pouvoir relayer l'information entre leurs troupes et leurs quartiers généraux, ce qui risquait de s'avérer un atout majeur dans le conflit qui faisait rage.

Les soupçons de Lord Brand s'étaient portés d'emblée vers le Cameroun à la suite d'un compte rendu compromettant de l'un de ses agents de terrain. Dès lors, découvrir l'emplacement de cette future tour et empêcher sa construction se révélèrent primordial pour la coalition de la Triple-Entente, qui regroupait la France, le Royaume-Uni et la Russie. Un commando spécial britannique avec à sa tête un homme de confiance fut aussitôt affecté à cette mission.

CHAPITRE 1

Vers un monde nouveau

Adélaïde contemplait d'un air rêveur les côtes du Nigéria, qui se dessinaient à l'horizon. Elle se trouvait à bord d'un navire marchand appartenant à la compagnie londonienne Price's Candles avec son oncle et sa tante. Bizarrement, son oncle avait décidé d'endosser le rôle d'actionnaire de l'entreprise, prétextant une visite de courtoisie pour inspecter les réserves d'huile de palme qui servaient à la confection de bougies pour justifier sa présence à bord. Cependant, la réalité était tout autre. En fait, son oncle, qui venait d'être promu gouverneur de la colonie, se rendait sur place afin d'aller y occuper ses fonctions.

Elle ignorait ce qui motivait cette mascarade, mais soupçonnait que cela avait un lien avec la guerre qui sévissait à l'heure actuelle en Europe. Après tout, le pays voisin du Nigéria, le Cameroun, était sous tutelle allemande. Rien de très rassurant en soi. Sans doute son oncle préférait-il gagner le Nigéria sous couverture afin de ne pas alerter les Allemands. Sinon, ceux-ci auraient eu tous les droits dès lors de faire couler leur navire avec l'un de leurs sous-marins pour raisons militaires. C'est pourquoi il était beaucoup plus sécuritaire pour eux de voyager incognito.

Il est certain qu'il aurait été plus sage de la part de son oncle de les laisser, sa tante et elle, à Québec, mais finalement, plus aucun endroit sur cette terre n'était à l'abri de la guerre qui faisait rage. Adélaïde retint un soupir d'accablement. Le conflit qui déchirait l'Europe en ce moment affectait toutes les strates de la population partout dans le monde, et le Canada n'y échappait pas. Elle avait vu des affiches de propagande produites par le Comité de recrutement canadien-français sur les murs de la capitale nationale. Le slogan qui s'y trouvait avait enflammé l'esprit de la masse en lui faisant craindre le pire : la venue des Boches[1] pour mettre à feu et à sang le Canada, comme c'était le cas en France.

Il n'y avait aucune limite à cette campagne. Adélaïde fronça les sourcils au souvenir d'une seconde publicité plus percutante encore que les autres. Celle-ci montrait une femme tenant son enfant serré dans ses bras alors qu'elle était étendue sur le sol après avoir été abattue par un soldat allemand. Cette illustration frôlait la xénophobie selon elle. Toutefois, l'annonce remplissait son office en réveillant un sentiment de révolte chez la gent masculine. Les hommes s'étaient sentis aussitôt obligés de s'enrôler pour protéger leur famille et leurs biens, ce qui avait grossi davantage les rangs de l'armée canadienne à la base de Valcartier, à Québec. Sans parler des femmes qui avaient désiré à leur tour servir leur nation en devenant infirmières sur les fronts afin d'y soigner les soldats blessés.

Elle-même avait entamé des études dans ce sens auprès des religieuses de Québec quelques mois auparavant.

1. Nom utilisé couramment pour désigner les Allemands.

Toutefois, lorsque son oncle avait été mandaté au Nigéria pour y prendre le poste de gouverneur, elle n'avait pu résister à l'appel de cette terre sauvage. Elle ne serait peut-être pas un Oiseau bleu[2], mais elle pourrait s'avérer une aide précieuse pour la population indigène du Nigéria. Après tout, ce qu'elle avait déjà acquis comme connaissances avec les religieuses valait son pesant d'or dans une région si éloignée de toute civilisation.

De plus, retourner en Afrique la réjouissait. Elle espérait seulement que la guerre n'avait pas étendu ses tentacules jusqu'en ces lieux enchanteurs, même si elle l'appréhendait. Après tout, les Allemands occupaient une base au Cameroun, ce qui se révélerait un rappel constant de ce qui se déroulait sur le continent européen. Malgré tout ce chaos, un point demeurait non négligeable pour Adélaïde. Le fait qu'elle se retrouverait à l'autre bout du monde la mettrait en quelque sorte à l'abri de toute rencontre fortuite avec Aidan MacBain. Cette possibilité avait été sa plus grande crainte au cours des derniers mois, étant donné que son oncle et cet homme semblaient évoluer dans le même cercle restreint. Du moins pourrait-elle dormir l'esprit tranquille désormais.

En dépit de ses résolutions, un nœud se forma dans ses entrailles à la pensée d'Aidan. Pourquoi n'arrivait-elle pas à cesser de s'inquiéter pour cet Écossais ? D'humeur morose, elle repoussa avec rudesse une mèche de cheveux qui barrait son visage. Elle connaissait très bien la réponse à cette question. Le problème, c'était qu'elle était au courant de ses activités d'espionnage pour le compte du gouvernement et savait qu'il côtoyait le danger durant ses missions. Qu'était-il contraint de faire dans le cadre de cette guerre sanguinolente

2. Nom qu'on donnait aux infirmières militaires canadiennes.

qui avait déjà trop duré ? Son oncle lui en avait révélé si peu à son sujet lorsqu'elle l'avait interrogé.

Elle s'ébroua, contrariée de la tournure de ses réflexions. Fallait-il qu'elle soit idiote pour se préoccuper du sort de l'homme qui lui avait brisé le cœur ? Dieu sait qu'elle n'avait pas voulu s'attacher à lui. Malgré tout, les événements tragiques qu'ils avaient vécus ensemble avaient créé un lien entre eux. L'amour s'était ancré si profondément en elle qu'il lui était difficile de le déloger. Adélaïde détestait qu'il fût entré si brusquement dans sa vie pour l'abandonner ensuite sans aucun état d'âme ni égard pour sa personne.

À un moment, elle avait pourtant cru qu'Aidan MacBain éprouvait une affection sincère envers elle, ce qui s'était révélé des chimères au bout du compte. De plus, elle était ressortie si amère de cette rencontre que sa personnalité avait changé de manière radicale. À partir de là, elle avait pris la décision d'enfermer ses émotions à double tour dans un coffre et de jeter la clé aux oubliettes. Depuis, elle ne s'était plus laissé gouverner par ses sentiments, devenant ainsi une femme beaucoup plus austère et stoïque. Si bien qu'elle arborait désormais un chignon plus serré sur la nuque et revêtait un habillement spartiate.

Elle avait encore trop en mémoire la douleur de leur séparation sur ce quai à Québec pour se risquer de nouveau à tomber amoureuse. La déchirure avait été si vive qu'elle n'avait pas mangé pendant des jours après le départ d'Aidan, n'avait plus été que l'ombre d'elle-même des semaines entières. Elle avait tant espéré qu'il revienne sur sa décision, qu'il la choisisse, elle, à la place de ses missions, que la guérison n'en avait été que plus longue et éprouvante.

Lorsque son oncle lui avait déclaré qu'Aidan MacBain avait quitté le pays pour toujours, sans possibilité de retour, cela avait été le commencement de la fin. Elle avait touché le fond du désespoir à cette nouvelle, avait pleuré des nuits complètes jusqu'à ce qu'il n'y ait plus aucune larme en elle, s'était retranchée dans sa chambre, refusant toute présence, y compris celle, apaisante, de Charlotte. Ce n'est que beaucoup plus tard, après avoir traversé l'enfer, qu'elle avait enfin consenti à remonter la pente, à entamer ses études d'infirmière auprès des religieuses.

Les huit mois qui venaient de s'écouler s'étaient révélés un calvaire de tous les jours à plus d'un égard, davantage que l'infortune qu'elle avait subie au moment du naufrage de l'*Empress of Ireland*. Ce qui n'était pas peu dire. Il lui avait fallu une force incommensurable pour mettre cet épisode de son existence derrière elle, d'aller de l'avant. Oublier Aidan MacBain avait dès lors figuré en tête de liste dans ses priorités, mais Dieu qu'il avait été difficile de ne pas songer à lui par la suite.

S'endurcir était devenu son unique bouée de sauvetage pour continuer d'avancer. Une fois disparue la jeune lady si vulnérable, il ne restait plus dans son sillage qu'une femme inflexible. Aidan MacBain était sorti de sa vie pour toujours, et c'était beaucoup mieux ainsi en définitive.

Accoudée à la balustrade du bateau marchand, Adélaïde arrêta son regard sur le port Harcourt, qui se détachait au loin. Se décider à parcourir l'océan à bord d'un paquebot, puis à gagner le Nigéria par le golfe de Guinée sur un plus petit navire s'était révélé une épreuve qu'elle avait traversée avec succès. Elle pouvait être fière de cet exploit. Du moins, elle était dorénavant réconciliée avec sa peur de l'eau. Certes, son estomac s'était noué à certaines occasions, mais surtout à cause de sa crainte que leur bateau soit coulé par un U-boat[3] allemand, comme cela avait été le cas pour le paquebot britannique *Lusitania*[4] peu de temps auparavant. Son inquiétude était tout à fait légitime dans ces circonstances. Qu'aurait dit Aidan MacBain en la voyant ainsi, debout sur le pont d'un navire, le pied solide et le teint frais ?

Elle se sermonna aussitôt. Rien ne servait de se torturer de la sorte. Elle inspira profondément afin de chasser toute réminiscence concernant cet homme. Son avenir était devant elle, sur cette terre d'Afrique. De toute façon, il n'y avait plus rien pour elle au Canada ni en Angleterre. Le scandale qui avait été causé par la rupture de ses fiançailles avec Aidan MacBain, tout comme son séjour au pavillon le Triton Fish and Game Club avec pour seule compagnie son ancien fiancé et quatre étrangers, s'était propagé comme une traînée de poudre dans toutes les sphères de la bonne société. Elle n'était plus qu'une femme déchue aux yeux de ses semblables, et même l'arrivée de la guerre n'avait pu adoucir ce fait.

La beauté des côtes africaines était tout ce qui lui restait. Par bonheur, cette région du globe l'avait toujours attirée. C'était un endroit mystérieux et fascinant tout à la fois. Une terre ancestrale unique en son genre. Elle rêvait de s'enfoncer dans la jungle, là où son cœur pulsait en harmonie avec la forêt sauvage, vierge de toute cruauté humaine. Qui sait, peut-être demeurerait-elle sur place pour apporter son soutien dans les missions une fois que son oncle aurait terminé

3. Sous-marin allemand utilisé lors des deux guerres mondiales.

4. Paquebot transatlantique britannique torpillé et coulé le 7 mai 1915 par un sous-marin allemand. Plus de 1 200 passagers se trouvaient à bord.

son mandat de gouverneur et serait reparti vers d'autres contrées. Seul l'avenir le dirait.

La culture des Nigérians était diversifiée, colorée, ce qui lui donnait une identité à part entière qu'elle adorait. Un sourire se dessina sur ses lèvres quand elle remarqua les pirogues qui évoluaient entre les petites îles à l'intérieur des terres, progressant entre les lianes et les troncs gigantesques qui apparaissaient parfois entre les crues. Ici, il n'y avait pas de réels réseaux routiers comme en Angleterre, uniquement d'étroits chemins épars formés par le va-et-vient des hommes, terre compactée de la teinte du cuivre. Elle savait que ces chemins rudimentaires devenaient impraticables lors de la saison des pluies. Par chance, cette période était déjà passée.

Le regard d'Adélaïde se fixa de nouveau sur les rives. Elle apercevait désormais les maisons construites sur pilotis en amont, la bande de sable qui bordait le littoral et qui se perdait dans les profondeurs de l'océan. L'Afrique avait une manière bien à elle de forger les caractères, de tester les limites du corps et de l'esprit. Toutefois, Adélaïde était prête à affronter son destin.

Se détachant de sa contemplation, elle fit demi-tour afin de retourner dans sa cabine pour y terminer ses préparatifs. Étant donné la nature incertaine de leur voyage, Adélaïde avait préféré que Charlotte reste à Québec, dans la demeure de son oncle et sa tante. Sa compagne de tous les jours avait vivement protesté, mais Adélaïde s'était montrée intraitable à ce sujet. Il était hors de question que Charlotte, sa femme de chambre, l'accompagne, d'autant plus que celle-ci supportait avec difficulté la chaleur, tout comme l'humidité accablante du climat équatorial. Adélaïde pourrait très bien se débrouiller seule. De toute façon, les convenances n'avaient plus leur place en ces lieux.

Parvenue à ses quartiers, elle déposa un chapeau de toile à large bord sur sa tête, l'enfonçant pour ne pas le perdre. Puis, elle empoigna ses deux valises avant de se diriger vers le pont pour le débarquement. Elle devait y rejoindre sa famille. Être en disgrâce avait au moins l'avantage de lui laisser tout loisir de gérer sa vie à sa guise, sans aucune contrainte.

Lorsqu'elle atteignit l'endroit du rendez-vous, sa tante et son oncle s'y trouvaient déjà, ainsi que quelques soldats de l'armée britannique. Enfin, elle retrouvait la terre ferme. Elle ferma les yeux pour goûter cette nouvelle liberté. Se méprenant sur son état, Esther se pencha vers elle.

— Ma chérie, est-ce que tout va bien ? s'informa-t-elle avec préoccupation.

Adélaïde souleva ses paupières, une expression sereine sur le visage.

— Cessez de vous inquiéter pour moi, ma tante.

Esther étreignit sa main posée sur la rambarde avec tendresse.

— Les derniers mois ont été éprouvants, j'en suis consciente.

La sollicitude de sa parente toucha Adélaïde en plein cœur. Il était bon de savoir que certaines personnes tenaient toujours à elle.

— Maintenant que nous sommes de retour en Afrique, tout ira pour le mieux, déclara-t-elle avec entrain.

— Je l'espère, ma chérie ! Que Dieu m'en soit témoin ! Je l'espère…

Un bruit sourd retentit derrière elles, coupant court à leur discussion. Deux matelots venaient de faire glisser une passerelle en bois jusqu'à la terre ferme. Une fois que celle-ci fut amarrée solidement, les passagers s'avancèrent avec prudence. Il n'était jamais aisé de marcher sur un plan incliné et instable. Le mouvement oscillant de la planche sous les pieds d'Adélaïde lui arracha un grincement de dents. D'emblée, elle pressa le pas, manquant de peu de bousculer deux soldats au passage, une fois rendue sur le quai. L'un d'eux afficha une expression moqueuse qui laissa Adélaïde de marbre. Les hommes ne l'intimidaient plus. Sans nul doute celui-ci dut-il sentir son indifférence, car il se détourna aussitôt, ne lui accordant plus un seul regard.

Adélaïde en fit tout autant, préférant de loin contempler les environs. Mis à part leur petit groupe, il y avait aussi à bord du navire deux religieux de la Société des missionnaires d'Afrique. Ceux-ci avaient débarqué les premiers et se dirigeaient vers un bâtiment étroit à ciel ouvert qui servait de lieu de rencontre pour cette congrégation. L'oncle d'Adélaïde les salua de son chapeau avant de bifurquer vers le quartier général, basé un peu plus haut, à l'extérieur du secteur des quais.

Alors qu'ils traversaient tous les trois une rue particulièrement bondée à cette heure par les indigènes vaquant pieds nus à leurs tâches, un homme les interpella pour les avertir de s'écarter. Adélaïde écarquilla les yeux, ébahie, lorsqu'un étranger assis sur un tricycle à voile les dépassa à toute vitesse. Il était suivi par une ribambelle d'enfants bruyants qui riaient aux éclats. Leur bonne humeur était si contagieuse qu'Adélaïde s'esclaffa à son tour. Surprise, Esther se retourna vers elle d'un mouvement fluide. Il y avait belle lurette qu'elle n'avait pas entendu sa nièce rire de la sorte. Sous le coup de l'émotion, elle porta son attention sur son époux. Henry n'avait pas manqué non plus de noter le changement qui venait de s'opérer chez Adélaïde. Peut-être qu'après tout, ce voyage n'était pas une si mauvaise décision, même s'il avait été réticent au début à les laisser toutes deux l'accompagner dans ce périple à cause des menaces de la guerre.

D'humeur plus joyeuse, Adélaïde jeta un regard neuf sur ce qui l'entourait. Plus que jamais, elle était reconnaissante de son retour en terre africaine. C'était ce dont elle avait besoin pour entamer un nouveau chapitre de sa vie. Tout en parcourant des yeux le marché qui se déployait à ses pieds, elle sentit sa détermination se raffermir, les carcans qui avaient oppressé son existence jusqu'à ce jour se desserrer. Ici, les femmes se promenaient les seins nus. Elle se souvenait que cette vision l'avait choquée à l'époque, lors de son premier passage, mais c'était différent aujourd'hui ; elle n'était plus aussi prude. C'était un comportement si naturel chez ce peuple qu'elle ne pouvait s'en offusquer.

En revanche, ce qui la dérangeait le plus, c'était la présence de soldats britanniques qui s'affichaient ouvertement avec certaines de ces femmes, d'autant plus lorsque celles-ci tenaient un enfant mulâtre entre leurs bras. Non que le métissage entre les indigènes et les Européens la troublait. Après tout, les Nigérianes valaient tout autant que les Britanniques à ses yeux. Là n'était pas la question. Ce qui la perturbait, c'était que ces hommes utilisaient les malheureuses pour assouvir leurs besoins primaires, sans égard pour leur condition ni même sans se soucier du risque de concevoir un bébé.

Adélaïde savait pertinemment qu'à la fin de la guerre, les soldats retourneraient chez eux, laissant derrière ces pauvresses et leur progéniture. Aucun soldat ne désirerait s'empêtrer d'un bâtard mulâtre, encore moins d'une mère indigène. Au contraire, il était plus probable que ceux-ci oublieraient jusqu'à leur existence une fois qu'ils seraient repartis. Quelle serait dès lors la place de ces petits êtres à demi anglais et à demi nigérians ? Il y avait fort à parier qu'ils seraient rejetés par leurs pairs. Adélaïde serra les poings à ce constat injuste alors que son humeur s'assombrissait de nouveau. Elle ne pouvait rien y faire, pas plus que son oncle au demeurant. Tout comme ils étaient impuissants devant l'exploitation des ressources du pays par les Blancs. D'ailleurs, pour confirmer ses dires, elle aperçut plus bas dans le port une colonne d'hommes à la peau noire comme l'ébène qui transportaient sur leurs épaules de lourds ballots. Ils se dirigeaient vers un bateau militaire amarré au quai afin d'en charger les cales de charbon provenant des mines d'Enugu, qui se trouvaient un peu plus au nord. Elle n'était pas sans savoir que ces Nigérians iraient grossir les rangs de l'armée sur le front en Europe une fois cette sale besogne accomplie.

Pourtant, les colons étaient censés être sur place pour venir en aide aux indigènes, les civiliser afin d'améliorer leur qualité de vie, mais était-ce le cas ? Ce peuple vivait très bien avant l'arrivée des Blancs, cette race qui se proclamait supérieure à eux. Après tout, les Britanniques n'avaient-ils pas contaminé la population locale avec leurs maladies ainsi que leurs progrès techniques ? Sans parler de la guerre, que les siens avaient transportée dans cette partie du globe. Il était à prévoir que les Nigérians seraient les premiers à en souffrir, surtout avec l'armée allemande à leur frontière.

Adélaïde n'était pas aveugle. La raison qui justifiait la présence des Britanniques en sol africain, tout comme celle des Français, des Allemands et des Belges, était plus prosaïque que l'aide humanitaire. C'était une question économique, d'extension territoriale. Ici, les aventuriers, tout comme l'armée, régnaient en maître. Il y avait très peu d'espace pour les idéalistes et les missionnaires.

Elle ignorait quel était le rôle exact de son oncle dans cet échiquier malsain. Serait-il un pantin entre les mains de hauts dirigeants, ou bien exercerait-il vraiment son devoir avec équité ? En temps normal, cette fonction impliquait qu'il serait à la tête du contingent d'armée basé sur place, tout comme du pays, pour le compte de Sa Majesté. Serait-ce la même chose, étant donné qu'ils étaient en temps de guerre ? Si c'était le cas, cette responsabilité pouvait se révéler des plus ardues, car gouverner une colonie entière alors que l'Angleterre se trouvait si loin représentait un lourd fardeau.

Elle fronça les sourcils à toute ses pensées. Son oncle, qui venait de se tourner dans sa direction, afficha une expression soucieuse.

— Qu'est-ce qui vous tracasse tout à coup, mon petit ?

Adélaïde le fixa franchement avant de se résoudre à parler.

— Quel est le but exact de votre présence ici, mon oncle ?

Henry toussota pour dissimuler son embarras vis-à-vis de cette question pour le moins directe. Il aurait dû se douter que sa nièce verrait au-delà des apparences. Elle avait trop longtemps côtoyé la réalité plus funeste de son monde en présence d'Aidan MacBain pour demeurer crédule. Il se racla la gorge, signe qu'il cherchait ses mots. Adélaïde comprit d'emblée que davantage qu'une simple aide humanitaire se cachait sous ce poste de gouverneur.

— Cette affectation est reliée à la guerre, n'est-ce pas? poursuivit-elle sans détour.

Henry acquiesça de la tête dans un soupir las, sachant d'avance qu'il ne lui servirait à rien de le nier. Adélaïde était beaucoup trop vive d'esprit pour qu'il pense la berner. De plus, lui-même commençait à se sentir trop avancé en âge pour assumer ce genre de responsabilité. Une petite retraite dans le Yorkshire en compagnie de son épouse, à occuper ses journées à jardiner, serait la bienvenue. Sauf qu'il y avait cette guerre qui n'en finissait plus. Sa mission au Nigéria était d'une importance capitale; elle pourrait changer en grande partie l'issue de ce conflit.

Désireux de rassurer sa nièce, Henry s'empara de l'une de ses mains, qu'il serra avec affection.

— Tout ira bien, mon enfant! Ne soyez pas si inquiète pour votre vieil oncle, lâcha-t-il avec humour pour lui faire oublier ses soucis.

Un sourire mitigé ourla les lèvres d'Adélaïde. Elle était consciente que son oncle tentait d'apaiser ses appréhensions, sauf qu'elle apercevait cette lueur d'incertitude dans son regard qui ne la trompait guère.

Henry eut un pincement au cœur. S'il n'y prenait pas garde, elle finirait par découvrir le secret qu'il gardait pour lui seul. Même sa tendre épouse, Esther, ignorait tout de l'ampleur de l'information qu'il détenait, et c'était préférable ainsi. Voulant éviter toute autre question embarrassante, il fit signe à sa nièce de poursuivre sa route, puis lui emboîta le pas.

Adélaïde remonta d'un pas décidé le couloir qui menait au bureau de son oncle. Cela faisait déjà une semaine qu'ils étaient de retour en terre africaine, et elle n'en pouvait plus de tourner en rond. Elle avait besoin de bouger, de se meubler l'esprit. Sa tante était trop accaparée dans l'immédiat avec la supervision de leur installation provisoire, alors que son oncle semblait débordé de travail, pire, il avait constamment le front barré d'un pli soucieux.

Elle aurait bien volontiers occupé son temps à l'hôpital de fortune de la mission du village, mais les religieux sur place refusaient sa présence à cause de son statut de femme.

Frustrée d'être contrainte en quelque sorte à l'inertie, elle avait réfléchi à la question avec soin avant de prendre une décision. Sauf que pour mener à terme le projet qu'elle avait en tête, il lui fallait le soutien incontestable de son oncle. C'est pourquoi elle se dirigeait vers son bureau de si bon matin. En atteignant la porte communicante qui reliait la salle de séjour familiale à l'espace de travail de celui-ci, elle se secoua pour se donner du courage, puis frappa trois coups vifs contre le panneau de bois.

Un raclement de chaise sur le sol se fit entendre, suivi de pas lourds. Le battant s'ouvrit sur la silhouette de son oncle. Adélaïde lui sourit tout en lançant un regard succinct dans la pièce afin de s'assurer qu'il était seul. Sa curiosité n'échappa pas à celui-ci.

— Que puis-je faire pour vous, mon petit ?

Adélaïde ramena son attention sur son oncle, puis croisa sagement ses mains devant elle dans les plis de sa jupe.

— Je sais que votre temps est précieux, mon oncle, cependant, j'aimerais que vous m'accordiez quelques minutes si cela vous est possible, lâcha-t-elle d'un trait avant de changer d'idée.

Ce qu'elle s'apprêtait à demander était peu orthodoxe, elle en était tout à fait consciente. Henry releva un sourcil intrigué avant de s'écarter pour lui permettre d'entrer. Sa nièce semblait nerveuse tout à coup. Sa curiosité fut immédiatement éveillée. Impassible, il la laissa prendre place sur une chaise, puis s'assit à son tour derrière son bureau.

Calé dans son siège, il demeura silencieux, attentif à la moindre émotion qui transparaissait sur le visage de sa nièce.

— Qu'est-ce qui vous préoccupe, mon enfant ?

La sollicitude dans la voix de son parent apaisa d'emblée l'anxiété d'Adélaïde.

— Je… Enfin, je songe à adjoindre une aile à la mission du port afin de venir en aide aux femmes démunies de la région. En particulier aux mères de mulâtres.

— Je vois, fit Henry en s'avançant sur sa chaise.

Un silence soutenu s'installa dans la pièce, rompu par le tambourinement des doigts de Henry sur son bureau.

— C'est un projet risqué, commença-t-il avec prudence. Vous êtes consciente que la population indigène rejette ces enfants métissés.

— Je suis instruite de ce point. C'est pourquoi j'aimerais ouvrir ce pavillon. Je désire offrir une chance à ces gamins.

— Quelle chance, mon petit ?

— Celle de pouvoir redresser la tête, d'être fier de leur origine et surtout d'avoir accès à une certaine éducation afin de leur assurer un avenir meilleur. C'est ce à quoi ils auraient droit en Angleterre si leur peau n'avait pas cette teinte chocolatée.

— Certes, vous n'avez pas tort. Mais même si je vous octroyais cette permission, il y aurait une multitude d'embûches auxquelles il vous faudrait faire face.

— J'en suis consciente, mon oncle. Toutefois, ce projet me tient à cœur !

— Je n'en doute pas ! C'est pourquoi je vais y songer avec sérieux. Accordez-moi quelques jours de réflexion.

Adélaïde fut si émue qu'elle dut baisser la tête pour ne pas laisser transparaître son trouble. Elle avait tant redouté une fin de non-recevoir.

Henry lui tendit un mouchoir, attendri par le tableau qu'elle offrait. Sa nièce arborait à toute heure du jour un masque d'assurance qui cachait des blessures toujours présentes en elle. Son épouse, Esther, croyait que la petite s'était remise des ravages causés par le départ de MacBain, mais lui devinait qu'il n'en était rien. Adélaïde pouvait se mentir à elle-même, tromper son entourage, il voyait bien que ce n'était qu'une façade. Tout comme Aidan MacBain, elle tournait en rond tel un animal pris en cage. Elle se montrait d'humeur changeante, alors qu'Aidan devenait irascible, comme si une épine s'était fichée sous l'un de ses pieds.

Adélaïde ignorait que son ancien fiancé œuvrait encore sous le commandement de Henry. Une information qu'il s'était gardé de partager, même avec son épouse chérie. Si c'était de son ressort, ni Aidan MacBain ni sa nièce ne seraient informés qu'à peine quelques lieues les séparaient l'un de l'autre. Sauf qu'il savait pertinemment que le destin avait parfois une façon bien à lui de se jouer de la vie d'autrui.

Adélaïde releva la tête, consciente tout à coup du mutisme prolongé de son oncle. Elle crut percevoir une lueur de tristesse dans son regard, mais ce fut si bref qu'elle pensa avoir rêvé.

— Désiriez-vous discuter d'un second point, mon petit ?

La jeune femme se mordit la lèvre, soudain moins assurée. Il y avait un deuxième sujet qu'elle souhaitait aborder avec lui, mais elle appréhendait sa réaction. Redressant les épaules, elle se jeta néanmoins à l'eau.

— J'aimerais beaucoup avoir la possibilité de parfaire mon entraînement au tir, lâcha-t-elle à la hâte.

Avant que Henry puisse placer un mot, elle continua sur sa lancée.

— Je sais que cette requête peut paraître excentrique, mais dans le contexte actuel…

— Mon enfant, la coupa son oncle en levant la main pour arrêter son flot de paroles. J'acquiesce à votre demande !

Adélaïde ouvrit la bouche pour parler, puis la referma, trop sidérée. Elle s'était préparée à devoir argumenter avec ferveur pour débattre de son point de vue, et voilà que son oncle acceptait sans même sourciller. Henry qui lisait en elle comme dans un livre afficha un sourire indulgent.

— Nous vivons dans une contrée sauvage, sans parler de la guerre qui fait rage. Je serais plus rassuré si je vous savais apte à vous défendre, surtout avec les Allemands à nos portes.

— Merci, mon oncle, répondit Adélaïde, la gorge étreinte par l'émotion.

Un air mystérieux se peignit sur le visage de Henry. Sans dire un mot, il ouvrit le dernier tiroir de droite de sa table de travail, en sortit un pistolet de pointe rangé dans son étui, ainsi qu'une boîte de munitions. Il déposa l'ensemble sur le dessus de son bureau, l'expression empreinte de gravité.

— Elle est à vous. Soyez prudente avec cette arme, car son utilisation est fort différente des fusils de chasse auxquels vous êtes habituée.

Adélaïde prit l'arme entre ses mains sur son invitation silencieuse, la soupesa. Elle avait déjà abattu des animaux sauvages lors de parties de chasse au club sous la directive des deux guides amérindiens, mais qu'en serait-il d'un homme ? Aurait-elle le courage d'enlever la vie à un être humain, fût-il son ennemi, même si c'était pour protéger sa propre existence ou celle de sa famille ? Elle l'ignorait.

Elle déglutit avec peine. Elle avait encore en mémoire la douleur ressentie lorsque la balle avait traversé son épaule le soir de son sauvetage à la grange de l'anse des Morts. D'ailleurs, à la suite de la cautérisation effectuée par Aidan MacBain, elle gardait une cicatrice disgracieuse sur sa peau claire. Ce souvenir réveilla un amalgame d'émotions en elle, la secouant. Elle inspira bruyamment.

— Je ferai attention, lâcha-t-elle d'une voix hachée.

— Je n'en doute pas !

— Merci, mon oncle !

— Ne me remerciez pas trop vite, mon enfant. L'entraînement qui vous attend avec le capitaine Seymour ne sera pas de tout repos.

Adélaïde afficha une mine abasourdie en entendant le nom du capitaine chargé de son apprentissage. C'était le meilleur tireur de la garnison. Comment diable son oncle avait-il pu prendre toutes ces dispositions sans connaître ses désirs ? Sans doute son interrogation dut-elle se lire dans son regard, car une expression amusée apparut sur le visage de son oncle.

— Depuis trois jours déjà, je vous vois tourner autour du champ de tir. Étant donné que j'étais certain que vous n'étiez pas là ni par hasard ni pour les beaux atours des jeunes hommes présents, j'en ai déduit que vous souhaitiez peut-être vous exercer.

Adélaïde était si étonnée qu'elle ne sut quoi dire. Était-elle si transparente ?

— Je suis conscient que les épreuves que vous avez traversées ont laissé des marques profondes en vous. Je comprends plus que vous ne le croyez votre volonté de vouloir assurer votre protection. Si vous le désirez, je peux également demander au lieutenant Maskell de vous enseigner quelques rudiments de défense.

Des larmes montèrent aux yeux d'Adélaïde. Son oncle faisait preuve d'une générosité sans égale à son égard. Bouleversée au-delà des mots, elle déposa l'arme sur le bureau, puis courut se jeter dans ses bras.

Henry tapota son dos avec maladresse pour la réconforter tout en se raclant la gorge.

— Allez ! Allez ! Nul besoin de vous mettre dans tous ces états ! Séchez ces pleurs avant d'alerter votre tante, déclara-t-il d'une voix bourrue.

Adélaïde éclata de rire à travers ses larmes. Elle ne se laissa pas tromper par l'attitude de son oncle. Elle le savait aussi ému qu'elle.

— Merci ! murmura-t-elle de nouveau contre le tissu rêche de sa veste.

– Trêve de balivernes! Il me faut retourner à mon travail maintenant. Quant à vous, jeune femme, vous pouvez rejoindre votre instructeur pour votre première leçon.

Adélaïde s'écarta, un sourire radieux sur les lèvres. C'est d'une main quelque peu tremblante qu'elle s'empara de l'étui de cuir. Puis, elle adressa un regard reconnaissant à son oncle avant de sortir de la pièce.

Henry poussa un bruyant soupir après son départ. Il espérait ne pas avoir commis d'erreur en l'autorisant à suivre ces cours. S'il devait arriver malheur à la petite, Esther ne manquerait pas de le lui reprocher. Une brève pensée plus dérangeante encore traversa son esprit. Aidan MacBain n'appréciait pas non plus sa décision s'il venait à l'apprendre…

CHAPITRE 2

Quand le passé refait surface

Adélaïde revenait de l'une de ses séances de tir avec le capitaine Seymour. Elle s'exerçait depuis deux semaines déjà et parvenait désormais à toucher une cible à bonne distance, ce dont elle était fière. Du moins y avait-il du progrès dans ce domaine, car il en était différemment pour ses séances d'entraînement avec le lieutenant Maskell. Celles-ci se révélaient beaucoup plus ardues et fort déplaisantes. Malgré toute sa bonne volonté, elle ne progressait pas autant qu'elle l'aurait désiré. Le problème, c'était que le lieutenant était plus costaud qu'elle ; par conséquent, elle n'était pas assez habile pour se libérer de ses prises. De plus, l'homme ne faisait preuve d'aucune pitié, se montrant plutôt brusque et déloyal.

Plus d'une fois, elle avait mordu la poussière par sa faute. Il n'était pas heureux de devoir se soumettre à ces séances et l'affichait ostensiblement, une expression cynique sur le visage. Elle aurait pu s'en plaindre à son oncle, sauf que l'étroitesse d'esprit de ce rustre ne la dérangeait pas outre mesure. Au contraire, l'intransigeance de celui-ci la stimulait. Il était hors de question pour elle de se laisser rembarrer par ce malotru.

Un grognement peu féminin franchit ses lèvres. Elle en était quitte pour quelques bleus encore ainsi qu'une épaule endolorie. Elle frotta la partie sensible de son bras, fit jouer ses muscles pour tenter d'apaiser la douleur. Les hommes et leur orgueil mal placé, songea-t-elle avec dérision.

Elle s'engouffra dans la demeure de son oncle d'un pas vif, son dernier affrontement avec le lieutenant Maskell obnubilant ses pensées. Elle venait tout juste de pénétrer dans la bibliothèque dans le but d'aller y chercher un livre lorsqu'une voix gutturale, précédée d'un chahut dans le vestibule, attira son attention. Faisant volte-face, elle passa la tête dans l'entrebâillement et aperçut le capitaine du régiment au garde-à-vous dans l'entrée. Le soldat s'adressait au majordome, qui l'avait accueilli dans le hall.

— Je dois voir le gouverneur, c'est urgent, déclara le nouveau venu.

Adélaïde fronça les sourcils. Des gouttes de sueur perlaient au front du capitaine, son visage était rouge, son souffle haché comme s'il avait couru sur une longue distance.

Alerté à son tour par le tapage, Henry sortit de son bureau par la porte communiquant avec la salle familiale de la maison.

— Que se passe-t-il ? s'informa-t-il non sans une certaine impatience.

— Gouverneur, nous venons de recevoir un message des plus inquiétant concernant la mission du major MacBain.

À ces mots, Adélaïde plaqua une main sur sa bouche pour étouffer un cri de surprise. Quant à son oncle, il s'était raidi de façon notable.

— Pas ici, capitaine ! lâcha-t-il d'un ton brusque.

Il jeta un regard prudent aux alentours. Adélaïde s'empressa de se dissimuler derrière le battant pour ne pas être repérée.

— Suivez-moi dans mon bureau, poursuivit Henry en tournant les talons.

En entendant les pas décroître, Adélaïde risqua un nouveau coup d'œil dans l'entrée. La voie était libre. Elle sortit, puis s'engagea à son tour dans le couloir qui menait à la salle familiale, le cœur au bord des lèvres. Elle n'avait pas l'habitude de se mêler des affaires d'État que son oncle gérait. Sauf que le capitaine avait parlé d'un major MacBain, ce qui n'avait pas manqué de l'alerter, tout comme l'urgence dans sa voix. Quelles étaient les chances que ce major et son ancien fiancé ne fassent qu'une seule et même personne ? Très élevées, si elle prenait en compte qu'elle n'avait plus entendu mentionner ce nom de famille par la suite dans l'entourage de son oncle. Elle se tordit les doigts sous le coup de l'émotion.

Elle avait agi par impulsion, mais maintenant qu'elle se retrouvait au seuil de la porte laissée entrouverte par habitude par son oncle, elle était gagnée par un sentiment inconfortable. C'était inconvenant de sa part. Bourrelée de remords, elle se mordit la lèvre inférieure, prise de doutes. Elle en était toujours à se demander quelle attitude adopter quand son oncle se décida à parler.

— Que signifie cette histoire, capitaine ? questionna-t-il sans ambages.

La note de préoccupation qu'Adélaïde perçut chez lui la cloua aussitôt sur place. Quelle bêtise s'apprêtait-elle à commettre ? Son oncle avait une totale confiance en elle ; malgré cela, elle était sur le point de briser ce lien de loyauté. Elle se massa le front, en proie à une agitation profonde. Elle se sentait honteuse de son indiscrétion, mais d'un autre côté, elle ne pouvait s'empêcher de chercher à découvrir si cette situation concernait Aidan MacBain. Elle se réprimanda d'emblée. Si par malheur c'était le cas, voulait-elle vraiment être de nouveau entraînée dans cet univers malsain ? Ce domaine appartenait aux hommes. De plus, pour rien au monde elle ne souhaitait revivre les événements survenus à Métis. Pourtant, une force incontrôlable soudait ses pieds au sol.

— C'est au sujet de l'agente qui devait escorter le major MacBain dans sa mission au Cameroun. Elle a été retrouvée morte dans sa chambre à Londres.

— Quoi ? s'étrangla Henry. Comment est-ce possible ? Son identité n'était connue que d'une poignée d'élus.

— Apparemment, il y a eu une fuite au sein de notre groupe, répondit le capitaine en secouant la tête avec accablement.

Adélaïde porta une main à sa gorge, le cœur en déroute. « Dieu du ciel ! » songea-t-elle avec horreur. Fermant les yeux, elle pria pour l'âme de la malheureuse. Toute cette histoire comportait des éléments névralgiques qu'elle n'était pas censée entendre. Elle pourrait être traduite en justice pour une telle indiscrétion. L'armée ne tolérait pas que ses secrets soient éventés.

Elle déglutit avec peine en clignant des paupières, comme hébétée. Elle devait partir avant d'être découverte. « Au diable ce major MacBain ! » Elle ne souhaitait plus tremper dans ce genre d'intrigue de toute façon.

— Enfer et damnation ! Nous n'arriverons jamais à trouver un substitut, le temps nous manque ! C'est une catastrophe ! déclara Henry, anéanti.

— Que devons-nous faire dans ce cas ?

— Il faut prévenir le major MacBain, faire avorter cette mission.

— Mais… Que vont devenir nos hommes et ceux de nos alliés sur le terrain ? s'informa le capitaine, au comble de la consternation.

Adélaïde fut parcourue d'un frisson glacial à l'énoncé de ces paroles. Incapable de quitter les lieux dorénavant, elle tendit l'oreille, aux aguets.

— Que voulez-vous que nous fassions, capitaine ? Nous n'avons aucune solution de rechange. Cette femme était notre unique moyen d'avoir accès aux quartiers généraux des Allemands.

— Il doit bien y avoir une autre agente pour la remplacer.

— Cette option aurait été possible si nous disposions de davantage de temps. Cette agente devait arriver au Nigéria dans les jours à venir. Bon sang ! Pourquoi personne ne s'est-il rendu compte de son absence avant ? s'emporta Henry.

Le coup de poing que son oncle abattit sur le dessus de son bureau fit sursauter Adélaïde, manquant de peu de lui arracher un hoquet de stupeur. Par bonheur, elle réussit à le contenir.

— Ses supérieurs la croyaient en chemin pour le Nigéria. C'est à cause de l'odeur de décomposition qui se dégageait de sa chambre que la vérité fut découverte. Une corde enserrait son cou. Selon toute vraisemblance, elle aurait été attaquée par surprise durant son sommeil.

— Seigneur Dieu ! souffla Henry en se laissant tomber lourdement dans son fauteuil.

Tuer un homme de sang-froid était déjà horrible. Le faire lorsqu'il s'agissait d'une femme dénotait un esprit calculateur et froid.

— Le général Jäger doit gagner le Cameroun dans une dizaine de jours tout au plus selon nos sources. La mission du major MacBain devait s'effectuer avant son arrivée, déclara Henry, désespéré.

Il secoua la tête avec affliction, ne parvenant pas à croire à ce coup du sort et ne voyant surtout aucune issue à cette tragédie.

— Capitaine, retournez à votre poste. En sortant, veuillez aviser mon secrétaire que je ne désire pas être dérangé dans l'heure qui vient. J'ai besoin d'un peu de tranquillité pour réfléchir à ce désastre.

Le capitaine salua son supérieur avant de quitter les lieux par une seconde porte. Ce n'est qu'après avoir entendu le battant se refermer derrière le visiteur qu'Adélaïde se hasarda à glisser un coup d'œil dans le bureau de son oncle.

Le spectacle qu'elle découvrit l'attrista. Son oncle avait les coudes appuyés sur sa table de travail, le visage enfoui dans ses mains et les épaules voûtées par le poids de l'accablement. Adélaïde se sentait navrée pour lui. Agitée par l'incertitude, elle s'avança dans la pièce d'un pas hésitant.

— Mon oncle… chuchota-t-elle à mi-chemin.

Henry sourcilla. Il était si absorbé par son problème qu'il n'avait pas entendu sa nièce s'approcher.

— Mon petit, que faites-vous ici ?

— Je suis désolée, mon oncle, commença-t-elle avec embarras. Je n'ai pas pu m'empêcher d'écouter votre discussion avec le capitaine, avoua-t-elle, contrite.

Henry poussa un soupir affligé. Il était harassé, n'arrivait pas à se figurer comment sortir de cette impasse. Adélaïde vint se poster à sa droite, déposa une main sur son avant-bras en guise de réconfort. Son oncle paraissait avoir vieilli de dix ans.

— Désirez-vous que je fasse venir ma tante ? s'informa-t-elle.

— Surtout pas, mon enfant ! Je ne voudrais pas qu'elle se tracasse.

— Puis-je faire quelque chose pour vous aider ?

Henry pressa ses doigts avec tendresse avant de secouer la tête.

— Les tourments qui m'affligent ne sont pas de votre ressort, mon petit.

Il redressa les épaules afin de se reprendre.

— Retournez à vos activités, ne vous inquiétez pas pour moi !

Ainsi congédiée, Adélaïde lui adressa un sourire vacillant avant de regagner la porte. Tout en marchant, elle tritura sa jupe. Arrivée devant le battant, elle s'immobilisa, la main sur la poignée. Henry, qui l'avait déjà oubliée, fixait ses jointures pliées d'un regard vide.

— Par tous les saints ! marmonna-t-il pour lui-même. Où suis-je censé dénicher une jeune blanche parlant l'allemand avec aisance dans ces lieux à l'écart de toute civilisation ?

Les paroles de son oncle frappèrent Adélaïde avec la force d'un coup de massue. Une sueur froide coula dans son dos. Elle connaissait une personne correspondant à ces critères ; seulement, elle était tétanisée à l'idée de ce que cela signifiait pour elle. Son souffle se bloqua dans sa gorge, ses paumes devinrent moites. Envisageait-elle avec sérieux de se jeter dans la fosse aux lions ?

Malgré elle, Adélaïde se trouvait à la croisée de deux chemins : soit elle passait le seuil de cette porte et retrouvait son petit univers douillet, soit elle se retournait et plongeait tout droit dans l'enfer. Elle ne devait pas se leurrer. Son oncle n'avait pas l'habitude de se mettre dans un tel état pour des pacotilles. La situation devait être catastrophique pour l'ébranler autant.

Elle ne devait pas oublier non plus un détail d'importance : le major MacBain était peut-être Aidan MacBain, son ancien fiancé, l'homme qui lui avait brisé le cœur. À cette seule perspective, elle fut sur le point de prendre ses jambes à son cou. Au lieu de quoi elle inspira plusieurs fois de suite dans une vaine tentative de se calmer. Elle chercha à analyser les événements d'un œil dénué de toute émotion. S'il s'agissait d'Aidan MacBain, elle devait reconnaître, même si cela ne l'enchantait guère, qu'il était l'homme de la situation. Il ne manquait pas de ressources, en plus d'être un combattant aguerri ainsi qu'un tacticien remarquable. Elle était bien placée pour le savoir. Dans ce cas, devait-elle laisser son ressentiment pour lui l'aveugler si elle pouvait s'avérer utile pour son pays ? Après tout, elle avait souhaité s'enrôler dans l'armée du Canada comme infirmière pour venir en aide aux soldats blessés dans les tranchées, avant son départ pour le Nigéria.

Toutefois, une petite voix à l'intérieur d'elle l'adjurait de poursuivre son chemin, de ne pas s'aventurer sur cette voie hasardeuse, sinon elle risquerait de le regretter. Elle serra la poignée dans sa main, le cœur en déroute. Elle avait l'impression de se tenir en équilibre précaire au bord d'un précipice. Elle appuya son front contre le battant de bois. À quoi bon tergiverser, puisqu'elle savait qu'elle ne serait plus capable de se regarder en face si elle permettait à ses craintes de prendre le dessus sur son devoir ?

— Mon oncle, lâcha-t-elle d'une voix étranglée en se retournant d'un bloc.

Henry redressa la tête, la fixa pendant quelques secondes sans réellement la voir. Puis, il fronça les sourcils en prenant conscience qu'elle n'était pas partie. Adélaïde revint auprès de lui sans lui laisser le temps de reprendre ses esprits.

— Je connais une jeune personne qui parle l'allemand sans aucun accent… commença-t-elle d'un ton chevrotant.

Le froncement de sourcils de Henry s'accentua davantage. Il n'aimait pas la tournure que prenait cette discussion. Adélaïde raidit le dos, avant d'affermir sa voix.

— Moi… déclara-t-elle dans un souffle.

Henry se leva aussitôt, couvrit la distance qui les séparait à grandes enjambées. Parvenu à sa hauteur, il étreignit sa nièce par les épaules avec une force surprenante pour son âge.

— J'ignore ce que vous avez saisi de notre conversation, mon enfant, mais j'exige que vous oubliiez toute cette histoire sur-le-champ. Votre tante tomberait en pâmoison si elle vous entendait vous exprimer de la sorte.

Adélaïde ne se laissa pas démonter pour autant. Elle savait que seule l'inquiétude motivait la réponse de son oncle.

— Si je n'étais pas votre nièce, est-ce que vous prendriez ma candidature en considération ?

— Par tous les saints du ciel, mon enfant! Avez-vous la moindre idée de l'ampleur de cette mission, du risque qui s'y rattache?

— J'en ai compris suffisamment pour deviner que nos hommes sont en danger si votre plan avorte et qu'il ne peut être mené à bien sans le concours de cette agente décédée.

— Sacrebleu! s'emporta Henry.

Celui-ci la relâcha abruptement avant de faire les cent pas dans la pièce. Il ne pouvait pas en son âme et conscience mêler sa nièce à cette histoire sordide. Consciente qu'il avait dévié de sa question, Adélaïde revint à la charge.

— Mon oncle, qu'auriez-vous répondu si je n'étais pas votre nièce?

— Qu'est-ce que vous croyez? s'écria Henry en levant les bras en l'air avec agitation. Pensez-vous au calvaire que vous nous feriez endurer, à votre tante et moi, si j'acceptais votre proposition?

Adélaïde s'obligea à demeurer posée, à ne pas fuir devant l'affolement qu'elle entrevoyait dans le regard de son oncle. À ce rythme, elle risquait de manquer de volonté. Prenant son courage à deux mains, elle redressa les épaules.

— Quelle est la nature réelle du danger qu'encourent les soldats britanniques et ceux de nos alliés si cette mission échoue?

Comme Henry restait silencieux, Adélaïde insista.

— Mon oncle, je dois savoir!

Henry revint vers elle. Il devinait qu'elle cherchait à le pousser dans ses derniers retranchements. Elle connaissait bien son dévouement envers sa patrie.

— En plusieurs milliers de morts…

Adélaïde tressaillit. « Seigneur ! » C'était plus désastreux encore qu'elle l'avait imaginé. À la lumière de cette information, elle ne pouvait plus reculer. Tout en levant le menton, elle soutint avec détermination son regard sans broncher.

— Il serait inadmissible dans ce cas de rejeter mon concours !

Henry courba l'échine. Il se massa le front, en proie aux pires tourments. Sa fibre patriotique lui recommandait d'accepter, mais l'amour paternel qu'il lui portait lui enjoignait de refuser.

— Est-ce que le major censé mener cette mission est Aidan MacBain ? demanda Adélaïde d'une voix éteinte.

Henry eut un rire de dérision. Décidément, sa nièce était plus maligne qu'elle le laissait paraître. Acculé au pied du mur, il choisit de jouer franc jeu. Que Dieu lui vienne en aide, car il n'était pas loin d'envisager cette option avec sérieux.

— Oui ! Le major MacBain est l'homme avec qui vous étiez fiancée.

Adélaïde encaissa le choc avant de réagir. Même si elle s'était préparée à cette éventualité, l'impact sur son cœur n'en était pas moins catastrophique. Elle secoua la tête légèrement, puis ferma les yeux un bref moment afin de se reprendre.

— Dans ce cas, vous ne pourriez pas rêver de meilleur gardien pour assurer ma sécurité. Monsieur MacBain a prouvé à maintes reprises par le passé qu'il était apte à cette tâche. Il ne faillira pas à son devoir, quoi qu'il lui en coûte…

— Il n'acceptera jamais ce choix !

— Il le fera si c'est un ordre qui vient du haut commandement. Si j'ai appris une chose sur le major MacBain, c'est qu'il exécute les directives de ses supérieurs à la lettre. Rien d'autre ne compte à ses yeux, déclara-t-elle avec amertume.

— C'est là que vous vous trompez, mon petit ! Dès que vous êtes concernée, plus rien n'a d'importance pour MacBain.

Adélaïde aurait voulu se moquer de cette affirmation ; pourtant, elle en fut incapable. Peut-être que son oncle disait vrai dans une certaine mesure, mais elle savait pour sa part qu'il ne tenait pas assez à elle pour tout abandonner. C'est pourquoi il lui fallait d'abord et avant tout maintenir ses sentiments à l'abri de la tourmente à venir. Si elle s'engageait dans cette mission, elle le ferait avec détachement. Il lui faudrait demeurer fidèle à ce qu'elle était devenue depuis leur séparation, c'est-à-dire une personne indépendante.

— Pourquoi est-ce si important qu'une femme parlant allemand se retrouve dans l'équipe du major MacBain ? parvint-elle à demander d'un ton neutre.

Henry parut songeur quelques secondes. Il n'était pas sans remarquer que sa nièce faisait preuve d'un flegme notable. Toutefois, cette froideur le tracassait. Adélaïde tentait de contenir sa véritable nature, et il ignorait si c'était pour le mieux. Seul l'avenir le leur dirait, mais pour l'heure, il se devait de lui faire part des détails concernant cette mission afin qu'elle prenne une décision avertie. Qui sait, avec de la chance, elle changerait d'idée et retrouverait un peu de bon sens. Sinon, MacBain saurait sûrement lui faire entendre raison.

— Assoyons-nous, déclara Henry en désignant les fauteuils installés en retrait dans la pièce.

Adélaïde éprouva un sentiment mitigé par rapport à la capitulation de son oncle. Il baissait les bras trop vite, ce qui était inhabituel. Sans doute croyait-il la décourager en lui exposant la suite des faits sans aucun filtre.

Alors qu'elle prenait place dans l'un des sièges à haut dossier, il fit de même devant elle, croisant ses jambes. Il la jaugea du regard pendant un moment avant de se lancer dans des explications plus poussées.

— L'agente décédée à Londres devait se présenter à la base allemande située à la frontière camerounaise sous une fausse identité. En fait, elle devait endosser le rôle de la maîtresse du général Jäger de passage pour une visite-surprise à son amant. Bien sûr, étant donné que le général en question était censé s'y rendre sous peu, c'était un scénario tout à fait probable, d'autant plus que cette femme était renommée pour ses frasques.

— D'où la nécessité d'exécuter cette mission avant l'arrivée de ce haut dignitaire.

— Exactement !

— Pourquoi vouloir s'introduire dans ce campement en particulier ? Que s'y trouve-t-il de si important qui nécessite une expédition de cette envergure ?

Henry hésita avant de répondre. Il venait de franchir une ligne névralgique. Engager Adélaïde davantage dans le secret pourrait la placer de nouveau dans la mire de l'ennemi. En percevant sa réticence, Adélaïde s'avança sur le bout de son fauteuil pour donner plus de poids à ses paroles.

— Il est trop tard pour reculer, mon oncle. Vous avez besoin de mon aide !

— Par tous les feux de l'enfer, mon enfant ! Vous rendez-vous compte de ce que vous exigez de moi ?

— Oui !

Henry agrippa ses mains dans les siennes, les serra avec une force surprenante.

— Dès lors que vous connaîtrez ces renseignements cruciaux, vous risquez de devenir à votre tour une cible de choix pour les Allemands !

— Je le suis déjà, mon oncle, vous le savez pertinemment. C'est pour cette raison que vous m'avez cachée dans ce coin à l'écart de toute civilisation, dans le nord du Québec.

— Ils ont oublié jusqu'à votre existence le jour où le commandant Krauss est revenu en Europe.

— Le commandant Krauss ?

— L'homme qui vous a enlevée à Estevan Lodge, celui au visage grêlé.

Adélaïde baissa la tête pour digérer l'information. Jusqu'à ce jour, elle avait ignoré l'identité de cet homme, faisant de lui une silhouette floue au cœur de ses pires cauchemars. Maintenant qu'elle pouvait mettre un nom ainsi qu'une origine à cet individu, il devenait beaucoup trop réel à son goût. Toutefois, elle s'était juré que plus personne ne dirigerait sa vie, qu'elle ne laisserait plus sa peur la gouverner. Elle était assez avisée désormais pour prendre ses décisions.

— Pourquoi est-ce si important de s'introduire dans cette base allemande ?

Henry comprit que rien ne pourrait la détourner de son objectif. Cette petite avait une volonté de fer sous ses dehors doucereux. Après tout, si une novice pouvait mener à terme cette mission, c'était elle. Par chance, elle savait utiliser une arme dorénavant, sans parler de ses nouvelles connaissances en défense. Comme si le destin s'était évertué à la préparer au cours des deux dernières semaines pour affronter ce qui allait venir. Néanmoins, en dépit de ce constat, il ne parvenait pas à se résoudre à l'impliquer pour de bon. Effondré, il secoua la tête avant de l'examiner de ses yeux plissés. Adélaïde lui retourna un regard inébranlable, ce qui arracha un soupir à son oncle. Résigné, celui-ci poursuivit ses explications.

— Les plans de construction d'une antenne servant à transmettre de l'information entre les troupes allemandes et leurs quartiers généraux s'y trouvent ainsi que sa localisation. Nous devons à tout prix la détruire avant qu'elle ne soit opérationnelle.

Adélaïde demeura coite. Elle comprenait maintenant l'ampleur de la catastrophe qui les attendait. Si les Allemands parvenaient à relayer des renseignements névralgiques partout dans le monde sans aucune interférence, l'armée britannique ainsi que ses alliés seraient en position précaire. Plus personne ne serait dès lors à l'abri des représailles de la Triple-Alliance.

— Vous pensez que la maîtresse de ce général Jäger pourrait avoir accès à cette information cruciale ?

— Sans aucun doute ! Cette femme est reconnue pour posséder un ascendant très marqué sur cet homme, si bien qu'il lui passe tous ses caprices. Personne n'osera s'opposer aux demandes de celle-ci, de crainte de s'attirer les foudres du haut général.

Adélaïde se perdit dans la contemplation de la carte du monde affichée au mur du fond. Sa décision était prise, et personne ne pourrait la faire changer d'idée. Elle devait aider sa patrie. Elle se retourna vers son oncle, plus déterminée que jamais. La journée s'annonçait longue, car elle n'avait pas l'intention de sortir de cette pièce tant qu'elle ne connaîtrait pas tous les tenants et les aboutissants de cette mission.

Son oncle, qui avait compris sa résolution, se leva pour demander à son secrétaire de leur apporter du thé et des bouchées. Ils risquaient d'en avoir pour un bon moment, autant prendre les dispositions nécessaires. Il lui faudrait de plus préparer un message à l'intention du major MacBain. À coup sûr, celui-ci n'allait pas apprécier sa teneur.

CHAPITRE 3

L'affrontement

Le secrétaire lança pour la énième fois un coup d'œil inquiet en direction de l'homme imposant qui arpentait la salle d'attente d'un pas saccadé. La posture rigide de l'agent secret tout comme ses poings serrés ne lui disaient rien qui vaille. De toute évidence, il était dans un état d'esprit exécrable et sur le point d'exploser. C'était à se demander s'il n'allait pas finir pas user la trame du tapis à marcher ainsi de long en large avec ses longues bottes de cuir brun.

Nullement désireux de faire les frais de sa mauvaise humeur, le secrétaire retourna à sa correspondance. Il déglutit avec difficulté et il s'apprêtait à se tasser sur sa chaise lorsque le gouverneur aboya son nom depuis l'autre pièce. Le malheureux se releva d'un bond, comme s'il avait le diable à ses trousses. Il se dirigea vers la porte close, l'ouvrit non sans un brin de nervosité.

– Monsieur le Gouverneur, s'informa-t-il d'un ton affable.

– Faites entrer le major MacBain, ordonna Henry.

Le secrétaire s'écarta pour laisser passer l'agent, pas assez vite cependant, car celui-ci le bouscula au passage sans prendre la peine de s'excuser.

— Qu'est-ce que c'est que cette histoire ? attaqua d'emblée Aidan.

Henry se leva avec prestance. Il contourna son bureau d'acajou, les mains jointes derrière lui, le dos droit pendant que son secrétaire refermait le battant.

— Bonjour à vous, major, lâcha-t-il non sans une pointe d'agacement dans la voix.

Aidan croisa les bras sur son torse, l'expression revêche.

— Dois-je vous appeler « Lord Brand » ou bien « gouverneur » ? demanda-t-il d'un ton cinglant.

— Lord Brand conviendra tout à fait pour vous, major. Après tout, nous avons un lourd passé en commun.

Aidan crispa la mâchoire devant le calme suspect de son supérieur. Il se rembrunit en songeant à ce que pouvait sous-entendre l'homme qui lui faisait face. Ces propos lui firent penser à la femme qui se tenait entre eux depuis sa mission à Métis, un sacré bout de femme d'ailleurs, Adélaïde de Beauchamp. L'esprit d'Aidan s'égara un court instant vers le souvenir de la nièce de Lord Brand. Il la revoyait debout sur le quai de cette gare à Québec, frêle silhouette nimbée de chagrin. Il avait été marqué par l'ampleur de son désarroi. Son cœur se serra à cette pensée. Leur séparation douloureuse datait de neuf mois ; pourtant, il avait l'impression que c'était hier.

Il aurait voulu l'oublier, mais comment y parvenir lorsque tout le ramenait vers elle, même cette satanée mission ? Entre tous les hommes au service de Sa Majesté, il avait fallu que ce soit Lord Brand qui soit mandaté pour diriger cette colonie ainsi que la troupe de soldats britanniques qui y était affiliée, celle dont faisait partie l'unité qu'Aidan commandait.

Il maudissait le sort de s'acharner sur lui, pestait contre le fait d'avoir dû quitter son groupe dissimulé au cœur de la forêt pour venir affronter son supérieur. Il s'en serait bien abstenu, mais en apprenant par missive que la femme qui avait été formée pour les accompagner dans leur prochaine mission avait été retrouvée morte dans son appartement à Londres, que celle-ci serait remplacée par une débutante, il était sorti de ses gonds.

Il avait parcouru des kilomètres à travers la brousse pour rejoindre le quartier général basé au port Harcourt. Malgré les embûches dressées sur son chemin, il avait avalé la distance avec célérité, animé par une exaspération justifiée. Il était hors de question qu'il risque la vie de ses hommes avec une novice. Leur départ pour le Cameroun était prévu dans deux semaines. Jamais il n'aurait le temps d'entraîner ni d'instruire une nouvelle alors qu'ils se préparaient à cette mission depuis trois mois. « C'est insensé ! »

Henry remarqua son humeur sombre avec contrariété. MacBain n'était pas un homme malléable. De plus, cette malheureuse histoire entre l'agent et sa nièce n'arrangeait pas leurs rapports. Qu'en serait-il lorsqu'il lui exposerait son plan ? Un éclat virulent était à anticiper. Henry claqua la langue avec agacement avant de se diriger vers la carte de l'Afrique encadrée au mur du fond. Le continent y était morcelé en plusieurs colonies. Tout en portant son regard sur le Cameroun, il poussa un soupir exaspéré. Selon toute vraisemblance, il n'avait plus la patience de supporter ces intrigues.

— Vos hommes sont-ils prêts, major ?

— Oui, répondit Aidan. Il ne reste qu'à régler quelques petits détails mineurs, puis nous serons en mesure de nous introduire sur le territoire ennemi.

— Vous êtes conscient que détruire cette antenne est notre priorité. La vie de nos hommes ainsi que celle de nos alliés en dépendent.

— J'en suis conscient !

— Nous en sommes fort aises, major. Vous comprendrez dans ce cas que peu importe le prix à payer, il nous faut mener cette mission à terme. Tout dilemme personnel ne saurait entrer en considération.

Aidan tiqua à ces paroles lourdes de sens. Où voulait en venir Lord Brand ? Son supérieur lui tournait le dos, le regard rivé sur la carte. Difficile dans ces conditions de deviner le chemin que prenaient ses pensées. Un sentiment dérangeant prit naissance dans ses entrailles. Un élément clochait, et il n'arrivait pas à mettre le doigt dessus.

— Justement, commença-t-il.

— Vous n'appréciez pas le fait que le haut commandement vous impose un nouveau composant dans votre équipe ? répliqua Henry en se retournant.

— Effectivement ! se révolta Aidan. C'est suicidaire !

— Vous croyez, major ? Pourtant, vous ignorez de qui il s'agit.

— Possède-t-elle quelques notions sur l'Afrique au moins ? A-t-elle posé ne serait-ce qu'un pied sur ce foutu territoire ?

— Oui à vos deux questions, major. Je peux vous dire que cette lady adore cette région ; au demeurant, elle n'en est pas à son premier voyage en terre sauvage.

Aidan prit une inspiration bruyante pour se calmer, secoua la tête avec virulence. Il ne connaissait aucune femme correspondant à cette description, surtout pas une lady.

— Avez-vous confiance en elle ? s'informa-t-il d'un ton mordant qui laissait tout deviner de son désaccord.

— J'ai une confiance aveugle en elle, répondit Henry sans aucune hésitation. Cette jeune femme a eu son lot d'épreuves, ce n'est pas une oie blanche. Elle est courageuse, ne manque pas de ressources.

Aidan se sentit de nouveau gagné par un pressentiment inconfortable. Lord Brand n'accordait pas si aisément sa loyauté en temps normal, encore moins à la gent féminine, d'autant plus dans le cadre d'une mission de cette envergure. Qui donc était cette inconnue pour susciter une telle admiration chez son supérieur ? Car c'était bien de l'estime et du respect qu'il lisait dans son regard.

— Sera-t-elle en mesure de se défendre en cas de besoin ?

— Elle sait comment utiliser une arme à feu. De plus, l'un de mes lieutenants lui a enseigné des rudiments pour le combat rapproché. Toutefois, un apprentissage plus poussé sous votre gouverne, major, ne serait pas de trop.

— A-t-elle déjà tué quelqu'un ?

— Non ! Mais elle a côtoyé la mort à plus d'une occasion. De surcroît, elle a elle-même échappé plus d'une fois à ses griffes. Elle est apte à s'extirper d'une situation épineuse en cas de problème, à survivre si c'est nécessaire…

Aidan s'avança vers l'une des chaises massives face au bureau d'acajou, prit appui au dossier pour réfléchir. Somme toute, Lord Brand semblait avoir trouvé la candidate de substitution idéale. L'idée d'utiliser une femme pour faire ce boulot lui déplaisait. Cependant, le plan ébauché par les hauts dirigeants avait du sens, et le temps pressait.

— Est-ce qu'elle apprend vite ?

— Oh oui ! répondit Henry avec une pointe de tristesse. La vie n'a pas été clémente à son égard. Il lui a fallu s'adapter à plus d'une situation éprouvante.

— Qui est-elle ?

— Une lady de bonne famille qui a été rejetée par ses pairs ainsi que par les siens. Une brebis galeuse qui refuse d'entrer dans le moule qui régit notre monde. Un esprit indépendant, rebelle, avide de grands espaces. Quelqu'un qui vous ressemble d'une certaine façon, comte MacBain.

Aidan se redressa d'un mouvement preste. Lord Brand venait d'utiliser son titre de noblesse à dessein. Était-ce une façon de le piquer à vif, ou faisait-il un parallèle entre cette jeune femme mystérieuse et le fait qu'il avait lui-même renié ses origines nobles ?

— Quand vais-je la rencontrer ?

Quittant son poste, Henry se dirigea vers une seconde porte située au fond de la pièce. Il ouvrit le battant, puis s'adressa à la personne qui se trouvait dans la salle juxtaposée.

— Vous pouvez entrer, mon petit ! dit-il d'un ton affectueux. Le major MacBain désire faire votre connaissance.

Une silhouette frêle, vêtue d'une longue jupe beige ainsi que d'une veste cintrée par-dessus un chemisier blanc à col montant, s'avança vers Aidan. Elle demeurait la tête penchée vers l'avant, un chapeau à large bord dissimulant son profil. Elle s'arrêta à bonne distance de lui, les doigts croisés sagement devant elle.

— Bonjour, major MacBain ! déclara-t-elle d'une voix posée en relevant le menton.

Dès que son regard rencontra celui d'Aidan, celui-ci fut parcouru d'un frisson d'aversion.

— Bon sang ! explosa-t-il. Vous n'êtes pas sérieux ! tonna-t-il de plus belle en reconnaissant les traits délicats d'Adélaïde.

Furieux, il s'éloigna d'elle, puis frappa le dessus du bureau du plat des deux mains avec rudesse.

— C'est hors de question ! hurla-t-il.

Il était remonté à bloc, ses narines se dilatant sous l'effet de sa respiration saccadée. Il était en proie à une telle colère qu'il n'était pas loin d'empoigner son supérieur par le col pour l'acculer au mur.

Contre toute attente, Adélaïde demeura impassible. Elle le suivait des yeux, nullement perturbée par son éclat, le regard serein, le corps détendu. Elle s'était préparée à cet affrontement, avait accepté que le destin la pousse pour la seconde fois entre les bras d'Aidan MacBain.

Elle ne se faisait aucune illusion, savait que cet homme l'avait rayée de sa vie, qu'il la rejetterait de nouveau de toutes ses forces. Il aurait été idiot d'envisager l'inverse. Pourtant, se retrouver face à lui après tous ces mois se révélait plus éprouvant qu'elle ne l'aurait cru, mais elle refusait de montrer le moindre signe de faiblesse en sa présence. Aidan MacBain pouvait aboyer après elle comme un chien enragé, elle n'en avait cure. Elle devinait qu'il ne lèverait jamais la main sur elle, ce qui lui conférait une certaine assurance que peu de gens pouvaient se targuer de posséder en présence de cet homme.

Le calme tranquille de la jeune femme ne passa pas inaperçu aux yeux d'Aidan, ce qui le mit hors de lui. Il voulait l'ébranler, lui faire comprendre qu'il était ridicule de sa part de songer à s'engager dans cette voie. Toutefois, il était incapable de s'en prendre physiquement à elle, et cette satanée bonne femme le savait très bien. Ce constat l'irritait d'autant plus que c'était vrai. « Nom de Dieu ! » Il allait arracher la tête à son supérieur, ne serait-ce que pour avoir osé envisager de placer Adélaïde dans cette position !

Sans doute celle-ci dut-elle lire ses envies de meurtre dans ses prunelles, car elle redressa les épaules avec arrogance, darda sur lui une expression condescendante qui ne fit qu'aviver la fureur d'Aidan.

— Vous croyez être à la hauteur de l'épreuve qui vous attend, Mademoiselle de Beauchamp ? attaqua-t-il durement.

Adélaïde soutint son regard avec froideur sans ciller.

— *Ja*[5] ! répliqua-t-elle en allemand avec impudence.

Aidan serra la mâchoire à s'en briser les dents. « Que la peste soit de cette mégère ! » Elle le narguait, le mettant au défi de se dérober. Il plissa les yeux, s'approcha d'elle au point de frôler son corps pour la dominer de toute sa hauteur. Son odeur si familière l'enveloppa aussitôt, éveillant en lui des émotions perturbantes.

— Vous présumez que vous aurez la volonté nécessaire pour affronter les épreuves à venir, Mademoiselle de Beauchamp.

Adélaïde se raidit, mais s'abstint de répondre à sa provocation. Tout chez elle criait sa détermination. Elle lui tenait tête sans aucune pudeur, faisant fi de leur passé commun.

5. Veut dire « oui » en allemand.

Aidan retint de justesse un mouvement d'humeur. Le mépris qui exhalait de sa personne était palpable.

— Si c'est le cas, Mademoiselle de Beauchamp, je peux vous garantir que vous déchanterez rapidement. Croyez-moi, vous regretterez votre décision et ne serez pas longue à me supplier de vous ramener auprès de votre oncle. Votre mésaventure à bord de l'*Empress of Ireland* vous paraîtra insignifiante, comparée à ce qui vous attend dans la jungle, lâcha-t-il d'un ton cinglant.

Le cœur d'Adélaïde se durcit davantage, mettant un terme aux derniers lambeaux de rêves qui l'habitaient encore. Un adage prétendait que la ligne était mince entre l'amour et la haine. Pour sa part, elle en avait la certitude. Elle détestait désormais cet homme autant qu'elle l'avait aimé, le voyait pour ce qu'il était : un être infâme, prêt aux coups les plus vicieux pour faire plier l'adversaire. C'est ce qui lui donna la force d'encaisser sa remarque cruelle sans broncher. Outré par l'attaque verbale d'Aidan, Henry s'approcha de l'agent, le visage empourpré d'indignation.

— Major MacBain ! rugit-il en guise d'avertissement.

— Ce n'est rien, mon oncle, le coupa Adélaïde en levant une main gantée pour l'apaiser. Ses paroles mesquines n'ont aucun impact sur moi. Si cet être méprisable est trop stupide pour comprendre sa bêtise, grand bien lui fasse. Tant qu'il est à même de mener cette mission, je m'en accommoderai.

Là-dessus, elle planta les deux hommes sur place et retourna vers la porte par laquelle elle était venue. Son départ laissa Henry interdit et Aidan tout près de perdre le peu de sang-froid qu'il lui restait. Blanc de colère, il fit demi-tour et sortit de la pièce. Le battant claqua derrière lui, ce qui fit sursauter le secrétaire, qui le vit passer devant lui au pas de charge. Le soldat lança un coup d'œil incertain en direction du bureau du gouverneur. Il avait perçu les éclats de voix à travers la mince cloison. Indécis, il saisit le crayon qu'il avait laissé tomber sous l'effet de la surprise, reprit sa correspondance en soulevant les épaules avec scepticisme. « Vivement que ce rustre de MacBain retourne dans sa jungle ! songea-t-il avec espoir. C'est là qu'était sa place ! »

Aidan ne décolérait toujours pas quand il arriva au port. Son égarement l'avait mené dans cette direction sans qu'il en prenne conscience. Ce n'était pas l'envie qui lui manquait de revenir sur ses pas pour étrangler le joli petit cou de son ancienne fiancée.

— Damnation ! jura-t-il avec virulence.

Il se prit la tête à deux mains, fourragea dans sa chevelure en bataille avec frustration.

— Nom d'un chien ! vociféra-t-il.

Cette femme finirait par le rendre fou un jour…

Adélaïde déambulait dans les rues d'une démarche qu'elle voulait paisible, sauf que la réalité était fort différente. Ses pensées s'entrechoquaient dans un tourbillon étourdissant, alors qu'un sentiment d'indignation l'animait, menaçant de lui arracher un cri de rage. Devait-elle s'étonner de la réaction d'Aidan MacBain ? Elle connaissait son intransigeance pourtant. Il n'était pas homme à se laisser imposer une situation sans combattre. Il allait transformer son existence en un véritable enfer pour l'obliger à abandonner cette mission. Néanmoins, sans elle, leur plan était voué à l'échec.

Des éclats d'enfants la tirèrent de ses réflexions moroses. Cinq gamins se dirigeaient vers le puits à ciel ouvert, une cruche sous le bras. L'un d'eux actionnait déjà la pompe manuelle pour en faire jaillir l'eau. Leur candeur arracha un sourire vacillant à Adélaïde, apaisant sa colère. Les habitants de cette région étaient empreints d'une joie de vivre qui la déconcertait par moments. Malgré son état mélancolique, elle ne put s'empêcher d'être séduite par le rire communicatif si authentique des enfants.

Détournant les yeux, elle porta son regard vers les maisons de terre séchée qui se confondaient avec les sentiers d'un rouge ocre qu'empruntait la population locale. Le tout contrastait tant avec la forêt tropicale luxuriante environnante et le bleu de l'océan. En ce milieu de journée, la chaleur était accablante, rendant son corps moite de transpiration. Elle étouffait sous l'épaisseur de tissu que lui imposaient les convenances, enviait la légèreté vestimentaire des Nigérianes. Les indigènes du coin faisaient preuve de beaucoup plus de jugement qu'eux, puisqu'ils paressaient sous l'ombre bienfaitrice des palmiers en attendant que l'heure de midi passe.

Adélaïde jeta un regard de convoitise en direction de l'eau tout en s'éventant avec son chapeau, qu'elle venait d'enlever. « Au diable la bienséance ! » se dit-elle en s'épongeant le front avec l'une de ses manches. Elle irait se baigner sans chaperon s'il le fallait, n'hésiterait pas à rabrouer quiconque se permettrait de la critiquer sur son choix. Faisant demi-tour, elle repartit vers leur maison et y pénétra en coup de vent.

Parvenue en haut de l'escalier, elle gagna sa chambre. Personne ne s'y trouvait pour l'aider dans son déshabillage. D'un haussement d'épaules, elle entreprit de déboutonner sa veste ainsi que son chemisier sans aucune assistance et respira plus facilement une fois qu'elle eut retiré ses deux couches. Enlever sa jupe ainsi que ses sous-vêtements ne lui prit pas plus de temps. Une brise qui provenait du large s'infiltra par sa fenêtre entrouverte, glissa sur sa peau nue, lui arrachant un frisson délicieux.

Une lady digne de ce nom refuserait de s'exhiber de la sorte dans le plus simple appareil, même si elle se trouvait seule dans ses appartements. Adélaïde rejeta cette réflexion dérangeante d'un geste impatient de la main. Elle avait passé l'âge de se faire dicter sa conduite, ne se sentait plus concernée par les règles strictes qui régissaient son monde.

Une détermination résolue s'afficha sur son visage. Elle avait l'intention de mener sa vie comme elle l'entendait, et pour l'heure, elle désirait nager dans l'océan pour se rafraîchir un peu. Pour ce faire, elle comptait revêtir le nouveau maillot de bain qu'elle s'était procuré en chemin lors de leur brève escale aux États-Unis. Cette tenue était considérée comme indécente au sein de la bonne société anglaise, heurtait le côté puritain de ses semblables, ce qui n'était pas le cas des Américains. Il faut dire que ce vêtement léger permettait une plus grande latitude pour le nageur, ce qu'elle appréciait lorsqu'elle s'adonnait à cet exercice fortifiant.

Butée, elle s'empara de l'ensemble plié dans sa commode, puis déploya d'un mouvement vif la longue tunique bordeaux à manches courtes qui lui descendait à mi-cuisse. Elle l'enfila et attacha la rangée de boutons nacrés de la tenue.

Une fois que ce fut fait, elle passa la culotte à frison assortie qui dévoilait entièrement ses jambes à partir de ses genoux, puis se contempla dans la psyché[6] de sa chambre avec satisfaction.

Il ne lui restait plus qu'à gagner la plage au sable fin. Elle sortit de ses appartements d'un pas déterminé tout en saisissant une serviette au passage et s'engagea dans l'escalier avec entrain. Son oncle, qui la vit passer par l'entrebâillement de la porte de sa bibliothèque, réfréna avec peine un soupir désespéré. Il n'approuvait pas cet accoutrement des plus inconvenant, mais se gardait toutefois de faire étalage de sa réprobation devant sa nièce. À la place, il replongea dans la lecture de son livre tout en secouant la tête.

Une fois rendue dehors, Adélaïde emprunta le sentier dallé qui menait à l'espace aménagé pour les baigneurs sur la grève, un sourire ravi sur les lèvres. Déterminée à ne pas gâcher cette escapade, elle relégua son affrontement avec Aidan MacBain au second plan dans son esprit.

Elle atteignit sa destination en moins de deux, inspira à pleins poumons l'air du large. Ilda, l'une des jeunes filles attitrées au service du gouverneur, la suivait de près, curieuse de la voir s'ébattre parmi les vagues. Ces ablutions dans l'océan demeuraient un mystère pour cette Nigériane de naissance. Son peuple n'appréciait pas l'eau salée. C'est pourquoi elle ne manquait pas une occasion d'accompagner la lady à la plage pour l'observer évoluer dans l'onde avec grâce, même si cela impliquait qu'elle devait abandonner ses tâches en cours de route. Esther, la tante d'Adélaïde ne s'en formalisait pas. Après tout, la compagnie d'Ilda permettait à

6. Grand miroir inclinable, monté sur un châssis à pivots.

Adélaïde de ne pas se retrouver seule en présence d'une tierce personne. En outre, la jeune Nigériane pourrait donner l'alerte si quelque chose de fâcheux survenait.

Loin de toutes ces préoccupations, Adélaïde s'approcha d'un immense tronc d'arbre blanchi par la mer qui trônait sur le sable blond. Elle y laissa tomber sa serviette, puis ôta ses chaussures.

Aidan remontait le littoral à grandes enjambées, toujours aussi frustré. Il n'était pas remis de son affrontement avec Adélaïde. Toute cette histoire dépassait son entendement. Lord Brand ne pouvait pas sérieusement envisager de placer sa nièce sur la ligne de feu, pas après ce qui s'était produit à Métis. Il en était à cette réflexion accablante lorsqu'il aperçut au loin la cause de ses tourments. Son irascibilité grimpa d'un cran quand il avisa son accoutrement. Il faillit s'étrangler sous l'effet de la surprise. D'emblée, la colère sourde qu'il s'était efforcé de tempérer resurgit à la surface, plus vive que jamais. Il fonça droit sur la jeune femme, tel un taureau enragé.

— Qu'est-ce que vous faites, sacrebleu ? Couvrez-vous ! mugit-il en arrivant à sa hauteur.

Il empoigna la serviette abandonnée sur le tronc d'arbre, la lui plaqua contre la poitrine avec rudesse. Outragée par cette agression non justifiée, Adélaïde rejeta le tissu par terre avec irritation.

— Pour qui vous prenez-vous, major ? cracha-t-elle avec sécheresse en soutenant son regard.

Les narines d'Aidan se dilatèrent sous l'effet de la fureur, et il se contint avec peine de ne pas la secouer comme un prunier. Il affichait une froideur à glacer le sang, mais Adélaïde ne se laissa pas intimider. Croyait-il vraiment pouvoir régenter sa vie de façon aussi impromptue, selon son bon plaisir ? Carrant les épaules, elle souleva un sourcil hautain, puis ferma son visage à toute expression.

Exaspéré par sa rébellion évidente, Aidan poussa un juron bien senti avant de l'empoigner sans ménagement par le coude, de l'entraîner à sa suite en direction de la maison du gouverneur.

Adélaïde se dégagea de sa prise d'un mouvement brusque qui obligea Aidan à se retourner vers elle.

— Ne vous avisez plus de me toucher, major ! lâcha-t-elle d'un ton tranchant en le fusillant du regard. C'est un droit que vous avez perdu. Mes choix ne vous concernent plus désormais, poursuivit-elle, avant de se détourner pour regagner le rivage.

Aidan encaissa le coup. Adélaïde avait changé à plus d'un égard au cours des derniers mois. Elle s'était endurcie, avait pris de l'aplomb, et son cœur semblait s'être refermé, ce qui le dérangeait d'une certaine façon. Pourtant, force lui fut de reconnaître en la voyant s'éloigner de lui d'une démarche vive qu'il n'avait plus aucun droit sur elle. Il avait eu sa chance, mais l'avait rejetée sans condition.

Pas plus aujourd'hui qu'à ce moment-là, il ne pouvait se permettre une aussi grande distraction. Surtout pas avec la mission qui l'attendait. Il fixa la silhouette d'un air grave. « Par tous les diables ! » Emmener cette femme dans cette aventure hasardeuse ne lui attirerait que des ennuis… Elle allait lui embrouiller l'esprit. Comment parviendrait-il à se concentrer sur ce qu'il devait faire s'il passait son temps à s'inquiéter à son sujet ? Ce qui venait d'arriver en était un parfait exemple. Il avait vu rouge dès qu'il l'avait aperçue, offerte impunément à la convoitise de tous. Il devait trouver un moyen de se débarrasser d'elle avant de repartir.

À mille lieues de telles pensées, Adélaïde s'efforçait de garder la maîtrise de ses émotions, ce qui s'avérait laborieux. Aidan MacBain la déstabilisait par sa seule présence. De surcroît, elle ignorait de quelle façon interpréter le regard qu'il lui avait lancé avant qu'elle se détourne. Cet homme était insaisissable, l'examinait d'une manière qui lui était propre, qui provoquait chez elle des sensations fort dérangeantes, comme s'il la dépouillait de toutes les couches de vernis civilisé, parvenait à lire jusqu'au plus profond de son âme. Elle pressa ses paumes l'une contre l'autre pour se redonner une contenance.

Un picotement désagréable lui parcourut l'échine, l'incitant à jeter un coup d'œil par-dessus son épaule. Aidan MacBain était toujours là, son expression inquisitrice braquée sur son dos. Elle réprima un frisson. Son blâme silencieux la blessa tout autant que ses paroles offensantes. Résolue à ne pas se laisser impressionner, elle se dirigea sans ambages vers l'océan avec l'intention évidente de s'immerger dans l'onde.

D'ailleurs, elle n'hésita pas à plonger la tête la première, à fendre les vagues avec entrain. La sensation de l'eau fraîche glissant sur son corps en feu la rasséréna. Elle nageait à contre-courant, sans s'éloigner de la rive. Elle savait que les remous puissants pouvaient parfois entraîner les nageurs imprudents vers le large, une erreur qu'elle faisait attention de ne pas commettre. Par chance, aucune méduse ne sillonnait les flots environnants en cette saison; elle pouvait donc s'ébattre en toute tranquillité. Pour avoir goûté à la morsure cuisante de ces petites bêtes gélatineuses par le passé, elle appréhendait par-dessus tout la brûlure vive qu'elles pouvaient infliger avec leurs tentacules. À ce souvenir marquant, elle grimaça. Tout serait parfait si Aidan MacBain se décidait à quitter les lieux.

Elle risqua un nouveau coup d'œil dans sa direction pour s'en assurer, rencontra derechef son regard implacable. Il demeurait immobile, jambes écartées, bras croisés sur son torse dans une posture rigide, toute son attention rivée sur elle. Sa présence assombrissait cette journée ensoleillée, ramenait à la surface des émotions qu'elle préférait oublier.

Non sans un agacement évident, elle replongea dans les flots, longea la côte en nageant avec plus de fougue qu'à l'accoutumée. Elle ne désirait pas regagner la rive dans l'immédiat, voulant éviter à tout prix un autre affrontement avec ce satané Écossais. De ce fait, elle poussa son corps au-delà de sa résistance, sa contrariété prenant le dessus sur son bon sens, et ne fut pas attentive aux premiers signes de fatigue qui s'installaient dans ses muscles.

Après quelques minutes à ce rythme soutenu, son mollet droit se contracta sans avertissement, provoquant un élancement lancinant qui lui coupa le souffle de façon momentanée. Elle fléchit le genou, chercha à masser la région douloureuse tout en donnant de puissants coups de pied avec l'autre jambe pour ne pas couler. Elle demeura calme, sachant d'avance que rien ne servait de s'affoler.

Toutefois, ce ne fut pas le cas pour Aidan lorsqu'il prit conscience de son malaise évident, et tout particulièrement quand il la vit s'étrangler avec une rasade qu'elle venait d'avaler. Furieuse que le sort se ligue contre elle, Adélaïde recracha le liquide salé qui lui brûlait la gorge. Elle avait été surprise par une vague plus haute. Elle secoua la tête tout en cherchant à rester à la surface.

La douleur irradiait avec de plus en plus de virulence, l'obligeant à regagner la berge malgré son inconfort. De son côté, Aidan n'avait pas perdu de temps et s'était déjà débarrassé de ses bottes, de ses bas ainsi que de sa chemise. Il avait lancé le tout sur le sable chaud et se dirigeait maintenant à grandes foulées dans sa direction. Distraite provisoirement par la vue de son torse découpé à merveille et ses épaules carrées, Adélaïde en oublia de bouger sa jambe valide l'espace d'un instant, coula à pic pour la deuxième fois.

Aidan eut l'impression que son cœur manqua un battement quand il la vit disparaître. Il ne pouvait pas croire que l'histoire se répétait. Animé par un sentiment d'urgence, il plongea dans l'eau pour tenter de la retrouver.

Entre-temps, Adélaïde avait refait surface en toussotant. Quelle ne fut pas sa surprise en constatant qu'Aidan s'était tout à coup volatilisé ! Elle chercha à le repérer, mais sans succès. « Où se trouve cet imbécile d'Écossais ? » marmonna-t-elle pour elle-même. Combattre la puissance des remous devenait de plus en plus laborieux. De plus, elle commençait à se fatiguer, savait qu'il lui fallait regagner la rive avant d'avoir épuisé toutes ses forces. Elle devinait que sa crampe refuserait de s'estomper avec facilité, qu'il lui faudrait un onguent ainsi qu'un massage intensif pour en venir à bout.

Sous l'eau trouble, Aidan distinguait à peine les formes floues environnantes, éprouvait un sentiment croissant proche de la panique à l'idée qu'Adélaïde soit en train de se noyer sans qu'il puisse la secourir. À bout de souffle, il émergea des flots avec vigueur, hurla son nom en tournant sur lui-même.

Adélaïde fut parcourue d'un frisson d'appréhension en percevant son cri sorti de nulle part, écarquilla les yeux de stupeur en croisant son regard empli d'angoisse. Quant à Aidan, il demeura figé sur place quelques secondes avant d'être en état de fendre les vagues pour la rejoindre. Une fureur pour le moins inquiétante transperçait ses prunelles, ce qui incita Adélaïde à redouter le pire. D'autant plus que parvenu à sa hauteur, il la retourna d'un bloc, puis l'empoigna par la suite fermement sous les aisselles pour la plaquer contre lui. Au contact de son corps dur et massif, Adélaïde s'empourpra. Le torse athlétique d'Aidan dégageait une chaleur troublante dans son dos, faisant naître en elle des émotions indésirables. Elle s'apprêtait à le rembarrer, lorsqu'il lui coupa presque le souffle en la ceinturant dans un étau de fer. Un grognement menaçant franchit les lèvres d'Aidan quand sa croupe vint percuter son bas-ventre. Il resserra d'instinct sa poigne, la respiration saccadée. Adélaïde n'osa plus bouger, trop perturbée pour s'y risquer.

Désireux de s'extraire de cette situation inconfortable le plus vite possible, Aidan s'allongea à demi sur le dos, l'entraînant dans son mouvement, puis regagna la rive avec une vigueur redoublée. Pour sa part, Adélaïde s'efforçait de faire abstraction de leur promiscuité dérangeante. Sauf que c'était irréalisable avec le jeu des muscles qui roulaient sous l'épiderme d'Aidan et ses nerfs tendus à l'extrême. De toute évidence, il n'appréciait pas ce petit sauvetage forcé. « Grand bien lui fasse », se rebella-t-elle. Personne ne lui avait demandé de venir à son secours. Elle se débrouillait très bien avant qu'il ne se jette sur elle comme un fou.

Des mèches de sa chevelure s'échappèrent de sa coiffure, frôlèrent le bas du visage d'Aidan, le perturbant davantage. Sans parler du contact de sa peau soyeuse contre la sienne, qui éveillait ses sens ainsi qu'une partie précise de son anatomie. Son sang échauffé par la terreur ressentie quelques minutes plus tôt, mêlé à cette proximité forcée, représentait une combinaison explosive. Il devait rapidement remettre une certaine distance entre eux.

Au moment d'atteindre le rivage, il prit appui sur ses jambes, puis la souleva sans effort. Adélaïde n'eut d'autre choix que d'enrouler ses bras autour de son cou pour ne pas basculer vers l'arrière. Aidan jura en assurant sa prise. Il gagna l'emplacement de leurs vêtements respectifs avec célérité. Depuis qu'il l'avait rejointe, il s'était cantonné dans un silence hostile. C'est en toute connaissance de cause qu'Adélaïde se risqua à le rompre.

— Vous pouvez me laisser ! Il ne s'agit que d'une crampe sans importance, lâcha-t-elle dans un souffle en désignant du menton son mollet droit. Je vous remercie pour votre aide, major.

Pour toute réponse, Aidan la déposa avec raideur sur le tronc d'arbre blanchi, puis s'accroupit devant elle. Sans même un regard vers son visage, il s'empara de sa jambe d'un geste brusque, entreprit de la masser avec une énergie douloureuse. Adélaïde pinça les lèvres pour retenir un gémissement tout en crispant ses doigts sur le tissu qui recouvrait ses cuisses. Elle refusait de faire preuve de faiblesse ; après tout, elle avait sa propre fierté.

Quant à Aidan, il était tout à fait conscient de sa présence ainsi que de la souffrance qu'il lui infligeait. Toutefois, il était si furieux qu'il lui était impossible de faire preuve de clémence à son égard.

– Bon sang ! Qu'est-ce qui vous a pris ? explosa-t-il soudain. Ne vous avais-je pas dit de vous tenir éloignée des points d'eau lors de votre dernière mésaventure sur la glace avec le loup ? aboya-t-il avec plus de virulence.

Ulcérée, Adélaïde tenta de le repousser, mais Aidan ne broncha pas d'un pouce. À la place, il releva un regard furibond dans sa direction, affirma sa prise autour de son mollet. Adélaïde darda à son tour un œil inquisiteur sur lui. L'ironie du sort ne lui échappait pas ; néanmoins, elle refusait de plier devant cet homme. Ses prunelles étaient orageuses, son teint empourpré par la colère. Elle était flamboyante dans sa fureur et beaucoup trop désirable pour la tranquillité d'esprit d'Aidan.

– Lâchez-moi, major, ordonna-t-elle d'un ton cassant.

Aidan tiqua. Quant à Adélaïde, elle savait qu'elle le défiait en toute impunité, mais c'était plus fort qu'elle. Malgré lui, les mains d'Aidan remontèrent le long de sa peau fraîche, lui arrachant un frisson. Elle se tendit comme un ressort, le souffle court, les pupilles dilatées. Elle était incapable de réagir. Pourtant, lorsque les doigts brûlants s'insinuèrent sous le tissu de son maillot de bain à la hauteur de sa cuisse, elle se secoua.

– Ça suffit, major ! lança-t-elle avec sécheresse.

Aidan plissa les yeux avant de se relever d'un bond vif, l'épingla de son regard fulminant.

– Tenez-vous loin de moi, Mademoiselle de Beauchamp… lâcha-t-il d'une voix grave chargée d'une menace sous-jacente en s'éloignant.

Animée par ses démons intérieurs, Adélaïde répliqua du tac au tac.

– Ce sera plutôt difficile, étant donné que je fais partie de votre mission…

Avant même qu'elle puisse réagir, Aidan se retourna et fonça droit sur elle. Il se pencha et emprisonna son visage entre ses mains, lui renversant brusquement la tête vers l'arrière. Il cueillit ses lèvres dans un baiser exigeant, empli d'une fureur à peine contenue. Un grognement guttural remonta dans sa gorge alors qu'il l'obligeait à répondre avec une audace similaire.

Le premier contact de sa langue contre la sienne alors qu'il la cherchait avec une ardeur démentielle électrisa Adélaïde. Elle poussa un petit son étranglé, oubliant toute pensée cohérente. Il la dévorait, tel un mets succulent, incapable de réfréner le désir qui l'animait. Il y avait si longtemps qu'il ne s'était pas repu de sa douceur, de son odeur et de son goût exquis.

Un hoquet d'étonnement retentit derrière eux, le ramenant à la réalité. Ilda, la jeune Nigériane qui avait accompagné Adélaïde à la plage, venait de trahir sa présence. La brume qui obscurcissait le cerveau d'Aidan se dissipa d'un coup.

– Nom d'un chien ! s'écria-t-il en se détachant d'Adélaïde avec précipitation.

Tout en fourrageant dans sa chevelure humide, il fusilla sa compagne du regard. Celle-ci avait les pommettes colorées d'une légère rougeur, les lèvres gonflées par son baiser. Il pointa un doigt rageur sur elle, la mine sombre.

– Vous resterez ici ! rugit-il.

Alors qu'il s'apprêtait à quitter les lieux après s'être détourné d'elle, Adélaïde se leva et l'apostropha, hors d'elle.

– Non ! se rebiffa-t-elle.

Aidan tenta de ravaler sa colère avant de se retourner. Un muscle tressauta sur sa joue gauche. Il contracta la mâchoire en revenant vers elle. Adélaïde demeura la tête haute, préparée à l'affronter s'il le fallait.

— Vous avez besoin de moi, major. Cette mission est vouée à l'échec si je ne vous accompagne pas. Vous le savez...

Aidan prit une profonde inspiration pour éclaircir le voile rouge qui obscurcissait ses pensées. Cette maudite bonne femme avait raison; il en était conscient. Toutefois, cela ne rendait pas la situation plus aisée pour autant à accepter.

— Soyez prête à partir dans une heure, Mademoiselle de Beauchamp, ou je quitterai le village sans vous, lâcha-t-il entre ses dents serrées en l'abandonnant sur place.

Adélaïde le regarda s'éloigner de sa démarche raide non sans appréhension. Afin de dissimuler son agitation à la curiosité de la jeune Nigériane, elle s'empara de sa serviette, la pressa contre sa poitrine.

Son instinct lui criait de battre en retraite, de renoncer à cette mission, sinon elle risquait de le regretter. Elle inspira brusquement. Elle savait que dans une heure, elle jouerait son destin de nouveau, remettrait sa vie entre les mains de l'homme qu'elle s'était pourtant juré de ne plus jamais revoir...

CHAPITRE 4

Vers sa destinée

Accompagnée de sa famille, Adélaïde gagna le quai du port d'une démarche assurée tout en étant consciente que la tenue peu orthodoxe qu'elle portait choquait ses compatriotes. Malgré les regards réprobateurs qui se tournaient dans sa direction, elle poursuivit son chemin la tête haute. Sur sa droite, Henry tentait pour sa part de faire abstraction du malaise grandissant qu'il éprouvait face à la condamnation silencieuse de ses pairs, ployant le dos sous l'accablement. Il ne pouvait en vouloir à sa nièce de faire étalage d'un tel laxisme. Après tout, il l'avait encouragée à forger sa propre identité, à revendiquer son indépendance. De toute façon, la bonne société l'avait rejetée, alors à quoi bon l'obliger à demeurer victime de ses carcans étouffants ?

Malheureusement, les missionnaires qui s'activaient aux abords du village ne l'entendaient pas de cette oreille, la preuve en était qu'ils la dévisageaient avec horreur, choqués par son accoutrement. Toutefois, contrairement à eux, les Nigérianes qui déambulaient dans les rues applaudissaient en riant et en sautant sur place, amusées par son audace. Quant à Adélaïde, elle semblait ne pas avoir cure de l'opinion de ses compatriotes; c'était du moins ce qu'elle dégageait. Dans les faits, ce n'était pas l'avis de la bonne société qui l'inquiétait, mais plutôt la réaction d'Aidan MacBain qu'elle anticipait. Il faut dire qu'elle avait encore en mémoire leur affrontement sur la plage.

Alors qu'elle atteignait le port, elle jeta un coup d'œil mitigé vers la pirogue large et élancée qui l'attendait à quai. Par chance, Aidan lui tournait le dos, ce qui lui octroyait un sursis pour se préparer à l'attaque qui ne manquerait pas de survenir. Carrant les épaules, elle s'engagea sur la plate-forme de bois à grandes enjambées. Les hautes bottes de cuir qui gainaient ses jambes claquèrent sur les planches, attirant d'emblée l'attention d'Aidan.

À la vue de l'habillement de la jeune femme, il faillit avoir une crise d'apoplexie et dut se retenir à deux mains pour ne pas fondre sur elle pour l'admonester. « Damnation ! Qu'est-ce qui ne va pas avec cette satanée bonne femme ? » se demanda-t-il avec exaspération. Ne pouvait-elle pas agir comme une lady digne de ce nom ? Enlevant son chapeau, il le secoua contre sa cuisse avec impatience en grinçant des dents. Pourquoi diable Lord Brand la laissait-il s'exhiber de la sorte sans réagir ?

Adélaïde, qui avait scruté le visage d'Aidan avec une attention accrue se réjouit de le voir devenir si irrité. Ce constat mettait un baume sur son cœur écorché à vif. Il était si doux de découvrir qu'elle détenait un pouvoir sur lui, aussi infime fût-il. Faire expérimenter à cet homme arrogant le goût amer de ses méthodes se révélait des plus délectable, une véritable jouissance en soi.

À mille lieues de telles pensées, Aidan en était à vouer la jeune femme à tous les feux de l'enfer. Raison de plus, elle paradait avec une désinvolture qui l'agaçait et qui n'était pas loin de lui faire perdre son sang-froid légendaire, comme elle seule y parvenait d'ailleurs ! De toute évidence, elle n'avait pas fini de mettre ses nerfs à rude épreuve. Il n'y avait qu'à voir son accoutrement scandaleux ainsi que son expression frondeuse pour le deviner.

Il plissa les yeux tout en promenant un regard dur sur les longues jambes fuselées moulées sans pudeur dans un pantalon d'équitation beige. Remontant vers son visage, il nota au passage l'ouverture laissée dans le haut de son chemisier blanc. L'impudente avait détaché les deux premiers boutons de son corsage, dévoilant par le fait même une partie de sa gorge. Il jura tout bas et ressentit des envies de meurtre. Il l'aurait égorgée avec le foulard qu'elle portait, d'autant plus que celui-ci dissimulait à peine sa peau dorée par le soleil. Il n'y avait rien de convenable dans sa tenue ; au contraire, elle se révélait provocatrice. La jeune femme s'affichait de manière indécente comme nulle lady n'aurait osé le faire. En dépit de son humeur massacrante, il s'efforça d'avancer vers elle sans rien laisser transparaître du tumulte qui grondait en lui.

— Mademoiselle de Beauchamp, parvint-il à émettre d'un ton qu'il voulait monocorde.

— Major, rétorqua Adélaïde en le saluant d'un signe de tête succinct.

Sans lui accorder plus d'importance, elle se retourna vers la jeune Nigériane qui la suivait de près avec ses effets personnels.

— Ilda, pourrais-tu, s'il te plaît, remettre mon sac de voyage aux marchands à bord de l'embarcation ?

— Bien, Mademoiselle ! s'empressa de répondre celle-ci en s'exécutant avec célérité.

Reportant son attention sur son oncle et sa tante, Adélaïde les embrassa à tour de rôle avec chaleur, sans égard pour l'homme qui fulminait toujours derrière elle. Sa tante la serra dans ses bras avec tendresse. Elle tapota le coin de ses yeux avec un mouchoir, sans parvenir à cacher son inquiétude. Adélaïde l'étreignit à son tour avec affection, lui adressa un sourire apaisant pour la réconforter. Puis, elle se retourna vers son oncle. Celui-ci pressa ses mains entre les siennes avec émotion.

— Soyez prudente, mon petit, murmura-t-il d'une voix oppressée.

— Je serai vigilante, mon oncle, tenta de le rassurer Adélaïde.

— J'y compte, fit Henry pour toute réponse.

Henry se tourna vers Aidan et le toisa d'un regard éloquent.

— Je vous confie la vie de ma nièce, major MacBain…

Aidan hocha la tête avec gravité, avant d'inviter Adélaïde à le précéder. Il n'avait nul besoin de mise en garde supplémentaire de son supérieur, car il sentait déjà le poids d'un lourd fardeau s'appesantir sur ses épaules, une émotion qu'il détestait éprouver. D'autant plus qu'il fut pris par surprise lorsqu'Adélaïde se pencha pour enjamber le rebord de la pirogue et que le tissu de son pantalon se tendit par la même occasion sur l'arrondi de son postérieur. À la vue des rondeurs bien dessinées, il faillit s'étrangler, sans parler de l'éclair de désir qui le traversa.

Il s'ébroua pour chasser toute idée lubrique de son cerveau. « Par tous les diables ! » maugréa-t-il dans sa barbe en la rejoignant. Adélaïde de Beauchamp était la dernière femme sur laquelle il devait fantasmer. Son oncle avait accepté qu'il rompe leurs fiançailles avant son départ pour l'Afrique, mais il doutait que celui-ci accueille un nouvel écart de conduite envers sa nièce chérie avec autant de flegme. Un détail qu'il serait avisé de ne pas oublier.

D'humeur sombre, il indiqua d'un mouvement sec du menton le banc de bois rudimentaire sur lequel elle devait prendre place. Vivement le jour où cette mission prendrait fin, songea-t-il avec amertume. Cependant, il était à prévoir que des ennuis surviendraient. Rien ne fonctionnait selon les plans lorsqu'Adélaïde de Beauchamp était impliquée…

— Savez-vous au moins dans quel bourbier vous foutez les pieds, ou bien êtes-vous trop stupide pour en saisir tous les dangers ? attaqua-t-il à brûle-pourpoint en prenant place à son tour.

Alors que l'embarcation quittait le port, Adélaïde lui fit face, le visage empourpré d'indignation. Apparemment, Aidan MacBain avait oublié les bonnes manières en Amérique, si tant soit peu qu'il en ait eu. Pour qui se prenait ce rustre ? La jugeait-il à ce point idiote pour l'imaginer capable de se lancer tête baissée dans ce périple sans même être informée de ce qui l'y attendait ? Désireuse de le remettre à sa place une fois pour toutes, elle lui répondit du tac au tac sur le même ton mordant.

— Il se trouve que j'ai une idée assez large du contexte, major. Que croyez-vous ?

— Je persiste à penser que vous êtes inapte à l'exécution de cette mission.

Adélaïde s'octroya quelques secondes avant de répliquer. Elle n'avait pas l'intention d'entamer un nouvel affrontement avec lui, mais à l'évidence, Aidan cherchait à la provoquer par tous les moyens, à lui faire réviser sa position. Pourtant, que la situation lui plaise ou non, elle était déterminée à continuer. Il pouvait se montrer cinglant, elle ne changerait pas d'opinion. Après tout, elle n'était plus sous sa coupe. D'ailleurs, elle se promettait de le contrer sur son propre terrain, lui prouver qu'il avait tort à son sujet.

— Je ne suis pas une jouvencelle qui s'évanouit à la première occasion, major !

— Peut-être... Mais que savez-vous de la réalité de la guerre, Mademoiselle de Beauchamp ? demanda-t-il d'un ton doucereux qui la fit grincer des dents.

— Suffisamment pour comprendre que toute cette histoire n'aura rien d'une partie de plaisir.

— Vous seriez avisée de vous en souvenir en effet...

Adélaïde le fusilla d'un regard noir. Elle était incapable de lire en lui, mais se doutait de la direction qu'avaient prise ses pensées.

— Dites-moi, major, est-ce que je me trompe en affirmant que vous ne pouvez pas supporter ma présence ?

— Quelle clairvoyance, Milady !

La jeune femme tiqua sous son hostilité évidente.

— Vous êtes un boulet à mes pieds, et je n'ai pas de temps à perdre avec vous. Vous n'avez rien à faire dans cette guerre. Peu importe ce que votre oncle ou même certains soldats amourachés ont pu vous raconter sur leurs déboires, ce ne sera rien en comparaison de la réalité qui vous attend.

Il la jaugea un bref instant avant de poursuivre plus crûment.

— Personne n'aurait risqué d'offenser vos chastes oreilles en vous parlant des conditions précaires des hommes dans les tranchées, par exemple.

Adélaïde plissa les yeux, puis se tendit, adoptant d'instinct une posture défensive, poussant davantage Aidan à se montrer rustre.

— Savez-vous ce qu'on éprouve à se tenir debout sous une pluie torrentielle, les pieds enfoncés dans la boue, le corps infesté de poux, alors que des balles sifflent autour de vous et que des projectiles d'explosions pleuvent dans tous les sens ?

Elle déglutit avec peine, puis secoua la tête en signe de négation. Incapable de s'arrêter, Aidan poursuivit de plus belle.

— Avez-vous déjà dormi enroulée dans une toile de fortune sur la terre détrempée au fond d'un trou creusé dans un mur de tranchée alors que vous étiez affamée ?

Le regard hanté d'Aidan demeura rivé sur celui écarquillé d'effroi de la jeune femme.

— Je me suis retrouvé sous le feu nourri de l'ennemi, j'ai tué des hommes... Et vous, Mademoiselle de Beauchamp ?

Adélaïde eut un petit cri étranglé, son corps se glaçant malgré la chaleur accablante. Avec une froideur calculée, Aidan se pencha sur elle.

— Saurez-vous utiliser une arme en cas de besoin, Milady ?

Adélaïde prit une profonde inspiration tout en cherchant à récupérer un semblant de sérénité. Elle devinait qu'Aidan tentait de la déstabiliser par l'étalage de toute cette barbarie.

Malheureusement, cette constatation ne l'immunisait pas pour autant contre la laideur de cette guerre.

Aidan décrivait la situation avec un tel réalisme qu'elle comprit que c'était son passé qu'il dépeignait. À cette seule perspective, elle fut prise de nausée. Ravalant la bile qui brûlait sa gorge, elle tourna les yeux vers le large, huma l'air salin. Elle ferma les paupières un court instant afin d'amortir l'impact de ses propos sur son esprit, puis reporta son attention sur lui, plus sereine.

— Je sais ce que vous cherchez à faire, mais c'est peine perdue, major. J'ai appris à combattre mes peurs depuis le naufrage de l'*Empress of Ireland* et mon enlèvement. Je parviendrai donc à accomplir cette mission.

Aidan demeura silencieux, aussi sombre et remonté qu'à leur départ. Il fouilla le regard de la jeune femme à la recherche d'une faille, mais ne trouva rien, ce qui le laissa perplexe.

— J'ai abattu différents gibiers lors de parties de chasse. Cependant, j'ignore si j'arriverais à tuer un homme.

— Et si c'était une question de vie ou de mort, Milady ? Que feriez-vous ?

— Je n'en ai aucune idée…

— Mieux vaudrait le savoir, Mademoiselle de Beauchamp. J'ai besoin d'être certain de pouvoir compter sur chacun des membres de mon groupe. Un maillon faible pourrait entraîner notre perte à tous !

Pour toute réponse, Adélaïde pinça les lèvres, puis releva le menton crânement. Aidan vit avec surprise une lueur sauvage traverser ses prunelles. Ainsi la lady raffinée et vulnérable qu'il avait connue s'était endurcie au cours des mois écoulés. Il allait devoir la pousser dans ses derniers retranchements pour vérifier de quoi elle était capable désormais. La jungle pouvait se montrer impitoyable pour les âmes sensibles.

Ne désirant pas étirer leur échange, Adélaïde fixa son regard sur les dix hommes à bord de l'embarcation, se concentrant sur eux afin d'oublier la présence perturbante d'Aidan MacBain à ses côtés. Elle devina que les Nigérians étaient des marchands locaux qui utilisaient leur pirogue comme moyen de transport pour effectuer leur commerce entre les deux pays contigus. À l'inverse des Européens, les indigènes de la région ne s'embarrassaient pas des frontières, négociaient entre eux s'ils le souhaitaient.

Aidan avait loué deux places pour se rendre jusqu'à une petite crique isolée de tout, à la limite du territoire camerounais. Là, deux de ses hommes les attendaient. Il jeta un nouveau regard perplexe vers la jeune femme, la cause de tous ses tourments, et fronça les sourcils en prenant note de son détachement feint.

— Une fois arrivée en terre camerounaise, Milady, il n'y aura qu'une seule personne sur laquelle vous pourrez compter… Vous-même… C'est votre endurance physique et mentale qui sera votre meilleure alliée.

Adélaïde lui lança un coup d'œil succinct empli de défi avant de répliquer avec provocation.

— Je le sais pertinemment, major. Néanmoins, il y a deux variantes auxquelles je peux me fier…

— Je vous écoute, Milady, répondit Aidan d'un ton caustique.

— Votre détermination à ne pas me voir mourir ainsi que celle de me ramener auprès de mon oncle, lâcha-t-elle, frondeuse.

Aidan se renfrogna tout en laissant fuser un grognement révélateur. Un sourire sarcastique se dessina sur les lèvres d'Adélaïde. Fière de lui avoir cloué le bec, elle reporta son attention sur le Nigérian assis devant elle et qui venait de lui tendre un morceau d'ananas frais qu'il avait découpé avec amabilité. Sa bouche édentée, qui se confondait avec les traits de son visage ridé par le soleil et l'âge, inspirait confiance.

— Merci, dit-elle en se déplaçant pour saisir la bouchée.

Ce faisant, elle infligea par inadvertance un coup de talon au paquet emmailloté sous son banc. En réponse, l'amas de toile eut un mouvement furtif qui la fit sourciller. Elle assena un second coup avec prudence. Le soubresaut vigoureux qui s'ensuivit l'inquiéta à l'instant. Elle se pencha vers l'avant non sans hésitation, tentant de discerner ce qui s'y trouvait. Un œil de reptile se braqua sur elle avec hostilité alors qu'un bruit sourd gonflait, lui donnant la chair de poule.

La bête sous elle s'agita davantage, se dévoilant par le fait même. Adélaïde eut un cri d'effroi et remonta ses pieds sur le banc en découvrant l'énorme crocodile. La pirogue fut déstabilisée par son déplacement brusque ainsi que par les remous de l'animal.

— Calmez-vous, nom de Dieu ! la sermonna aussitôt Aidan en la saisissant par le bras.

Adélaïde releva un regard épouvanté vers lui. Cet homme devait être fou pour rester impassible face à cette créature redoutable.

— Cette bête est inoffensive pour l'instant. Sa mâchoire est muselée, ses pattes ainsi que sa queue sont entravées. Vous ne courez aucun risque.

Adélaïde prit plusieurs grandes inspirations avant d'être en mesure de se dominer. En dépit des paroles d'Aidan, qui se voulaient rassurantes, elle se garda de descendre ses pieds de son perchoir. Cet affreux reptile avait beau être attaché solidement, il n'en demeurait pas moins vivant, qui plus est, dangereux. D'ailleurs, il le prouva en s'agitant de plus belle.

— Je ne m'y fierais pas à votre place, major. Lors de mon passage en Égypte, j'ai vu de quoi ces monstres étaient capables.

L'expression d'incrédulité qui se peignit sur le visage d'Aidan lui fit pousser un soupir d'exaspération.

— Je ne suis pas aussi ignare que vous semblez l'imaginer. J'ai remonté plus d'une fois le Nil en compagnie de mon oncle et ma tante. J'ai déjà croisé la route de ces animaux aux proportions démesurées.

— Vous ignorez tout de mes pensées, Mademoiselle de Beauchamp, se contenta-t-il de répliquer.

En réalité, la réponse d'Aidan se voulait évasive pour dissimuler l'étonnement qu'il avait éprouvé à la suite de ses propos. La jeune femme avait parcouru un chemin peu conventionnel, ce qui en faisait un être hors du commun. D'une certaine façon, ses expériences de vie faisaient d'elle une personne à son image, ce qu'il n'était pas heureux de découvrir. Se trouver de nouvelles affinités avec elle ne l'enchantait guère. Sauf qu'il aurait dû s'en douter. Plus que jamais, il désirait l'effrayer afin de la décourager de poursuivre cette mission.

Il l'avait fait asseoir sciemment à cet emplacement, car il savait ce qui se trouvait dessous. À l'évidence, il en fallait beaucoup plus pour apeurer Adélaïde. Il se passa les doigts dans les cheveux, les ébouriffa sans pitié.

Au centre de la pirogue, deux des marchands commencèrent à se quereller, vociférant l'un contre l'autre en faisant de grands gestes. L'un d'eux pointa du doigt le crocodile sous le banc. Le cœur d'Adélaïde bondit pour la seconde fois dans sa poitrine lorsque l'animal s'agita derechef tout en balançant la tête pour tenter de se libérer de sa muselière, ce qui fit tanguer davantage l'embarcation.

Plus vif que les Africains, Aidan s'empara du pistolet qu'il portait à sa ceinture, puis assomma la bête à trois reprises avec la crosse de son arme. Le reptile finit par s'immobiliser, au soulagement de tous. Quant à Adélaïde, elle ramena ses mains dans son giron pour dissimuler leur tremblement.

— Vous pouvez déposer vos pieds au sol, Milady, lâcha Aidan avec humeur en désignant des yeux le fond de la pirogue. Vous ne courez plus aucun danger.

— Ça ira, major, mais je préfère demeurer dans cette posture si cela ne vous dérange pas.

— Vous êtes instable dans cette position. À la moindre vague encaissée de travers vous risquez d'être déséquilibrée, ou pire de tomber à l'eau.

— C'est un risque que je suis prête à prendre, répondit-elle en détournant le regard.

— Pas moi, Milady, s'impatienta Aidan.

Avant même qu'elle puisse réagir, il la tira à lui par les chevilles, la fit pivoter sur son banc avec une facilité déconcertante, puis la colla contre son flanc. Adélaïde eut le souffle coupé un bref instant. Alors qu'elle cherchait à lui échapper, Aidan resserra sa prise autour de sa taille, les muscles de son bras tendu comme la corde d'un arc sur le point de se rompre.

— Ça suffit maintenant ! ordonna-t-il sèchement.

Adélaïde se figea, saisie par son ton de commande. Elle leva un regard courroucé vers lui, mais perdit tout de sa hargne devant son air implacable.

– Vous allez vous tenir tranquille jusqu'à notre arrivée et tempérer votre humeur belliqueuse, poursuivit-il d'une voix mordante.

Ses yeux la mirent au défi de s'insurger. Adélaïde ravala une réplique acerbe. Elle se sentait mortifiée par ses propos cinglants, mais refusait de leur donner plus de poids qu'ils en avaient déjà.

– Je vous déteste, Aidan MacBain, souffla-t-elle avec rancœur.

– Je sais… fit-il en crispant la mâchoire.

Là-dessus, il reporta son attention sur les côtes camerounaises, qui se rapprochaient. Les paroles de la jeune femme l'avaient blessé plus qu'elles n'auraient dû. Furieux contre lui-même, il se mura dans un mutisme hostile qui heurta Adélaïde.

Elle n'avait pas eu l'intention de se montrer si mordante de prime abord, mais pour une raison qu'elle ignorait, cet homme parvenait à faire surgir le pire d'elle. Résolue à demeurer maître de ses émotions, elle bloqua tout sentiment dérangeant, obligeant son esprit à se centrer sur le littoral qui se découpait à l'horizon, à la mission qui l'attendait, et à tenter de faire abstraction du corps ferme pressé contre le sien.

La pirogue glissa en direction du rivage sans faire de bruit, dissimulée par la végétation environnante. Par prudence,

Aidan refusa que les marchands s'engagent sur la berge. À la place, il préféra sauter afin de s'y rendre par ses propres moyens. Ce faisant, il se retrouva avec de l'eau jusqu'à la taille. Fidèle à lui-même, il ne se soucia pas outre mesure de cet inconvénient et s'empara de son paquetage avec nonchalance. Puis, il se dirigea vers la plage sans égard pour la jeune femme qui était demeurée dans l'embarcation, déconcertée.

— Major ! l'interpella Adélaïde.

— Débrouillez-vous seule, Mademoiselle de Beauchamp, ou retournez auprès de votre oncle, lança-t-il par-dessus son épaule sans faire mine de revenir l'aider. Vous pouvez encore changer d'avis.

Adélaïde serra les poings, furieuse de son comportement cavalier. Ainsi, le bougre d'homme pensait la décourager en faisant preuve de grossièreté à son endroit. Qu'il se le tienne pour dit, elle ne lui octroierait pas ce plaisir. Certes, ce n'était pas l'envie qui lui manquait de crier sa frustration, mais elle se contenta à la place de jeter un coup d'œil torve vers le bleu de l'océan.

— Tonnerre de Dieu ! tempêta-t-elle avec mauvaise humeur en enlevant ses bottes ainsi que ses bas.

Aidan, qui avait entendu son imprécation, fronça les sourcils. Il n'aimait pas ce que laissait présager son juron. Comme une réponse à ses craintes, un plouf retentit derrière lui, annonciateur d'ennuis. Il n'avait pas besoin de se retourner pour deviner qu'il n'allait pas apprécier ce qu'il découvrirait.

Adélaïde retint son souffle quelques secondes en atterrissant dans les flots. Une vague enfla au même moment derrière elle, la soulevant du sol marin, lui faisant perdre l'équilibre provisoirement. Elle pesta de nouveau en se retrouvant soudain mouillée jusqu'au cou. Elle était nue sous son chemisier, ce qui signifiait que le tissu détrempé ne dissimulait plus rien désormais du galbe de ses seins. Embarrassée, elle demeura prostrée sur place, les doigts crispés sur le rebord de la pirogue. Elle savait malgré tout qu'elle devait s'emparer de ses effets, gagner la rive avant qu'ils ne soient remarqués par des patrouilles, mais son corps refusait de bouger. Elle avait beaucoup trop conscience de ses formes à peine voilées.

C'était la faute de ce satané Écossais. S'il ne s'était pas montré si obtus, elle ne se retrouverait pas dans cette situation inconfortable. Elle comprit cependant, lorsqu'elle lança un regard courroucé dans sa direction, qu'il n'avait pas prémédité cet aboutissant scandaleux, car il paraissait plus déconcerté qu'elle. Après ce qui lui sembla durer une éternité, les prunelles incandescentes d'Aidan quittèrent le spectacle de sa poitrine pour remonter vers son visage empourpré.

Adélaïde se sentit fondre sous cette intensité de braise. Non sans peine, elle s'arracha à l'engouement envoûtant qui lui faisait perdre tout sens commun et reporta son attention vers l'intérieur de la pirogue afin d'y prendre son paquetage. Malheureusement, celui-ci se trouvait hors de sa portée, si bien qu'elle dût se donner une poussée pour l'atteindre. Dans la foulée, elle offrit une vision plus nette de ses seins moulés sous le chemisier. Elle serra les dents, n'osant croiser le regard des Africains. Ses joues brûlèrent quand elle prit conscience qu'il lui faudrait fournir un effort supplémentaire pour y arriver. Par bonheur, l'un des Nigérians eut pitié d'elle et saisit son sac ainsi que ses bottes à sa place pour les lui tendre avec gentillesse. Son sourire bienveillant la rasséréna. Aucune chance que ce maudit Écossais fasse preuve d'autant de galanterie. Un sentiment de révolte la gagna.

Le marchand n'avait pas été indigné par sa tenue pour la simple et bonne raison que les femmes de son pays se promenaient les seins nus, sans crainte de représailles ni de réprobation de la part des hommes, contrairement à ce qu'elle avait lu dans le regard choqué d'Aidan et de ses compatriotes par le passé. Elles n'étaient pas considérées comme indécentes ni perdues pour l'indigène. Au contraire, tous jouissaient en ces terres d'une liberté qu'elle leur enviait, qui lui faisait cruellement défaut.

Faisant fi des dernières barrières qui l'entravaient, Adélaïde attrapa son sac ainsi que ses bottes d'une main sûre, puis les souleva au-dessus de sa tête pour éviter qu'ils ne soient trempés. Ce faisant, les pans de sa blouse se tendirent sur sa poitrine, la moulant. C'est d'une voix assurée qu'elle remercia le marchand pour sa délicatesse. Après tout, elle n'avait aucune raison d'éprouver de la honte. C'était plutôt à Aidan MacBain de se débattre avec ses convictions, de ronger son frein.

Entre-temps, Aidan avait entrepris de revenir vers elle pour la seconder. Il stoppa net dans son avancée face au spectacle qu'elle offrait. Une bordée de jurons franchit ses lèvres. Il était incapable de détacher son regard des mamelons érigés qui pointaient dorénavant vers lui avec arrogance. Sa bouche s'assécha, alors qu'un désir impérieux naissait dans ses entrailles. Il avait eu le malheur de goûter aux charmes de cette insolente par le passé, et ce souvenir se rappelait à lui avec une force éprouvante. Il avait été idiot de s'abstenir de toucher une autre femme depuis leur séparation sur le quai de Québec. Son corps réclamait celui d'Adélaïde comme sien, revendiquant ses droits.

De sa position, Adélaïde ne perdit rien de la faim dévorante qui montait chez Aidan. Celui-ci était tendu à l'extrême, à l'affût du moindre de ses mouvements. Ainsi, elle parvenait à le déstabiliser avec ses attributs féminins. À cette idée, un sentiment euphorique s'empara de tout son être. Elle goûta cette victoire, le pouvoir que lui conférait cette découverte. D'entrée de jeu, elle s'alanguit, alors qu'une expression de gourgandine s'affichait sur son visage, sans parler de la lueur provocatrice qui dansait désormais dans ses prunelles. Aidan plissa les yeux en prenant conscience du changement qui s'opérait en elle.

— Prenez garde, Adélaïde, l'avertit-il d'un ton féroce.

La jeune femme fut parcourue d'un frisson d'anticipation. Certaine de détenir une arme contre lui, elle s'approcha pour confirmer ses soupçons. Elle ne s'arrêta qu'une fois parvenue à sa hauteur. Là, elle leva la tête, enroula ses bras autour du cou d'Aidan avec grâce et appuya ses seins sensibles contre son torse massif. La respiration d'Aidan se bloqua dans sa gorge. Il dut déployer un effort considérable pour ne pas la saisir par la taille et l'embrasser. Adélaïde, qui cherchait à percer sa carapace, l'examina entre ses cils mi-clos tel un félin guettant sa proie. Un sourire mystérieux joua sur ses lèvres avant qu'elle se presse davantage.

— Je n'ai pas peur de vous, major ! susurra-t-elle d'une voix mielleuse à son oreille.

Tous les muscles du corps d'Aidan se contractèrent quand le souffle chaud de sa compagne glissa sur sa peau comme une caresse emplie de promesses. Puis, un froid funeste s'insinua en lui lorsqu'elle se recula, remettant une certaine distance entre eux. Elle continua néanmoins à le dévisager sans pudeur, allant jusqu'à le provoquer de plus belle dans une invite muette en passant le bout de sa langue sur sa lèvre supérieure. Aidan fut électrisé par son geste des plus évocateur.

Elle l'examina en silence quelques secondes, puis se détourna de lui pour gagner la rive. Aidan demeura immobile un bref instant avant de se décider à bouger pour lui emboîter le pas. Dès qu'il l'eut rejointe, il se délesta de sa propre chemise d'un mouvement rageur, puis la lui tendit sans façon. Il se fit un point d'honneur de garder les yeux rivés au-dessus de la tête de la jeune femme.

— Débarrassez-vous de votre chemisier et enfilez ma chemise avant d'attraper la mort, lâcha-t-il d'une voix rauque. La température chute à l'ombre de la forêt. De plus, deux de mes hommes devraient arriver sous peu, poursuivit-il avec plus de brusquerie.

Adélaïde commença à déboutonner sa blouse avec une lenteur calculée qui mit les nerfs d'Aidan à rude épreuve. Lorsque le tissu tomba avec lourdeur de ses épaules, les narines de celui-ci frémirent, mais il ne broncha pas d'un pouce pour autant, refusant de se laisser gouverner par ses sens.

Adélaïde afficha une moue dubitative en s'emparant du vêtement d'Aidan. Satisfaite de sa victoire, elle enfila la chemise avec une assurance qui le déstabilisa. La donne avait changé au cours de cet incident, sans qu'il puisse se l'expliquer, et il craignait que ce fût à ses dépens, ce qui le préoccupait. Quant à Adélaïde, elle n'en avait pas terminé avec lui. Elle huma le parfum musqué qui se dégageait du tissu, s'en imprégna, puis commença à insérer un à un les boutons dans les œillets sans se presser, laissant pendre les pans de chaque côté de ses hanches. Alors qu'elle s'apprêtait à enlever également son pantalon, Aidan étreignit ses poignets d'un geste abrupt pour l'arrêter.

– NON ! tonna-t-il.

Le regard implacable qu'il baissa sur elle lui arracha un frisson. Animé par une force obscure, il la tira à lui avec une telle rudesse qu'elle chancela.

– Ne jouez pas à ce petit jeu avec moi, Mademoiselle de Beauchamp, sinon vous risqueriez de le regretter, siffla-t-il entre ses dents.

Les lèvres d'Adélaïde frémirent, puis s'étirèrent dans un pli cynique. Quant à ses prunelles, elles se teintèrent d'orage. Sa sirène venait de se transformer en harpie en un clin d'œil.

– Et que pourriez-vous me faire subir de plus ignoble que vous ne m'ayez déjà infligé, major ? attaqua-t-elle, portant le coup de grâce alors qu'il s'y attendait le moins.

Aidan blanchit d'un coup. Une pointe douloureuse atteignit son cœur, déversant sur son passage un flot de bile. La culpabilité remonta à la surface, lui coupant le souffle. Il se frotta les paupières tout en reculant pour prendre ses distances. Jusqu'à quel point l'avait-il blessée par sa conduite ? C'était difficile à dire sous sa façade frondeuse. Leur situation était pour le moins épineuse et risquait de nuire à leur mission. C'était comme s'il tenait une grenade dégoupillée entre ses mains. S'il n'y prenait pas garde, ils en paieraient tous le prix fort, ses hommes y compris.

Dans quel bourbier se retrouvaient-ils ? Il devait calmer le jeu entre eux avant que cette relation dégénère et ne tourne à la catastrophe, sinon les jours à venir se révéleraient infernaux.

— Adélaïde…

— Mademoiselle de Beauchamp, pour vous, le coupa-t-elle sans ambages. L'auriez-vous oublié, major ?

Aidan prit une grande inspiration, puis se pinça l'arête du nez.

— Je ne désire pas engager une bataille avec vous, j'en ai assez sur les bras avec les Allemands.

La voyant sur le point de répliquer, il leva les deux paumes en l'air en signe de reddition.

— Je suis désolé si je vous ai blessée par le passé. Profondément désolé…

Adélaïde fronça les sourcils, quelque peu perplexe quant à la tournure inattendue qu'effectuait leur affrontement. Aidan profita de son mutisme passager pour poursuivre.

— J'ai abusé de votre confiance à plus d'une occasion afin de mieux tromper votre vigilance, pour vous amener là où je le souhaitais. Je suis conscient que je vous ai traitée de façon ignoble, et j'en suis navré… À ma décharge, j'ai agi de la sorte dans le but d'assurer votre protection.

De plus en plus déroutée, Adélaïde croisa les bras sur sa poitrine, se donnant ainsi l'illusion sommaire de se protéger de lui. Elle baissa la tête pour cacher son trouble, dissimulant sa vulnérabilité, tout comme la douleur qu'éveillaient ses paroles.

Aidan s'empara de son menton, le souleva avec douceur. Quand il plongea son regard dans le sien, il se sut perdu d'avance. Cette femme détenait un ascendant sur lui, le touchait comme nulle autre personne. Quoi qu'il fasse ou dise, rien ne changerait ce constat affligeant. Agir comme il l'avait fait au club puis à Québec avait été périlleux de sa part sans parler du fait qu'il l'avait meurtrie. D'ailleurs, il ne se passait pas un jour depuis leur séparation sans qu'il regrette amèrement sa décision, se demandant s'il avait fait le meilleur choix. Voilà pourquoi il avait éprouvé un tel choc en l'apercevant dans le bureau de son supérieur, en comprenant que la vie se chargeait de la remettre sur sa route, comme pour mieux le narguer. Pour rien au monde il ne voulait qu'elle se retrouve de nouveau dans la ligne de mire de l'ennemi. Une fois lui avait suffi. Il avait cru mourir à plus d'une occasion ce jour-là.

Sauf qu'il était coincé dans une mission avec elle… Il ne souhaitait pas la faire souffrir à l'époque, ne le désirait toujours pas aujourd'hui ; malgré tout, c'était ce qui se produisait. « Que diable ! » Tout ce à quoi il aspirait, c'était de la protéger de lui, du risque que représentaient les Allemands. La méthode qu'il avait employée par le passé pour l'éloigner de lui les avait presque tous deux conduits à leur perte, sans parler des cicatrices imprégnées dans leur âme ainsi que leur chair. Que devait-il faire dans ces conditions ? Le danger faisait partie de son lot quotidien, rien n'avait changé à ce sujet. Il avait de nombreux ennemis qui demeuraient cachés dans l'ombre, attendant de lui infliger le coup de grâce. Ceux-ci ne reculeraient devant rien pour l'atteindre.

Un poids oppressa sa poitrine. Il était désespéré, n'arrivait pas à trouver comment consolider leurs deux mondes sans l'entraîner dans les ténèbres avec lui. Il eut un rire désabusé envers lui-même. À qui désirait-il faire croire ces faux-semblants ? Elle était enlisée avec lui dans cette réalité, qu'il le veuille ou non, à cause de cette maudite mission.

Pour sa part, Adélaïde était désorientée. La carapace d'Aidan semblait s'être fissurée d'un seul coup. Avait-elle rêvé ? Il faut dire qu'elle avait vu tant de visages distincts chez cet homme qu'elle s'y perdait en conjectures. Cherchait-il encore à la mystifier afin d'endormir sa méfiance tel qu'il l'avait fait à maintes occasions ? C'était fort probable. Dans ces conditions, elle se devait de demeurer sur ses gardes et, surtout, de ne pas se laisser entraîner de nouveau dans une spirale d'émotions sans fin. C'était une question de survie. De toute façon, elle s'était promis de ne plus tomber amoureuse, en particulier de cet Écossais. Elle ne devait pas l'oublier.

Adélaïde s'efforça de soulever les épaules avec désinvolture, comme si les propos qu'Aidan avait prononcés revêtaient peu d'importance pour elle, ce qui ne manqua pas d'irriter le principal intéressé. Il aurait préféré qu'elle l'invective de paroles acerbes, ou même qu'elle le gifle, pas qu'elle affiche ce détachement impassible. Un désir trouble s'empara de lui, cette partie possessive chez lui qui refusait de lâcher prise en ce qui la concernait. Pourtant, il aurait dû se réjouir qu'elle ait tourné la page. Alors, pourquoi avait-il ce trou béant dans la poitrine ?

Il secoua la tête avec amertume. La vérité, c'était qu'il l'aimait comme un fou depuis le premier jour et n'arrivait pas à la rayer de sa vie. Il était mal barré… car qui plus est, il l'avait immuablement dans la peau. Leur séparation n'avait fait qu'exacerber ses sens, si bien qu'il n'était pas loin de perdre tout contrôle sur ses émotions.

Il avait déjà envisagé l'espace d'un instant l'idée d'abandonner son métier lorsqu'il était à Métis, de l'épouser, mais il s'était dégonflé, avait préféré mettre fin à leurs fiançailles de façon ignoble avec cette lettre abjecte au club. Comment se surprendre de la haine d'Adélaïde à son égard dans ce cas ? Ironiquement, elle ne cessait de le hanter. La nuit, au cœur de ses cauchemars, son cri de désespoir résonnait en boucle dans sa tête. Il la revoyait, s'effondrant à genoux sur le sable de cette maudite plage, ses mains serrées autour de sa taille alors que ses épaules s'agitaient de soubresauts sous ses sanglots. Il déglutit à ce souvenir.

Serait-ce si terrible en définitive de l'épouser, de mettre un terme à ses agissements d'agent ? Il pourrait l'envoyer en lieu sûr en Écosse, le temps qu'il termine sa mission en cours, que la situation s'améliore. Du moins, sur les terres des MacBain, elle serait en sécurité, entourée de ses gens, loin des répercussions de la guerre. Certes, son cousin ne serait peut-être pas enchanté de voir que le titre de comte lui échappait, mais après tout, c'était à lui, Aidan MacBain, qu'il incombait de veiller sur les siens, de perpétuer le nom de leur lignée.

Une étrange chaleur prit naissance au creux de son ventre à cette idée, se propageant dans tout son être. Il s'ébroua aussitôt. Entretenir de tels rêves serait désastreux pour eux deux. « Que diantre ! » Fallait-il que cette femme lui embrouille les esprits pour qu'il envisage ne serait-ce qu'un instant une idée aussi insensée ! Ils nageaient en pleine guerre, entourés de complots funestes. À quoi pensait-il ?

Furieux contre lui-même, il se mit à arpenter la plage comme un lion en cage. Il devait demeurer centré sur leur mission, afin qu'ils sortent tous vivants de cet enfer. C'était sa priorité. Rien d'autre n'avait d'importance. Il s'en tiendrait à son plan initial, n'en dérogerait sous aucune condition. Tout d'abord, il s'assurerait de l'entraîner adéquatement, quitte à la pousser au-delà de sa résistance. Qu'elle le déteste servirait sa cause. Il utiliserait ce moteur pour l'obliger à garder ses distances avec lui.

Il s'apprêtait à lui communiquer ses premières directives lorsque deux hommes surgirent des bois sans crier gare. Adélaïde eut un mouvement de recul à la vue de leur mine revêche, sans compter qu'elle était passablement tendue depuis leur échange verbal. Dès l'instant où Aidan l'avait relâchée, il s'était emmuré dans un silence soutenu qui n'augurait rien de bon, la rendant nerveuse pour une raison inconnue. De plus, il paraissait s'être paré d'une détermination inébranlable. Que lui réservait-il ?

L'arrivée soudaine des deux soldats n'avait fait que renforcer son malaise. Sans doute Aidan dut-il sentir son agitation, car il se rapprocha d'elle et déposa une main ferme sur son épaule.

— Du calme, ces deux soldats sont avec moi.

Adélaïde tourna la tête vers lui alors que son front se plissait d'une ride soucieuse. Aidan était redevenu plus distant que jamais. Sauf qu'il lui avait semblé l'espace d'un instant que son regard s'était adouci. Était-ce le fruit de son imagination ? Perplexe, elle se libéra de son étreinte en reculant d'un pas. Aidan se retint d'afficher son agacement derrière une expression neutre.

Mieux valait pour l'heure rejoindre le campement. S'éterniser en ces lieux risquait de finir par attirer l'attention sur eux. Il s'approcha alors vers ses hommes, qui lui tendirent deux machettes avant de regagner le couvert de la forêt. Aidan revint se poster devant la jeune femme pour lui donner l'une des deux lames. Comme elle ne semblait pas vouloir s'en emparer, il releva un sourcil, une lueur de défi dans les prunelles.

— Cette machette est indispensable dans la jungle, elle pourrait vous sauver la vie.

Adélaïde chassa avec irritation un moustique de la main avant de se résoudre à saisir le manche d'un geste brusque. Aidan lui retourna un regard agacé en prenant de nouveau la parole.

— Assurez-vous que le poids de votre paquetage est réparti de façon équilibrée sur vos épaules, car ici, il n'y aura aucun porteur pour transporter vos effets ni sentier balisé pour vous faciliter la tâche.

— J'en suis consciente, major. Nul besoin de me le rappeler, répliqua Adélaïde avec impatience.

— Dans ce cas, après vous, Milady, déclara Aidan en lui faisant signe de suivre ses hommes.

Elle le dépassa non sans une certaine réserve. Elle savait très bien qu'à partir du moment où elle pénétrerait dans cette jungle, elle serait à la merci d'Aidan MacBain. Un sentiment proche de la panique s'empara d'elle à cette seule perspective. Elle s'arrêta à l'orée de la forêt, l'estomac noué par l'appréhension.

— Auriez-vous changé d'idée, Milady ? susurra Aidan à son oreille derrière elle.

Adélaïde sursauta. Elle ne l'avait pas entendu se rapprocher, ne pensait pas qu'il s'était retrouvé si près d'elle au point de sentir sa chaleur dans son dos. Elle s'éloigna de lui, prit une brève inspiration tremblante, puis pénétra dans la jungle.

CHAPITRE 5

Au cœur de la jungle

Le regard d'Adélaïde dévia pour la énième fois vers les épaules robustes d'Aidan. Elle était fascinée par le jeu des muscles sous sa peau bronzée lorsqu'il maniait sa machette pour dégager un passage. Il aurait pu enfiler une nouvelle chemise avant de changer de place avec ses hommes pour ménager sa pudeur, mais ce bougre d'Écossais n'en avait rien fait. Elle avait beau détourner la tête, chercher à concentrer son intérêt sur le paysage environnant, ses yeux revenaient sans cesse se poser sur son dos athlétique.

Aidan était surpris. Il ne s'était pas attendu à ce que la jeune femme adopte leur rythme effréné sans émettre le moindre commentaire ni la moindre plainte. Tendant l'oreille, il perçut un faible halètement derrière lui. Il s'immobilisa. Il n'y avait plus de raison de maintenir cette cadence soutenue. Personne ne les suivait ; il s'en était assuré avant de passer devant. Adélaïde n'avait pas l'endurance ni l'entraînement de ses hommes. Il la poussait trop. Il devait lui accorder un moment de répit afin de lui permettre de reprendre son souffle.

– Nous allons nous reposer cinq minutes, déclara-t-il en se retournant vers elle.

La vision qu'il eut lui étreignit le cœur. Adélaïde avait enlevé le foulard qui ornait son cou et s'en servait désormais pour éponger son front moite. Des boucles humides collaient à sa peau, son visage était rouge et sa chemise, grande ouverte au niveau du col. Il déglutit avec peine en voyant les gouttes de sueur glisser jusqu'à la naissance de ses seins. La convenance aurait voulu qu'il détourne le regard, mais il en était incapable.

Alors qu'elle se laissait choir mollement sur le sol, il la retint par le coude.

– Vous ne devez jamais vous asseoir à même le sol. Choisissez plutôt un rocher ou utilisez votre paquetage. Vous éviterez ainsi les mauvaises surprises rampantes qui se tapissent dans la terre.

– Oh !!! souffla Adélaïde d'une voix chevrotante.

Vacillant légèrement, elle s'appuya avec plus de lourdeur sur le bras qui l'étreignait toujours. Soucieux de son état, Aidan scruta les traits tirés de son visage avant de lui tendre une gourde d'eau.

– Buvez, Adélaïde, lui ordonna-t-il avec douceur. Vous ne devez pas vous déshydrater.

– Merci, murmura-t-elle avec une vulnérabilité désarmante.

Le front d'Aidan se plissa d'inquiétude. Adélaïde n'avait pas sourcillé quand il avait utilisé son prénom, ce qui ne le rassurait guère. Elle semblait au bord de l'évanouissement.

– Buvez encore, Adélaïde.

La voyant refuser d'un geste las, il porta lui-même le goulot à ses lèvres, la forçant à s'exécuter.

– Je sais que vous êtes exténuée, mais courage, nous sommes presque arrivés. Une fois en sécurité au campement, je vous laisserai vous reposer.

Adélaïde lui adressa un faible sourire, touchée malgré elle par sa sollicitude inattendue. Elle aurait dû s'interroger plus en profondeur sur ce changement d'attitude, mais elle était harassée, n'arrivait plus à formuler la moindre pensée cohérente. Avancer un pied devant l'autre requérait déjà toute son énergie et son attention.

Elle retint de justesse un gémissement de désespoir quand Aidan donna le signal du départ. Cela faisait près de trois heures qu'ils marchaient à un rythme soutenu, à se frayer un chemin parmi la végétation dense. Elle était si fourbue qu'elle ignorait comment elle trouverait la force d'aller plus loin.

Elle écrasa de sa paume un moustique qui s'apprêtait à la piquer dans le cou. Ces bestioles allaient finir par la rendre folle. Afin de se protéger au mieux, elle rattacha son foulard autour de sa gorge. Puis, tout en essuyant son front de sa manche, elle s'efforça d'emboîter le pas à Aidan. Après tout, c'était elle qui avait décidé de s'embarquer dans cette galère ; personne ne l'y avait forcée.

L'esprit ailleurs, elle trébucha sur une racine qui sortait de la terre. Elle bascula vers l'avant et aurait sans doute percuté le sol si elle n'avait pas eu le réflexe de se rattraper au tronc d'un arbre à sa portée. Aidan fit volte-face, le regard soucieux. Elle hocha faiblement la tête pour le rassurer, puis se redressa avec maladresse. De son bras replié, elle repoussa une liane sur son chemin. Un sifflement précéda la chute d'un poids lourd sur son épaule. Un cri strident franchit ses lèvres, alertant Aidan. Prise d'hystérie, elle se contorsionna, se débattant comme une déchaînée. Une poigne ferme la tira vers l'arrière, puis une lame s'abattit sur le serpent qui venait de tomber au sol, le décapitant.

Aidan avait agi d'instinct, mais maintenant que la menace était écartée, il saisissait toute l'ampleur du drame qu'ils avaient frôlé. Le long reptile rampant était venimeux. Fou d'inquiétude, il agrippa Adélaïde par les bras.

— Avez-vous été mordue ? s'enquit-il avec angoisse.

Comme elle demeurait tétanisée sans répondre, il la secoua pour la ramener.

— Adélaïde ! mugit-il. Avez-vous été mordue ?

Une étincelle de conscience traversa les prunelles dilatées de la jeune femme. En se rendant compte tout à coup du danger auquel elle venait d'échapper, Adélaïde poussa un gémissement pitoyable. Instantanément, ses jambes cédèrent sous son poids. Aidan l'empoigna par la taille pour la soutenir. Adélaïde enfouit son visage contre son torse chaud tout en s'accrochant à ses épaules.

— Damnation, Adélaïde ! s'étrangla-t-il en essayant de voir s'il y avait une morsure dans son cou.

— Je n'ai rien, lâcha-t-elle dans un souffle.

Aidan resserra son étreinte, le cœur glacé. Le corps de sa compagne était parcouru de tremblements incontrôlables.

— C'est terminé, ma douce, murmura-t-il près de sa tempe.

Adélaïde fut traversée par un frisson délicieux en l'entendant l'appeler « ma douce ». Il y avait si longtemps qu'il n'avait pas prononcé ce mot tendre à son intention qu'elle en fut ébranlée. Les nerfs en boule, elle tenta de contenir l'émotion vive qui menaçait de la submerger. Toutefois, malgré ses efforts et sa résolution de demeurer forte, elle craqua.

Non sans peine, elle chercha à étouffer ses sanglots. Mal à l'aise devant ce débordement féminin, l'un des deux hommes d'Aidan se racla la gorge, alors que le second détournait les yeux.

— Vous devez vous reprendre, Adélaïde, chuchota Aidan avec douceur.

— Je... sais... hoqueta-t-elle à travers ses larmes.

Comprenant qu'elle avait perdu le contrôle de ses nerfs, Aidan encadra son visage de ses mains et frôla ses lèvres d'un baiser apaisant. La respiration d'Adélaïde se bloqua alors que son cœur manquait un battement.

Aidan accentua la pression de sa bouche sur la sienne, l'obligeant à le recevoir plus profondément. Le corps d'Adélaïde se réchauffa à son contact, commença à s'amollir entre ses bras.

Un second raclement de gorge les ramena à la réalité. Aidan quitta avec regret la chaleur de la jeune femme, puis releva la tête. Il lança un regard furibond à ses hommes. Cependant, il s'abstint de tout commentaire afin de ne pas mettre sa compagne dans l'embarras.

— Êtes-vous prête à continuer ? s'informa-t-il avec délicatesse.

Incapable de parler, Adélaïde lui fit un signe d'assentiment. Aidan l'examina une dernière fois avant de se résoudre à donner le signal du départ.

Ce n'est qu'une heure plus tard qu'ils parvinrent enfin au campement de base. Adélaïde avait le corps en sueur, sans parler de sa respiration laborieuse. Elle s'était crue suffisamment robuste pour endurer ce périple dans la jungle sans problème. Il lui fallait dès lors réviser sa position ; elle devait s'endurcir davantage. Tous ses muscles se rappelaient à elle, lui arrachant une grimace. Ses membres tremblotaient, signe qu'elle était épuisée ; d'ailleurs, c'était tout juste si ses jambes la supportaient. La tête lui tournait, et elle avait un point au flanc.

À leur entrée dans le camp, un petit groupe vint à leur rencontre. Adélaïde fut étonnée de découvrir parmi eux Percy Fraser, le gentilhomme croisé à Métis qui s'était montré si prévenant avec elle, mais ce ne fut rien de comparable à la surprise éprouvée par celui-ci quand il la reconnut à son tour.

– Qu'est-ce que ça veut dire ? s'indigna-t-il en fonçant droit sur eux.

– Pas maintenant, Percy, l'avertit Aidan en le repoussant.

Attentif à la moindre réaction de sa compagne, Aidan la fit avancer d'une légère pression de la main dans son dos vers une petite hutte sommaire. Adélaïde se laissa conduire sans regimber, trop épuisée pour opposer une résistance.

Il écarta la toile qui servait de porte, puis lui indiqua du menton la paillasse qui recouvrait une partie du sol. Un matelas surplombé d'une moustiquaire s'y trouvait. Adélaïde se laissa choir sans façon sur le lit rudimentaire.

À peine ses bottes enlevées, ses jambes allongées, une vieille femme à la peau noire comme l'ébène s'approcha d'elle, un bol en terre cuite entre les mains.

– Mademoiselle de Beauchamp, je vous présente Nabila. Elle est la guérisseuse du village voisin. Elle vient souvent nous rendre visite avec ses mixtures.

Adélaïde la gratifia d'un signe de tête respectueux. Ces guérisseurs avaient toute son admiration. Pour sa part, elle les considérait comme plus aptes à soigner les maux de la population locale que les médecins traditionnels envoyés dans cette partie reculée du monde. En outre, l'infirmière qui sommeillait en elle et qui avait entamé une formation auprès des sœurs à Québec était intriguée par les remèdes préparés à partir des plantes de la région.

– *Ina wuni*[7], déclara Adélaïde d'une voix un peu léthargique.

– Bonjour à vous également, répondit Nabila dans un anglais rudimentaire.

Son sourire chaleureux réconforta Adélaïde. C'était bon de voir un visage amical après son périple à travers la jungle en compagnie d'hommes taciturnes.

– Avalez, lui recommanda Nabila en approchant le récipient de ses lèvres.

Une odeur rance flotta dans l'air, faisant plisser le nez de la principale intéressée. L'estomac d'Adélaïde se souleva face au liquide jaunâtre de texture granuleuse. Incertaine, elle lança un coup d'œil vers Aidan. Celui-ci était immobile, son expression sévère braquée sur elle depuis leur entrée dans la hutte. Comme elle semblait attendre son approbation, il se résolut à intervenir.

– Je vous conseille de faire tout ce qu'elle vous dit, sinon cette sorcière serait capable de vous forcer à le boire, fit-il devant son interrogation silencieuse.

Elle cilla sous son ton brusque, d'autant plus que ses traits demeuraient figés dans un masque austère. Elle pinça les lèvres, puis poussa un soupir d'exaspération et se résigna

7. Bonjour.

à avaler le liquide. Tout en lançant un regard mauvais à Aidan, elle ingurgita le contenu d'une seule gorgée. Aussitôt, elle plaqua une main sur sa bouche et déploya un effort considérable pour ne pas le vomir promptement. Un sourire se dessina sur le visage d'Aidan avant qu'il baisse la tête. Adélaïde, qui avait eu le temps de l'apercevoir, s'en irrita. Cet imbécile se permettait de se moquer de sa déconvenue.

— Je n'ai plus besoin de vous, major. Vous pouvez disposer, le rembarra-t-elle d'un ton hautain qu'elle voulait vexant.

Aidan s'inclina devant elle, bon joueur, avant de tourner les talons et de quitter la hutte. Nabila, qui se tenait toujours aux côtés de la nouvelle venue, promena son regard perçant de l'un à l'autre, une expression songeuse sur le visage. Se pouvait-il que l'Écossais ait trouvé une femme à sa hauteur, susceptible de ne pas se laisser impressionner par ses manières bourrues ? Voilà qui était intéressant. Elle connaissait Aidan MacBain depuis plusieurs années déjà. Celui-ci n'en était pas à sa première incursion dans la région. C'était l'un des rares étrangers qu'elle supportait et respectait. Combien de fois s'était-elle désolée de voir au fond de ses yeux cette solitude amère, cette blessure vive qui semblait ne jamais vouloir cicatriser ? L'Anglaise pouvait-elle être l'élue qui guérirait la plaie béante de son cœur, comblerait le trou profond qui l'habitait ? Il semblerait que ce soit possible, si elle se fiait à l'échange qui venait d'avoir lieu.

Le pli soucieux qui barrait le front d'Aidan et la lueur d'inquiétude dans ses prunelles n'avaient aucun rapport avec sa mission, mais tout avec la jeune femme assise sur la couche. À bien y réfléchir, Nabila décida qu'elle ne retournerait pas au village immédiatement. Elle resterait quelque temps dans les parages afin de voir comment évoluerait la situation. Si elle ne s'était pas trompée au sujet de ces deux antagonistes, elle n'hésiterait pas à donner un petit coup de pouce au destin.

Un bruissement attira son regard sur sa droite. La nouvelle arrivante venait de s'allonger sur le matelas. Pour Nabila, il n'y avait aucun doute dans son esprit que l'étrangère était une lady. Elle avait croisé la route de nombreuses courtisanes, de femmes de soldats ou du peuple lors de ses périples dans les colonies ; elle savait reconnaître une dame de qualité lorsqu'elle en rencontrait une. Ce qui la rendait perplexe. Que faisait cette lady dans la jungle ? Qu'est-ce qui reliait Aidan à celle-ci ? De toute évidence, ils se connaissaient depuis un bon moment. Tout en se tapotant le menton, Nabila s'assit à même le sol et plongea dans ses pensées.

Quant à Adélaïde, elle avait fermé les yeux sitôt glissée entre les draps légers. Trois minutes plus tard, elle dormait déjà d'un sommeil profond.

Le lendemain matin, Adélaïde fut tirée de ses rêves par le chant harmonieux des oiseaux perchés sur les branches qui surplombaient sa hutte. Elle souleva ses paupières boursouflées, s'étira pour délier ses muscles. Elle se sentait ragaillardie et, fait étrange, n'éprouvait aucun inconfort après sa longue marche de la veille. Était-ce dû au breuvage préparé par Nabila ou à ses habitudes de vie ? Probablement une combinaison des deux. Elle n'était pas du genre à demeurer oisive en temps normal, préférant de beaucoup l'action aux séances interminables en compagnie de ses pairs dans un salon de thé. Ce qui était souhaitable, étant donné ce qui l'attendait.

Du coup, elle prit conscience d'une faible brise glissant sur sa peau. Elle baissa les yeux vers sa poitrine. « Dieu du ciel ! » Qui avait pris la liberté de la déshabiller ? Soudain, une pensée dérangeante prit forme dans son esprit. Si jamais c'était Aidan, elle ne manquerait pas de l'étrangler. Séance tenante, elle s'empressa de remonter le drap sur ses seins tout en jetant un coup d'œil autour d'elle. Par chance, elle était seule. Perturbée, elle se souleva sur un coude et tenta de remettre de l'ordre dans sa chevelure emmêlée tout en parcourant la pièce du regard. Un pli soucieux barra son front quand elle remarqua que la toile qui masquait l'entrée la veille avait été relevée. Quiconque viendrait la retrouverait dans le plus simple appareil, et s'il s'agissait d'Aidan, elle en serait d'autant plus mortifiée. C'est pourquoi elle fut rassurée d'apercevoir ses effets personnels posés au pied du lit. Alors qu'elle tendait la main pour s'en emparer, une silhouette massive se découpa dans l'encadrement de la porte. Adélaïde poussa un cri de stupeur, les joues en feu, puis cligna des yeux. Elle était incapable de discerner ses traits à contre-jour.

— C'est donc vous la responsable, lança une voix impétueuse, la prenant au dépourvu.

— Pardon ? demanda Adélaïde avec prudence.

— Comment une *teyifen yorobo*[8] telle que vous a-t-elle pu causer tant de ravage ? poursuivit l'inconnu d'un ton accusateur.

Adélaïde se braqua sous l'intonation agressive. Elle ignorait ce que voulait dire « *teyifen yorobo* », tout comme l'identité

8. Fragile petite abeille.

du nouvel arrivant qui se dressait sur son seuil à contre-jour, mais cela ne l'empêchait pas pour autant de montrer son mécontentement. Alors que l'étranger s'avançait d'un pas souple, elle raidit l'échine. Elle réprima un sursaut de stupeur en découvrant que le personnage mystérieux était en fait une femme à la stature colossale, dotée d'une musculature phénoménale et de larges épaules.

Adélaïde s'empressa d'agripper ses vêtements sous l'œil inquisiteur de celle-ci. Par habitude, elle les secoua avant de les enfiler, puis fit de même avec ses bottes. Elle était peut-être déstabilisée par l'intrusion de l'indigène dans ses quartiers, mais pas au point d'oublier l'une des règles de base en terre africaine. Il n'y avait rien de plus désagréable ou risqué que de s'habiller sans avoir vérifié qu'il n'y avait pas d'insectes cachés dans le tissu. Le regard approbateur que l'Africaine lui lança alors confirma ses soupçons. Elle était bel et bien jaugée par elle, et la femme la détaillait désormais sans aucune gêne, l'évaluant comme l'aurait fait un éleveur avec une bête de foire, ce qui agaça Adélaïde.

Fin prête, elle se releva d'un bond sans baisser les yeux, puis croisa les bras sur sa poitrine. Il était hors de question qu'elle se laisse impressionner par cette force de la nature.

Fatouma s'avança plus près, tournant autour de la jeune lady. MacBain l'avait chargée d'enseigner à cette péronnelle quelques techniques de base pour la préparer à leur mission. Cependant, elle ne pensait pas que la nouvelle venue survivrait plus d'une journée dans la jungle. Celle-ci était chétive. Au moindre coup de vent, elle se casserait en deux. De surcroît, elle paraissait si candide qu'il était à prévoir qu'elle céderait sous la pression. Certes, elle avait eu le bon sens de s'assurer qu'aucun insecte ne s'était glissé dans ses vêtements avant de les enfiler, n'avait pas tardé à faire preuve de morgue une fois habillée, sans parler du fait qu'elle portait un pantalon, ce qui était inusité pour une lady. Sauf qu'elle ne cadrait pas avec le profil de l'emploi.

Adélaïde demeura immobile. Elle aussi détaillait l'Africaine avec une attention accrue, prenant note de la tunique bleue à manches courtes qui recouvrait en partie la culotte bouffante qui lui arrivait aux genoux, du bonnet blanc brodé d'un caïman bleu enfoncé sur son crâne rasé, de la large bande de tissu qui enserrait sa taille. Une machette ainsi qu'un poignard y avaient d'ailleurs été insérés. Elle était nu-pieds et portait un fusil en bandoulière sur son épaule gauche et un arc. Une expression de férocité se dégageait de toute sa personne. Nul doute qu'elle n'éprouverait aucun remords à tuer un homme de ses mains. Un frisson d'inquiétude parcourut Adélaïde. Son instinct lui disait que cette guerrière ne devait pas être prise à la légère.

Elle venait juste de se faire cette réflexion quand Aidan entra dans la hutte. Les deux femmes étaient si absorbées par leur examen mutuel qu'elles ne le virent pas arriver. Aidan s'arrêta dans son élan en prenant au débotté conscience de l'ambiance tendue qui régnait sur les lieux. Tout en jaugeant les deux principales intéressées d'un regard scrutateur, il appuya ses poings sur ses hanches. Il savait que Fatouma n'appréciait pas le rôle qui lui était échu, mais il n'aurait jamais pensé que son irritation la mènerait à passer outre à ses ordres. Il lui avait pourtant signifié qu'il préférait rencontrer Adélaïde seul à seul au préalable.

S'il fondait son jugement sur la mine rembrunie des deux femmes, il y avait tout lieu de croire que la partie s'annonçait plus ardue que prévu. Comment en étaient-elles venues si rapidement à se toiser avec autant de hargne ? Cela défiait l'entendement ! Il se frotta le menton avec exaspération. Il n'avait pas le temps pour ces chamailleries insensées.

— Mademoiselle de Beauchamp, je vois que vous avez déjà fait la connaissance de Fatouma, lâcha-t-il d'une intonation bourrue qui trahissait son agacement.

— À vrai dire, major, cette personne a fait irruption dans ma hutte sans se présenter. J'ignore pourquoi, puisqu'elle s'est contentée de m'agresser verbalement à son arrivée, puis de me dévisager dans un silence hostile.

— Je vous jaugeais, *teyifen yorobo*, décréta Fatouma sans ambages.

— Ça, je l'avais deviné, figurez-vous, répliqua Adélaïde du tac au tac d'un ton caustique.

Aidan, qui avait tiqué au sobriquet de l'amazone, darda un regard noir dans sa direction. Il n'aimait pas ce que Fatouma sous-entendait avec ce qualificatif disgracieux, et ne se gêna pas pour le laisser paraître sur son visage. En réponse, cette dernière écarta les pieds tout en se campant au sol, une expression belliqueuse au fond des prunelles. Aidan plissa les yeux, d'autant plus qu'elle venait de porter la main sur le manche du poignard glissé à sa taille.

Il n'était pas sans savoir que l'amazone avait été conditionnée depuis son jeune âge à la froideur, à la cruauté, à la dureté. Ces combattantes étaient redoutées par leurs semblables tout en étant vénérées. Fatouma n'éprouverait aucun remords à décapiter la tête d'un ennemi ; au demeurant, elle serait fière de brandir son trophée à la vue de tous. C'était une féroce guerrière. C'est pourquoi il désirait qu'elle entraîne Adélaïde, sauf qu'il n'en était plus certain pour l'heure. Fatouma était formée pour ignorer la douleur, y résister comme nul autre membre de son groupe, y compris lui-même. Il ne souhaitait pas que celle-ci outrepasse ses prérogatives et qu'elle blesse Adélaïde dans la foulée. Mieux valait réviser ses positions et charger l'un de ses hommes de cette besogne.

— Je te démets de tes fonctions auprès d'elle, déclara-t-il à brûle-pourpoint d'un ton rude en pointant Adélaïde du menton.

Contre toute attente, Fatouma se cabra, plus opiniâtre que jamais. Elle bomba le torse tout en affichant une expression agressive. Elle prenait pour un affront personnel cette destitution.

— Je n'ai rien fait pour encourir cette disgrâce, se rebella-t-elle.

Aidan se tendit à son tour. Par prudence, il se glissa entre Adélaïde et l'amazone, signifiant du même coup à celle-ci qu'il se méfiait de sa réaction emportée. Son geste atteignit Fatouma avec une précision cuisante. Elle lâcha d'emblée la garde de son poignard et laissa son bras retomber le long de son corps.

— Je ne trahirai pas votre confiance, MacBain. Je vous ai juré allégeance. Plutôt mourir que de me déshonorer en rompant ma parole.

— Dans ce cas, Fatouma, j'exige que ce serment inclue Lady de Beauchamp, déclara-t-il sans aucun faux-fuyant.

L'amazone arqua un sourcil avec singularité avant de reporter son attention sur la jeune femme à moitié dissimulée derrière Aidan. Puis, elle revint vers son supérieur, dubitative. Alors qu'elle s'apprêtait à parler, Aidan darda un regard noir dans sa direction. Il refusait de s'engager dans un autre débat stérile concernant Adélaïde, ne désirait pas s'étendre sur la raison qui motivait sa requête, surtout pas en présence de la principale intéressée.

D'une certaine façon, il mettait Fatouma au défi de faire fi de son animosité envers Adélaïde en prenant à sa charge son entraînement. L'amazone le comprenait très bien, fulminait de se voir piéger de la sorte, mais d'un autre côté, sa curiosité était piquée. Pourquoi MacBain se préoccupait-il autant du sort de cette lady ? Cela avait-il un rapport avec son abattement lors de son retour des Amériques ?

Quant à Adélaïde, exaspérée par l'échange tour à tour silencieux et verbal qui se déroulait à son insu, elle perdit patience. Il y avait eu tout d'abord cette femme bâtie comme un homme qui n'avait pas cherché à dissimuler son animosité à son égard dès le départ, puis le comportement étrange d'Aidan.

— Vous pouvez me dire ce qui se passe au juste ? s'impatienta-t-elle.

Alors qu'elle s'apprêtait à contourner Aidan pour se placer entre eux, celui-ci lui bloqua le passage avec raideur. Adélaïde heurta le bras massif tendu devant elle et fulmina quand il la repoussa sans ménagement derrière lui. Irritée, elle tenta de se dégager de la poigne solide qui venait de se refermer sur son avant-bras, sans succès.

— Bon sang de bois, major ! Lâchez-moi ! s'insurgea-t-elle.

— Restez tranquille, Milady ! déclara-t-il d'un ton qui ne souffrait aucune contestation de sa part.

— Enfin ! C'est ridicule…

— Taisez-vous, Adélaïde ! lui enjoignit-il avec plus de fermeté.

Interdite, Adélaïde se hérissa davantage. Cette situation ne rimait à rien. Déterminée à comprendre le fin mot de cette histoire, elle se hissa sur le bout des orteils pour regarder par-dessus l'épaule d'Aidan. Ce faisant, elle appuya sa paume droite sur son dos pour garder l'équilibre, pressant par mégarde la pointe de ses seins contre l'échine raidie. Une chaleur insidieuse irradia instantanément en elle, ce qui ne manqua pas de l'intimider. Néanmoins, elle refusait de faire marche arrière. De son côté, Aidan dut crisper la mâchoire pour ne pas trahir son trouble. Il percevait la présence d'Adélaïde ainsi que le galbe affriolant de ses courbes avec une acuité dérangeante.

Une fragrance envoûtante de femme le transperça telle une flèche vicieuse. Il dut prendre sur lui pour ne pas se retourner, s'emparer des lèvres entrouvertes qui laissaient échapper un souffle ténu contre sa nuque. Un frisson d'anticipation le parcourut. « Pardieu ! » Il n'allait nulle part avec ce type de réflexion. Mieux valait tenir ses sens bridés s'il ne voulait pas courir tout droit à sa perte. Il prit une profonde inspiration, puis lança un coup d'œil mauvais par-dessus son épaule.

— À moins que vous ne désiriez vous retrouver allongée nue sous moi, Milady, je ne saurais trop vous recommander de garder vos distances, murmura-t-il entre ses dents serrées.

Adélaïde lâcha un petit cri étouffé sous la crudité de ses propos. Les joues en feu, elle retomba à plat sur ses pieds, puis s'éloigna de lui avec précipitation.

— Goujat ! cracha-t-elle avec mépris.

Fatouma, qui n'avait rien perdu de la scène, arqua un sourcil interrogateur. Qu'une lady ose affronter MacBain alors qu'il était d'une humeur ombrageuse piqua sa curiosité. Se pouvait-il en définitive que la jeune femme ne soit pas si dépourvue de ressort ? Il serait intéressant de le découvrir. Dans ces conditions, elle préférait réserver son jugement final, d'autant plus que la lady en question venait de se libérer de l'étreinte de MacBain d'une secousse brusque pour ensuite quitter les lieux à grandes enjambées, la tête haute. La voyant sur le point d'émettre un commentaire, Aidan la fusilla du regard, un doigt en l'air.

— Pas un mot, Fatouma… la menaça-t-il d'un ton agressif. Rejoins-la et assure-toi qu'elle sera prête dans une semaine pour la mission.

Sur ces mots, il sortit à son tour au pas de charge, laissant l'amazone seule dans la hutte. Des dents d'un blanc immaculé apparurent sur le visage de Fatouma lorsqu'un sourire amusé fendit ses lèvres, puis elle se dirigea vers la sortie.

La lady s'était retranchée en bordure de la jungle. Elle arpentait les lieux de long en large tout en fulminant. Fatouma s'empara d'une machette au passage, puis s'avança vers elle d'un pas tranquille.

— Venez, lui enjoignit-elle, une fois arrivée à sa hauteur.

Comme la jeune femme ne semblait pas vouloir bouger, elle lança la lame à ses pieds.

— À vous de voir, *teyifen yorobo*. Ou vous prenez cette lame et me suivez, ou vous demeurez dans votre coin à ressasser votre mauvaise humeur.

— Mais qui êtes-vous ? s'exclama Adélaïde avec défiance.

— Je suis Fatouma, descendante de la garde qui constituait l'armée du roi du Dahomey. Je suis une amazone, digne représentante d'une grande lignée d'élite guerrière.

Adélaïde se retint de justesse de laisser transparaître son scepticisme ainsi que ses émotions réelles. À la place, elle se contenta de décocher un regard suspicieux à l'Africaine avant de se décider à empoigner le manche de la machette.

— Où avez-vous appris à parler notre langue ? s'informa-t-elle.

— L'un de vos missionnaires est demeuré de longues années au sein de mon peuple. Par la suite, au cours d'une bataille, j'ai fait la connaissance de MacBain. Il m'a sauvé la vie alors que les miens m'avaient abandonnée. Depuis, j'entraîne ses troupes et je surveille ses arrières.

— Vous n'avez pas confiance en moi, n'est-ce pas ? déclara Adélaïde sans ambages.

— C'est exact ! Vous avez une influence marquée sur MacBain que je ne m'explique pas. Tant que je n'ai pas décidé si vous représentez ou non une menace pour lui, je préfère vous avoir à l'œil, *teyifen yorobo.*

Adélaïde cilla. La façon dont cette Africaine prononçait ce mot l'agaçait au plus haut point.

— Je vous prierais à l'avenir de vous abstenir de me prénommer de cette manière, attaqua-t-elle avec virulence. J'ignore ce que signifie ce terme, mais je suspecte qu'il ne soit pas à mon avantage.

— Bien, Milady ! répliqua Fatouma avec morgue.

Adélaïde tiqua de nouveau. Elle n'appréciait pas le ton que venait d'utiliser l'amazone. Dans sa bouche, « Milady » sonnait de manière aussi péjorative que dans celle d'Aidan MacBain. Elle préféra ne pas relever l'injure et s'exhorta au calme. Mieux valait garder les idées claires, étant donné sa situation précaire au sein du groupe. Il ne serait pas judicieux de s'en faire une ennemie.

Elle marmonna des propos incompréhensibles pour elle-même, cherchant ainsi à défouler sa mauvaise humeur. Quelle idiote de s'être embarquée dans cette galère, songea-t-elle en s'engageant derrière l'amazone, qui venait de s'enfoncer dans la jungle !

CHAPITRE 6

Contre toute attente...

Adélaïde roula ses épaules vers l'arrière afin de détendre les muscles de son dos et de son cou. Cela n'avait rien de gracieux, mais du moins, cet exercice lui permettait d'assouplir cette partie tendue de son anatomie. Depuis leur départ, soit trois heures plus tôt, elle n'avait mangé qu'une banane ainsi que des noix de cajou en guise de repas. Ce qui se révélait une piètre source d'alimentation au regard de la dépense physique effectuée.

Il faut dire que Fatouma s'était montrée intraitable tout au long de leur parcours. Elle l'avait d'abord entraînée au cœur de la jungle afin de lui apprendre à s'y orienter sans boussole et de lui enseigner de quelle manière exploiter la végétation environnante pour s'y camoufler en cas de nécessité. Adélaïde avait emmagasiné toute l'information susceptible de lui servir un jour sans rechigner. C'est ainsi qu'elle avait découvert qu'une noix de coco pouvait devenir une arme redoutable pour assommer un assaillant, tout comme une branche basse de bananier pouvait se révéler idéale pour surprendre un ennemi si elle était suivie de près. Elle l'avait compris à ses dépens quand elle avait été fouettée au visage par l'une d'elles après le passage de Fatouma. D'ailleurs, celle-ci avait semblé prendre plaisir à le lui démontrer. Après cette mésaventure, Adélaïde n'avait plus hésité à utiliser sa machette pour se dégager un corridor. Toutefois, la lame lourde et massive s'était avérée difficile à manier pour ses bras graciles.

Néanmoins, elle prenait son mal en patience, trop orgueilleuse pour laisser paraître la fatigue qui la rongeait. De plus, elle enviait d'une certaine façon l'amazone, qui parvenait à se déplacer dans les bois avec une assurance déconcertante, et cela en dépit de la semi-obscurité qui y régnait. En fait, si peu de lumière filtrait à travers les ramures des arbres géants qu'elle avait l'impression d'évoluer à la pénombre, alors que c'était le milieu de l'après-midi. À plus d'une occasion, elle avait trébuché sur des racines dissimulées sous la végétation dense, ce qui n'avait pas manqué de lui attirer des reniflements dédaigneux de la part de Fatouma. De surcroît, les singes paraissaient également se moquer d'elle du haut de leur perchoir, et leurs cris incessants lui portaient sur les nerfs. Qu'auraient dit les dames de la bonne société si elles avaient été témoins de sa déchéance ? Elle n'osait l'imaginer. De toute façon, il était préférable d'oublier jusqu'à leur existence.

Cependant, malgré l'abattement qui l'envahissait, elle maintenait le rythme effréné de Fatouma. Morose, elle poursuivait sa marche alors qu'au fond de son être se fomentait une révolte qui prenait de l'ampleur au fur et à mesure que la journée avançait. Elle exécrait cette amazone au cœur de pierre, tout comme l'homme qui l'obligeait à supporter ce calvaire.

Exaspérée, elle chassa de la main l'essaim d'insectes qui l'agressaient de leur bourdonnement continu, piétinant par inadvertance une touffe de fougères. Un sifflement bruyant s'en échappa, la faisant reculer précipitamment. Ses poils se hérissèrent sur ses bras. Horrifiée, elle chercha des yeux le reptile. Même en sachant que ses bottes la protégeraient de toute morsure, il n'en restait pas moins qu'elle appréhendait sa rencontre, surtout depuis la veille, après sa mésaventure avec le serpent.

Fatouma, qui avait elle aussi perçu le son profond, porta son attention sur le sol. Elle devinait à l'attitude tendue de l'Anglaise que celle-ci avait compris que quelque chose de menaçant se tapissait sous la végétation. Tous ses sens en alerte, elle scruta les environs avec plus d'insistance. Une vipère du Gabon apparut brièvement avant de disparaître.

— Attention ! la prévint l'Africaine. Une vipère se rapproche de vous. Son venin est mortel, alors soyez vigilante.

Les cheveux d'Adélaïde se dressèrent. Dieu qu'elle détestait ces reptiles ! Resserrant sa prise sur le manche de sa machette, elle plissa les yeux, attentive au moindre mouvement. Quand le reptile se dévoila, elle le décapita avec horreur. D'un coup de pied, elle propulsa le cadavre de l'animal au loin. Non sans méfiance, elle vit l'amazone se diriger vers celui-ci, s'emparer du corps sans vie, puis revenir vers elle en lui tendant la vipère inerte.

— Prenez-la ! lui ordonna celle-ci d'un ton froid.

Adélaïde secoua la tête avec énergie, horrifiée à cette seule idée. Même morte, il était hors de question qu'elle touche à cette saleté de bestiole. Le visage de Fatouma se crispa devant son opposition ferme.

— Je vous ai donné l'ordre de la prendre, Milady !

— Je m'y refuse ! décréta la jeune femme avec résolution.

— Dans ce cas, je me verrai dans l'obligation de la mettre de force entre vos mains, de l'y fixer pour la journée s'il le faut.

Adélaïde laissa fuser un cri outré à ces paroles. Cette femme était folle. De quel droit se permettait-elle de la menacer ? D'instinct, elle recula, le corps tendu, prête à se défendre s'il le fallait. Toutefois, elle savait d'ores et déjà que ce serait un combat perdu d'avance, car elle ne faisait pas le poids face à l'amazone. Ce que son adversaire devinait sans problème. C'est pourquoi Fatouma n'hésita pas à s'avancer vers elle, et cela en dépit de la lame qu'Adélaïde pointait dans sa direction dans une vaine tentative pour se protéger. Fatouma la regarda dès lors sous un nouvel angle. Cette Anglaise ne manquait pas de cran, il lui fallait le reconnaître ; cependant, ce constat ne changea rien à la situation. L'étrangère se devait d'affronter ses peurs si elle voulait avoir une chance de survivre à cette mission. C'était en faisant face à ses craintes qu'on parvenait à les dominer.

— Tendez-moi votre main, Milady !

— Non !

Fatouma leva à son tour sa machette, la posa sans émotion sur la gorge d'Adélaïde, la pressa sur la chair délicate pour donner plus de poids à ses propos. Adélaïde n'osa pas déglutir de peine de s'entailler le gosier sur le tranchant effilé. Elle-même tenait une machette, sauf qu'elle savait très bien qu'elle n'irait pas jusqu'à l'utiliser contre l'amazone, contrairement à celle-ci. Elle n'était pas une machine à tuer comme cette guerrière dépourvue de compassion.

— Allez rôtir en enfer, vous et votre supérieur ! cracha-t-elle entre ses dents avant de tendre sa paume gauche ouverte.

Refusant de se laisser submerger par ses émotions, elle s'obligea à prendre plusieurs grandes respirations. Puis, elle toisa l'amazone avec hargne. Malgré le contact révulsant de la peau froide et écailleuse du reptile, elle s'efforça de demeurer stoïque.

— Refermez vos doigts dessus !

Adélaïde s'exécuta avec rage. Au bout d'une dizaine de secondes qui lui parurent une éternité, elle rejeta le cadavre au loin tout en défiant Fatouma du regard de lever sa lame contre elle.

L'amazone recula d'un pas, puis abaissa sa machette. Elle était consciente de pousser la jeune lady dans ses derniers retranchements, mais elle n'en éprouva aucun remords. Il était primordial que la femme s'endurcisse pour être en mesure d'affronter tous les dangers qui la guettaient dans la forêt. Sa survie pourrait en dépendre si la situation venait à déraper lors de leur mission. Se retrouver coincée dans la jungle sans aucune ressource, aussi démunie qu'un enfant signifierait une mort certaine.

— Venez ! déclara-t-elle, avant de poursuivre sa route.

Adélaïde pinça les lèvres avant de s'exécuter, se retenant de peine et de misère de cracher sa rancœur au visage de l'amazone. Fatouma lui retourna un regard empli de sous-entendus, puis lui désigna le campement à travers la végétation. Elles étaient revenues à leur point de départ sans qu'Adélaïde en ait conscience. D'une démarche souple, elle sauta par-dessus le talus de fougères, puis gagna sa hutte sans égard pour la femme qui fulminait derrière elle.

Quand Adélaïde rejoignit à son tour le camp de base, elle parvint tout juste à ne pas chanceler. D'aucune façon elle ne souhaitait laisser transparaître son désarroi, encore moins devant Aidan MacBain. Elle ne devait ce tour de force qu'à la volonté qui l'animait. Puisant dans ses dernières réserves, elle se dirigea d'un pas raide vers sa propre case. Une fois le seuil franchi, elle laissa retomber le tissu qui masquait l'entrée derrière elle, la coupant du reste du monde. Enfin, elle jouissait de l'intimité dont elle avait tant besoin.

Atteindre son lit lui parut presque insurmontable, ses jambes refusant de la supporter davantage. Percluse de fatigue, elle se laissa tomber à plat ventre sur son matelas. Elle aurait voulu se rouler en boule, dormir tout son content, mais c'était impossible. Elle se doutait qu'on viendrait la chercher pour le repas du soir. Par contre, elle ignorait si elle serait capable d'avaler le moindre morceau tant son estomac était noué.

Dans ses quartiers, Aidan demeura immobile derrière la table bancale qui lui servait de bureau de travail. Il avait été témoin du retour d'Adélaïde, avait constaté ses traits tirés, sa tenue débraillée ainsi que ses cheveux plaqués dans son cou. Il en avait été remué jusque dans ses tripes et avait dû agripper le rebord de la planche de bois pour s'empêcher d'intervenir, de la prendre dans ses bras. Les remords le tenaillèrent de nouveau. Il détestait devoir se montrer intransigeant avec elle, mais c'était nécessaire.

Adélaïde devait se renforcer, et vite. Le temps jouait contre eux, et elle était trop importante à ses yeux pour qu'il risque de l'envoyer sur le champ de bataille sans préparation adéquate. Si cela n'avait été que de lui, il ne l'aurait jamais placée dans cette position précaire, mais ce choix n'était pas le sien. Adélaïde avait pris cette décision en tout état de cause, et elle devait en assumer les conséquences. À lui de faire en sorte qu'elle ait le plus d'atouts possible entre les mains pour sortir indemne de l'épreuve qui l'attendait.

D'humeur orageuse, il arpenta le sol battu de sa hutte, les doigts croisés derrière le dos. Il y avait tout juste une journée qu'elle se trouvait dans le camp, et il commençait à en ressentir les contrecoups. Cela avait débuté avec Percy, qui ne s'était pas gêné pour le tancer à propos de la jeune femme, oubliant son rang, ce qui n'avait pas manqué de créer un froid entre eux. Puis, Nabila avait commencé à agir de façon étrange, comme si elle détenait un secret qui lui échappait. Pour finir, Fatouma avait sciemment désobéi à un ordre pour une raison qu'il ne s'expliquait pas, allant jusqu'à menacer Adélaïde. Et voilà qu'il se faisait un sang d'encre pour son ancienne fiancée, celle-là même qu'il s'apprêtait à envoyer sur le front.

Il fourragea dans sa chevelure en désordre avec exaspération. Peu importait la manière dont il envisageait l'aboutissement de cette mission, il ne voyait aucun moyen d'éviter le pire à Adélaïde. Le moindre détail, la plus petite incongruité pouvait l'exposer. Elle serait vulnérable dès le moment où elle poserait les pieds en terrain ennemi. Aucun entraînement ne pourrait la préparer à ce qui lui arriverait si sa couverture était grillée.

— Damnation !

D'un coup de pied, il propulsa son banc à travers la pièce. À aucun moment par le passé, il n'avait ressenti une telle impression d'impuissance. Il avait la sensation d'être pris dans une impasse, de jouer la vie de la jeune femme. Il avait éprouvé de la peur auparavant pour Adélaïde, entre autres à Métis lors de son enlèvement, puis au club quand elle s'était retrouvée face au loup affamé, mais jamais son sang ne s'était retourné dans ses veines comme c'était le cas en ce moment.

C'est à croire qu'il perdait tous ses moyens. Son instinct lui criait qu'envoyer Adélaïde dans le camp ennemi était suicidaire. Il savait que son inquiétude était alimentée par sa crainte qu'il lui arrive malheur. C'est pourquoi il était si mauvais juge de la situation actuelle et voyait tout en noir. Et s'il ne se trompait pas en définitive ? C'était le nœud de la question.

Il prit une profonde inspiration pour emplir ses poumons d'air, la retint un instant afin de calmer les battements effrénés de son cœur. Rien ne lui servait de se mettre dans cet état. Il ne ferait que perturber Adélaïde plus qu'elle ne l'était déjà, ce qui serait néfaste. Elle avait besoin de toute sa concentration pour venir à bout de sa mission. « Mais, bon sang ! » pesta-t-il pour lui-même. Pourquoi se retrouvait-elle constamment là où elle ne le devait pas ? C'est à croire que le destin s'amusait à les torturer en ne cessant de les placer dans des situations insoutenables.

Aidan lança un nouveau coup d'œil en direction de la hutte de la jeune femme. Il n'avait pas le cœur à la tourmenter, mais elle devait avaler une bouchée. C'était essentiel pour sa survie. Après, il la laisserait dormir.

Tout en jurant dans sa barbe, il se dirigea d'un pas résolu vers les quartiers d'Adélaïde. Quelques regards curieux le suivirent des yeux, mais personne n'osa l'intercepter, ce qui était préférable. Il n'était pas d'humeur à supporter un autre affrontement avec l'un des membres de son équipe.

Quand il souleva le tissu qui masquait l'entrée, il remarqua d'emblée la silhouette affaissée en travers du lit. Il secoua la tête en prenant conscience qu'Adélaïde n'avait pas eu la force de se dévêtir ni de descendre la moustiquaire autour d'elle avant de s'effondrer. Toutefois, en dépit du tiraillement qui opprimait son cœur, il ne se risqua pas à l'approcher, de crainte de perdre le contrôle.

— Debout, jeune femme ! ordonna-t-il d'un ton abrupt.

Étonnamment, elle sourcilla à peine.

— Debout ! tonna-t-il avec une telle virulence que cette fois-ci elle réagit.

Adélaïde se réveilla en sursaut, comateuse. Une douleur lancinante vrilla ses tempes, lui arrachant un grognement peu féminin. Elle roula sur le côté avec lenteur. Mieux valait éviter les mouvements brusques ou encore tout déplacement superflu.

— Mademoiselle de Beauchamp ! l'appela Aidan avec une vigueur qui la fit grimacer.

— Seigneur, major ! murmura-t-elle dans un souffle en portant ses doigts à son front. Je ne suis pas en état de croiser le fer avec vous, alors par pitié, épargnez-moi votre mécontentement.

Alarmé par le rictus qui venait de déformer ses traits, Aidan s'approcha d'elle aussitôt, oubliant ses résolutions. Des cernes profonds marbraient les yeux de la jeune femme, son regard était vitreux.

— Nom d'un chien, Adélaïde ! s'emporta-t-il. Avez-vous bu aujourd'hui ?

Comme elle ne répondait pas, il s'empara de la gourde qui avait glissé de son épaule lorsqu'elle s'était effondrée dans son lit, puis l'ouvrit. Elle était toujours pleine.

Une rage sourde monta en lui. Fallait-il qu'elle soit inconsciente pour passer une journée entière sous cette chaleur sans s'abreuver ! Elle était déshydratée, ce qui pouvait se révéler dangereux dans leur condition.

Le cœur étreint, il enserra ses poignets et la redressa d'une brusque traction. Puis, il l'obligea à boire l'eau tiède à même le goulot.

— C'était stupide de votre part de ne pas vous désaltérer ! Pardieu ! Qu'est-ce qui vous a pris ? hurla-t-il, fou d'inquiétude.

Adélaïde n'avait pas la force de répondre. Une enclume martelait ses tempes avec vigueur. C'était à peine si elle parvenait à garder les paupières ouvertes.

— Je vous interdis de vous rendormir, jeune femme ! décréta Aidan d'un ton vindicatif. Du moins, pas tant que je ne serai pas rassuré sur votre sort.

Adélaïde était mortifiée. Elle savait pourtant qu'il était primordial d'épancher sa soif dans cette partie du globe ; elle n'en était pas à sa première sortie dans la jungle. Seulement, elle avait oublié cette règle élémentaire. Tout ça à cause du rythme soutenu que lui avait imposé l'amazone, et parce qu'elle était préoccupée par les événements récents survenus entre Aidan et elle.

Elle ne pouvait en vouloir à celui-ci d'être furieux. Après tout, il avait promis à son oncle de la ramener saine et sauve. Embarrassée au plus haut point, elle n'opposa aucune résistance et but jusqu'à la dernière goutte. Elle venait de lui donner la preuve de son incompétence ainsi qu'une excuse valable pour la houspiller. Comme si l'incident avec le serpent la veille n'avait pas été suffisant.

— Je suis désolée, lâcha-t-elle d'une voix misérable. J'ai été imprudente, j'en suis consciente. Cela ne se reproduira plus…

— Et comment ! la coupa Aidan. Je peux vous garantir qu'un tel incident n'arrivera plus, décréta-t-il en se redressant.

Il la toisa de toute sa hauteur, n'hésitant pas à l'intimider avec sa stature imposante.

— Cela ne se répétera plus pour la simple et bonne raison que je vous renvoie auprès de votre oncle à la première heure demain matin.

— Non ! s'écria Adélaïde en agrippant son poignet. Vous ne pouvez pas…

— Oh que oui, Mademoiselle de Beauchamp, l'interrompit-il de nouveau. Je suis responsable de cette mission, et je considère que vous êtes inapte à remplir votre rôle.

Sous le coup de l'émotion, Adélaïde se releva si précipitamment que tout se mit à tanguer autour d'elle. D'instinct, elle se raccrocha à Aidan, appuya son front contre son torse en fermant les paupières. La situation avait dégénéré à tel point qu'elle perdait pied. Elle avait besoin de quelques secondes de répit, d'un ancrage fixe pour reprendre ses esprits. Aidan demeura de glace. Il ne l'encouragea pas, mais ne la repoussa pas non plus, ce qui redonna espoir à la jeune femme.

— Aidan, lâcha-t-elle malgré elle. Vous ne pouvez pas faire cela. Ce serait condamner nos hommes ainsi que nos alliés dans les tranchées. Mon existence importe peu en comparaison de leur sacrifice.

Aidan fut parcouru d'un frisson à peine perceptible. De la sentir si près tout en se refusant à la toucher, de l'entendre prononcer son prénom avec cette ferveur le remuait jusqu'au plus profond de son être. Elle avait raison évidemment, mais ce constat ne lui facilitait pas la tâche pour autant. Sauf que sa dernière phrase l'avait perturbé. Comment pouvait-elle croire que sa vie était si insignifiante ?

— C'est là que vous faites erreur, Milady ! se résolut-il à répliquer.

Sur ces paroles lourdes de sens, il se dégagea de son étreinte et s'en alla.

— Je ne saurais trop vous recommander d'être présente pour le repas qui sera servi sous peu, déclara-t-il par-dessus son épaule.

— J'y serai, major, fit-elle pour toute réponse.

— Bien !

Là-dessus, il souleva le tissu devant la porte et sortit sans un mot de plus. Adélaïde se laissa choir sur son lit, le regard rivé sur l'entrée. Un poids oppressait sa poitrine sans qu'elle comprenne pourquoi. Elle s'était crue immunisée contre le charme de cet homme. Pourtant, sa carapace commençait à se fissurer, ce qui la terrorisait. Elle allait devoir trouver un moyen de se préserver des émotions qu'il éveillait de nouveau en elle. Fatiguée de ce combat incessant, elle frotta ses paumes sur son pantalon, l'esprit à la dérive.

Lorsqu'elle rejoignit plus tard le groupe massé autour du feu de camp, Adélaïde avait retrouvé un semblant de sérénité. Il ne restait plus de traces de son abattement, sinon une légère crispation de ses lèvres.

En la voyant venir dans leur direction, Percy se décala sur son banc et l'invita à s'installer à ses côtés. Adélaïde le remercia d'un signe de tête, reconnaissante envers son compatriote. Du moins, il faisait preuve de sollicitude envers elle, contrairement à Fatouma et à MacBain.

L'amazone, qui n'avait pas manqué de remarquer la scène, s'approcha avec une gamelle entre les mains. Elle la lui tendit sans un mot avant de regagner sa place. Adélaïde détailla son contenu à la lueur des flammes, gratta le fond avec sa cuillère avant de se résigner à porter une bouchée à ses lèvres. Le mets avait un peu de goût, mais sa texture en revanche rebutait Adélaïde. Néanmoins, elle s'obligea à mastiquer le tout d'un air placide, puis à l'avaler.

Pour quelqu'un qui ne l'aurait pas côtoyée par le passé, son mutisme persistant aurait pu se confondre avec de la condescendance, mais Aidan la connaissait bien et ne s'y laissa pas tromper. De toute évidence, elle était harassée de fatigue et commençait sans doute à prendre la pleine mesure de son choix. Il était prêt à parier qu'elle aurait préféré se retrouver à mille lieues de cet endroit, et il n'était pas loin de la vérité. Adélaïde doutait plus que jamais de sa décision tout comme de ses capacités à accomplir cette mission.

Elle baissa le menton, peu désireuse de croiser le regard de qui que ce soit, surtout pas celui d'Aidan. Il avait une façon de l'examiner qui l'indisposait, comme s'il parvenait à mettre son âme à nu. Réfrénant un soupir, elle termina son repas tout en demeurant retranchée dans ses pensées. Gentleman, Percy tenta d'entamer une discussion avec elle, mais son esprit n'y était pas. Le jeune Anglais se tourna vers Aidan, interrogateur. Celui-ci hocha la tête en signe de négation. Il ne souhaitait pas qu'Adélaïde soit importunée. Il était préférable qu'elle mange et retourne ensuite dans sa case pour dormir.

D'ailleurs, il n'attendait qu'un signe de sa part pour l'inciter à se retirer. Il tenait à ce qu'elle recouvre ses forces en vue de l'entraînement à venir du lendemain. Il jeta un coup d'œil autour de lui avant de la fixer de nouveau.

L'éclat des flammes nimbait sa chair d'une chaude couleur dorée qui ne manquait pas d'attiser ses sens. À tour de rôle, les ombres amorçaient un ballet sensuel sur son visage. Il aurait voulu être l'une d'elles pour avoir le bonheur de percevoir la douceur de sa peau sous ses doigts, sa chaleur contre ses lèvres. Il inspira brusquement afin de se donner une contenance.

Avisant sa gamelle vide, il se releva d'un bond souple et la rejoignit en deux enjambées. Adélaïde ne fut pas surprise de le voir se dresser devant elle, tel un ange vengeur. Elle avait pu sentir le poids de son regard peser sur elle depuis son arrivée. Il avait été à l'affût de ses moindres gestes, ce qui n'avait pas manqué de l'incommoder.

— Je vous raccompagne à votre hutte, Milady, déclara-t-il de manière abrupte.

Un pli de mécontentement barra le front de celle-ci, sauf qu'elle était trop épuisée pour monter aux barricades, s'insurger contre son comportement dominateur. Avec un effort évident, elle se releva pour lui faire face. Aidan s'empara de sa gamelle, qu'il tendit d'autorité à Percy. Sans plus attendre, il lui indiqua de la main le chemin à suivre.

Adélaïde contourna le banc de fortune. Ce faisant, elle frôla par inadvertance l'avant-bras d'Aidan de son sein. Elle recula aussitôt, comme piquée à vif, puis s'empressa de regagner sa case. Aidan lui emboîta le pas à contrecœur, les poings enfoncés dans ses poches, l'expression aussi dure que du granite. Son attitude revêche indisposa la jeune femme au point de lui faire perdre contenance, mais elle se raisonna. Il était hors de question qu'elle courbe l'échine, qu'elle fuie devant cet homme.

Malgré sa bravade, elle éprouva un soulagement évident quand elle atteignit sa hutte. Elle s'engouffra à l'intérieur sans même souhaiter bonne nuit à Aidan. Celui-ci demeura immobile quelques secondes devant l'entrée avant de se résigner à regagner ses propres quartiers, un mauvais pressentiment logé au creux du ventre.

Adélaïde avançait à pas mesurés en direction d'une construction isolée à la lisière de la forêt. Un garçonnet s'était présenté à sa porte afin de l'informer qu'elle était attendue en ces lieux, sans préciser le nom de la personne qui la mandatait si tôt. Le gamin était reparti si vite qu'elle n'avait pas eu le temps de s'en enquérir, ce qui était de peu d'importance, puisqu'elle soupçonnait déjà qu'il s'agissait de Fatouma. Elle grimaça à cette pensée.

Par chance, elle se sentait beaucoup mieux après une bonne nuit de sommeil, sa migraine ayant disparu. La veille, elle avait bu une mixture préparée avec soin par Nabila avant de se coucher. Elle s'était endormie sitôt la tête déposée sur son oreiller et ne s'était réveillée qu'au petit matin avec les bruits du camp. Elle devait sans aucun doute ce miracle à la préparation de Nabila. Elle n'oublierait pas de la remercier pour cette délicate attention lorsqu'elle croiserait sa route. D'ici là, il lui fallait rejoindre le point de rencontre qui lui avait été fixé. Non qu'elle éprouvait une urgence à retrouver la compagnie de Fatouma, mais elle n'avait pas le choix; c'était un mal nécessaire.

Au détour de la dernière hutte qui bordait le campement, elle eut toutefois un mouvement de recul et fut près de tourner les talons. Contre toute attente, ce n'était pas Fatouma qui se tenait droite comme un piquet devant la cabane sommaire, mais Aidan. Elle leva les yeux au ciel dans une vaine tentative pour trouver le courage de l'affronter tout en s'efforçant de dissimuler son ressentiment.

Le corps raide, elle le rejoignit et se planta devant lui, une expression de fausse indifférence plaquée sur ses traits. Nullement dupe, Aidan la toisa avec cette froideur qui le caractérisait si bien et qui l'agaçait. D'emblée, elle fut encore plus sur la défensive.

— Que désirez-vous, major? attaqua-t-elle la première.

— Je vois que vous êtes d'une humeur exécrable ce matin, Milady! rétorqua Aidan. Est-ce ma compagnie ou votre négligence de la veille qui en est la cause?

Adélaïde aurait voulu pouvoir lui arracher cet air suffisant sur le visage, lui donner une correction dont il se souviendrait, mais elle se contint, refusant de tomber dans son piège.

— Cessez de m'affubler de ce «Milady» ridicule! ordonna-t-elle malgré tout avec virulence.

— Et pourquoi, Mademoiselle de Beauchamp?

Adélaïde porta une main à son front pour le masser. Diable qu'elle détestait cet homme ! Pourquoi fallait-il qu'il ait une telle influence sur ses sens et son humeur ? Aidan se radoucit, soucieux de la savoir toujours souffrante.

– Êtes-vous encore indisposée par votre migraine ? s'informa-t-il avec une bienveillance inattendue.

Elle releva le menton en signe de bravade tout en le fusillant du regard.

– Je n'ai que faire de votre commisération factice, major ! cracha-t-elle avec hargne.

Un froncement de sourcils marqua les traits d'Aidan. Il se pinça l'arête du nez pour éviter de prendre le mors aux dents. Cette femme avait le génie pour le faire tourner en bourrique.

– Dans ce cas, nul besoin pour moi d'adopter des manières civilisées avec vous.

– Comme si vous l'aviez déjà fait ! répliqua-t-elle avec morgue.

Aidan eut un éclat de rire de dérision. À n'en pas douter, la journée s'annonçait fort plaisante. Somme toute, il aurait peut-être été préférable qu'il laisse la suite de son entraînement entre les mains de Fatouma ; il s'en serait mieux porté. Il s'exhorta au calme malgré son envie de la bousculer, mais ne put s'empêcher de se montrer caustique à son tour.

– Vous ne verrez donc pas d'inconvénient à ce que nous nous mettions au travail ?

Elle l'examina avec d'autant plus d'acuité qu'elle se méfiait de lui comme de la peste. Aidan poussa un grognement peu charitable devant sa réticence évidente.

– Comprenez-moi bien, Mademoiselle de Beauchamp, je n'ai pas de temps à perdre avec vous ni mon équipe au demeurant. Sauf qu'il me faut vous enseigner un minimum de rudiments si nous voulons que cette mission soit couronnée de succès.

Prenant une pause, il releva un sourcil interrogateur afin d'appuyer ses propos.

— Ai-je été clair, Milady ?

— Amplement, major ! éructa-t-elle en fulminant.

— Parfait ! Maintenant, suivez-moi à l'intérieur.

Adélaïde eut une seconde d'hésitation avant d'obtempérer, puis se dit qu'elle n'avait nul besoin d'attiser l'irritabilité de ce bougre d'homme, puisqu'il se montrait déjà assez outrecuidant comme cela. Néanmoins, malgré toute sa bonne volonté, elle se figea sur place à l'entrée de la hutte, méfiante.

CHAPITRE 7

Une réalité différente

Aidan, qui avait remarqué que la jeune femme ne l'avait pas suivi, se préparait à revenir sur ses pas, impatient, quand elle se résigna enfin à entrer. Adélaïde était stupéfiée. Une multitude d'armes se trouvaient à l'intérieur, passant par des pistolets, des grenades ainsi qu'un amalgame de couteaux et de mitraillettes. Elle déglutit avec peine, certaine tout à coup de ne pas être à sa place.

Une pensée la fit blêmir. Allait-elle devoir enlever la vie dans le cadre de sa mission ? Un goût de bile remonta dans sa gorge. D'emblée, elle s'élança vers l'extérieur de la case, puis s'arrêta en bordure de la forêt. Elle se pencha vers l'avant, les mains en appui sur ses cuisses. Son cœur menaçait de sortir de sa poitrine, ses jambes tremblaient. Pour qui la prenait-il ? Une amazone de la trempe de Fatouma, ou encore une machine de guerre capable d'assassiner l'ennemi de sang-froid ? Elle était une lady, pas l'un des soldats sous son commandement. « Pardieu ! » Elle n'avait jamais tué un être humain. Comment croyait-il qu'elle réagirait ? Un rictus désabusé tordit ses lèvres exsangues. Aidan avait raison, elle n'avait rien à faire dans ce conflit. Elle ne parviendrait pas à s'acquitter de la tâche qui lui incombait. « Dieu du ciel ! » La simple vue de cet étalage d'armes l'avait secouée au point de manquer de lui faire rendre son petit-déjeuner.

Aidan, qui l'avait rejointe, l'observait en silence, la mine sombre. Les bras croisés sur sa poitrine, il réfléchissait à la tournure que venait de prendre la situation. Il aurait dû être content de sa réaction ; c'était là l'occasion qu'il attendait pour la retourner chez son oncle. Sauf que ce n'était pas le cas. Il savait pertinemment que cette mission était vouée à l'échec sans le concours de la jeune femme, que de surcroît l'issue de cette foutue guerre en serait changée.

Depuis qu'il avait découvert son identité dans le bureau de Lord Brand, il ne cessait de se battre contre ses propres émotions. Son cœur et son âme refusaient de l'impliquer dans cette horreur, alors que sa raison comprenait d'avance qu'il n'y avait pas d'autre solution. Pouvait-il envoyer à une mort certaine des milliers d'hommes pour sauver une seule femme ? « Sacré nom d'un chien ! » Même cet abruti de Lord Brand avait accepté d'envoyer sa nièce en première ligne de combat, et cela, en dépit du fait qu'il aimait Adélaïde comme sa fille.

Aidan secoua la tête. Il ne pouvait pas abandonner tous ces soldats, mais surtout, il ne devait pas laisser tomber la jeune femme. Elle aurait besoin de sa force, de son savoir tout comme de sa présence pour survivre à cette épreuve. Le meilleur moyen de la garder vivante, c'était de la préparer au mieux, en dépit de l'étau qui lui comprimait la poitrine. Cependant, il était plus que conscient qu'une fois ce pas franchi, elle aurait changé, sans possibilité de revenir en arrière. Il jura mentalement, se disant qu'il aurait tout donné pour lui épargner ce cauchemar, y compris sa vie…

— Je n'ai pas l'intention de vous transformer en une tueuse professionnelle si c'est ce que vous craignez, commença-t-il d'une voix aux intonations râpeuses.

Adélaïde se redressa sous l'effet de la surprise, puis se retourna avec lenteur. C'est son regard empli de mille tourments qui frappa Aidan de prime abord, puis les légers frémissements qui la fragilisèrent davantage.

— Je n'exigerai pas que vous exécutiez un homme sans raison valable, mais je dois être certain en revanche que vous serez en mesure de vous protéger en cas de nécessité.

Il franchit la distance qui les séparait, leva la main pour caresser sa joue avec une tendresse désarmante.

— Votre vie est précieuse, Adélaïde, murmura-t-il avec chaleur. Je refuse de vous jeter dans l'arène sans préparation adéquate, poursuivit-il avec plus d'emphase.

Le souffle d'Adélaïde se bloqua dans sa gorge lorsque le pouce d'Aidan glissa jusqu'à sa lèvre inférieure, qu'il la frôla avec une sensualité qui fit bouillir son sang dans ses veines. Le regard d'Aidan s'assombrit alors qu'il se penchait vers elle, comme hypnotisé. Au dernier moment, il se reprit et recula abruptement. Il avait été si près de l'embrasser. Quant à Adélaïde, elle sentit quelque chose comme la lame froide d'un couteau s'enfoncer dans sa poitrine en constatant qu'elle avait désiré ce baiser, le réclamait toujours. Ses yeux s'agrandirent, et un sentiment de panique la gagna.

— Laissez-moi tranquille, parvint-elle à dire dans un mince filet de voix.

Alors qu'elle s'apprêtait à l'abandonner sur place, il la rattrapa par le coude.

– Où allez-vous ? s'informa-t-il aussitôt.

– Retrouver Fatouma pour poursuivre mon entraînement, réussit-elle à répondre sans se trahir.

– C'est hors de question, Adélaïde ! C'est moi qui me chargerai désormais de ce volet, personne d'autre.

Elle cilla à ses paroles. Son sang rugissait dans ses oreilles tant son émotion était vive. Tout son être tremblait de rage à peine contenue. Si elle avait eu à cet instant une arme entre les mains, elle aurait sans doute trouvé le courage de lui tirer dessus.

– C'est à prendre ou à laisser, Adélaïde. Vous continuez avec moi, ou vous retournez au Nigéria.

Il n'y avait aucune hésitation dans son discours. Il ferait exactement ce qu'il affirmait. Elle n'en doutait pas une seule seconde. Aidan MacBain était un homme de parole.

– Parfait, major, cracha-t-elle avec hargne. Dans ce cas, je vous prierais de garder vos distances.

– Précisez votre pensée, Milady.

– Vous n'avez pas l'autorisation de vous adresser à moi avec autant de familiarité, ce serait inconvenant. D'autre part, je ne saurais trop vous recommander de ne plus permettre à vos mains de se balader sur ma personne.

Là-dessus, elle l'affronta du regard et se dégagea de sa prise sur son coude d'un geste vigoureux afin de marquer ses propos.

– Que ce soit clair, Milady, ici il n'y a plus de titre qui tienne. Je vous appellerai par votre prénom, comme je le fais avec tous les soldats sous mon commandement, y compris Fatouma et Percy. Vous ne serez pas traitée différemment parce que vous êtes la nièce du gouverneur.

Son ton cinglant la heurta, lui faisant raidir l'échine. Aidan plissa les yeux avant de poursuivre.

— Quant à mes mains, je ferai ce que j'en juge nécessaire pour votre entraînement. Croyez-moi, j'ai bien d'autres chats à fouetter que de perdre mon temps en batifolage. Me suis-je fait comprendre ?

Si Adélaïde avait eu la possibilité de lui sauter à la gorge avant qu'il ne la neutralise, nul doute qu'elle l'aurait fait volontiers, mais elle parvint à se contrôler avec un art qui surprit Aidan. Ainsi, elle ne manquait pas de ressources, savait se maîtriser. Cette aptitude lui permettrait peut-être de demeurer en vie si la situation venait à dégénérer. Un bon point pour elle. Restait à découvrir ce qu'elle avait dans le ventre.

— Parfait ! Maintenant que nous avons éclairci ces points, ne perdons plus de temps en futilités.

Il lui tourna le dos, certain qu'elle le suivait. Dès qu'ils entrèrent dans la hutte, il se tourna vers elle.

— Vous allez devoir apprendre à vous servir de chacune de ces armes, déclara-t-il avec froideur.

Ce faisant, il désigna tous les engins disposés sur des couvertures étendues à même la terre battue dans la case.

— Je veux que vous soyez habile à vous défendre avec tout ce que vous aurez à portée de main, poursuivit-il, impitoyable.

Adélaïde hocha la tête. Mieux valait dans l'immédiat n'émettre aucun commentaire désobligeant, afficher un profil bas. Qu'elle garde son énergie pour des combats plus redoutables, car son intuition lui disait qu'Aidan MacBain n'allait pas la ménager, au contraire. Cet homme n'était pas responsable d'un commando de cette importance pour rien. De plus, elle avait déjà eu un aperçu de ses capacités lors de son sauvetage à la grange de Métis, sans mentionner qu'il avait traversé une tempête de neige à pied dans des conditions extrêmes pour la retrouver. Elle grimaça à ces souvenirs. Ce n'était ni le lieu ni le moment de se remémorer ces événements chargés d'émotions.

– Comment dois-je vous appeler ? lâcha-t-elle à brûle-pourpoint.

Sa question le prit de court l'espace d'un instant ; cependant, il ne fut pas long à retrouver son masque flegmatique.

– Major suffira, répondit-il de façon succincte.

– Bien, major !

Adoptant d'emblée la posture des soldats britanniques au garde-à-vous, elle écarta les jambes, joignit ses mains derrière elle tout en redressant le dos et le menton. Aidan fut décontenancé. Cette femme avait la fierté rivée aux chevilles et la langue aussi acérée qu'une lame tranchante. Il n'y avait qu'elle pour réaliser un tel exploit. Malgré lui, il s'adoucit.

– Je suis conscient d'exiger l'impossible, Adélaïde. Mais je refuse de vous envoyer dans la tanière du loup sans préparation. Vous ne serez pas sacrifiée pour la cause !

Adélaïde fut parcourue d'un tremblement à peine perceptible. La façon dont Aidan prononçait son prénom la rendait nerveuse, tout comme les émotions sous-jacentes que laissait entrevoir son inquiétude à son égard. Elle s'interdisait d'entretenir ce genre de réflexions, c'était trop risqué. Aidan, qui venait de s'approcher d'elle, la fixa droit dans les yeux.

– Vous allez devoir me faire confiance, Adélaïde, exécuter à la lettre tous mes ordres sans émettre la moindre contestation.

Les prunelles d'Adélaïde s'écarquillèrent. Il exigeait une reddition complète de son corps ainsi que de son esprit. Elle inspira brusquement, sous le choc. Une boule se forma dans son estomac. Si elle agissait de la sorte, elle serait à sa merci, vulnérable, sans filet de sécurité en cas de chute. Elle tenta de reprendre son souffle.

– Ai-je votre parole que vous vous plierez à mes demandes ? insista Aidan devant son mutisme.

Un faible gémissement franchit les lèvres de la jeune femme. Elle ravala le suivant. Pouvait-elle lui accorder toute sa confiance ? Telle était la question. Étrangement, la réponse vint d'elle seule : oui. Peu importe les enjeux, elle savait qu'il n'abuserait pas de sa position ni de son ascendant sur elle. Après tout, n'avait-il pas affirmé auparavant, de manière éhontée, qu'il veillerait sur elle envers et contre tout, qu'il la ramènerait auprès des siens même au péril de sa vie ?

En vérité, ce n'était pas de lui qu'elle se méfiait, mais d'elle, de ses réactions. Elle qui s'était crue endurcie, immunisée contre lui, son cœur à l'abri dans un coffre fermé à double tour, voilà que ses résolutions manquaient de voler en éclats.

Le regard hanté de tourments qu'elle leva vers lui ébranla Aidan. Il aurait pu faire semblant de ne rien voir, mais il était incapable de faire abstraction de ce qu'il venait d'apercevoir au fond de ses prunelles. Il devait mettre un terme à cette tension entre eux, calmer son angoisse, se montrer honnête avec elle.

— Peu importe ce qui arrivera, Adélaïde, je vous retrouverai toujours, dussé-je pour cela affronter une nouvelle tempête ou franchir les lignes ennemies pour y parvenir. Je ne vous abandonnerai pas.

Adélaïde baissa la tête sous l'émotion, mais Aidan la releva du bout d'un doigt.

— Je serais prêt à mourir pour vous. Toutefois, je ne suis pas libre de vous aimer, de vous offrir la vie que vous méritez ni une famille. Ce constat n'a pas changé.

Sa voix se cassa sur ses paroles lourdes de sens. Se montrer honnête avec elle se révélait plus éprouvant qu'il ne l'aurait cru, outre le fait que les yeux de la jeune femme s'emplissaient d'une tristesse poignante.

— Je vous demande pardon, Adélaïde. À aucun moment, je n'ai souhaité vous causer du tort. Dieu m'est témoin que je préférerais me tirer une balle dans la tête plutôt que de vous blesser de nouveau.

Des larmes silencieuses roulèrent sur les joues d'Adélaïde. Aidan les cueillit du bout des doigts. Ses poumons se contractèrent sous l'émotion qui le gagnait à son tour, un pincement familier se rappela à lui dans sa poitrine.

— Mon destin est lié à cette guerre, ma vie consacrée à mon pays. Je suis ce que je suis ! S'il m'avait été possible de changer d'existence, je l'aurais fait pour vous et vous seule, ma douce.

Adélaïde, qui avait agrippé les manches de son veston sans en prendre conscience, ferma les paupières pour cacher la profondeur de son désarroi. Chaque parole d'Aidan détruisait pierre par pierre le mur qu'elle avait érigé autour de son cœur, l'anéantissant davantage.

— Arrêtez… murmura-t-elle au bord du gouffre.

— Adélaïde, nous devons en parler si nous voulons avoir une chance de passer à travers les épreuves qui nous attendent sans trop de heurts.

Pour toute réponse, elle eut un rire affligé. Ne comprenait-il pas qu'il l'avait déjà réduite en miettes ?

— C'est trop tard pour moi ! s'écria-t-elle avec force en ouvrant les yeux.

Ce véritable cri de désespoir ébranla Aidan, le faisant chanceler. Il secoua la tête, refusant d'accepter la vérité.

— Vous m'oublierez ! déclara-t-il avec conviction. Un jour, vous rencontrerez un homme bon qui vous rendra heureuse. Pour ma part, je ne suis pas ce gentleman, je ne le serai jamais. Tout ce que je peux vous offrir, c'est une aventure sans lendemain ! Est-ce que vous saisissez ce que j'essaie de vous dire ?

— Oui ! hurla-t-elle avec désillusion. Lorsque vous m'avez abandonnée sur cette plage au club, puis sur ce quai à Québec, j'ai très bien compris. J'ai cru mourir cent fois tant j'avais mal ! cria-t-elle avec une virulence déchirante.

Aidan eut l'impression qu'on lui arracha le cœur. Le visage d'Adélaïde était défait. Toute la douleur du monde s'y reflétait désormais. C'était pire que ce dont il avait présumé. Il n'avait pas, ne serait-ce qu'une seule seconde, envisagé de l'avoir atteinte si cruellement. À la lumière de cette constatation, il décida de mettre un terme à cette mission. Peu importe l'enjeu, il n'arriverait pas, après cette discussion, à la placer sciemment dans une position précaire. Qu'il soit damné s'il le faisait !

— Je vous ramène auprès de votre famille, lâcha-t-il d'une voix sourde.

Agrippant l'un de ses poignets, il se détourna, prêt à gagner sa hutte pour qu'elle y prépare ses effets personnels. Adélaïde le freina dans son élan.

— NON ! se rebella-t-elle. Si je suis capable de supporter votre compagnie, vous y parviendrez aussi, cracha-t-elle avec animosité.

— Là n'est pas la question ! Vous êtes instable et, qui plus est, vous souffrez. Nous côtoyer ne ferait qu'envenimer la situation.

— J'ai compris, major ! Je ne suis pas assez importante à vos yeux pour que vous abandonniez tout pour moi. Malgré tout, vous éprouvez suffisamment d'attirance envers ma personne pour me désirer en dépit de tout ce qui nous sépare. Le problème, c'est que ma présence perturbe votre petit univers, ce que vous ne supportez pas.

Aidan fut si frappé par la virulence de ses propos qu'il demeura coi. Adélaïde en profita alors pour poursuivre sur sa lancée.

— Dans ce cas, si d'aventure l'envie d'être chevauchée par vous devenait insoutenable, je saurais où vous trouver, major. Sinon, en attendant, je me contenterai de votre instruction si précieuse pour ne pas me faire écorcher vive par les Allemands, éructa-t-elle avec une grossièreté qui le choqua.

Le visage empourpré, elle le planta sur place et retourna vers sa hutte d'une démarche rageuse. La colère qui l'animait lui donna la force nécessaire pour s'y rendre sans faillir.

Quant à Aidan, il avait l'impression d'avoir été soufflé par un ouragan, si bien qu'il eut besoin de quelques secondes afin de reprendre ses esprits. Il fonça sur elle au pas de charge, la rejoignit avant qu'elle n'atteigne le centre du campement. Dès qu'il la rattrapa, il la souleva et la jeta sur son épaule comme un vulgaire sac de farine, puis se dirigea vers le couvert de la jungle. Adélaïde poussa un cri perçant quand elle décolla du sol. Elle gesticula, l'invectiva tout en tentant de se dégager, mais en vain ; autant chercher à déplacer une montagne.

Ce ne fut qu'une fois hors du camp qu'il la balança par terre sans ménagement. Elle atterrit sur l'arrière-train avec brutalité, mais se releva prestement, prête à l'affronter, à se battre bec et ongles pour sortir gagnante de cette lutte.

— Espèce de goujat ! cracha-t-elle avec fiel. Pour qui vous prenez-vous ?

Elle le repoussa avec une force surprenante pour sa taille et commença à le bombarder de ses poings.

— Si vous voulez frapper, Milady, faites-le au moins correctement ! la nargua Aidan, hors de lui.

— Butor ! hurla-t-elle de plus belle.

Aidan attrapa ses poignets au vol, la freinant dans son élan. Il lui fut facile dès lors de la contenir.

— C'est vrai, je suis une brute, mais je n'ai pas pour habitude de profiter des charmes d'une femme contre son gré ni à ses dépens, rugit-il en appuyant sur chacun de ses mots.

Il l'obligea à reculer, la coinçant contre un arbre, les bras au-dessus de sa tête. Il la retenait prisonnière de sa poigne implacable. Elle donna des coups de hanche, chercha à le mordre, mais il fut plus rapide qu'elle. Il l'immobilisa de son bassin, lui faisant ressentir chaque muscle de ses cuisses, chaque partie de son anatomie. Adélaïde eut un hoquet de stupeur.

— Je vous interdis de parler du lien qui nous unit comme s'il s'agissait d'une simple coucherie, mugit-il. C'est plus que cela, et vous le savez !

— C'est faux ! Ça n'a été qu'un jeu pour vous. J'étais un moyen d'assouvir vos besoins primaires. Rien de comparable avec votre précieuse Christina…

— Nom de Dieu ! Taisez-vous ! rugit-il, blanc de colère.

Il la plaqua avec plus de force contre l'arbre, son visage à un pouce du sien.

— Ne mêlez pas Christina à cette histoire ! l'avertit-il avec vigueur. Reprenez-vous, sacré nom d'un chien ! Vous agissez comme la dernière des traînées ! gronda-t-il, hors de lui.

— Et pourquoi pas, major ? renifla-t-elle avec dédain. C'est ce que je suis pour vous, une aventure sans lendemain, une fille facile qui ne mérite pas votre considération ! C'est ce que vous m'avez proposé tout à l'heure ? Mais je suis curieuse, Lord MacBain… auriez-vous osé faire cette même proposition indécente à votre chère Christina ? le provoqua-t-elle davantage, poussée par l'amertume qui lui brûlait le cœur.

Fou de rage, Aidan la relâcha avec tant de rudesse qu'elle faillit tomber. Il s'éloigna d'elle avec précipitation. Pour un peu, il l'aurait giflée. Écœuré, il se frotta le visage. Il n'avait jamais levé la main sur une femme auparavant ; pourtant, c'est ce qu'il avait été à deux doigts de faire. Une sueur froide coula dans son dos. Il prit appui sur un arbre, le temps de retrouver la pleine maîtrise de ses émotions. Tout son corps tremblait sous l'effort fourni. Il ne supportait pas qu'elle profane la mémoire de Christina, encore moins qu'elle salisse de façon si abjecte les sentiments sincères qu'il éprouvait à son égard depuis le premier jour de leur rencontre lors du naufrage de l'*Empress of Ireland.* « Enfer et damnation ! » S'il avait été libre de ses actes, c'est Adélaïde qu'il aurait choisie pour devenir la mère de ses enfants, pour partager sa vie, sans l'ombre d'une hésitation. Ne le savait-elle donc pas ?

Il avait été incapable de ressentir le moindre désir pour une autre femme depuis leur étreinte dans la grotte d'Estevan Lodge. Lui faire l'amour l'avait lié à elle irrémédiablement. Jamais union aussi brève ne l'avait bouleversé à ce point. Par la suite, toutes les fois où il l'avait tenue dans ses bras, embrassée, caressée, n'avaient fait qu'alimenter sa faim d'elle. Même en cet instant, alors qu'il était animé par la colère, il s'en fallait de peu qu'il la prenne sur le sol, se perde en elle. Révolté, il poussa une bordée de jurons bien sentis. Il prit une profonde inspiration, la retint afin de calmer la violence de sa réaction.

Il devait s'extraire de cette position précaire, et vite. En le voyant revenir vers elle d'une démarche vindicative, Adélaïde se tassa, la peur au ventre. Elle était consciente d'être allée trop loin dans ses propos. Provoquer un homme de la trempe d'Aidan MacBain, surtout dans les conditions actuelles, était suicidaire. Elle n'était pas fière de sa bassesse, mais la douleur éprouvée avait été si vive qu'elle n'avait pas trouvé d'autre moyen pour se défendre que cette attaque pernicieuse. C'était comme si, au fond de son esprit, elle avait recherché cet affrontement houleux. Non sans appréhension, elle leva les yeux pour rencontrer son regard remonté quand il s'arrêta devant elle. Il la frôlait presque, la dominait de toute sa hauteur. Elle déglutit avec peine, les nerfs en boule.

— Vous avez tout faux, Milady… commença-t-il d'un ton doucereux qui lui donna la chair de poule. Que vous vous abaissiez en jouant les catins est grotesque. Croyez-moi, ce n'est pas l'envie qui me manquerait de vous administrer une bonne fessée en guise de correction, mais je ne porterai jamais la main sur vous, Mademoiselle de Beauchamp. JAMAIS… conclut-il entre ses dents serrées.

Étouffer sa colère nécessitait une telle énergie de sa part qu'un muscle sur sa joue tressauta. La tension était palpable entre eux, une lueur d'appréhension visible dans le regard fuyant d'Adélaïde. C'est sans doute ce qui l'aida à retrouver son sang-froid. Dès lors, il s'efforça d'adopter une posture moins menaçante pour la jeune femme, roula des épaules pour tenter de dénouer les nœuds qui les contractaient.

Adélaïde avait le souffle court. La terreur qu'elle avait éprouvée à la vue du visage fulminant d'Aidan diminuait par vagues successives, tout comme son propre courroux. Elle prit une profonde inspiration, expira avec lenteur. Elle était épuisée, comme si elle venait de nager pendant une heure à contre-courant. Sa poitrine se soulevait à un rythme saccadé, frôlant de peu le torse d'Aidan, occasionnant du même coup à celui-ci une douce torture. Il enserra alors la taille d'Adélaïde dans un étau de fer, la rapprochant de lui.

— Je pourrais vous posséder ici, dans ces bois, sans autre forme de civilité, déclara-t-il d'une voix rauque. Mais je m'en abstiendrai par respect pour ce que vous êtes… une lady…

Son souffle se mêla au sien. Il était penché sur elle, ses lèvres prêtes à la cueillir. Il avait tout du conquérant impitoyable ; pourtant, il gardait une maîtrise qui forçait le respect. Toutefois, son désir brut la transperçait, implacable, la laissant pantelante et frustrée entre ses bras.

Le corps d'Adélaïde se moula à celui de son compagnon, s'amollit. Aidan appuya sa virilité douloureuse contre son ventre. Une pulsation traîtresse naquit entre les cuisses de la jeune femme en réponse. La pointe de ses seins se fit plus sensible. Une paume chaude, masculine, glissa jusqu'à la rondeur de ses fesses, alors qu'une seconde remontait le long de son flanc. Elle émit un faible gémissement, les sens chavirés.

— Aidan… murmura-t-elle dans une douce supplique.

Aidan frémit. La respiration tremblante d'Adélaïde faillit avoir raison des derniers lambeaux de volonté qui le retenaient encore. C'est à contrecœur qu'il la relâcha, remit une distance raisonnable entre eux. Le regard hagard qu'affichait sa compagne lui arracha un grognement révélateur.

— Adélaïde, si vous acceptez de vous donner à moi, vous devrez le faire en toute connaissance de cause, sans faux espoir. Je vous l'ai dit, il ne pourrait y avoir davantage entre nous qu'une aventure passagère…

La tristesse qu'elle perçut dans sa voix lui fit monter les larmes aux yeux. Il la convoitait avec une faim dévastatrice, mais rejetait tout engagement sérieux avec elle, préférant se contenir plutôt que de se trahir. Elle avait cru jadis qu'il l'aimait d'un amour sincère, mais s'était trompée. Il ne l'épouserait pas, sa position n'avait pas changé d'un iota à ce sujet. Néanmoins, il était enclin à entamer une liaison sans lendemain avec elle parce qu'il la désirait au-delà de tout raisonnement. Sauf qu'il refusait d'envisager cette relation comme une vulgaire rencontre entre deux corps, dénigrait le fait qu'elle ne se comporterait pas mieux qu'une catin en agissant de cette manière. C'est pourtant ce qu'elle deviendrait aux yeux de ses semblables si elle s'aventurait sur cette voie de perdition.

Elle avait le cœur si gros que sa poitrine n'arrivait plus à le contenir. Où étaient passées ses belles résolutions le concernant ? Pouvait-elle réellement s'engager sur ce chemin avec lui en toute impunité ? Et surtout, dans quel état se retrouverait-elle lorsqu'il la raierait une nouvelle fois de sa vie, la rejetterait comme une chaussette usée ?

La boule qui s'était formée dans sa gorge refusa de se dissoudre. Elle se détacha de lui, se détourna pour appuyer son front et ses paumes sur l'arbre massif qui se dressait derrière elle. L'image affligeante qu'elle offrait agita les démons intérieurs d'Aidan. Il se frotta la nuque avec consternation, étira l'un de ses bras dans sa direction, puis se ravisa, le laissa retomber le long de son corps en secouant la tête.

— Retournez à votre hutte pour vous reposer, Adélaïde. Oubliez toute cette histoire, ce sera préférable, lâcha-t-il de guerre lasse. Nous reprendrons votre entraînement plus tard si c'est ce que vous désirez toujours, sinon l'un de mes hommes pourra vous reconduire auprès de votre famille, là où est votre place…

Adélaïde le regarda quitter les lieux, l'esprit à la dérive. Il l'abandonnait à son sort sans aucun égard pour ses sentiments, comme par le passé. Désarroi, frustration, indignation se mêlèrent en elle avec une force déroutante. Elle était si perdue dans cet amalgame d'émotions qu'elle fut incapable de bouger. Il lui fallut quelques minutes avant de parvenir à avancer un pied devant l'autre, à sortir de son état d'hébétude. Puis son tempérament combatif reprit le dessus.

Ainsi, il lui laissait le choix de s'impliquer ou non dans une relation insidieuse tout en se dérobant. Elle ferma brièvement les yeux, permit aux bruits environnants d'apaiser son esprit enfiévré. Qu'il le veuille ou non, il allait devoir tenir compte de sa présence au sein de cette mission. Son oncle avait placé tous ses espoirs en elle. Il lui était impossible de retourner en arrière, de faire fi des réalités de la guerre parce qu'elle n'arrivait pas à gérer ce maudit Écossais. Elle n'avait pas dit son dernier mot. D'une manière ou d'une autre, elle rendrait la monnaie de sa pièce à Aidan MacBain. Décidée à mener la danse, elle se secoua tout en quittant le couvert des arbres.

Un pistolet avait été déposé sur une souche à une distance raisonnable d'une cible épinglée à un palmier. Aidan s'y tenait debout, attendant qu'Adélaïde le rejoigne. De toute évidence, elle était déterminée à poursuivre cette mission, peu importe ce qu'il lui en coûterait. Il retint un mouvement d'humeur. Pourquoi cette satanée bonne femme s'entêtait-elle de la sorte ? C'est à croire qu'elle n'avait que faire de sa vie. Un malaise prit naissance au creux de son ventre. Il refusait de la mettre en danger, mais se devait de respecter sa décision. Eh bien ! Il serait damné pour permettre une telle aberration ! Ne lui restait plus qu'à couvrir ses arrières, faire en sorte qu'elle revienne saine et sauve de cette fichue expédition. L'enfer sur terre…

À cent lieues d'une telle pensée, Adélaïde demeura le regard impassible ainsi que le visage dénué de toute expression. La matinée s'était écoulée à une vitesse effarante. Libre de toute entrave, elle avait déambulé dans le campement, échangeant des propos avec divers membres de l'équipe au gré de ses rencontres. Elle en avait profité pour questionner Percy afin d'en connaître davantage au sujet de leur action dans cette guerre, du plan prévu pour leur mission. Le jeune homme s'était montré réfractaire à discuter de ces sujets avec une lady de prime abord, puis s'y était résigné avec un déplaisir évident. Elle était impliquée tout autant qu'eux dans cette sordide histoire et encourait de graves dangers à cause du rôle qui lui incombait, elle était en droit dans ces conditions d'avoir toutes les cartes en main. Ils étaient d'ailleurs tous deux en grande conversation lorsqu'Aidan avait envoyé un soldat l'avertir qu'il l'attendait au champ de tir.

Adélaïde avait été déroutée l'espace d'un instant par la rapidité avec laquelle il la mandatait, croyant à tort qu'il lui aurait accordé davantage de temps pour réfléchir après leur dispute. Sans nul doute son hésitation avait-elle dû transparaître, car Percy s'était levé également, lui proposant de l'accompagner. De retrouver à ses côtés un compatriote fidèle la tranquillisait d'une certaine façon, lui donnant le courage nécessaire pour affronter de nouveau Aidan MacBain.

Celui-ci sourcilla à peine quand il la vit arriver en compagnie de Percy, fit mine de ne pas remarquer la réprobation évidente sur le visage de son ami. À la place, il demeura centré sur Adélaïde, sur sa maîtrise de soi fragile. Il la sentait sur la corde raide derrière son air stoïque. Un autre que lui aurait été abusé par cette fausse façade, mais il avait appris avec le temps à déchiffrer son expression ainsi que les signes subtils qu'envoyait son corps. Ceux-ci ne mentaient pas, révélaient tout des émotions qui l'agitaient.

Parvenue à sa hauteur, Adélaïde jeta un coup d'œil furtif sur l'arme déposée sur la bûche avant de relever un regard interrogateur dans sa direction.

— Qu'attendez-vous de moi, major ? demanda-t-elle d'emblée d'un ton caustique qui fit tiquer Aidan.

Un pli incertain se creusa sur le front de Percy, qui était demeuré en retrait. Devant le manque de réaction d'Aidan, il préféra s'abstenir de tout commentaire.

— Ce n'est pas tout d'avoir suivi des cours de tir, Milady, il faut être capable d'atteindre sa cible.

Ce faisant, il désigna le pistolet du menton, la défiant de s'exécuter. Adélaïde s'empara de la crosse d'une poigne ferme, ouvrit le barillet afin de s'assurer qu'il était chargé. Elle ne fut pas surprise de le trouver vide. Aidan la mettait à l'épreuve, il était donc à prévoir qu'il ne lui faciliterait pas la tâche. Elle tendit une paume vers lui. Il y laissa tomber quelques balles, un sourire cynique au coin de la bouche. Elle referma ses doigts délicats sur les cartouches, les inséra une à une dans le cylindre avant d'armer le tout.

Elle étira le bras, visa le noir et pressa sur la détente sans aucune hésitation. La cible fut touchée dans le haut, ce qui étonna Aidan. Du moins, son supérieur ne lui avait pas menti à ce propos. Elle avait eu une bonne base d'entraînement, mais sa technique manquait encore de finesse.

— Remettez le cran de sûreté, lui ordonna-t-il avant de s'approcher. Le pistolet est instable lorsque vous le tenez d'une main. Il est trop lourd pour vous. Stabilisez-le avec votre autre main, vous aurez ainsi un meilleur support.

Associant le geste à la parole, il saisit son poignet, releva son bras en position de tir. Ce faisant, il lui montra comment procéder.

— Faites attention au recul dans cette position si vous ne souhaitez pas être blessée.

Adélaïde s'efforça de demeurer concentrée sur ses explications, non sur la chaleur que dégageait son corps, qui l'enveloppait, ni sur la pression de sa main sur la sienne.

— Si vous tremblez lorsque vous faites feu, vous êtes assurée de manquer votre cible. Apprenez à retenir votre respiration au moment d'appuyer sur la détente.

Elle lui jeta un regard perplexe par-dessus son épaule. Le capitaine qui l'avait entraînée lui avait déjà précisé tous ces détails, là n'était pas le problème. Sa difficulté résidait plutôt dans la crispation de son doigt sur la détente, sa peur du recul. Elle n'arrivait pas à relâcher ses muscles.

Aidan devina son malaise rien qu'à sa posture rigide. Il doutait de parvenir à des résultats probants en si peu de temps, mais chose certaine, il tenterait de l'aider au mieux.

— Reprenez votre position, ordonna-t-il. Et attendez mes instructions avant de tirer.

Adélaïde se réajusta, soucieuse d'en finir avec cet exercice irritant pour ses nerfs. Aidan se déplaça en silence derrière elle, la stressant d'autant plus.

— Écartez davantage les jambes, déclara-t-il en donnant un petit coup sur sa cheville gauche.

Elle tressaillit quand son genou glissa entre les siens, mais ce fut si bref qu'elle eut à peine le temps d'en éprouver de l'inconfort.

— Gardez votre colonne vertébrale droite, avancez un peu plus les épaules.

Tout en parlant, il appuya une paume dans le creux de son dos, puis la seconde entre ses omoplates de façon à lui indiquer la bonne position. Adélaïde s'empourpra à son contact. Elle avait l'impression qu'une chaleur incendiaire irradiait de ses mains, d'autant plus que ses doigts s'égaraient vers sa croupe, s'y attardaient plus que nécessaire. Elle pinça les lèvres, s'obligeant à faire abstraction de son embarras, plus que jamais résolue à ne pas fléchir. Quant à Aidan, il perçut très bien le changement subtil dans la crispation de ses épaules, dut prendre sur lui pour ne pas s'aventurer plus bas, vers l'arrondi voluptueux de son postérieur moulé de manière si invitante dans son pantalon. Il ne devait pas se laisser détourner de son objectif par ses charmes si appétissants.

— Bloquez votre coude ainsi que votre poignet, poursuivit-il d'un ton plus rauque.

Aidan rectifia de nouveau sa posture sans l'avertir au préalable. Adélaïde serra la mâchoire pour se retenir d'émettre le moindre commentaire désobligeant. Il n'y avait aucune connotation charnelle dans les gestes d'Aidan, mais cela ne l'empêchait pas pour autant de réagir vivement. Elle s'efforça de régulariser sa respiration afin de se focaliser sur sa cible. Elle tira deux coups à sa demande, mais ne fit pas mieux qu'à son premier essai.

— Vous faites feu trop rapidement. Concentrez-vous ! décréta-t-il, impitoyable.

Elle lui lança un regard noir, ce qui eut pour effet de l'irriter.

— Écoutez-moi bien, Milady ! lâcha-t-il d'un ton sec. Vous allez recommencer autant de fois que je le jugerai nécessaire, du moins jusqu'à ce que votre maintien devienne naturel, dussé-je y passer la journée entière et celle de demain.

Adélaïde pivota avec exaspération. Il se montrait intransigeant à son endroit. Était-ce dû à sa condition de femme, ou bien à cause de leur affrontement survenu plus tôt ? Elle n'aurait su le dire, mais préférait ne pas connaître la réponse. Consciente qu'elle ne pourrait échapper à cette épreuve, elle brida sa susceptibilité, se préparant mentalement au pire.

Plus d'une heure s'était écoulée depuis le début de son entraînement. Soixante minutes à étouffer sous la chaleur accablante, à tirer sans relâche au point d'en avoir l'épaule endolorie. Son corps était moite de sueur, et elle commençait à éprouver de la difficulté à tenir son bras droit sans trembler, même avec l'appui de sa seconde main. Elle se sentait nauséeuse et étourdie. Elle doutait de pouvoir résister encore longtemps, redoutant par-dessus tout de s'effondrer aux pieds de son tortionnaire.

En définitive, Percy eut pitié d'elle et se risqua à intervenir. Il s'était rapproché d'eux, la mine sombre.

— Ça suffit, Aidan ! s'indigna-t-il. Vous exigez beaucoup trop d'elle. Pardieu ! Ce n'est pas l'un de vos soldats aguerris, mais une lady !

Aidan se retourna d'un bloc vers lui, irrité de se faire rappeler à l'ordre par l'un de ses subalternes, fût-il son ami. Que s'imaginait-il ? Qu'il était aveugle ou à ce point opiniâtre qu'il n'hésitait pas à la pousser avec cruauté ? « Nom d'un chien ! » Il devait la former envers et contre tout, se débattre avec ses propres sentiments pour exécuter son boulot. Exaspéré, il fusilla Percy du regard, mais celui-ci ne broncha pas. Aidan franchit l'espace entre eux avec emportement.

— Parce que vous croyez que les Allemands lui laisseront gentiment le temps de reprendre sa respiration le moment venu, soldat ? attaqua-t-il d'emblée d'un ton vindicatif.

— Non, rétorqua Percy. Mais ce n'est pas en la surmenant que vous arriverez à l'endurcir, MacBain.

Aidan plissa les yeux. Percy s'oubliait dans cet affrontement. Il s'était adressé à lui d'égal à égal, non comme il aurait dû le faire avec un supérieur. Cependant, avant qu'il puisse s'en insurger, Adélaïde avait déjà déposé une main agitée sur le bras de Percy.

— Ce n'est rien, Monsieur Fraser. Je survivrai... souffla-t-elle d'une voix ténue.

Aidan tourna son regard dans sa direction et fut affligé en notant ses traits délicats tirés par la fatigue.

— Je vous accorde une heure de répit, ensuite nous reprendrons votre entraînement, déclara-t-il, rembruni.

Percy s'empressa de se porter au-devant de la jeune femme, mais elle déclina son offre d'assistance d'un hochement de tête. Elle refusait de faire preuve de faiblesse en présence d'Aidan MacBain. Elle quitta donc les lieux la tête haute.

Parcourir la distance qui la séparait de sa hutte se révéla des plus pénible, sans compter qu'elle sentait le regard lourd de sous-entendus d'Aidan dans son dos. Par orgueil, elle s'abstint de masser son épaule endolorie tant qu'elle ne fut pas à l'abri dans sa hutte.

Elle remercia Percy au seuil de la porte, souleva la toile pour entrer afin de se réfugier à l'intérieur. Elle se laissa choir sur son lit, le regard perdu dans le néant. À quoi rimait cet acharnement de la part d'Aidan ? Il n'arriverait pas à faire d'elle une combattante en l'espace d'une semaine, c'était insensé. Sans mentionner le fait que chacun de leurs affrontements la vidait de toute énergie, que le moindre toucher de sa part lui embrouillait les esprits.

Elle appuya ses coudes sur ses genoux, cacha son visage dans ses paumes, plus désespérée que jamais. Quelle idiote d'avoir pensé qu'elle y parviendrait ! Elle n'avait rien d'un soldat, d'un agent secret ou d'une amazone de la trempe de Fatouma. Un frisson funeste la parcourut. Elle se sentait prise au piège, se détestait pour s'être mise dans cette position instable. Croyait-elle vraiment qu'elle avait une chance d'accomplir cette mission, d'y survivre ? C'était peu probable, et c'était ce qu'Aidan s'évertuait avec tant d'opiniâtreté à lui faire comprendre.

Elle pouvait bien parader devant les autres, en réalité, elle était terrorisée. « Seigneur ! » À quoi s'attendait-elle ? Dès qu'il s'agissait d'Aidan MacBain, elle pouvait être assurée de courir au-devant des pires ennuis. Cet homme carburait au danger, se retrouvait toujours au cœur des complots les plus sombres. Pourquoi dans ce cas s'être embarquée dans cette galère avec lui ?

— Allez en enfer, MacBain ! lança-t-elle d'une voix étranglée.

Aidan, qui avait décidé de la rejoindre pour discuter avec elle de l'évolution de leur situation de façon plus calme, se figea dans son élan. Il s'apprêtait à relever le tissu qui masquait l'entrée de la hutte d'Adélaïde quand ses paroles parvinrent jusqu'à lui, qu'il perçut son trémolo.

Il enfonça ses poings dans ses poches et fit demi-tour. Nul besoin de le vouer aux enfers… il y était déjà… Et cette mission prenait de plus en plus une tournure apocalyptique.

Il perdait le contrôle des événements, s'enlisait dans un amalgame d'émotions malsaines, entraînant Adélaïde avec lui dans cette descente infernale.

Jusqu'où irait ce désastre ? Il songea à la jeune femme effondrée dans sa case, se sentit gagné de nouveau par un sentiment de panique à l'idée de ce qui l'attendait sous peu. Ses pensées s'entrechoquaient dans son esprit, s'embrouillaient, faussant son jugement, entravant ses décisions. « Par tous les feux de l'enfer ! » Lord Brand les expédiait tous deux vers un sort funeste.

Il était dans un tel état d'agitation qu'il faillit entrer de plein fouet dans Percy. Aidan le vit à la dernière minute, le repoussa avec brutalité pour poursuivre sa route.

— Pas maintenant, Percy ! aboya-t-il.

N'étant pas d'humeur, il redoutait d'envoyer son ami au tapis d'un coup de poing bien senti.

— MacBain ! l'interpella Percy. Nous venons de recevoir une missive de la plus haute importance du gouverneur.

L'inquiétude qu'Aidan perçut soudain dans la voix de son subalterne l'arrêta net dans son élan. Il fit volte-face, une expression renfrognée sur le visage.

— Qu'y a-t-il encore ? s'impatienta-t-il.

— C'est le général Jäger... Il a devancé sa visite au Cameroun.

— De combien de jours ? s'enquit Aidan, du plomb dans l'estomac.

— Il se présentera à la base allemande dans tout au plus quatre jours, répondit Percy d'une voix blanche.

— Nom de Dieu ! mugit Aidan en s'élançant vers son quartier général à grandes enjambées, Percy sur ses talons.

Lui qui croyait que la situation ne pouvait pas dégénérer davantage, voilà que les événements se liguaient derechef contre lui. Tout au long de sa traversée du camp, il afficha une expression si remontée que plus d'un regard alarmé fut lancé dans sa direction.

L'esprit analytique d'Aidan fonctionnait désormais à plein régime. Il n'avait plus de temps à perdre. Dès ce soir, il informerait son équipe ainsi que la jeune femme des dernières données, ferait une mise au point avec eux, et demain, il comptait mettre Adélaïde à l'épreuve. Il se chargerait de lui enseigner par la même occasion quelques rudiments de défense. Ensuite, il accorderait une soirée de repos et de réjouissances à tous. Leur départ serait programmé pour le surlendemain à la première heure. Attendre serait périlleux. Il ne voulait pas risquer qu'Adélaïde se retrouve face au général Jäger. Il fut parcouru d'une sueur froide à cette seule perspective. Il devait enfermer ses inquiétudes à double tour, ne pas les laisser prendre le dessus. Un soldat perturbé lors de l'exécution d'une mission était dangereux pour sa propre sécurité, mais aussi pour celle de son équipe.

CHAPITRE 8

Une épreuve douloureuse

Adélaïde se dirigeait vers le champ de tir, ses pensées préoccupées par ce qui l'attendait. Elle avait en tête le discours de la veille d'Aidan, alors qu'ils étaient tous regroupés autour du feu. D'apprendre de manière aussi abrupte que leur mission serait devancée avait fait grimper son angoisse au plus haut niveau. Elle en avait depuis l'estomac retourné et avait eu d'horribles cauchemars toute la nuit, ce qui l'avait tenue éveillée pendant des heures, si bien qu'elle était déjà à cran à son réveil. De plus, un silence oppressant pesait sur le camp. Elle n'avait pas rencontré une seule âme qui vive en cours de route. Elle n'y comprenait rien.

Un mauvais pressentiment l'envahit. Un frisson remonta le long de sa colonne vertébrale alors que ses cheveux se dressaient sur sa nuque. Elle se sentait épiée, avait l'impression de foncer tête baissée dans un piège. Inconfortable tout à coup, elle détailla les environs avec agitation. À un certain moment, elle crut même entrevoir une forme furtive entre les fougères, puis plus rien. Avait-elle la berlue ?

Elle croisa ses bras sur sa poitrine, les frotta pour se réchauffer et combattre la sensation glaciale qui la gagnait. Une branche craqua sur sa droite. Avant même qu'elle puisse tourner son attention dans cette direction, deux larges paumes calleuses la happèrent par-derrière pendant qu'une cagoule était jetée sur sa tête. Ses poignets furent immobilisés sur-le-champ dans une étreinte de fer. Plus d'une personne l'entourait, l'entraînant à l'écart. Lorsque son coude heurta par inadvertance une paroi solide et qu'un tissu rêche frôla sa main, elle comprit qu'ils venaient d'entrer dans une hutte. Des ordres furent lancés dans un allemand guttural. Son cœur manqua un battement alors qu'une peur viscérale la privait de tous ses moyens.

« Dieu tout-puissant ! » Leur position avait été compromise, et les Allemands les encerclaient. Une sensation de froid l'engourdit, puis ses oreilles commencèrent à bourdonner. Elle était incapable de réfléchir adéquatement. Où était Aidan ? Elle n'osait imaginer le pire le concernant. Un gémissement pitoyable franchit ses lèvres. Puis, un coup de feu retentit au loin, la faisant tressauter et lui arrachant un cri étouffé. Une main se plaqua sur sa bouche. Elle paniqua davantage, sa respiration se fit de plus en plus laborieuse, et des points lumineux dansèrent devant ses yeux. Elle comprit avec effroi qu'elle était sur le point de défaillir.

L'un de ses agresseurs la secoua avec rudesse en la sentant mollir entre ses bras. Fouettée dès lors par un sursaut d'adrénaline, elle tenta de se libérer de l'étreinte qui la retenait prisonnière. Elle devait alerter les autres membres de l'équipe. Gagnée par une impulsion subite, elle mordit à pleines dents la paume qui l'étouffait à travers le tissu. Dans la foulée, elle frappa de son talon le tibia de l'un de ses assaillants avec force. La partie rigide de sa botte causa suffisamment de ravage chez son agresseur pour le faire lâcher prise sous l'effet de la douleur. Elle plongea aussitôt vers le sol tout en retirant d'un même geste la cagoule qui recouvrait son visage. Emportée par son élan, elle roula sur la terre battue comme le lui avait enseigné le lieutenant Maskell lors de leurs séances d'entraînement. La poussière qu'elle avait avalée durant ces exercices lui aurait au moins servi à cela.

Quand elle se redressa au bout de sa course, elle découvrit qu'elle se trouvait dans sa propre hutte en compagnie de trois hommes masqués. Son cœur cogna contre sa poitrine à la vue de leur uniforme allemand. L'un d'eux ne perdit pas de temps en tergiversations et bondit vers elle après avoir sorti un poignard de sa botte. Le cerveau d'Adélaïde fonctionna à toute vitesse. Se rappelant soudain le couteau qu'elle gardait par précaution sous son oreiller, elle se jeta sur son lit tout en étirant les doigts pour les glisser sous le coussin. Ce faisant, elle rencontra une surface dure, l'empoigna. D'un coup de hanche, elle se projeta de l'autre côté du matelas, se retrouvant ainsi non loin de l'entrée.

Elle brandit sa lame de fortune devant elle d'une main agitée. Ses forces décuplées par son instinct de survie, elle fonça d'instinct sur le deuxième homme qui lui barrait le chemin. Étrangement, celui-ci ne tenait aucune arme. Toutefois, il la jaugeait, prêt à l'intercepter s'il le fallait. Adélaïde se baissa au dernier instant avant l'impact, le percutant de plein fouet de son épaule dans l'estomac. L'individu eut un grognement douloureux en se pliant. Quant à Adélaïde, elle grimaça sous le coup, mais cela ne l'empêcha pas de se redresser d'un geste vif et de frapper au hasard avec son couteau. Le malotru tressaillit, eut à peine le temps d'effectuer une torsion du corps afin d'éviter une blessure fatale.

Adélaïde sentit sa lame pénétrer la chair tendre d'une épaule, pour ensuite riper sur l'os de la clavicule. L'odeur du sang frais envahit ses narines, lui soulevant le cœur. Par réflexe, elle retira l'arme brusquement, ce qui provoqua un chuintement répugnant, puis envoya basculer son assaillant au sol d'un coup de pied puissant. L'homme s'affaissa dans un bruit sourd en jurant.

Les deux autres agresseurs semblaient quant à eux s'être figés sur place, offrant l'occasion à Adélaïde de s'enfuir. Ce qu'elle fit sans s'attarder.

Elle déboula hors de sa hutte à toute allure, obliqua vers la gauche en direction de la jungle pour s'y camoufler. Il lui serait plus facile par la suite de longer le campement à couvert pour rejoindre la salle de dépôt d'armes. Les fougères la fouettèrent, mais elle ne ralentit pas sa course pour autant. Une clameur assourdissante parvenait du camp, mais elle était trop obnubilée par sa peur pour entendre de façon distincte ce que les voix criaient.

Atteindre les lieux lui prit trois minutes. Sitôt arrivée, elle s'engouffra à l'intérieur et saisit le premier pistolet à sa portée. Vérifier s'il était chargé lui demanda un temps considérable tant ses doigts tremblaient. Par chance, le barillet était rempli de munitions. Par précaution, elle s'empara d'une poignée de balles supplémentaires, qu'elle glissa dans une poche de son pantalon, puis s'empressa de sortir pour regagner le couvert des arbres, arme à la main.

Dans sa précipitation, elle sauta par-dessus une souche, ne vit pas la branche basse qui lui entailla le mollet gauche au passage. Elle poussa un cri sous la douleur cuisante, ce qui ne manqua pas d'alerter ses poursuivants. Ignorant ce qu'ils voulaient d'elle ou feraient d'elle s'ils l'attrapaient, Adélaïde préféra s'enfoncer dans la jungle. Elle pourrait toujours retrouver son chemin pour revenir par la suite.

Apercevant un amas de bananiers, elle se faufila entre les troncs serrés, puis se cacha au centre de l'amoncellement, s'y accroupit en se faisant la plus discrète possible. Le cœur au bord des lèvres, elle laissa tomber son pistolet sur le tapis de végétation à ses pieds. Un sanglot étreignit sa gorge à la pensée du sort réservé à Aidan et aux autres. Il ne l'aurait jamais abandonnée entre les mains de l'ennemi, ce qui ne pouvait signifier que trois choses : soit il était leur captif, soit, pire encore, il était mort ou incapable de se déplacer à cause d'une blessure. Elle étouffa un gémissement. Elle ne devait pas songer à Aidan dans l'immédiat, sinon elle risquait de s'effondrer. Il lui fallait demeurer vigilante, garder les idées claires.

Un élancement à son mollet la détourna un instant de ses tourments. Du sang s'écoulait de sa blessure. Rodée à ce type d'urgence dans le cadre de sa formation auprès des sœurs infirmières, elle déchira la manche de son chemisier, s'en fit un pansement sommaire qu'elle noua en vitesse autour de sa jambe. Ce bandage de fortune suffirait pour l'instant. Plus tard, lorsqu'elle serait sortie de ce guêpier, elle veillerait à nettoyer la plaie.

Reprenant le pistolet, elle se redressa d'un pas vacillant, puis l'inséra par prudence dans son pantalon tout en prenant soin de rabattre les pans de son chemisier par-dessus pour le camoufler au regard de l'ennemi. Du moins, elle aurait les mains libres de toute entrave. Tendant l'oreille, elle s'efforça de discerner les bruits environnants, à la recherche d'éventuels poursuivants. Elle ne pouvait pas s'attarder plus longuement dans cet endroit, pas plus que céder à la tentation de retourner au campement pour y chercher des renforts. Elle ignorait combien d'Allemands avaient investi le camp. S'y rendre était donc hors de question. Mieux valait pour elle rejoindre le village de Nabila. Elle pourrait sans doute y chercher de l'aide ainsi qu'un moyen de prévenir son oncle pour qu'il envoie des renforts.

Les nerfs à vif, elle s'extirpa de sa cachette avec prudence, essuya de son bras la sueur qui perlait à son front et qui lui brûlait les yeux, à moins que ce ne fussent des larmes de désespoir. Elle hoqueta sous l'accablement, chercha à se repérer afin de trouver la bonne direction à suivre. Alors qu'elle terminait d'effectuer un demi-tour, elle aperçut l'homme qu'elle avait blessé dans la hutte. Elle laissa échapper une exclamation d'horreur. Son agresseur avait rapidement pansé sa plaie à l'épaule, mais déjà une tache de sang maculait le tissu. Décelant des mouvements sur sa droite, elle jeta un coup d'œil dans cette direction et tressaillit en avisant les deux autres Allemands.

Avec lenteur, elle inséra ses doigts sous sa chemise, s'empara de la crosse du pistolet sans quitter le malotru du regard. Quand elle pointa l'arme sur son principal assaillant, celui-ci se figea aussitôt. Comme un automate, elle retira le cran de sûreté et fit feu. La détonation partit, atteignit le tronc d'un palmier, provoquant des éclats d'écorce. Elle eut un cri de rage. D'emblée, elle s'empressa de réarmer le chien, assura sa prise cette fois-ci avec son autre main avant de tirer, le tout en quelques secondes. Ce deuxième recul se répercuta avec plus de force dans son épaule endolorie, lui faisant perdre sa concentration. L'individu visé jura quand la balle frôla sa tempe, l'égratignant au passage.

— Lâchez ce pistolet, Adélaïde ! ordonna-t-il d'une voix de ténor.

Adélaïde fut secouée d'un long frisson, crut défaillir en reconnaissant l'intonation gutturale, sauf que son cerveau refusait d'admettre la vérité. Il fallut qu'Aidan lève ses mains avec lenteur pour retirer son masque et dévoiler ses traits crispés avant qu'elle ne soit en mesure d'accepter la réalité. Le pistolet glissa de ses doigts gourds, puis ses yeux s'écarquillèrent de dégoût.

— Salaud ! hurla-t-elle.

Mue par la colère, elle se jeta sur lui et le martela de ses poings en criant de fureur. Comment avait-il pu lui faire vivre une telle frayeur ?

Aidan ne broncha pas sous la violence de son assaut. Il le méritait ! Fermant les paupières, il l'étreignit en dépit de sa résistance, grimaçant sous la douleur lancinante qui vibrait dans son épaule. Il l'avait échappé belle en définitive. Sa blessure au couteau était nette, cicatriserait sans trop de dommage. Il éprouverait de la raideur pendant quelques jours, mais sans plus. Quant à la balle qui l'avait frôlé, il pouvait remercier le ciel qu'Adélaïde n'ait pas été en mesure de stabiliser son bras au moment de tirer, car il serait mort à l'heure qu'il est.

Adélaïde les avait surpris, lui et ses hommes, dans sa hutte. Il n'aurait jamais imaginé qu'elle dissimulait une lame sous son oreiller, qu'elle saurait en faire usage et, surtout, qu'elle aurait la présence d'esprit d'aller chercher un pistolet dans le dépôt d'armes. Il songea avec ahurissement qu'elle n'était pas aussi dépourvue d'instinct de survie qu'il l'avait cru. Plus important, il avait pu vérifier qu'elle était capable de se résoudre à faire feu sur un être humain en cas de danger. Ce dernier point en disait long sur sa personnalité, sa volonté. Les aléas de la vie l'avaient bel et bien endurcie, lui ravissant sa candeur. De toute évidence, Lord Brand avait déjà fait ce constat, et c'était ce qu'il avait tenté de lui faire comprendre lors de leur rencontre. Adélaïde n'avait rien d'une jouvencelle écervelée qui paradait dans les salons, mais tout d'une combattante. Il devait cesser de voir en elle une jeune lady innocente, se décider à la considérer comme un membre à part entière de son équipe. Elle avait l'esprit vif, ne manquait pas de ressources pour se défendre ni de courage.

D'un signe de tête, il indiqua aux deux soldats qui l'accompagnaient de retourner au campement. Il désirait se retrouver seul avec Adélaïde. Elle tremblait entre ses bras, pleurait autant du contrecoup que d'aigreur. Elle en avait été quitte pour une bonne frayeur ! Ne sachant quelle attitude adopter, il se contenta de l'étreindre tout en caressant ses cheveux d'une main apaisante. Ils restèrent enlacés pendant une dizaine de minutes, puis Aidan frôla le front de la jeune femme de ses lèvres. Un soupir désabusé souleva sa poitrine.

— Adélaïde, je n'ai pas l'intention de m'excuser auprès de vous pour cette mise en scène. Elle était nécessaire. Je devais vous mettre à l'épreuve afin de m'assurer que vous étiez apte à affronter la suite des événements.

Adélaïde releva la tête d'un mouvement prompt, puis se dégagea de son étreinte d'une bourrade. Ses yeux lançaient des éclairs, signe qu'elle s'apprêtait à l'affronter. La belle avait retrouvé tout son aplomb. Maintenant que le choc était passé, elle éprouva une colère froide à son endroit, et elle lui parut subitement tout aussi sauvage que la jungle environnante. Elle serrait les poings de chaque côté de son corps tendu à l'extrême. Tout son être frémissait sous l'effort fourni pour se dominer, et Dieu sait qu'elle n'y parvenait qu'au prix d'une dépense d'énergie considérable.

Ressentant le besoin de trouver un exutoire aux sentiments virulents qui l'animaient, elle le frappa de toutes ses forces au visage. Elle fut la première surprise par l'intensité de son geste. Elle recula aussitôt d'un pas en se frottant la paume. Aidan l'avait mise en garde à Métis de ne pas se risquer une deuxième fois à le gifler. Cependant, elle avait agi sous le coup de l'émotion. Contre toute attente, il encaissa l'affront sans réagir.

— Je vous hais, Aidan MacBain, comme je n'ai jamais haï de toute ma vie, pas même Matthew Ross, cracha-t-elle, pleine de ressentiment, le regard incendiaire. Allez rôtir en enfer !

Étouffée par la rage, elle se détourna de lui avec un dédain évident et retourna vers le campement d'une démarche claudicante. C'est à cet instant-là qu'Aidan remarqua le pansement sommaire à son mollet gauche ainsi que sa manche déchirée. Il croisa ses mains derrière sa nuque, leva les yeux au ciel et prit une profonde inspiration pour se calmer.

Il avait joué gros et perdu dans la mêlée. Il y avait fort à parier qu'Adélaïde ne lui pardonnerait pas de sitôt cette mystification de mauvais goût. Elle la lui ferait payer au centuple. Il fronça les sourcils en la regardant s'éloigner, emmurée dans un silence glacial, le port de tête altier. Il attendit quelques minutes, puis lui emboîta le pas. Nul besoin de jeter de l'huile sur le feu. Mieux valait la laisser décanter avant de retourner la voir.

Adélaïde était dans un état second quand elle parvint à sa hutte. Un baril rempli d'eau fraîche l'attendait. D'un geste brusque, elle retira ses vêtements, grimaça lorsque vint le temps de décoller le tissu imbibé de sang qui avait adhéré à sa peau. Elle fut surprise de constater que la coupure n'était pas profonde, sauf que celle-ci saignait abondamment. Des points de suture ou une cautérisation ne seraient cependant pas nécessaires ; un pansement propre suffirait.

Elle était assommée et avait l'impression d'émerger d'un long cauchemar. Prise de nausées, elle s'empressa d'asperger son visage, puis demeura un bon moment la tête baissée, les épaules voûtées. Son esprit était embrouillé, partait en vrille dans toutes les directions. De nouvelles larmes lui montèrent aux yeux. Elle ne parvenait pas à croire qu'Aidan l'avait placée volontairement dans cette position. « Dieu du ciel ! » Elle aurait pu le tuer à deux reprises. Un second haut-le-cœur la secoua.

C'est sur ces entrefaites que Nabila entra dans sa hutte, un pot de terre cuite ainsi que des feuilles d'un vert foncé entre les mains. Adélaïde redressa le menton à son arrivée, le visage défait. Elle avait craint l'espace d'un instant qu'il s'agisse d'Aidan, ce qu'elle n'aurait pas eu la force de supporter. Nabila claqua la langue avec agacement devant son teint cireux. Les hommes pouvaient se révéler de parfaits idiots ainsi que de véritables brutes par moments, et Aidan MacBain ne faisait pas exception à la règle. La petite était dans un état lamentable. Si elle ne s'occupait pas d'elle, celle-ci ne serait jamais apte à remplir sa mission prévue le lendemain matin.

– Cet homme peut se montrer si obtus parfois, tout major qu'il soit, que c'en est affligeant, maugréa Nabila.

Elle déposa son attirail sur une table bancale, puis regarda la jeune femme. Elle claqua de nouveau la langue avec agacement.

– C'est ce que je disais, tous des abrutis.

Un pli barra le front d'Adélaïde. Une main sur l'estomac, elle retourna d'un pas traînant vers son lit, s'y recroquevilla en petite boule. Elle ne désirait voir personne ; elle se remettait tout juste du choc ressenti. Cette histoire l'avait profondément remuée. Elle entendait encore les coups de feu résonner dans son oreille, le chuintement de la lame rencontrant la chair tendre, l'odeur écœurante du sang. Toutes ses sensations étaient amplifiées maintenant qu'elle savait s'être attaquée à Aidan.

Cet individu devait être dépourvu de toute émotion pour la soumettre à une telle épreuve. Ça dépassait sa faculté de compréhension, ébranlait ses convictions. Sauf qu'il n'y avait plus aucun doute désormais pour Adélaïde. Elle pouvait tuer un homme de sang-froid sans hésitation, et cette découverte horrifiante, elle la devait à Aidan MacBain. Par sa faute, elle avait l'impression d'avoir perdu son humanité…

Nabila, qui s'était rapprochée d'elle, s'assit sur le lit à ses côtés. Elle voyait bien que la petite était brisée, comme un vase fissuré. Elle ne serait plus la même dorénavant. Que les esprits lui soient témoins, elle avait formulé son objection de façon très claire auprès d'Aidan MacBain, mais celui-ci avait refusé de l'écouter. Seul Percy avait abondé dans le sens de Nabila, argumentant qu'Aidan détruirait l'intégrité de Lady de Beauchamp, lui causerait des dommages irréversibles.

Aidan avait rejeté en bloc son raisonnement. Quant à Fatouma, elle était demeurée silencieuse, donnant ainsi son aval indirect à son commandant, ce qui n'était pas surprenant de la part d'une guerrière. Outré, Percy était ressorti en trombe de la hutte d'Aidan en précisant qu'il ne prendrait pas part à cette duperie perfide. Nabila lui avait emboîté le pas et était retournée à son village pour préparer un breuvage fortifiant de son cru pour faire boire à la jeune femme le moment venu.

Maintenant que cet instant était arrivé, Nabila prenait conscience qu'il en faudrait davantage pour raviver la flamme presque éteinte dans son regard. Une bonne vieille vengeance pourrait remplir cet office, la sortir de sa léthargie. Justement, elle connaissait l'arme idéale pour y parvenir. Aidan MacBain éprouvait une faim démesurée pour le corps de la jeune femme, des sentiments puissants envers elle. Il n'y avait qu'à voir le désir primitif qui brûlait dans ses prunelles lorsqu'il l'observait à la dérobée. Sans parler de la souffrance qui en transperçait.

Un rictus diabolique se dessina sur les lèvres de Nabila. Aidan MacBain avait provoqué son propre destin en agissant de la sorte, tout comme il l'avait fait en permettant les débordements prévus en soirée. Nabila se pencha vers le visage de la jeune femme, l'obligeant à la regarder.

— Si tu souhaites te venger du major MacBain, je peux t'y aider, lâcha-t-elle d'une voix mystérieuse.

Les mots pénétrèrent avec lenteur dans l'esprit embrumé d'Adélaïde, puis trouvèrent écho en elle. En saisissant la portée exacte de ces paroles, elle se releva sur un coude, tout son être en éveil. Nabila éclata d'un rire joyeux.

— Tu es une guerrière digne de ce nom, déclara Nabila, les yeux pétillants de malice.

La principale intéressée se rembrunit aussitôt. Elle n'aimait pas être qualifiée de combattante. Ce terme lui rappelait trop ce qui s'était déroulé dans la jungle et l'indisposait à plus d'un égard. Pourtant, elle n'avait plus rien à perdre ; son âme était pervertie à tout jamais. Non seulement était-elle perdue de réputation, mais de surcroît, elle venait de commettre un acte d'une extrême violence en tentant de tuer Aidan. En la voyant s'assombrir, Nabila tapota sa joue avec gentillesse.

— Je connais la faiblesse du major MacBain, commença-t-elle avec plaisir.

Adélaïde pencha la tête sur le côté, tout ouïe. Nabila jubilait, se plaisait à étirer le suspense.

— Qu'est-ce ? s'informa la jeune femme, pressée de découvrir le point faible de cet homme arrogant.

— TOI !

— Pardon ! s'exclama Adélaïde, dubitative. Que racontez-vous là ?

— Il te convoite, petite, avec une telle ardeur que se contrôler en ta présence requiert de sa part une maîtrise colossale. Si tu le désirais, tu pourrais le tenir sous ta coupe, le mettre à genoux devant toi pour lui faire payer sa faute.

Adélaïde écarquilla les yeux, effarée par les propos de la guérisseuse, ce qui provoqua un nouvel éclat amusé de la part de celle-ci.

— Qui a dit que la vengeance devait s'effectuer avec des armes et dans le sang ?

La jeune femme commença à s'agiter sur sa couche, de plus en plus nerveuse. Elle n'était pas certaine d'apprécier la direction que prenait cette discussion.

— Ce soir, les soldats du campement se joindront aux habitants de mon village autour d'un feu de joie avec de la musique tribale.

Adélaïde plissa les paupières tout en cherchant à jauger la guérisseuse, à percer le fond de ses pensées.

— Les femmes danseront pour le plaisir des hommes présents, s'offriront à eux en toute liberté afin de les remercier pour leur bravoure. Après tout, qui sait lesquels d'entre eux survivront au combat de demain ? Le major MacBain connaît les risques du métier. Permettre à ceux sous son commandement d'assister à cette soirée est sa façon à lui de leur accorder un moment de douceur avant le déclenchement des hostilités.

Adélaïde se redressa complètement sur son séant, abasourdie. Un sentiment dérangeant prit forme dans son esprit, une impression de trahison irraisonnée. Est-ce qu'Aidan avait également pris part à ces débordements par le passé, profité des attributs d'une autre pendant qu'elle se morfondait à Québec ? Nabila remarqua les doigts qui tordaient le drap. Nul besoin d'être prophète pour deviner la tournure qu'avaient prise les réflexions de la petite. « Excellent ! » songea-t-elle avec satisfaction. La jeune femme n'en serait que plus réceptive. Nabila se garderait pour l'heure de lui révéler qu'Aidan MacBain n'avait plus jamais participé à ces ébats charnels depuis son retour d'Amérique, préférant de loin regagner le camp de base pour se retrancher dans ses pensées moroses. Ce comportement inhabituel l'avait surprise au début, mais dorénavant, elle en comprenait la raison.

Un frisson parcourut Adélaïde, sa peau commença à picoter sous la montée d'un désir brut, puis ses joues se colorèrent sous l'émotion. Elle s'ébroua pour se ressaisir.

— Ça n'a aucun sens ! Vous me prêtez un pouvoir sur le major que je n'ai pas.

— Je sais ce que mes yeux ont vu. Le major MacBain est celui qui t'a dévêtue lors de ton arrivée au campement. Si tu avais pu croiser son regard à cet instant, tu saurais que j'ai raison.

Nabila esquissa un sourire entendu pour appuyer ses propos. Quant à Adélaïde, elle ressentit de nouveau une vague de colère alors que le venin de la vengeance se répandait dans ses veines. Ce butor s'était imparti le droit de la déshabiller sans la prévenir ni demander son accord. Il s'était repu de sa nudité. S'était-il permis certaines libertés dans la foulée ? Elle n'osait questionner la guérisseuse à ce sujet. Un voile rouge descendit devant ses yeux, obnubilant son jugement. Plus que jamais, elle voulait prendre sa revanche sur ce despote, lui faire payer le prix fort pour toutes les souffrances qu'il lui avait infligées. Et si pour cela elle devait danser à moitié nue en présence de tous ses hommes afin de l'attirer dans sa toile, alors elle était prête à y consentir. Elle savait pertinemment ce qu'impliquaient ces danses tribales, car Ilda lui en avait déjà décrit les grandes lignes.

D'ailleurs, Adélaïde se souvenait d'avoir éprouvé à l'époque le souhait d'assister à l'une de ces représentations, mais s'en était abstenue par égard pour le côté puritain de son oncle et de sa tante. Tous deux auraient été scandalisés d'un tel comportement de sa part. En guise de compromis, elle avait demandé à Ilda de lui enseigner quelques mouvements de base pour nourrir sa curiosité et s'était même amusée à les répéter avec elle en cachette dans sa chambre, puis seule devant son miroir. Chaque fois, elle avait ressenti un émoi étrange. Cela faisait-il d'elle une dévergondée ? Peut-être, mais elle n'en avait cure. Après tout, elle était majeure. Étouffant les derniers lambeaux de scrupules de son esprit, elle leva un regard franc vers Nabila.

— Même si je n'arrive pas à séduire le major MacBain, je sais qu'il sera furieux en constatant ma présence au sein du groupe de danseuses. Cette situation le mettra dans une position insoutenable vis-à-vis de ses hommes ainsi que de mon oncle.

— Saisis-tu toutes les implications de ces danses ?

— Oui ! répondit Adélaïde d'un ton catégorique.

— Es-tu prête à aller si loin pour te venger ?

— Davantage, s'il le faut. J'éprouverai assurément un malaise face au sergent Fraser, mais ce ne sera rien en comparaison de la satisfaction que je retirerai à rendre au major MacBain la monnaie de sa pièce, déclara-t-elle, résolue.

Nabila jubila. Elle adorait cette petite ! Celle-ci démontrait un aplomb que peu d'Européennes possédaient, et c'était ce qui faisait son charme, la raison pour laquelle MacBain peinait à détacher son regard d'elle.

— Dans ces conditions, ne tardons plus. Je te ramène de ce pas dans ma tribu. De cette façon, tu pourras te préparer avec les femmes de mon village.

— Parfait ! acquiesça Adélaïde.

Ce soir, elle jetterait aux orties les derniers lambeaux de son éducation stricte, s'affirmerait dans toute sa splendeur, se montrant plus provocatrice que jamais. Comme ce jour-là où elle était tombée par inadvertance sur des clichés en noir et blanc de filles de petite vertu photographiées dans des tenues scandaleuses. Elle n'avait pu s'empêcher d'observer les poses aguichantes que ces femmes adoptaient au lieu de s'en abstenir, ce qui n'avait pas manqué d'éveiller des pensées lubriques dans son esprit, de celles que lui inspirait Aidan MacBain lorsqu'il la tenait dans ses bras et dévorait sa bouche. Une bouffée de chaleur remonta à la surface, échauffa son corps vibrant d'énergie.

— Nous devrons quitter le camp sans attirer les regards, déclara Adélaïde d'un ton tranchant. Je veux que le major se ronge les sangs en découvrant ma disparition; cela rendra ma vengeance d'autant plus douce.

Nabila tapa des mains en éclatant d'un grand rire joyeux. Aidan MacBain avait déclenché une tempête dévastatrice au-dessus de sa tête sans le savoir, et lorsqu'il le constaterait, il ne pourrait plus rien y changer.

Adélaïde accompagna les femmes du village de Nabila jusqu'au cours d'eau afin de se débarrasser de la sueur qui collait à sa peau. Laver sa chevelure abondante permit de redonner du lustre à ses boucles foncées et la revigorer. Se faire oindre le corps d'une huile extraite de plantes et de fleurs sauvages par la suite éveilla ses sens, la préparant à ce qui viendrait.

Toutefois, être touchée par d'autres mains que celles, habituelles, de Charlotte ou d'Ilda l'indisposa dans un premier temps, surtout quand ses nouvelles compagnes commencèrent à enduire ses seins du mélange au parfum subtil. Pudique, Adélaïde eut tout d'abord un mouvement de recul et rougit d'embarras, puis elle se reprit. Elle se devait d'aller jusqu'au bout de sa décision. De surcroît, cet intermède ramenait son corps à la vie, distançait les ombres qui s'étaient abattues sur elle lors de la mise à l'épreuve d'Aidan. Si elle réagissait aussi mal au toucher innocent des Camerounaises, qu'en serait-il lorsque viendrait le moment pour elle de se déhancher à moitié nue à la lueur des flammes sous le regard lubrique des hommes ?

Non, il était hors de question qu'elle batte en retraite. Elle était résolue à se venger d'Aidan MacBain, et pour ce faire, il lui fallait trouver le courage de s'exposer de la sorte. Redressant la tête, elle donna son aval aux femmes. Dès lors, elle se laissa imprégner par l'odeur sensuelle que dégageait l'huile, se sentit devenir de plus en plus désirable, ce qui ne manqua pas de la surprendre, elle qui ne se voyait plus comme telle. Après tout, ce n'était certainement pas ses pairs qui auraient approuvé ses choix.

Elle se crispa au souvenir de la vision étriquée de la bonne société. Elle avait trop souffert par sa faute, refusait d'être délestée de sa vengeance. Refoulant ses émotions au plus profond de son être, elle tenta de se recentrer sur son environnement immédiat. Par chance, Nabila venait tout juste de se joindre à elles, un tissu flamboyant entre les mains. Adélaïde frôla l'étoffe du bout des doigts avant de permettre à ses compagnes de la nouer autour de ses hanches. Elle prit une profonde inspiration, cherchant à s'habituer au fait que sa poitrine demeurait dénudée. Un collier de coquillages colorés fut glissé à son cou et se logea dans sa douce vallée. Comme touche finale, Nabila inséra un hibiscus d'un rouge vif dans sa chevelure. Celle-ci recula d'un pas et gratifia la jeune femme d'un sourire confiant.

— Tu es magnifique... Le major n'aura d'yeux que pour toi !

Ragaillardie par son approbation sincère, Adélaïde expira, soulagée. Une brise caressa sa peau échauffée quand Nabila souleva la toile qui couvrait l'entrée de la hutte. La pointe de ses seins se dressa alors qu'une musique enivrante s'infiltrait en elle.

— Laisse-toi transporter par l'appel des tam-tams, vibre à l'unisson de la jungle.

Adélaïde s'exécuta. Elle ferma les paupières, s'ouvrit au rythme sauvage qui l'emplissait tout entière. D'emblée, son corps commença à onduler en symbiose alors qu'un sentiment euphorique s'emparait d'elle. Son sang se transforma en lave brûlante, tel un volcan en fusion dans ses veines. Le son des tam-tams, soudain plus pressant, enjoignait aux danseuses de s'assujettir à son emprise.

— Soumets-toi à la passion qui ne demande qu'à surgir en toi. Tu désires cet homme autant qu'il te convoite. Ne lui permets pas de se retrancher derrière son masque, faufile-toi jusqu'à son cœur, assiège-le afin de le rendre captif dans tes filets, murmura Nabila d'une voix feutrée.

La respiration d'Adélaïde s'accéléra. Un voile de sensualité la recouvrit, étouffant toute appréhension. La musique langoureuse et sauvage prit possession d'elle, réveillant une faim primitive tout au fond de ses entrailles.

Non loin de là, Aidan se crispa en percevant dans chacune des fibres de son corps l'appel passionné. Il était aussi tendu qu'un ressort sur le point de se rompre. Il avait passé la majeure partie de l'après-midi à chercher Adélaïde, son angoisse montant en crescendo au fur et à mesure que les heures avançaient. Il avait retourné le camp sens dessus dessous, admonesté ses hommes pour avoir perdu la jeune femme de vue. Complètement chaviré, il avait ratissé les abords de la forêt, le cœur serré comme dans un étau. Il avait cru devenir fou ! Ce n'est que peu de temps avant leur arrivée au village de Nabila qu'il avait appris enfin ce qu'il était advenu d'elle. Son soulagement avait été si intense qu'il avait dû se retenir à un arbre pour demeurer debout, puis un sentiment plus sombre l'avait envahi, une émotion qu'il n'était pas encore en mesure d'identifier et qui l'avait mis hors de lui. Ne désirant pas faire les frais de son courroux, ses hommes s'étaient tenus à l'écart. Sitôt informé, Aidan s'était dirigé au pas de charge vers le village de Nabila, remonté à bloc.

Une fois parvenu sur place, aucun Camerounais n'avait pu le renseigner au sujet d'Adélaïde, pire, les femmes avaient refusé de lui dévoiler quoi que ce soit la concernant, l'entourant d'un voile mystérieux confondant qui ne lui disait rien qui vaille. Il lui fallait attendre le début des réjouissances pour en savoir davantage. Conscients de son agitation sans cesse croissante, les hommes du village l'avaient invité à se joindre à eux pour ramasser du bois sec et fendre des branches avec leur machette pour le feu de joie prévu en soirée. Aidan s'était exécuté avec une telle énergie que sa chemise s'était retrouvée détrempée de sueur. Il s'était astreint à se dépenser comme un forcené afin d'évacuer la tension qui nouait chaque muscle de son corps, mais cela s'était révélé à peine suffisant. Il était toujours habité par une émotion obscure, dévastatrice.

Force lui fut après cet exercice démesuré d'aller se laver avec les autres à la rivière. D'entrée de jeu, les hommes lui avaient offert un pagne traditionnel à revêtir. Aidan les avait suivis de mauvaise grâce, de plus en plus nerveux. Son instinct lui soufflait qu'une épreuve l'attendait.

Néanmoins, une heure plus tard, il était assis en tailleur sur une paillasse autour du brasier, un tam-tam coincé entre les cuisses, comme plusieurs de ses compagnons, à battre le rythme. Il savait jouer de l'instrument pour l'avoir essayé à maintes reprises lors de ses passages dans la région. D'ailleurs, il en gardait un exemplaire dans son domaine d'Écosse.

Un changement subtil dans l'air attira son attention, emballant ses sens, mais Adélaïde n'était toujours pas visible. Il avait espéré avec ferveur qu'elle se tienne éloignée de cette ambiance paillarde, mais il redoutait que ce ne fût pas le cas. Si par malheur elle avait l'audace de s'exhiber avec les autres femmes dans la danse à venir, il savait qu'il ne pourrait résister à cet appel, pas dans son état d'esprit actuel. Il était trop près d'exploser pour y parvenir. Il serra la mâchoire, raidit les muscles de son dos.

Adélaïde franchit le seuil de la hutte derrière l'attroupement de danseuses qui se déhanchaient au rythme du tam-tam. Un chant passionné montait aux lèvres des indigènes alors qu'elles secouaient le haut de leur corps lascivement. Les hommes les regardèrent arriver, fascinés par le balancement de leurs seins, le mouvement suggestif de leurs hanches. Adélaïde leur emboîta le pas tout en tentant de faire abstraction des soldats présents.

Elle aperçut Aidan avant même qu'il ne la remarque, le vit suivre la cadence de ses paumes sur l'instrument. Plus que tout, elle désirait l'ensorceler, lui faire perdre ses moyens afin de prendre sa revanche sur lui. Contre toute attente, c'est Percy qui nota le premier sa présence au sein du groupe.

Il détourna la tête, agité. C'est son hoquet de stupeur qui attira l'attention d'Aidan. En repérant Adélaïde au centre de l'attroupement, celui-ci sentit son sang ne faire qu'un tour dans ses veines. Ses mains se suspendirent dans les airs quelques secondes, comme si elles s'étaient figées dans le temps.

Il la détailla d'un long regard appuyé, ses prunelles habitées par un désir sauvage à peine contenu. Adélaïde avait le cœur en liesse tout en étant consciente de jouer avec le feu. Déterminée à lui prouver sa résolution, elle s'approcha de lui à pas feutrés tout en roulant son bassin de façon aguichante. Ses jambes fuselées s'ouvraient, puis se refermaient dans une invitation silencieuse alors qu'elle relevait son abondante chevelure avec une grâce féminine sensuelle.

Le rythme augmenta. À l'instar des autres femmes, Adélaïde se pencha vers l'avant tout en agitant le haut de son corps avec une fougue qui faisait tressauter ses seins d'une manière troublante des plus suggestive. Un parfum sublime de volupté se dégageait d'elle, échauffant davantage les sens d'Aidan. De plus, les flammes donnaient des reflets ambrés à sa peau, attisant son désir.

Son sexe se tendit sous son pagne, son ventre se noua. Il n'arrivait plus à détacher ses yeux d'elle, même si les convenances l'exigeaient. « Qu'il soit damné ! » Il la convoitait avec une force primitive, incontrôlable. Il la regarda s'éloigner de lui avec une douleur vive, la vit offrir ses charmes aux autres hommes, ce qui ne manqua pas de faire naître en lui un sentiment de possession brut. Il tapa sur son tam-tam avec une puissance renouvelée, à défaut de pouvoir la saisir par la taille pour la soustraire à l'attention avide des mâles présents.

Adélaïde coula de fréquents coups d'œil aguicheurs dans sa direction, sans toutefois esquisser un mouvement pour revenir vers lui, comme pour le narguer. Attiré par elle, l'un des Camerounais du village se leva et la rejoignit, ce qui déclencha une poussée d'adrénaline dans le sang d'Aidan. Il n'avait aucun droit sur la jeune femme. Néanmoins, il ressentait les griffes de la jalousie se refermer sur lui. Ses instincts les plus primaires criaient qu'elle était sienne, réclamaient le privilège de la posséder. Un grognement sourd remonta dans sa poitrine, et ses mâchoires se serrèrent au point de le faire grincer des dents. Une expression impitoyable se peignit sur son visage, ne laissant planer aucun doute sur les pensées qui l'animaient.

Il était sur le point de perdre le combat contre ses démons quand elle repoussa sans équivoque l'indigène. D'emblée, elle retourna vers Aidan d'une démarche langoureuse, pencha de nouveau le haut de son corps vers lui de façon délicieuse tout en balançant ses bras d'avant en arrière au rythme de la musique. Elle marqua le pas de ses pieds avec énergie, tourna sur elle-même, lui offrant l'espace d'un instant une vue affriolante sur sa croupe tout en rondeur.

Une fois revenue face à Aidan, elle s'empara des pans de sa jupe, commença à relever l'étoffe le long de ses cuisses avec une langueur machiavélique tout en passant le bout de sa langue sur ses lèvres entrouvertes. Elle ne s'arrêta que lorsqu'elle fut parvenue à l'extrême limite de sa féminité. Aidan cessa aussitôt de jouer, s'agrippa au bord de son tamtam pour ne pas succomber, le regard fébrile. Il était à deux doigts de sauter sur elle, de la ravir sans aucune autre forme de considération. Animée par de sournoises intentions, Adélaïde balança son bassin dans un mouvement explicite tout en remontant sa jupe, mais cette fois-ci au-delà du raisonnable. Elle était consciente de l'ascendant qu'elle avait sur Aidan, aspirait à le voir perdre le contrôle.

Aidan avait le corps en feu. À l'apparition des bouclettes frisées qui dissimulaient le trésor qu'il convoitait avec tant d'ardeur, il se débarrassa prestement de son tam-tam et se redressa d'un bond vif. Alors qu'elle faisait mine de reculer, il la saisit à pleines mains par les hanches, la plaqua contre son bas-ventre, lui faisant ressentir tout le poids de son désir.

Plus intrigante que jamais, Adélaïde se moula à lui tout en cherchant à l'entraîner avec elle dans cette danse lascive. En réponse, Aidan emprisonna sa nuque, puis l'embrassa avec une fougue impérieuse. Il la pilla, la conquit, l'amenant sur une pente vertigineuse. Animée par le même besoin urgent, Adélaïde se fondit en lui. Les mains d'Aidan descendirent jusqu'à sa croupe, la pressant davantage contre lui, alors qu'Adélaïde se frottait sur sa virilité douloureuse, à la recherche d'un apaisement bienfaiteur. Aspirant à plus, elle releva sa jambe droite, l'enroula autour de la taille d'Aidan dans un gémissement rauque qui lui fit perdre toute maîtrise de son corps.

Incapable d'éteindre le brasier qui le consumait, et sachant d'ores et déjà qu'il avait franchi le point de non-retour, Aidan la souleva dans ses bras pour l'amener à l'écart du groupe. D'autres couples se formaient au gré des fantasmes et s'éloignaient des flammes, en quête d'intimité. Des murmures de plaisir s'élevèrent bientôt dans l'air, le saturant de sensibilité, exacerbant d'autant plus les sens d'Aidan.

Toute irritation envolée, il l'appuya contre un arbre, se laissa tomber devant elle, puis releva sa jupe afin d'avoir libre accès à sa féminité. Il fondit sur les replis soyeux qu'il venait d'entrouvrir tel un loup affamé. Dès le premier effleurement de sa langue sur son bourgeon, la respiration d'Adélaïde se bloqua dans sa gorge. Pourtant, ce ne fut rien en comparaison du moment où il l'aspira avec une férocité démentielle. Elle arqua le dos dans un râle voluptueux qui arracha un grognement de plaisir à Aidan. Il inséra un doigt en elle, puis un deuxième, la caressa avec des mouvements ravageurs qui la firent haleter et gémir de félicité.

Elle était entraînée dans une spirale incendiaire, perdait à son tour la tête. Tout son être tremblait. Son épiderme se recouvrit d'une fine couche de sueur dès lors qu'Aidan entreprit de mordiller la chair tendre de ses lèvres, de glisser sa langue en elle, son souffle chaud contre sa peau à vif. Les muscles de son abdomen se contractèrent, et elle s'accrocha à ses épaules. Elle n'était pas loin de jouir, mais Aidan semblait lui refuser cette délivrance libératrice. À la place, il la torturait, comme s'il désirait la punir de ce supplice. Les rôles venaient d'être inversés, mais elle avait l'esprit trop embrouillé pour songer à y remédier.

Incapable de demeurer debout plus longtemps, elle commença à s'affaisser contre Aidan. Celui-ci se redressa avec une lenteur délibérée, aspirant à leur tour les bouts dressés de ses seins. Elle laissa sa tête rouler vers l'arrière, lui offrant sa gorge, dont il eut plaisir à se délecter. Puis, il se jeta sur sa bouche, savourant son goût suave.

Il ne pouvait plus attendre davantage, avait besoin de se perdre en elle. Se servant de l'arbre comme appui, il la souleva avec une facilité déconcertante et l'incita à enrouler ses jambes autour de sa taille. De ses mains fébriles, il écarta les lèvres humides de désir, la pénétra dans une longue poussée puissante. Il l'emplissait tout entière, massif et vigoureux.

Adélaïde eut un cri étouffé lorsque l'intérieur de son être s'étira pour le recevoir dans toute sa splendeur. Une faim démesurée palpitait tout au fond d'elle, n'aspirant qu'à être libérée. Bien ancré dans son fourreau étroit, Aidan l'empoigna par les fesses alors qu'elle s'agrippait à ses épaules pour mieux s'accorder à ses coups de boutoir impétueux.

Aidan captura sa bouche dans un baiser sauvage tout en la martelant à un rythme déchaîné. Il se fondait en elle, perdait un peu plus de son cœur à chaque seconde qui passait. Il la sentait trembler entre ses bras, ne vivait plus que pour elle désormais, par elle. Resserrant sa prise sur sa croupe, il la fit basculer d'un coup de reins long et profond dans les délices de la jouissance. Son cri d'extase lui arracha un orgasme fulgurant qui lui scia les jambes. Il se déversa en elle dans un râle rauque tout en l'étreignant comme s'il craignait qu'elle disparaisse, et tomba à genoux.

Le souffle court, il prit un moment avant d'émerger. Pour la deuxième fois, il s'était répandu en elle sans même songer à se retirer. Les brumes qui obscurcissaient son jugement s'évaporèrent quand il comprit qu'à aucun moment il n'avait redouté de concevoir un enfant avec elle. Son cœur et son âme désiraient s'unir à Adélaïde, quoi qu'en dise sa raison. Cette soudaine prise de conscience, alors qu'il était si désarmé, fut comme un coup de massue. Peu importe ce qu'il entreprendrait, il n'arriverait pas à la faire sortir de sa vie, à l'oublier… jamais… À sa plus grande stupeur, il accepta ce constat, permit à ses sentiments de croître, de déployer leurs ailes tout en sachant où cela le mènerait. Il céda en toute connaissance de cause, fatigué de se battre contre l'inévitable.

Balayée par la puissance dévastatrice de leur étreinte, Adélaïde s'abandonna entre les bras d'Aidan, fourbue. La donne avait changé, mais elle n'en avait pas conscience encore, tout comme elle ignorait que les tam-tams s'étaient apaisés pour un court laps de temps afin de permettre aux amants de récupérer, mais sous peu, ils reprendraient de la vigueur, éveilleraient de nouveau les pulsions primitives. La nuit commençait…

CHAPITRE 9

La mission

Adélaïde grimpa dans le camion militaire stationné sur le bas-côté du chemin grossier de terre battue. Percy, qui se trouvait à l'intérieur, lui tendit la main pour l'aider, mais plus rapide que lui, Aidan l'empoigna par la taille et la souleva du sol comme si elle ne pesait qu'une plume. Étonnée, Adélaïde jeta un coup d'œil par-dessus son épaule et croisa le regard tranquille d'Aidan.

— Tout ira bien, Adélaïde. J'y veillerai !

Elle cilla sous la promesse empreinte de ferveur. Un élément clochait avec lui depuis qu'elle s'était abandonnée dans ses bras la veille. Il la traitait avec déférence, était attentif à ses états d'âme. Plus d'une fois elle avait surpris son expression songeuse posée sur elle durant la matinée, ce qui n'avait pas manqué de l'interloquer. Elle s'était réveillée seule dans une hutte inconnue à l'aube, éreintée mais délicieusement détendue. Il lui avait fallu quelques secondes avant de reprendre pied dans la réalité.

Au souvenir de leurs ébats dissolus, elle rougit. Aidan l'avait prise à plus d'une occasion, de manière scandaleuse, goûtant avec délectation chaque parcelle de son corps. Il avait été insatiable, lui avait fait perdre tout sens commun. Elle s'était endormie lovée contre son flanc, trop fourbue pour s'inquiéter de cette promiscuité intime. Quand elle avait émergé des brumes du sommeil, elle avait constaté que des vêtements raffinés l'attendaient sur leur lit de fortune, ainsi qu'un petit-déjeuner consistant. Elle avait englouti le tout sans même réfléchir, puis s'était habillée, avant de rejoindre le groupe à l'extérieur.

Les hommes avaient échangé des regards de connivence sur son passage, et pour cause, la plupart d'entre eux l'avaient vue s'exhiber à moitié nue autour du feu et avaient sans doute entendu les cris de plaisir que lui avait arrachés Aidan. À sa décharge, elle n'avait pas été la seule à se laisser envoûter par le son des tam-tams ; plus d'un s'était rassasié des charmes de certaines villageoises.

Revêtir une tenue plus sophistiquée lui avait paru étrange après tous ces jours passés en pantalon et chemisier. Il lui semblait qu'une éternité s'était écoulée depuis qu'elle avait porté un corset ainsi qu'une longue jupe garnie de tulle. Elle avait l'impression d'étouffer sous cette cascade de tissu, sans compter qu'il faisait déjà une chaleur accablante à l'extérieur. Cependant, cet accoutrement était nécessaire. Elle se devait d'endosser le rôle qui lui incombait pour leur mission, celui d'une libertine allemande, la maîtresse en titre du général Jäger : Frau Sybille Vogt.

Il était prévu qu'ils se rendent à la limite de la base allemande en camion, puis des guerriers camerounais engagés par Aidan feraient office de porteurs. Quatre soldats britanniques les seconderaient, ayant troqué leur tenue habituelle pour un uniforme de l'armée italienne. Parés de cette manière, les hommes passeraient pour des alliés des Allemands enrôlés pour accompagner Frau Sybille Vogt afin d'assurer sa protection. De cette manière, leur méconnaissance de la langue allemande n'éveillerait pas la suspicion des soldats sur place. Aidan espérait seulement que les Allemands qu'ils rencontreraient ignoreraient tout des soupçons qui pesaient en ce moment sur l'Italie. En fait, ce pays n'était pas loin de trahir l'Allemagne, de quitter la Triple-Alliance pour rejoindre le camp de la Triple-Entente, renforçant leur propre troupe en territoire ennemi.

Aidan soutint le regard d'Adélaïde lorsqu'il l'aida à monter, alors que celle-ci plissait les yeux. Plusieurs questions se bousculaient dans ses prunelles d'un brun lumineux. Il savait qu'elle percevait le changement subtil qui s'était opéré en lui sans pour autant parvenir à le saisir dans son ensemble. Elle s'interrogeait à ce sujet, mais n'osait pas lui adresser la parole pour avoir des réponses. Elle était perturbée et n'arrivait pas à lui dissimuler cet état de fait.

— Quand cette mission sera terminée, nous devrons discuter, Adélaïde, lâcha-t-il d'une voix grave.

La jeune femme inspira brusquement et fronça les sourcils. Il lui fallut déployer un effort considérable pour réussir à rompre la connexion entre eux. Maintenant qu'elle était plongée dans la pénombre, Aidan ne discernait plus son expression. Réfrénant un soupir d'accablement, il rabattit la toile sur l'arrière du véhicule, attacha les cordons, puis gagna sa place à l'avant, à la gauche du conducteur. Il frappa la carcasse de bois du Berliet trois fois pour avertir ses hommes qu'ils partaient.

Adélaïde s'accrocha aux planches pour ne pas être projetée au sol au moment de s'ébranler. Un grincement se fit entendre, puis une odeur soutenue d'essence la prit à la gorge, l'amenant à plisser le nez. Elle porta d'emblée un mouchoir parfumé à ses narines afin de ménager son estomac. Une ornière dans le chemin à peine défriché l'expulsa presque du banc rudimentaire sur lequel elle était assise. Percy la retint in extremis par le bras pour lui éviter une chute malencontreuse.

Leur périple promettait d'être éprouvant, comprit-elle avec désespoir. En cours de route, elle cessa de compter le nombre de fois où elle rebondit de son siège, que sa tête ou son dos alla percuter les parois du camion, sans mentionner son arrière-train malmené. Vers la fin de la matinée, quand ils arrivèrent à destination, elle était si courbaturée qu'elle ne put s'empêcher de grimacer à sa descente du véhicule.

À la seule perspective de devoir poursuivre le trajet en étant ballottée en tous sens dans une chaise de porteurs, elle laissa fuser un gémissement entre ses lèvres. Aidan, qui se trouvait derrière elle, couvrit la distance qui les séparait en deux enjambées.

— Adélaïde, il nous faut revoir le plan d'attaque avant de nous engager dans la jungle.

Ce faisant, il déposa ses mains sur ses épaules et entreprit de les masser pour les assouplir tout en effectuant des pressions avec ses pouces entre ses omoplates. Elle eut le réflexe de se soustraire à sa prise dans un premier temps, mais les doigts d'Aidan se refermèrent sur elle avec l'intention évidente de ne pas la laisser s'esquiver.

— Tout doux, ma douce ! déclara-t-il avec un rire amusé dans la voix. Nul besoin de vous braquer de la sorte, je désire uniquement dénouer les muscles de votre cou. Vous êtes beaucoup trop tendue.

Adélaïde lui lança un regard furibond. Elle n'appréciait pas son humour ni cette nouvelle familiarité qui paraissait vouloir se réinstaller entre eux. Elle s'y était fait prendre par le passé. Hors de question qu'elle réitère l'expérience. Une fois lui avait suffi. Si elle s'était donnée à lui la veille, c'était pour fissurer sa carapace, se prouver qu'elle avait une influence marquée sur lui et pouvait le manipuler en cas de nécessité, pas pour renouer un lien entre eux. Une subtilité qu'Aidan MacBain ne semblait pas avoir comprise. De plus, elle ne lui avait toujours pas pardonné cette mascarade pour la mettre à l'épreuve, de l'avoir forcée à tirer sur un être humain, lui en l'occurrence. Dès la fin de cette mission, elle avait l'intention de regagner le Nigéria, de reléguer aux oubliettes jusqu'au moindre souvenir de cet Écossais.

— Adélaïde, il faut vous détendre, sinon vous n'arriverez jamais à jouer votre rôle de façon convaincante. Les Allemands détecteront la faille en vous.

La jeune femme se dégagea de sa prise d'un mouvement brusque et lui fit face, une expression cynique sur le visage.

— Je n'aurai aucune difficulté à endosser le rôle de cette catin allemande, puisque je m'y suis exercée avec vous hier soir, cracha-t-elle avec véhémence.

Les traits d'Aidan se durcirent sous cette réplique acerbe non justifiée. Ainsi, elle n'hésitait pas à sortir les griffes, à avilir ce qu'ils avaient partagé afin de lui assener un coup vicieux. Il prit une profonde inspiration avant de riposter.

— Qui essayez-vous de convaincre, ma mie ? Vous ou moi… rétorqua-t-il d'un ton doucereux qui ne laissa planer aucun doute sur son opinion.

Adélaïde aurait voulu le gifler pour son outrecuidance. Sans nul doute dut-il deviner ses intentions, car son regard devint intransigeant.

— Je vous recommande de ne pas vous y risquer, contre-attaqua-t-il.

Elle recula d'un pas, puis s'immobilisa. Elle refusait de plier devant lui, préférait le braver en relevant le menton. Déjà que la nuit qu'ils venaient de passer ensemble restait gravée au fer rouge dans son esprit. Rien ne s'était déroulé comme elle l'avait planifié. C'était lui qui aurait dû se retrouver en son pouvoir ce matin, et non l'inverse. La seule perspective de retomber sous son charme la rendait malade. Elle ne pouvait l'accepter. Dans ces conditions, mieux valait se montrer agressive plutôt que de laisser transparaître ses émotions et rabaisser ce qu'ils avaient partagé pour briser ces chaînes invisibles. En un aussi court laps de temps, c'était l'unique moyen qui lui venait à l'esprit pour y parvenir.

— Dès que nous arriverons à la base allemande, je ferai en sorte de convaincre l'officier responsable de me faire entrer dans le quartier général. Ce qui ne devrait pas être difficile. Après tout, je suis censée n'être qu'une pauvre catin sans défense, frivole de surcroît, qui sert à assouvir les désirs les plus bas des hommes, reprit-elle, cinglante.

— Ne confondez pas le rôle qui vous est assigné avec ce qui s'est passé entre nous, Adélaïde, déclara Aidan avec agacement.

Sur ce, il prit congé et retourna auprès du groupe pour les derniers préparatifs. Adélaïde le regarda s'éloigner, peu fière de son éclat. Quant à Aidan, il se promettait de prouver à cette entêtée qu'elle avait tort, que cette nuit avait changé la donne entre eux, qu'elle l'accepte ou non.

Une trentaine de minutes s'étaient écoulées depuis la mise en branle de leur procession, provoquant un sentiment mitigé chez Adélaïde envers ceux qui la portait. Elle jeta de nouveau un bref coup d'œil en direction d'Aidan et de Percy Fraser, qui s'échinaient à abattre la végétation avec leurs machettes, facilitant leur progression. Les quatre Camerounais affectés à l'extrémité des deux longerons soutenant le siège étroit sur lequel elle prenait place suaient sous l'effort, accentuant son malaise.

Pour sa part, elle n'en pouvait plus du tangage incessant causé par la marche saccadée des porteurs. Elle aurait pu marcher à leurs côtés, mais Aidan s'y refusait, argumentant qu'ils pouvaient être surpris à tout moment par une troupe de reconnaissance ennemie. De ce fait, le silence le plus complet était imposé pour ne pas trahir leur origine.

Adélaïde s'éventa tout en cherchant une position plus confortable. Elle étouffait sous l'amoncellement de tissu. Que n'aurait-elle pas donné pour endosser à la place de cette robe son chemisier ainsi que son pantalon ! Elle en était à cette réflexion un peu amère quand surgirent soudain des fourrés des hommes armés jusqu'aux dents.

— *Halt*[9] ! cria une voix gutturale en allemand.

Adélaïde s'efforça d'emblée d'adopter une posture complaisante, d'afficher un soulagement factice sur son visage, même si son cœur s'était emballé.

9. Halte.

– *Offizier*[10] ! s'écria-t-elle d'une voix haut perchée. Enfin…

Se moulant dans son personnage, elle s'éventa avec un excès démesuré, le dos de sa main gauche appuyé sur son front de manière théâtrale, une moue qu'elle espérait affligée, et non crispée, sur les lèvres.

– Si vous saviez… Ces bons à rien d'Italiens n'ont cessé de tourner en rond depuis notre départ… une éternité… c'est une mort assurée qui nous attendait sans votre intervention ! poursuivit-elle.

Elle s'empressa de sortir un mouchoir brodé de sa manche, de tapoter le coin de ses yeux comme si elle était sur le point de succomber à l'émotion. L'officier responsable du détachement fut déstabilisé par l'exubérance de la créature divine qui venait d'apparaître au cœur de la forêt. Il en demeura coi d'étonnement, toute suspicion oubliée dans l'immédiat. Adélaïde profita de son avantage pour le noyer dans un flot de paroles. Son agitation n'était pas simulée ; elle était terrorisée.

– Que dira le général en constatant mon pitoyable état ? gémit-elle. Il ne voudra plus de ma personne… se lamenta-t-elle, au bord des larmes. Imaginez si nous avions été attaqués par une horde de babouins !

Elle fut prise d'un tremblement d'horreur feint. Aidan, tout aussi déconcerté que le reste du groupe, l'observa, stupéfait. Le déferlement de mots qui franchissait la bouche de la jeune femme aurait fait frémir n'importe quel homme sensé. Où trouvait-elle toutes ces idées ? C'était ahurissant et perturbant tout à la fois. Jouait-elle la comédie, ou bien ses nerfs venaient-ils de céder ? Il n'aurait su le dire. Cependant,

10. Officier.

l'astuce fonctionnait à merveille. Sur sa droite, l'officier écarquillait les yeux d'étonnement, et il dut s'ébrouer pour sortir de son état d'incrédulité.

— Frau[11]... tenta-t-il de dire, avant d'être interrompu par une Adélaïde encore plus agitée.

— Qu'est-ce ? cria-t-elle en faisant mine de sursauter.

Le regard apeuré qu'elle jeta derrière elle fit tourner toutes les têtes dans cette direction. Elle sauta presque hors de sa chaise, comme si elle était terrorisée.

— *Offizier*, j'ai entendu le rugissement d'un lion.

Elle était si blême que l'officier crut qu'elle était sur le point de s'évanouir. En réalité, Adélaïde avait le cœur au bord des lèvres et craignait de vomir boyaux et tripes. À la place, elle débitait tout ce qui lui passait par l'esprit pour dissimuler sa frayeur sans cesse croissante.

— Frau, il n'y a aucun lion dans cette région, tenta de la rassurer l'Allemand. Vous ne courez aucun danger.

— Je suis désolée... s'étrangla-t-elle en ravalant la boule coincée dans sa gorge. Ramenez-moi auprès du général Jäger, s'il vous plaît ! Cette jungle me donne des chaleurs !

L'officier se massa le front, soudain plus nerveux. Il n'aimait pas ce qui se dessinait à l'horizon. Pour un peu, Aidan l'aurait plaint. Le soldat suait maintenant à grosses gouttes, cherchant une aide silencieuse auprès de ses hommes.

— Je... Frau... seriez-vous par hasard la *señora* Vogt ? s'informa-t-il de plus en plus mal à l'aise.

— C'est évident ! s'écria-t-elle, ulcérée. Qui d'autre voudriez-vous que je sois ? s'indigna-t-elle.

Puis, comme si son esprit venait de prendre un détour tortueux, elle agita les mains en direction du malheureux.

11. Madame.

— Pourquoi cette question ? demanda-t-elle tout à coup d'un ton sec. Est-ce à dire que le général requerrait les faveurs d'une autre ?

La voyant sur le point d'éclater en sanglots, l'officier s'empressa de la détromper, peu désireux de supporter une crise d'hystérie de sa part.

— Non ! Non ! répliqua-t-il avec zèle. Il n'y a que vous, Frau Vogt ! C'est seulement que le général n'est pas encore arrivé. Nous ne l'attendons pas avant deux jours.

— Quoi ! hurla Adélaïde d'une voix stridente qui fit grincer les dents des hommes. Moi qui croyais lui faire une merveilleuse surprise.

Se laissant choir dans sa chaise grossière, Adélaïde s'éventa de plus belle. Il lui fallait mettre un terme à cette mascarade avant de craquer sous la pression.

— Que vais-je faire ? geignit-elle. Je n'ai pas la force de retourner à Douala dans ces conditions exécrables. Ces Italiens ne comprennent rien à ce que je m'évertue à leur dire. C'est à peine s'ils parlent un mot ou deux d'allemand. Quant à mon italien, j'ai peur qu'il soit plutôt rudimentaire. C'est affreux !!! se plaignit-elle en portant une main tremblante à sa poitrine.

L'officier se gratta la nuque, inconfortable. Il avait pour ordre de ne laisser approcher personne de la base, mais il se voyait mal abandonner la maîtresse du général sur place. Il pourrait toujours envoyer l'un de ses subalternes à la recherche de Krauss pour régler cette affaire, mais celui-ci était en expédition, et il ignorait quand il reviendrait. Ils avaient été informés par le haut commandement que des rebelles anglais traînaient dans les parages. Krauss était parti avec un détachement pour les dénicher. Ce qui impliquait que c'était lui qui se retrouvait aux prises avec cette situation épineuse, et non Krauss.

Étant donné qu'il ne pouvait pas imposer une marche dans la jungle à la nouvelle venue à cause de sa tenue frivole, il lui restait peu d'options. Contrarié, il indiqua à ses hommes de retourner à leur position.

– Venez, Frau Vogt. Je vous raccompagne à la base. Vous pourrez vous y rafraîchir, déclara-t-il à contrecœur.

Adélaïde jeta un regard succinct à Aidan avant d'acquiescer à la demande de l'officier.

– Pardonnez-moi, Frau. J'ai omis de me présenter. Je suis le sergent Fritz, pour vous servir.

Ce faisant, il s'inclina devant elle, avant de donner l'ordre aux porteurs de s'ébranler.

Leur arrivée causa un certain remous au sein de la troupe de soldats allemands. Plus d'un les dévisagea avec suspicion, d'autres en revanche avec un intérêt marqué pour la silhouette féminine qui venait d'apparaître dans leur monde rustre comme par enchantement. Il fallut que le sergent Fritz use de son ton de commande pour parvenir à disperser l'attroupement.

D'un signe de tête, il indiqua aux porteurs de déposer la chaise au sol. Puis, il s'avança vers Adélaïde, l'aida à descendre en lui tendant la main avec galanterie. Adélaïde s'en empara avec empressement, allant même jusqu'à s'y appuyer pour faire bonne mesure. Ne voulant prendre aucun risque, l'officier se hâta de l'entraîner à sa suite vers le bâtiment principal : le quartier général.

Adélaïde réfréna de justesse un soupir de soulagement. Dès qu'elle serait à l'intérieur, il lui suffirait de trouver un prétexte pour éloigner le sergent Fritz assez longtemps pour lui permettre de fouiller les lieux. Par la suite, elle n'aurait qu'à s'esquiver en douce avec l'équipe d'Aidan pendant qu'un deuxième groupe d'hommes dissimulés dans la forêt couvriraient leurs arrières. Elle connaissait les plans de la bâtisse pour les avoir déjà mémorisés. Selon leurs informations, mis à part le bureau qui servait aussi de salon, peu de pièces étaient utilisées par les officiers. Elle espérait que ces renseignements fournis par leur indicateur étaient exacts. Par chance, Aidan avait prévu différents scénarios, et des armes avaient été cachées dans le creux des deux longerons, sans parler de l'attirail que chacun portait sous ses vêtements en cas de besoin. Elle-même avait un couteau fixé à une jarretelle par-dessus sa culotte.

— Tout va bien, Frau Vogt ? s'informa le sergent Fritz.

Adélaïde tressaillit. L'homme s'était-il adressé à elle sans qu'elle s'en aperçoive, perdue qu'elle était dans ses pensées ? Réfléchissant à toute vitesse, elle fit exprès de manquer un pas pour gagner du temps. Le sergent la rattrapa d'une main sûre.

— Je suis désolée ! Cette chaleur est accablante, lâcha-t-elle dans un souffle.

— Ce n'est rien, Frau Vogt ! tenta de la rassurer le sergent avec sollicitude.

Le brouhaha qui régnait dans le camp permit à Adélaïde de reprendre pied. Elle détailla les environs d'un air détaché, avec un sourire trompeur sur les lèvres. Aidan la regarda partir non sans appréhension. Il n'aimait pas la savoir exposée de la sorte, encore moins isolée du reste de l'équipe.

Toutefois, il n'avait pas le choix, il devait réfréner ses instincts protecteurs, et la laisser accomplir sa partie de la mission. Si la situation dégénérait, il pourrait toujours se lancer à sa poursuite pour la récupérer. Cependant, rien n'indiquait qu'ils devraient en arriver là. Adélaïde avait offert une prestation digne d'une comédienne chevronnée, sauf qu'il se doutait que c'était la peur qui l'avait guidée. Il l'avait deviné à son expression tourmentée.

Il fourra ses mains dans ses poches afin que personne ne le voie serrer les poings, prit appui à un tronc d'arbre tout en sifflotant pour calmer la tension qui l'habitait. Il détailla les alentours avec circonspection, remarqua trois véhicules à l'écart, prêts à servir en cas de besoin. D'un signe de tête à peine perceptible, il enjoignit à son équipe de se disperser et envoya l'un d'eux rôder autour des camions. Le Camerounais en question s'exécuta d'un pas nonchalant en traînant des pieds. Les trois autres Africains se laissèrent tomber sur le sol comme s'ils s'apprêtaient à faire une sieste. Quant à Percy, il fit semblant de s'entretenir avec l'un des leurs. De cette manière, personne n'attirait outre mesure l'attention des Allemands, ne se montrait menaçant pour aucun d'eux.

Adélaïde eut un instant de panique en apercevant les façades sombres du quartier général qui se dressaient désormais devant eux. Elle entra dans la bâtisse d'une démarche délibérément chaloupée. De petites statuettes d'ébène semblables à celles qui reposaient dans la maison de son oncle se trouvaient sur une table d'appoint sur leur droite. Un sursaut de nostalgie l'envahit à ce souvenir de famille. Elle s'empressa de le refouler et glissa son regard sur les masques africains fixés aux murs. C'était étrange de retrouver ce genre d'objets décoratifs en ces lieux. Il y avait fort à parier que le véritable propriétaire avait été expulsé de sa demeure ou encore exécuté. Elle pressa ses paumes l'une contre l'autre.

— Frau Vogt ? l'interpella le sergent Fritz en remarquant son absence passagère. Vous semblez songeuse !

— Ce n'est rien, se dépêcha-t-elle de répondre. Ce fut un voyage éprouvant.

Malgré la peur qui lui tordait les entrailles, elle se contraignit à ne pas regarder derrière elle, à ne pas essayer de discerner la silhouette rassurante d'Aidan dans le flot de soldats. L'aplomb qu'elle affichait était éphémère. En vérité, elle appréhendait le pire, redoutait de se trahir d'une manière ou d'une autre, outre le fait qu'elle cherchait ses mots en allemand. Ceux-ci lui échappaient, fuyant ses pensées traîtreusement. En dépit de la chaleur torride, elle était glacée. Cependant, les dés étaient jetés ; elle ne pouvait pas revenir en arrière. Elle ne devait pas s'effondrer, car la réussite de cette mission reposait sur ses épaules. L'un des hommes d'Aidan embusqués dans la forêt attendait son signal par la fenêtre du bureau pour mettre le feu au dépôt d'armes.

Dès lors, la majorité des soldats seraient monopolisés pour éteindre l'incendie afin d'éviter qu'il prenne des proportions incontrôlables. La confusion qui s'ensuivrait lui octroierait la possibilité de s'éclipser, mais d'abord, elle devait repérer l'emplacement de l'antenne sur une carte et trouver des informations à ce sujet. Elle déglutit avec peine avant de se retourner vers le sergent, qui venait de s'écarter pour lui permettre d'entrer dans les quartiers de l'officier en chef.

— Comme c'est aimable à vous, sergent, de faire preuve d'autant d'égards ! minauda-t-elle, un sourire faux sur le visage.

— Tout le plaisir est pour moi, Frau Vogt, répliqua celui-ci, plus guindé que jamais. Cet endroit est rustique, mais c'est la pièce la plus confortable que nous ayons, se justifia-t-il.

— Cet arrangement me convient très bien, sergent. Soyez sans inquiétude ! Mais serait-ce trop vous demander de me faire servir une citronnade ainsi qu'une collation ? Je suis affamée. De plus, j'ai l'impression d'être desséchée, s'exclama-t-elle d'une voix empreinte de lassitude. Ce qui me rappelle cette vieille histoire au sujet de…

— Excusez-moi, Frau Vogt, l'interrompit l'officier.

Peu désireux de faire de nouveau les frais de ses divagations, le pauvre homme se hâta de prendre congé.

— Je vais m'assurer de vous faire préparer une chambre ainsi qu'un goûter frugal.

Là-dessus, il la salua d'un signe de tête expéditif, puis sortit sans demander son reste et sans même lui permettre de le remercier. Il referma le battant en soupirant, laissant le champ libre à Adélaïde pour fouiller les lieux. Elle gagna la porte à son tour, tendit l'oreille afin de vérifier que personne ne se trouvait derrière, puis pivota pour faire face à la pièce. Elle parcourut tout d'abord l'endroit d'un regard circulaire. Une carte était épinglée à l'un des murs, mais elle ne contenait rien d'intéressant, puisqu'elle ne désignait que la répartition des colonies en terre d'Afrique. Elle la considéra avec plus d'attention, à l'affût du moindre signe distinctif ou d'une information pertinente susceptible de l'aider dans ses recherches, mais sans succès.

Elle se mordit la joue intérieure et scruta de nouveau les lieux. Tout en s'avançant vers la table de travail, elle jeta un coup d'œil anxieux vers la porte. Comme personne ne semblait revenir, elle souleva les papiers qui se trouvaient pêle-mêle et ne dénicha rien non plus d'intéressant. Alors qu'elle s'apprêtait à ouvrir l'un des tiroirs, un bruit étouffé lui parvint du couloir. Elle se figea. Son pouls s'emballa dans ses veines, faisant bourdonner ses oreilles. Elle patienta dans un silence angoissant, ses doigts crispés sur la poignée du compartiment.

Un soupir de soulagement franchit ses lèvres lorsque les pas s'éloignèrent. Elle leva ses mains devant ses yeux, les vit trembler comme une feuille. Ses jambes se dérobèrent sous son poids, la forçant à s'asseoir dans le siège derrière elle. Son regard dévia vers la fenêtre. Aidan et son équipe attendaient son signal. Elle n'avait pas le luxe de faiblir maintenant. Il lui fallait terminer sa fouille. Les nerfs en boule, elle essuya ses paumes moites sur sa jupe avant de poursuivre ses recherches.

Aidan observa les alentours pour la énième fois. Adélaïde prenait trop de temps à s'exécuter, les exposant davantage à chaque minute qui passait. Quelqu'un de plus haut gradé que le sergent Fritz finirait par se poser des questions à leur sujet. Comme pour confirmer ses craintes, un groupe d'hommes armés se détacha du couvert des arbres. Aidan lança un coup d'œil en coin dans leur direction, fut foudroyé sur place en reconnaissant l'officier à leur tête. Le sang déserta son visage, ce qui ne manqua pas d'alerter Percy sur sa droite.

— Krauss est avec eux, murmura Aidan d'une voix blanche.

Percy blêmit à son tour. Nikolaus Krauss était l'agent qui avait enlevé Adélaïde à Métis, la raison pour laquelle la jeune femme avait été exilée au fin fond des bois au club. D'instinct, il porta une main à sa ceinture, mais Aidan l'en dissuada d'un bref signe de négation. Le salaud était plus près du quartier général qu'eux. Ils n'avaient aucune chance d'atteindre Adélaïde avant lui. Un sentiment d'impuissance le gagna, puis ses vieux réflexes reprirent le dessus. Ils devaient créer une diversion afin d'attirer l'attention de l'ennemi, le temps nécessaire pour lui permettre de rejoindre Adélaïde et de la sortir de cette galère.

Il dépêcha aussitôt l'un des Camerounais dans la forêt, lui indiqua du menton les nouveaux arrivants, puis le dépôt d'armes. Il fit mine de dégoupiller une grenade pour lui montrer ce qu'il attendait de lui. L'Africain hocha la tête avant de pénétrer sous le couvert des arbres. Rassuré à ce sujet, Aidan se déplaça pour ne plus se retrouver dans le champ de vision de Krauss. Ce faisant, il aperçut le sergent Fritz, qui marchait vers son supérieur d'un pas précipité. L'officier désigna le petit groupe, puis le quartier général en exécutant de grands gestes exaspérés. Aidan était suffisamment près pour déchiffrer l'expression suspicieuse de Krauss. En revanche, celui-ci ne l'avait toujours pas remarqué, et c'était préférable ainsi.

Aidan crut mourir cent fois lorsqu'il vit Krauss se diriger vers le bâtiment où se trouvait Adélaïde. Jamais l'attente ne lui parut aussi longue. Si ses hommes ne créaient pas une diversion bientôt, il n'hésiterait pas à se dévoiler pour détourner l'attention de l'ennemi. Il refusait qu'Adélaïde retombe entre ses mains. Déjà que la sortir de ce bourbier sans qu'elle soit démasquée s'avérerait un exploit. Pour rien au monde il ne souhaitait que son identité soit révélée, surtout pas à Krauss, car Dieu sait ce qui pourrait lui arriver par la suite. Elle ne serait plus en sécurité nulle part.

Adélaïde en était à fouiller le dernier tiroir quand soudain une puissante déflagration fit exploser la vitre de la pièce. Par réflexe, elle se jeta sous le bureau, puis risqua un coup d'œil. C'est avec effarement qu'elle vit une boule incandescente s'élever dans les airs. Des imprécations jaillirent de toute part, un tohu-bohu général s'ensuivit. Elle sortit de sa cachette avec prudence, aperçut l'incendie qui faisait rage dans le dépôt d'armes et les soldats qui couraient dans tous les sens avec des seaux d'eau. La confusion la plus totale régnait sur place.

À travers le nuage de fumée qui montait dans le ciel, elle remarqua un visage grêlé. Un vent de panique s'empara d'elle à cette vision. Au moment où l'homme tournait la tête dans sa direction, elle recula prestement pour se dérober à son regard. Elle s'éloigna de la fenêtre à reculons, une main plaquée sur la gorge. Son cœur battait à coups redoublés, menaçant de s'extraire de sa cage thoracique. Son dos heurta un mur. Pétrifiée par la peur, elle se figea, les yeux agrandis d'effroi.

CHAPITRE 10

Piège infernal

La respiration d'Adélaïde était saccadée. Elle savait qu'il lui fallait quitter les lieux, sortir par l'arrière pour rejoindre le point de rencontre fixé par Aidan. Le problème, c'était que ses pieds refusaient de bouger depuis qu'elle avait aperçu le visage de son ravisseur au cœur de la mêlée. Des coups de feu à l'extérieur la firent tressauter. Leur mission virait au cauchemar, comprit-elle. Ce qui signifiait que les soudards de Krauss auraient tôt fait de fouiller le bâtiment ainsi que les environs à la recherche de l'ennemi. Si ce monstre la trouvait, elle ne donnait pas cher de sa peau. Cette fois-ci, personne ne pourrait se porter à son secours. Elle serait exécutée, ou pire encore, violée et torturée. Un gémissement misérable franchit ses lèvres.

Non loin de là, Aidan cherchait à la rejoindre. Il avait l'impression qu'une éternité s'était écoulée avant qu'il y parvienne. Alors qu'il s'apprêtait à entrer dans le quartier général, l'un de ses hommes s'écroula à ses côtés, le visage ensanglanté, déjà mort au moment de toucher le sol. Une seconde balle siffla à ses oreilles, faisant dresser les poils de sa nuque. Il se rua dans la bâtisse au moment où une rafale de tirs retentissait derrière lui. L'ennemi les avait repérés. Il ne disposait plus que de quelques secondes pour extraire Adélaïde de sa position précaire. Il détailla l'intérieur de la maison avec rapidité.

Aidan jura contre la tournure catastrophique que prenaient les événements. Que faisait Krauss dans ce coin perdu du globe ? C'était à croire que ce désastre avait été orchestré de toutes pièces par lui. Et s'il était responsable de la mort de leur agente en Angleterre, si c'était lui qui l'avait égorgée, cela signifierait alors que cette histoire d'antenne n'était qu'un leurre pour les attirer dans un piège. Dans ce cas, il était en mauvaise posture, sans parler du fait qu'Adélaïde y avait été entraînée à ses dépens. Les yeux d'Aidan se plissèrent à cette pensée. Il lui faudrait se montrer plus rusé que les Allemands, se glisser entre les mailles du filet s'il aspirait à tous les sortir de cet enfer, mais pour y parvenir, il devait garder les idées claires.

Adélaïde essaya tant bien que mal de réfléchir, sauf qu'elle était si paniquée qu'aucune solution ne lui venait à l'esprit. C'était comme si elle était enfoncée dans un immense trou noir. Elle était isolée, à la merci des Allemands. Il lui fallait quitter le bureau, tenter de se faufiler à l'extérieur sans se faire remarquer. Prenant son courage à deux mains, elle se contraignit à mettre un pied devant l'autre, à rejoindre la porte en rasant le mur. Lorsqu'elle agrippa la poignée, elle hésita une fraction de seconde, puis ouvrit le battant avec prudence. Elle jeta un coup d'œil succinct dans le couloir avant de s'avancer à pas mesurés.

Dès lors qu'elle franchit le seuil, une silhouette massive fondit sur elle avec une telle rapidité qu'elle n'eut pas le temps de la voir venir. Une main ferme se plaqua sur sa bouche et son corps fut étreint avec une force démesurée.

– C'est moi, chuchota une voix aux intonations familières à son oreille.

La tension qui l'habitait se relâcha aussitôt, puis des larmes de soulagement montèrent à ses yeux.

– Adélaïde, ce n'est pas le moment de flancher. J'ai besoin de votre coopération.

– Krauss, croassa-t-elle avec peine lorsqu'Aidan la libéra de sa prise.

Aidan la fit pivoter vers lui, plongea son regard dans le sien.

– Je sais, ma douce... fit-il pour toute réponse.

Puis, il déposa un rapide baiser sur son front avant de l'entraîner à sa suite. Cette pièce serait l'endroit où les Allemands la chercheraient en premier lieu. D'ailleurs, nul doute qu'ils encerclaient la bâtisse. Il leur fallait donc fuir par le toit, gagner la seconde construction contiguë à celle-ci.

Un soldat, qui était arrivé par surprise derrière eux en se faufilant à leur insu dans la demeure, donna un puissant coup de crosse de mitraillette entre les omoplates d'Aidan pour le faire tomber à genoux. Au moment où il s'apprêtait à le frapper à la tempe, Adélaïde s'empara du premier objet à sa portée, l'abattit avec violence sur la nuque de l'intrus, qui s'effondra mollement au sol. Comme prise de folie, elle se rua sur lui pour achever ce qu'elle avait commencé, mais Aidan, qui s'était redressé, la retint dans sa lancée. Il lui enleva la statuette d'ébène d'entre les mains, puis la repoussa au loin. Avant qu'elle ne puisse protester, il se tourna vers l'Allemand, lui souleva la tête et lui trancha la gorge d'un geste prompt.

Adélaïde demeura figée sur place en voyant le liquide rougeâtre gicler partout. Quand Aidan se retourna dans sa direction, il jura en avisant sa bouche qui s'ouvrait et se refermait en silence, ses prunelles emplies d'horreur. Elle n'eut aucune réaction lorsqu'il reprit son souffle en essuyant sa lame ensanglantée sur la veste du soldat inerte. Il se releva à la hâte, effaça toute trace de sang sur son visage avec sa manche avant de soulever le menton de sa compagne.

— Restez avec moi, Adélaïde ! lui enjoignit-il devant son expression hébétée. Adélaïde ! lâcha-t-il d'un ton plus brusque.

La jeune femme prit une profonde inspiration, puis ses paupières clignèrent. Derechef, les rouages de son cerveau s'activèrent à toute vitesse.

— Je vais vous sortir de là, Adélaïde !

Elle hocha la tête en silence, prête à le suivre. Rassuré sur son état d'esprit, Aidan s'empara de l'une de ses mains glacées, l'entraîna vers l'escalier au pas de course. À l'instant où ils atteignaient le palier supérieur, la porte d'entrée sauta. L'ennemi était sur leurs talons.

Il bifurqua vers la chambre du fond. Selon les plans qu'ils possédaient, une trappe donnant sur le toit devait s'y trouver. En pénétrant dans la pièce, il aperçut plusieurs coffres en bois contenant du surplus militaire, ainsi que l'issue au plafond. Aidan s'activa comme un forcené à empiler trois caisses sous l'ouverture, puis grimpa sur l'amoncellement d'un bond. Il poussa de ses paumes sur les planches qui obstruaient le passage, mais le battant ne broncha pas d'un pouce. Courbant la nuque, il fléchit les genoux, prit son élan et se redressa avec vigueur pour enfoncer le panneau de son épaule. De la sciure s'écoula des fissures, lui faisant détourner la tête pour protéger ses yeux. En percevant le remue-ménage en bas, il redoubla d'efforts.

— Trouvez la fille et ramenez-la vivante, cria une voix rêche dans la mêlée.

Aidan cilla. Un grognement douloureux s'échappa de ses lèvres lorsqu'il percuta le rabat pour la troisième fois avec son épaule. Le couvercle céda enfin, allant cogner contre la toiture dans un bruit sourd. Il se hissa aussitôt à l'extérieur à la force de ses bras. Une fois sorti, il se pencha par l'ouverture, tendit une main à Adélaïde, qui venait de grimper sur les caisses à son tour. Toutefois, entravée par ses jupes, elle faillit basculer dans le vide. Une étreinte de fer la rattrapa de justesse par le poignet. Elle laissa fuser un faible cri de peur.

Levant les yeux, elle croisa le regard résolu d'Aidan. À peine eut-elle le temps de reprendre son souffle qu'il la soulevait pour l'extirper de sa position précaire. Elle atterrit lourdement à ses côtés. Aidan l'écarta prestement du passage et referma le battant d'un coup de pied vigoureux. Puis, il s'empara de l'un de ses couteaux, la mine sombre, et déchira le tissu de sa jupe. Un amas de chiffon se forma sur le toit. Adélaïde fut si abasourdie qu'elle n'eut même pas le réflexe de protester. Une légère brise glissa sur ses jambes seulement voilées d'une fine culotte diaphane.

— Venez ! lui ordonna Aidan en s'élançant vers le second bâtiment en retrait.

Alors qu'ils couraient sur le toit, une balle ricocha derrière eux. Aidan plongea aussitôt au sol en entraînant la jeune femme dans son sillage, roula avec elle jusqu'au muret qui servait de rebord. Adélaïde eut le souffle coupé sous l'impact. Aidan avait amorti le plus gros du coup, mais elle n'en fut pas moins assommée pour autant. Retrouver une respiration normale lui prit quelques secondes, le temps nécessaire pour que l'air entre de nouveau dans ses poumons contractés.

Aidan dégaina son pistolet, puis risqua un coup d'œil par-dessus la paroi de pierre. Un projectile frôla sa tempe gauche, le ratant de peu. Il se rua aussitôt sur sa compagne, faisant écran de son corps.

— Adélaïde, pendant que j'attire l'attention de l'ennemi, vous allez devoir courir aussi vite que vous le pouvez pour vous donner un élan et sauter sur le toit de la bâtisse derrière nous.

La jeune femme tourna la tête vers le bâtiment en question, blêmit en évaluant la distance qui séparait les deux constructions.

— Non… gémit-elle. Il doit y avoir… une autre… solution… parvint-elle à dire d'une voix hachée.

— Adélaïde, nous n'avons pas le choix, déclara Aidan d'un ton catégorique.

— Nonnnnnnnn… Je refuse…

Paniquée, elle détourna les yeux pour échapper à la lueur résolue qui brillait dans les prunelles de son compagnon. Il ne pouvait pas être sérieux. Elle n'y arriverait jamais, c'était au-dessus de ses forces. Un second gémissement franchit ses lèvres exsangues.

— Adélaïde, regardez-moi ! Regardez-moi, bon sang ! mugit-il en martelant chacun de ses mots. S'ils nous trouvent, ils nous tortureront, puis nous tueront.

Il la saisit par les épaules, la secoua sans ménagement. Il devait lui faire entendre raison. Ses traits décomposés lui lacérèrent le cœur. Cependant, il se ferma à toute émotion du genre. Il avait besoin de toute sa tête.

Adélaïde porta une paume à sa bouche, la pressa pour retenir le cri qui oppressait sa poitrine.

— C'est impossible… Je n'y arriverai pas… geignit-elle.

— Bon Dieu, Adélaïde ! s'emporta Aidan. Je refuse que vous tombiez aux mains des Allemands. Vous m'entendez ! Je ne vous laisserai pas derrière !

Il venait d'empoigner sa nuque avec force, tenant son visage à deux pouces du sien.

— Par pitié, Adélaïde, sautez !

La supplique douloureuse qui filtra dans sa voix la fit frissonner de la tête aux pieds. Elle déglutit avec peine avant d'acquiescer.

— Je vous aime, murmura Aidan contre ses lèvres en se perdant dans son regard.

Adélaïde fut interdite par sa déclaration. La peur au ventre, Aidan serra davantage sa nuque.

— Courez, Adélaïde, et ne vous retournez pas ! insista-t-il en la libérant de sa prise. Courez ! rugit-il en se redressant pour tirer sur l'ennemi.

Elle bondit, mue par l'urgence dans son intonation. Elle serra les dents et s'élança sans réfléchir. Arrivée au bout de la corniche, elle se propulsa avec l'énergie du désespoir en battant l'air de ses bras, son hurlement se répercutant au-dessus de la mêlée. Elle tomba accroupie et roula sur elle-même, entraînée par son impulsion. Dans la foulée, elle se tordit une cheville et percuta le toit de son coude gauche. La douleur qui remonta dans son bras fut si vive qu'elle poussa un cri de souffrance. Les genoux et les avant-bras en sang, elle se coucha sur le flanc en grimaçant et s'efforça de reprendre son souffle.

Une salve de tirs résonna non loin d'elle. Le cœur au bord des lèvres, elle chercha son compagnon du regard. Où était-il ?

— Aidan ! l'appela-t-elle, au comble du désespoir. AIDAN !!!

Envahie par un pressentiment funeste, elle tenta de se relever, mais retomba sur les genoux en sanglotant.

Aidan éprouva un tel soulagement en percevant l'appel d'Adélaïde qu'il en aurait pleuré de joie. Maintenant qu'il la savait saine et sauve, il devait la rejoindre. S'emparant d'une grenade dans une poche fixée à sa ceinture, il la dégoupilla, puis la lança sur ses assaillants. La déflagration déstabilisa l'ennemi, lui permettant de s'élancer à son tour. Il courut avec une énergie redoublée, sourcilla à peine quand une balle lui érafla l'épaule. Retenant sa respiration, il sauta dans le vide, atterrissant sans problème aux côtés de la jeune femme.

— Debout ! lui enjoignit-il en la relevant.

Adélaïde étouffa une plainte en vacillant. Aidan la rattrapa par la taille en remarquant qu'elle ne mettait aucun poids sur son pied droit. Maudissant tous les saints du ciel, il la souleva dans ses bras. Impuissante, Adélaïde ne put que s'accrocher à son cou pour garder son équilibre.

Sans doute ses hommes avaient-ils dû les voir courir sur les toits, car Percy l'attendait à l'extrémité de la bâtisse, mains tendues dans les airs, deux Camerounais l'encerclant pour les couvrir. Aidan jeta Adélaïde dans le vide sans la prévenir, priant pour que Percy l'attrape. Par bonheur, la distance qui les séparait du sol n'était pas très élevée. Lui-même put sauter sans problème. Adélaïde n'eut aucune réaction lorsqu'elle tomba dans les bras de Percy. Son esprit avait cessé de fonctionner à partir du moment où Aidan avait atterri à ses pieds, comme sorti de nulle part. Elle avait passé le point de rupture, le choc nerveux ayant eu raison d'elle. Aidan laissa fuser une bordée de jurons en croisant son regard hagard. De plus en plus inquiet, il se tourna vers Percy.

— Où sont les autres ?

— Fatouma nous attend dans le camion au détour de cette courbe. La pagaille que nous avons semée lui a permis de se rapprocher sans être repérée, répondit Percy en jetant un coup d'œil troublé vers Adélaïde.

— Rappelez les hommes ! Qu'ils nous y rejoignent ! ordonna Aidan d'un ton sec.

Saisissant la jeune femme par la taille, il la souleva pour la basculer sur son épaule. Son corps se balança tel un roseau ployant sous le vent, si bien qu'Aidan eut la désagréable impression de manier une poupée de chiffon, un être brisé et désarticulé.

Contre toute attente, ils purent atteindre le camion sans ennuis majeurs, en partie grâce à la diversion orchestrée par ses hommes. En effet, alors qu'ils s'apprêtaient à gagner le véhicule, une puissante explosion retentit de nouveau, détruisant le quartier général en entier. Porté jusqu'à eux, le souffle de la déflagration était chaud, signe que les siens avaient utilisé des bâtons de dynamite pour commettre leur forfait. D'ailleurs, ceux-ci se détachaient justement de cet enfer, les rejoignant à toute allure. Aidan remarqua que quatre membres de son équipe manquaient à l'appel. Le dernier arrivant lui signala qu'il était trop tard pour les autres, puisqu'ils étaient tombés sous le tir soutenu de l'ennemi. N'ayant pas le temps de récupérer les cadavres, Aidan se résolut à partir. Contournant le camion, il balança Adélaïde à l'arrière, grimpa à son tour avec le reste de la troupe. Fatouma attendit ses ordres, puis décolla dans une giclée de terre. D'une main ferme, Aidan plaqua Adélaïde contre le plancher inconfortable du véhicule, fit de son corps un rempart pour la protéger d'éventuelles balles perdues.

La jeune femme demeura immobile, incapable d'aligner ses idées, tout son être secoué comme une vulgaire poche de patates par les soubresauts du sentier cahoteux. Peu à peu, la terreur qui la paralysait refluait. Elle percevait désormais la chaleur qui émanait d'Aidan au-dessus d'elle, sa puissance. Elle y puisa la force nécessaire pour refaire surface, mais son retour à la réalité ramena avec lui la douleur lancinante à sa cheville ainsi que celle de ses écorchures aux genoux et aux coudes. Elle marmonna des propos inintelligibles, chercha à se dégager de l'étreinte de son compagnon.

— Ne bougez pas ! ordonna celui-ci en affermissant sa prise.

Un sentiment d'urgence envahit Adélaïde, gonfla en elle. Une information vitale lui échappait, mais laquelle ? Elle n'arrivait plus à s'en souvenir. Puis, le visage grêlé de son agresseur s'imposa de force dans son esprit.

— Il était là, murmura-t-elle d'une voix blanche. Il était là ! répéta-t-elle avec plus de force en s'agitant.

La main qui la maintenait immobile se relâcha. Atterré, Aidan poussa un soupir avant de parler.

— Je sais, ma mie…

Restait à déterminer si Krauss les avait aperçus sur les toits, car si c'était le cas, Adélaïde ne serait plus en sécurité, même auprès de son oncle. Il se frotta le front, fatigué de toute cette guerre. Si seulement elle ne s'était pas retrouvée au cœur de cet enfer. Se rappelant soudain la raison de leur mission, il se pencha sur elle.

— Adélaïde, avez-vous trouvé ce que nous cherchions dans le bureau ?

La jeune femme fronça les sourcils, puis tenta de remettre de l'ordre dans ses idées.

— Il n'y avait rien, répondit-elle d'une voix ténue. J'ai fouillé les tiroirs, parcouru tous les papiers sur l'écritoire, mais il n'y avait rien.

Le désespoir qu'il perçut dans ses propos fit écho aux doutes qui l'assaillaient. Se pouvait-il qu'ils aient été piégés depuis le début ? Si c'était le cas, pour quelle raison, et à qui pouvaient-ils se fier dorénavant ? En percevant les tremblements qui agitaient sa compagne, il comprit qu'il n'avait plus le choix. Il devait débusquer Krauss, l'éliminer. Hors de question qu'il laisse cette épée de Damoclès suspendue au-dessus de la tête de la jeune femme. Sa décision prise, il lança un regard résolu en direction de Percy.

— Vous allez ramener mademoiselle de Beauchamp chez son oncle, Fraser, déclara-t-il d'un trait.

— Qu'est-ce que c'est que cette histoire ? regimba Percy.

— Fatouma vous conduira jusqu'au point de rencontre fixé dans la baie. Une barque vous y attend. Deux des nôtres vous accompagneront.

— Et que ferez-vous pendant ce temps ? s'informa Percy en désignant le reste de la troupe.

– Nous ferons tout ce qui est en notre pouvoir pour empêcher les Allemands de vous suivre. Il est à prévoir que Krauss se précipitera à nos trousses. Nous n'avons qu'une faible marge de manœuvre pour coincer ce fumier.

– MacBain, non ! se révolta Percy.

– C'est un ordre, sergent !

Le tranchant dans sa voix fit sursauter Adélaïde. Elle chercha à croiser son regard, n'osant croire qu'il envisageait d'affronter les Allemands seul avec une poignée d'hommes.

– Aidan, souffla-t-elle, le cœur en proie à mille tourments.

– Il le faut, ma mie, insista-t-il. J'ai promis à votre oncle de vous ramener saine et sauve, et je compte tenir cet engagement.

Des larmes roulèrent sur les joues exsangues de la jeune femme. Aidan les essuya de ses pouces rugueux.

– Ne pleurez pas, ma mie.

Adélaïde se perdit dans la profondeur de ses prunelles. Il était de nouveau sur le point de l'abandonner, de risquer sa vie pour elle. La gorge étreinte par un sanglot, elle grava ses traits dans sa mémoire, toute rancœur oubliée.

Aidan s'imprégna de la douceur de sa peau une dernière fois. Se séparer d'elle dans de telles circonstances le rendait malade d'angoisse, sauf que c'était la meilleure solution pour lui donner une chance de survivre. De plus, il avait des hommes à lui au campement. Il refusait que ceux-ci soient massacrés. Les Allemands ne tarderaient pas à ratisser la région, s'ils ne connaissaient pas déjà leur position.

Laissant Adélaïde malgré son instinct qui lui criait de demeurer à ses côtés, il gagna le fond du camion, tapa contre la carrosserie pour ordonner à Fatouma de s'arrêter, puis revint sur ses pas. Adélaïde tenta d'agripper sa main au passage, mais Aidan lui échappa. Alors qu'il se préparait à sauter en bas du véhicule immobilisé, il l'enveloppa d'un long regard empli de tendresse, puis bondit avec ses hommes au sol. Un sanglot étreignit la gorge d'Adélaïde. Au moment où ils s'ébranlèrent, elle se releva sur un coude, vit la silhouette familière disparaître dans la jungle. Son cœur venait de se briser pour la seconde fois, et ce fut si douloureux qu'elle en eut le souffle coupé.

Aidan guettait l'arrivée des Allemands à l'abri derrière un arbre avec son équipe. L'attente lui semblait interminable, mais du moins l'écart se creusait entre l'ennemi et Adélaïde. À la pensée de la jeune femme, il eut un pincement dans la poitrine. Cependant, il tint bon. Les traits de son visage se durcirent, ses sens s'aiguisèrent. Il perçut un bruit de moteur au loin. Il fit signe à ses hommes de se préparer à l'assaut. Par chance, il avait eu le temps d'envoyer l'un des Camerounais avertir le reste du groupe au campement. À l'heure actuelle, ceux sous son commandement devaient être sur un pied d'alerte.

Trois camions surgirent bientôt, soulevant un nuage de poussière dans leur sillage. Ils roulaient à pleine vitesse, certains que les Britanniques fuyaient tels des couards. Ils ne s'attendaient certes pas à cette embuscade. Dès que le premier fourgon arriva à sa hauteur, Aidan sortit de sa cachette et lança deux grenades dégoupillées dans sa direction. La déflagration le souffla, le pulvérisant. Les soldats encore vivants à bord cherchèrent à échapper aux flammes qui léchaient la toile. Deux torches humaines hurlèrent de douleur en se débattant, puis s'immobilisèrent dans un silence morbide.

Le deuxième camion qui suivait dévia de sa route in extremis pour éviter une collision mortelle. Ce faisant, le véhicule se renversa sur le bas-côté dans un bruit de ferraille tordue. Quelques Allemands parvinrent à s'extraire de la carcasse, d'autres, moins chanceux, se retrouvèrent coincés dessous. Une pluie de projectiles s'abattit sur l'ennemi, obligeant les rescapés à abandonner les blessés pour trouver refuge sous le couvert des arbres.

Dans le troisième fourgon, Nikolaus Krauss rongeait son frein. Il avait aperçu les traits des deux fugitifs sur les toits et enrageait à l'idée que ceux-ci aient échappé à son piège. Il n'avait pas été étonné de découvrir que l'agent britannique menait cette mission. En revanche, sa stupéfaction avait été totale quand il avait reconnu la femme à ses côtés. Que diable cette Lady de Beauchamp faisait-elle en ces lieux ? C'était inconcevable ! Il en était à ces sinistres pensées quand les détonations retentirent devant eux, puis les événements déboulèrent à une telle vitesse qu'il n'eut pas le temps d'ordonner quoi que ce soit. Il ne dut leur survie qu'à l'agilité de son conducteur. Celui-ci freina juste à temps, puis recula expressément afin de s'extraire de la zone de tir.

Nikolaus essuya discrètement le sang qui s'écoulait de la blessure au front qu'il venait de se faire en se cognant la tête contre le châssis de l'habitacle tout en parcourant la scène d'un regard scrutateur. Il ne fut pas long à noter que le camion qui avait permis aux Britanniques de s'échapper n'était pas sur place et que des traces poursuivaient d'ailleurs leur route vers l'océan. Alors qu'il faisait ce constat, il reconnut tout à coup Aidan MacBain au centre du groupe d'hommes. Il devina d'emblée que la jeune femme qui l'accompagnait avait pris la fuite. Plus que jamais, il fut déterminé à l'attraper. S'il la capturait, il pouvait être certain que MacBain se lancerait à sa recherche. Un rictus cynique étira ses lèvres.

Ils avaient été avisés de tendre ce piège aux Britanniques. Depuis un bon moment, le haut commandant se doutait que des espions à la solde de l'ennemi avaient infiltré leurs rangs. Le projet d'antenne existait bel et bien, mais l'information à ce sujet se trouvait en possession de Nikolaus dans son repaire secret. La rumeur qui avait circulé au sujet de la base qui venait d'être saccagée était de son cru. Sauf qu'il était surpris. Il avait imaginé qu'en égorgeant l'agente affiliée à cette mission dans son lit, il contrecarrerait les plans des Britanniques, les forcerait à prendre de nouveau contact avec le traître au sein de leur armée afin qu'il puisse l'identifier, et voilà qu'il découvrait qu'une autre l'avait remplacée : la nièce du gouverneur en personne. Tout portait donc à croire que Lord Brand était l'un des cerveaux de l'agence d'espionnage britannique, ce qui était intéressant !

Pressé de mettre la main sur la jeune lady, il fit signe à son chauffeur de foncer droit dans la mêlée, afin de poursuivre sa route. À ce qu'il voyait, la bande de MacBain avait décimé son contingent avec une facilité frustrante. Étant dorénavant en nombre inférieur, il préféra gagner les rives de l'océan pour rattraper la fugitive plutôt que de se mesurer à MacBain dans l'immédiat. S'il pouvait la faire prisonnière, il contrecarrerait non seulement Lord Brand, mais aussi MacBain, faisant d'une pierre deux coups. Entravés de la sorte, les deux Anglais deviendraient des proies aisées à capturer, plus malléables entre ses mains. Rien de mieux pour faire pression.

Quand Aidan vit le camion foncer à toute vitesse sur eux, il comprit que Krauss se trouvait à bord, qu'il partait à la poursuite d'Adélaïde. Se campant au milieu du chemin, il commença à tirer sur le véhicule, faisant éclater la vitre sous ses balles. Il vida son chargeur sans pour autant parvenir à freiner sa course. Ses hommes le couvraient tant bien que mal afin qu'il ne se fasse pas descendre dans la foulée. Il attendit jusqu'à la toute dernière minute pour se jeter sur le bas-côté dans un cri de rage, roula sur lui-même, évitant ainsi de justesse la roue qui le frôla.

Son cœur tambourinait contre sa poitrine, menaçant de lui sortir par la gorge. Il avait eu le temps de croiser le regard torve de Krauss, ce qui le poussa à se relever précipitamment pour s'élancer à leur poursuite. Il courut jusqu'à ce qu'il doive capituler et s'arrêter, un point au flanc droit. Il tomba à genoux sur le sol battu, dut prendre appui sur ses mains pour ne pas s'écrouler. Ses muscles tremblaient sous l'effort fourni, sa cage thoracique se soulevait et s'abaissait à un rythme effréné. Lorsqu'il redressa la tête, il ne vit qu'un nuage de poussière.

— Adélaïde… lâcha-t-il dans un râle rauque.

Ses doigts grattèrent la terre alors qu'une grimace douloureuse déformait ses traits.

Lorsqu'ils arrivèrent à la baie, une pirogue plus petite que celle qu'ils avaient utilisée quelques jours plus tôt les attendait, alors que les deux pêcheurs faisaient une sieste à l'abri d'un palmier. Percy se hâta de prendre Adélaïde dans ses bras pour l'amener jusqu'à la barque pendant que Fatouma attrapait toutes les armes à leur disposition. L'un des soldats britanniques qui les accompagnaient courut en direction des pêcheurs, les bouscula tout en levant l'un d'eux du sol sans ménagement. Réveillés en sursaut, les deux pauvres hommes eurent la peur de leur vie. Ils furent traînés avec une telle précipitation vers leur pirogue que l'un d'eux trébucha au moment d'embarquer. Demeuré en retrait, derrière le camion, le second soldat prit position pour retenir l'ennemi. Ils avaient tous entendu les explosions et se doutaient que les Allemands étaient à leurs trousses.

— Fuyez, cria-t-il aux autres avant de se retourner.

Percy obtempéra. Pousser l'embarcation dans l'océan leur prit peu de temps. Rapidement, une première vague les frappa, éclaboussant Adélaïde au passage. L'eau fraîche la fouetta, lui éclaircissant les idées. Elle n'arrivait pas à croire qu'Aidan lui avait avoué l'aimer sur les toits, au milieu du feu nourri des Allemands. Pourtant, même après une telle déclaration, il l'abandonnait, remettait sa vie entre les mains de Percy Fraser et de Fatouma. Elle nageait en plein délire. Elle fixa son regard sur la baie, qui s'éloignait à vue d'œil, puis comprit enfin. C'était de cette horreur qu'Aidan avait voulu la préserver, dès le début…

— Milady, baissez-vous ! lui enjoignit Percy en percevant le bruit d'un véhicule qui fonçait sur la plage à un train d'enfer.

Des tirs retentirent, faisant gicler l'eau non loin d'eux. Le soldat resté sur la grève pour assurer leurs arrières mitrailla les Allemands, les détournant de leur cible assez longtemps pour que les fuyards se retrouvent hors d'atteinte. Puis, le malheureux fut touché à la poitrine. Il s'effondra en s'étouffant avec son propre sang.

Krauss, qui l'avait rejoint, repoussa son arme du bout du pied et pointa son fusil sur la tête de l'Anglais. Il fit feu sans sourciller. La détonation résonna aux oreilles d'Adélaïde comme un coup de glas. Le corps du Britannique fut soulevé par l'impact, puis retomba inerte au sol. La froideur du geste de Krauss arracha un frisson d'effroi à la jeune femme. Elle se figea sur place en prenant soudain conscience que cet homme était à sa poursuite…

CHAPITRE 11

Quand l'horreur se déchaîne

Adélaïde marcha jusqu'à la plage, sans même remarquer les regards interrogateurs qui se tournaient dans sa direction. Un peu plus d'une semaine s'était écoulée depuis son retour catastrophique du Cameroun. Dans un premier temps, elle avait été alitée afin de permettre à sa cheville blessée de se reposer. Durant cette période, rien n'avait pu la dérider tant elle se morfondait pour Aidan et le reste de son équipe. Percy Fraser tout comme Fatouma étaient toujours sans nouvelles d'eux et ne parvenaient pas à masquer leur anxiété, même en sa présence.

Cette mission s'était révélée un véritable fiasco, un échec sur toute la ligne. Ils avaient perdu leur temps, des hommes ainsi que des ressources précieuses à courir derrière des chimères. Sans parler que leur retour soulevait une foule de questions sans réponses, rendant d'autant plus son oncle perplexe. Depuis, il se méfiait de tous ceux qui servaient sous son commandement. Cette défiance s'étendait également à l'état-major. Henry était beaucoup plus nerveux, mangeait peu, demeurait des heures entières enfermé dans son bureau en compagnie de Percy Fraser.

Il faut dire que leur irruption soudaine dans le port avait été des plus frappante, causant une commotion au sein de la petite communauté. À leur arrivée, Adélaïde était dans un état lamentable, en plus d'être à moitié nue, ne portant pour tous vêtements qu'une fine culotte translucide ainsi qu'une chemise déchirée. Plus d'un soldat avait détourné les yeux sur son passage pour ménager sa pudeur, et deux des missionnaires s'étaient signés pour conjurer le mal. Ilda, qui déambulait sur la place publique à ce moment-là, s'était dépêchée d'aller prévenir le gouverneur et son épouse.

Sa tante avait été dévastée en l'apercevant dans les bras de Percy Fraser, et elle n'avait cessé de tourner autour d'elle depuis, au point de l'étourdir. Quant à son oncle, Adélaïde avait constaté les ravages de la culpabilité sur ses traits. De pouvoir échapper à leur surveillance étouffante en cette belle fin de journée la rassérénait.

Tout en offrant son visage à la brise du large, elle s'assit sur un tronc d'arbre blanchi qui faisait face à la mer, celui sur lequel Aidan l'avait déposée après l'avoir sortie de l'eau et avoir massé son mollet contracté deux semaines auparavant. Elle se perdit dans la contemplation du soleil couchant, l'âme en peine. Le ciel se parait de mille feux, ses derniers rayons se reflétant dans ses prunelles hantées par la crainte et l'incertitude. Elle ramena ses genoux contre sa poitrine et appuya son front sur ceux-ci. Elle avait la sensation de dériver, comme une épave sans ancrage. Relevant la tête, elle fixa l'étendue infinie qui se déployait à ses pieds. Pourquoi n'avaient-ils aucune nouvelle du groupe d'Aidan ? Elle refusait d'envisager le pire, avait l'impression de se noyer quand elle croisait le regard résigné de son oncle. Ils ne devaient pas perdre espoir, car ce serait faire injure aux compétences exceptionnelles d'Aidan. Si un homme pouvait s'extirper d'une situation aussi périlleuse, c'était lui. Après tout, n'avait-il pas réussi à la retrouver au cœur d'un blizzard déchaîné, à la sortir vivante d'un quartier général cerné par l'ennemi ?

Elle s'empara d'une poignée de sable fin, laissa les grains minuscules passer entre ses doigts, ses pensées revenant sans cesse à ce qu'il lui avait déclaré sur le toit : je vous aime. Un sanglot gonfla dans sa poitrine, lui étreignant la gorge.

– Aidan… murmura-t-elle d'une voix emplie de souffrance.

Plus d'une heure s'était écoulée depuis son arrivée sur la plage, sauf qu'elle n'avait pas vu le temps passer, perdue qu'elle était dans ses réflexions. Désormais, la nuit était tombée, et les étoiles scintillaient de tous leurs feux dans le ciel limpide. Elle frissonna. Le vent du large s'était rafraîchi, alors mieux valait retourner auprès des siens avant qu'ils ne s'inquiètent de son absence. Quoiqu'elle se doutât qu'Ilda devait monter la garde comme à son habitude, tapie derrière un bosquet et croyant à tort qu'elle passait inaperçue. En vérité, Adélaïde éprouvait un certain réconfort à la savoir tout près, effectuant le guet pour s'assurer que rien de fâcheux ne lui arrivait. La Nigériane était bien dissimulée dans l'ombre de la végétation, et discrète.

Adélaïde n'entendit pas les bruits de pas amortis par le sable qui venaient derrière elle et ne prit conscience du danger qu'une fois qu'une paume calleuse se plaqua sur sa bouche et qu'un bras trapu passa autour de son corps pour l'immobiliser. Un chiffon infect remplaça la main sur ses lèvres, puis fut enfoncé dans sa gorge, l'étouffant presque. Une brute lui entrava les poignets dans le dos, jeta un sac sur sa tête pour l'empêcher de voir quoi que ce soit. Puis, elle fut soulevée comme un simple fétu de paille, puis transportée vers une destination inconnue. Elle tenta de se débattre, mais ligotée comme elle l'était, il lui était impossible de se libérer. Ne restait plus qu'à espérer qu'Ilda était toujours là, que sa présence n'avait pas été découverte et qu'elle pourrait donner l'alerte.

Quand, quelques minutes plus tard, Adélaïde fut déposée par terre, elle chercha à se dégager de la prise qui la maintenait, mais l'un de ses agresseurs exerça une traction sur ses bras, lui arrachant un gémissement feutré à travers le bâillon. Une poussée vigoureuse entre les omoplates l'obligea à avancer, manquant de peu de la faire trébucher. Puis, une odeur fétide de poisson pourri lui fit plisser le nez, et des grincements de poulies et des craquements parvinrent à ses oreilles de façon distincte ainsi que le clapotis de l'eau contre une coque. Elle comprit dès lors qu'ils se trouvaient sur les quais. Le sol qui se mit à tanguer sous ses pieds lui confirma qu'ils venaient de s'engager sur une passerelle de bois. On la conduisait donc sur un navire marchand. Certaine qu'elle ne ressortirait jamais vivante des entrailles du bateau, elle se démena avec plus d'intensité une fois sur le pont, cherchant à rouer de coups les jambes à sa portée. En guise de représailles, elle fut poussée sans ménagement dans une trappe. Elle tomba dans le vide pour atterrir par la suite sur un amas de sacs de grains qui amortit à peine sa chute. Une odeur rance d'urine et de miasmes la saisit à la gorge, lui soulevant le cœur. Sa respiration se précipita sous la peur. Elle manquait d'air, frôlait l'apoplexie.

Deux mains robustes la relevèrent, puis la traînèrent sur une courte distance avant de la jeter sur un fauteuil droit inconfortable. Le roulis était plus prononcé dans la cale, l'indisposant au point de la rendre malade. Elle fut prise de haut-le-cœur. Sans doute se serait-elle étouffée avec sa propre bile si la cagoule qui recouvrait sa tête ainsi que le bâillon n'avaient pas été enlevés au même moment. Elle se plia en deux, vomit le peu qu'elle était parvenue à avaler au courant de la journée. L'un des malfaiteurs se recula en grognant.

Adélaïde inspira profondément à plusieurs reprises pour tenter de réfréner une nouvelle vague de nausées. Des soldats chuchotaient en allemand derrière elle. Elle essaya de discerner leurs propos, mais ils étaient trop éloignés. Elle ignorait si Ilda avait donné l'alerte, mais elle l'espérait de tout cœur, d'autant plus qu'elle ne savait pas ce que l'ennemi attendait d'elle. L'avait-on capturée parce qu'elle était la nièce du gouverneur, à cause de son lien avec Aidan MacBain ou du fait de son incursion dans la base allemande au Cameroun ? Elle n'osait l'imaginer. Aucun des hommes de la troupe allemande ne connaissait son identité réelle lorsqu'elle s'était présentée sous le nom de Sybille Vogt, maîtresse du général Jäger, mis à part Krauss. Il n'y avait pas de raison qu'on l'associe à cette mission, à moins que Krauss l'ait aperçue sur les toits quand ils fuyaient. Si c'était le cas… Son esprit refusa d'aller plus loin dans sa réflexion. Son sang afflua d'un coup dans son cerveau, l'étourdissant. Elle ferma les paupières pour éviter de voir son environnement virevolter dans une danse endiablée. Elle était vulnérable, prisonnière de l'ennemi, que pouvait-elle espérer ?

— Bonjour, Mademoiselle de Beauchamp, ou devrais-je dire « Frau Vogt » ! commença une voix sinistre. Comme nous nous retrouvons !

Adélaïde ouvrit précipitamment les yeux et croisa le regard malveillant de Krauss. Sans lui laisser le temps de réagir, celui-ci l'empoigna par les cheveux d'une main de fer et amena son visage près du sien. Elle eut un cri étranglé. La terreur distilla son poison dans ses veines, l'anesthésiant. Elle était à la merci d'un fou furieux. Un gémissement pitoyable franchit ses lèvres.

— Vous avez raison de me craindre, Milady, susurra Nikolaus avec une intonation aussi coupante qu'une lame affûtée. Vous et MacBain êtes responsables de la destruction quasi-totale d'une base sous mon commandement, ce que je n'apprécie guère.

Il rejeta sa tête vers l'arrière d'une poussée rude, puis entreprit de tourner autour d'elle en se frottant le menton, le regard mauvais.

— Vous allez tout me raconter, Milady, sans omettre le moindre détail. Dans le cas contraire, je me verrai contraint d'utiliser des méthodes… plus radicales.

Adélaïde frissonna sous la menace à peine voilée. Sa respiration devint rapide, son pouls s'emballa alors que des points lumineux commençaient à danser devant ses yeux. Au même moment, elle se sentit glisser vers les profondeurs de la nuit à une vitesse vertigineuse. Avant qu'elle ne perde connaissance, Nikolaus lui administra une gifle magistrale pour la ressaisir. La lèvre inférieure d'Adélaïde éclata sous le coup vicieux. Un léger goût métallique envahit sa bouche, puis la douleur cuisante fit monter des larmes à ses yeux. Assommée, elle secoua la tête. Nikolaus l'empoigna de nouveau par les cheveux.

— Qui vous a transmis l'information concernant la position de cette base ? attaqua-t-il en appuyant sur chaque mot.

— Je l'ignore… parvint-elle à répondre au prix d'un effort considérable.

— J'ai beaucoup de difficulté à vous croire, Mademoiselle de Beauchamp. Vous êtes la nièce de Lord Brand ; qui plus est, vous étiez impliquée dans cette mission. Alors je vous le redemande, Milady. Qui était votre contact ?

La panique s'empara d'Adélaïde. Contrairement à ce que ce sadique pensait, elle avait été tenue dans le secret le plus total à ce sujet.

— Je n'en ai aucune idée, je vous le jure, s'affola-t-elle. Personne ne m'a informée des détails, se défendit-elle, au comble du désespoir.

— Vous avez accompagné votre oncle en Allemagne peu de temps avant que la guerre éclate, avez rencontré de hauts dirigeants. J'ai peine à m'imaginer que vous êtes aussi ignare que vous le laissez sous-entendre.

Elle s'agita de plus belle. Tout ça n'était qu'un cauchemar. Elle devait se réveiller. Un sanglot lui échappa alors qu'elle tentait de se libérer de la poigne qui la maintenait assise d'une pression soutenue sur les épaules.

— Je ne sais rien ! cria-t-elle, au bord de la crise de nerfs. Mon oncle m'a tenue en retrait de ses machinations politiques, poursuivit-elle en s'étranglant, la peur au ventre.

— Vous me décevez, ma belle, et vous m'obligez à prendre des mesures radicales qui n'auront rien d'agréable pour vous.

Sur cette menace caustique, Nikolaus se pencha sur elle. Son regard dur et calculateur la paralysa sur place.

— Cet interrogatoire risque de se révéler éprouvant…

Incapable de parler, Adélaïde secoua la tête, les yeux écarquillés de frayeur. D'un coup de botte, Nikolaus écarta ses pieds. Pendant que l'un de ses acolytes attachait ses chevilles au fauteuil, l'autre faisait rouler un énorme baril entre ses jambes. Le malotru redressa le baril, puis fit sauter le couvercle à l'aide d'un pied-de-biche. Nikolaus l'empoigna aussitôt par la nuque et plongea son visage dans l'eau d'un noir profond sans même la prévenir. Adélaïde se démena comme une folle, perdant le peu d'air qu'elle avait en réserve. Suffoquant, elle avala le liquide par grosses gorgées et s'étouffa. Alors que la poigne de fer de son tortionnaire la maintenait sous la surface, elle se débattit dans un sursaut de lucidité avant de hoqueter une dernière fois. Nikolaus lui releva la tête in extremis. Elle inspira goulûment, toussa et cracha.

— Prenez une bonne respiration, Milady, lui conseilla son ravisseur avec froideur, avant de replonger son visage dans l'eau.

Prise par surprise, Adélaïde eut tout juste le temps de fermer la bouche dans une vaine tentative pour garder son souffle. Ses poumons brûlaient, son cerveau menaçait d'exploser sous la pression, une veine saillait à sa tempe. Elle donna de nouveau un coup d'épaule, chercha à dégager sa nuque de la solide poigne, sans résultat. L'air se raréfiait, remplacé par le liquide saumâtre contenu dans le baril. Elle fut secouée par des soubresauts violents, puis plus rien. La nuit l'enveloppait de son manteau glacial.

Lorsque sa tête fut relevée, seul un sifflement ténu s'échappait de ses lèvres inertes. Nikolaus la gifla à toute volée, la ramenant dans le monde des vivants. Elle aspira de façon démesurée, s'étouffa et vomit. Son corps entier se tordait, et chaque bouffée d'oxygène lui vrillait la poitrine d'une douleur insoutenable. Ses cheveux, qui s'étaient dénoués sous cette agression sauvage, tombaient sur son visage, recouvrant en partie son œil droit. Elle peinait à retrouver sa respiration, angoissait à la perspective d'être replongée dans le baril. Elle pleurait, toussait et gémissait tout à la fois.

Nikolaus se contenta de la fixer de son regard impitoyable, attendant une réponse qu'elle était incapable de lui donner. Elle grelottait autant de froid que de peur, se perdait en conjectures.

— Pitié… murmura-t-elle d'une voix éraillée.

En réaction, Nikolaus défit le lien qui retenait ses poignets dans son dos, faisant naître un espoir insensé chez la jeune femme. Cependant, cette liberté fut provisoire, car il les rattacha aux accoudoirs du fauteuil, un rictus mauvais sur les lèvres. Sur un signe de sa part, l'un des vauriens à sa solde s'approcha, replia de force ses doigts de la main gauche, ne gardant que l'auriculaire tendu. Comme dans un cauchemar, Adélaïde vit son tortionnaire s'emparer de la machette que lui présentait un autre homme et l'élever dans les airs.

— Maintenant, Mademoiselle de Beauchamp, vous allez répondre à mes questions. Sinon, à chaque réponse négative, je couperai l'un de vos jolis petits doigts, puis l'enverrai en cadeau à votre oncle.

— NON ! s'égosilla-t-elle en pâlissant davantage. Nonnnnnnn…

D'emblée, elle se débattit comme une véritable furie. Le lien de chanvre qui la retenait prisonnière s'incrusta dans sa chair, la mordant sans pitié, mais elle ne ressentait pas la douleur. Elle était animée par une seule volonté : échapper à ce calvaire. Lorsque la lame s'abattit sur elle, Adélaïde hurla comme une damnée, au point de s'en briser les cordes vocales. Plusieurs secondes furent nécessaires avant qu'elle ne prenne conscience que son auriculaire était toujours intact, que la machette s'était fichée dans l'appuie-bras du fauteuil, l'épargnant. Inspirant par à-coups, elle fixa sa main sans vraiment la voir. Elle pleurait sans retenue, hoquetait sous l'intensité de ses émotions.

— Intéressant ! s'exclama Nikolaus en plissant les paupières. Très intéressant ! Ainsi, vous ne savez rien du complot ourdi par votre oncle ! Mais, dites-moi, ma belle, comment dans ce cas vous êtes-vous retrouvée mêlée à cette histoire ? Quelle est votre place dans l'échiquier ? Et surtout, quelle importance revêtez-vous aux yeux de MacBain ? Il serait captivant de le découvrir…

Adélaïde releva un regard voilé vers lui. Tout était si confus dans son esprit que les mots de son bourreau se mélangeaient dans sa tête, valsant dans une ronde folle. Des bruits de pas précipités résonnèrent au-dessus d'eux, puis l'un des sous-fifres se pencha dans l'écoutille.

— Un détachement de soldats britanniques se dirige vers nous. Il nous faut quitter le navire, sans quoi nous y serons coincés.

Nikolaus réprima un mouvement de contrariété. Il lui fallait abandonner sa prise et renoncer à son interrogatoire pour l'instant, ce qui ne lui plaisait guère, sauf qu'il ne pouvait s'empêtrer d'un tel fardeau dans l'immédiat, et elle pourrait lui être utile ultérieurement. La croyant trop assommée pour comprendre ses ordres, il cria à son second de rapatrier leurs hommes et de se préparer à investir la demeure du gouverneur dans l'heure qui suivrait. S'il n'avait pas réussi à extraire la moindre information de cette femme, il trouverait peut-être ce qu'il cherchait dans la correspondance de Lord Brand. Le temps de rejoindre sa troupe, de rassembler ses forces, il donnerait l'assaut. L'attaque devait être expéditive, mais d'abord, il voulait offrir un petit souvenir à la nièce du gouverneur.

Sortant un couteau de sa ceinture, il appuya la pointe de la lame sur la joue droite d'Adélaïde, l'entailla avec un plaisir pervers. Un cri de souffrance franchit les lèvres de celle-ci et son corps entier fut parcouru de tremblements. Sa vision se troubla. Un élancement se propagea sur le côté meurtri de son visage alors que du sang ruisselait le long de sa mâchoire. Une voix murmura une promesse à son oreille avant de partir. Perdue dans les affres de l'enfer, elle n'eut même pas conscience que les Allemands venaient de l'abandonner à son triste sort.

Des coups de feu retentirent au loin, et des cris de panique gagnèrent la population locale. Des bruits de course résonnèrent sur le pont supérieur, puis une grenade explosa à la proue. Quelqu'un se précipita dans l'escalier menant à la cale.

Percy courut vers la forme voûtée sur le fauteuil, suivi d'une Fatouma couverte de sang. Un sentiment de révolte s'empara du sergent à la vue du visage défiguré de la jeune femme. Arme au poing, il coupa les liens qui la retenaient prisonnière, prit note de certains détails, puis la bascula sur son épaule. Il s'élança vers la série de marches pour gagner l'air libre, l'expression sinistre. Il devait ramener la malheureuse auprès de son oncle afin qu'elle reçoive des soins d'urgence. Il ignorait ce qui lui était arrivé exactement, mais suspectait qu'elle avait vécu un véritable calvaire.

Ils avaient été chanceux qu'Ilda ait eu la présence d'esprit de découvrir où les Allemands l'emmenaient avant de les prévenir. Cependant, ils avaient perdu de précieuses minutes, et le résultat était désastreux.

Adélaïde se redressa subitement dans son lit quand un picotement irradia sur sa joue meurtrie. Elle agrippa d'instinct la main qui la soignait, prit un certain temps avant de reconnaître les traits défaits de sa tante. Celle-ci la contemplait avec effarement, le bras suspendu dans les airs.

– Mon enfant, c'est terminé ! se hâta de la rassurer Esther. Vous êtes en sécurité.

Adélaïde secoua la tête en signe de négation. Un élément clochait, lui échappait. Tout son être lui criait qu'ils étaient en danger. Une urgence l'animait, l'empêchait de baisser la garde. Le souvenir de l'horreur qu'elle avait vécue sous l'emprise de Krauss menaçait de la submerger, de briser le fragile équilibre qu'elle gardait encore intact. Sauf que la menace était réelle ; elle le sentait jusque dans ses entrailles. Krauss n'en avait pas fini avec elle, de cela elle en était certaine.

Elle détailla sa chambre d'un regard atterré, à la recherche d'un indice pouvant lui raviver la mémoire.

« Pardieu ! » Pourquoi n'arrivait-elle pas à se rappeler ? La porte s'ouvrit sur les entrefaites, livrant passage à son oncle ainsi que deux soldats armés. C'est à cet instant précis qu'un déclic se fit dans son esprit. Les Allemands prévoyaient les attaquer afin de s'emparer d'une information capitale. Elle leva une expression horrifiée vers son oncle.

— Les Allemands sont à la recherche de vos agents doubles. Ils savent qu'ils ont été infiltrés, lâcha-t-elle d'un trait.

Henry chancela, ne remettant nullement en cause l'authenticité des propos de sa nièce. Un poids accablant tomba sur ses épaules, telle une chape de plomb. Un soupir à fendre l'âme souleva sa poitrine. Il échangea un long regard désolé avec son épouse, puis repartit.

— Mon oncle, l'interpella Adélaïde d'une voix blanche. Ils arrivent…

Henry n'eut pas besoin d'en demander davantage, il avait tout compris. Les Allemands leur avaient tendu un piège avec cette histoire d'antenne, car ils suspectaient que des traîtres œuvraient pour le compte des Britanniques au sein de l'armée, et à raison. Henry possédait d'ailleurs des renseignements sur certains d'entre eux dans ses dossiers secrets, dans son bureau. Sans perdre une minute de plus, il longea le couloir en direction de son lieu de travail et y pénétra en trombe. Il devait brûler les documents compromettants avant que les Allemands prennent l'endroit d'assaut. Il en profiterait pour faire également disparaître toute trace concernant Aidan et son équipe afin que Krauss ne puisse pas remonter la filière et traquer leurs hommes.

S'emparant du boîtier d'allumettes sur le manteau de la cheminée, il embrasa les branchages dans l'âtre. Tout en s'activant, il alimenta les flammes naissantes. Il jeta une à une les feuilles, les regardant se consumer. Il en était à la moitié de la pile quand les premiers tirs de mitraillettes retentirent aux abords de la demeure. Des grenades explosèrent, suivies de coups de feu rapprochés. Le combat était engagé, et nul ne pouvait en prévoir l'issue. Il ne devait pas faillir à son devoir, peu importe s'il devait en payer le prix fort ; trop de vies dépendaient des papiers qu'il tenait entre les mains.

La porte s'ouvrit avec fracas sur sa droite, lui causant une frayeur épouvantable. Il tourna aussitôt la tête dans cette direction, rencontra le regard angoissé de son épouse. Alors qu'elle esquissa un geste vers lui, il l'arrêta dans son élan.

— Retournez auprès de la petite, très chère. Le lieutenant Maskell et ses hommes veilleront sur vous deux.

— Je m'y refuse, protesta Esther. Ma place est à vos côtés.

— Esther, ce n'est pas le moment, s'impatienta Henry. Vous devez retourner auprès d'Adélaïde, là où je vous saurai en sécurité.

— Non, Henry ! Vous devrez m'y contraindre par la force si vous désirez me voir quitter ces lieux, car je ne bougerai pas de ce bureau sans vous.

— Bon sang de bois, Madame ! s'emporta Henry. Ne comprenez-vous pas que c'est dangereux pour vous ici ?

— J'en suis consciente, répondit-elle.

Esther s'avança d'un pas tranquille, s'empara de la pile de documents qu'il tenait entre ses mains, puis s'activa à son tour à brûler les précieux dossiers. Henry ne put faire autrement qu'admirer son port altier, son assurance ainsi que son courage. Esther avait toujours représenté un pilier solide dans son existence. Par sa grâce et sa détermination, elle avait su l'épauler en toutes circonstances, dans les bons comme dans les mauvais moments. Elle faisait preuve de discernement, l'avait conseillé judicieusement à plus d'une occasion lors de missions névralgiques. D'une certaine façon, Adélaïde lui ressemblait, affichait la même force tranquille. Il espérait seulement que la petite survivrait à cette journée, trouverait un jour un homme apte à la chérir et à la protéger.

Il se faisait à peine cette réflexion que Percy Fraser pénétrait dans son bureau avec Fatouma, MacBain sur leurs talons. À la vue de l'agent, Henry cligna plusieurs fois des yeux, croyant que son esprit lui jouait des tours.

– Où est Adélaïde ? s'informa d'entrée de jeu Aidan.

– Dans sa chambre, au fond du couloir, le renseigna Esther avec un soulagement évident. Amenez-la avec vous, major, le plus loin possible des Allemands.

Celui-ci sourcilla avant de poser un regard perplexe sur Lord Brand.

– Vous devez venir, commença-t-il. Mes hommes ont réussi à percer une brèche dans les défenses allemandes, mais nous avons peu de temps devant nous.

– Il n'en est pas question, MacBain ! s'opposa Henry. Certains documents confidentiels ne doivent pas tomber aux mains de l'ennemi, et je ne fais confiance à personne d'autre pour accomplir cette tâche. Allez chercher ma nièce, sauvez-la, je vous la confie ! Prenez soin d'elle !

Aidan comprit, à la résignation dans les prunelles de Lord Brand et de son épouse, qu'ils étaient prêts à se sacrifier pour le bien de la nation pourvu que leur nièce fût en sécurité. Il hocha la tête en signe d'assentiment avant de se retourner vers Percy et Fatouma.

— Allez m'attendre dans les bois derrière. Si je n'arrive pas à sortir de cet endroit, je compte sur vous pour me dégager une ouverture.

Du menton, il désigna les portes-fenêtres qui donnaient sur un balcon surplombant la jungle environnante. Percy et Fatouma se dirigèrent vers les battants vitrés, armes en main. Quant à Aidan, il lança un dernier regard lourd de sens en direction de Lord et Lady Brand.

— Un passage secret est dissimulé dans la penderie de la chambre d'Adélaïde. Il est divisé en deux embranchements. L'un débouche dans ce bureau, le second dans la bibliothèque. La petite connaît son existence.

Esther se lova dans les bras de son époux. Aidan fit signe qu'il avait compris, puis se précipita dans le couloir, à la recherche d'Adélaïde. Il ne perdit pas de temps à repérer ses appartements, puisque ceux-ci étaient gardés par cinq hommes. Arrivé à leur hauteur, il renvoya trois d'entre eux assister Lord Brand et ordonna aux deux autres de demeurer sur place pour surveiller le corridor et le prévenir en cas d'intrusion.

Ilda, qui tenait compagnie à sa maîtresse, était collée à elle dans le lit, terrorisée. Elle sursautait à chaque explosion, sanglotait dans le giron d'Adélaïde. La jeune femme était incapable de la rassurer, ignorant quelle attitude adopter. Sa tante lui avait vivement recommandé de ne pas quitter sa chambre, de se cacher dans la penderie si un danger la menaçait. Elle savait que des gardes en faction assuraient sa protection, mais elle n'était pas rassurée pour autant. Elle-même subissait les contrecoups de sa captivité aux mains de Krauss, ne parvenait pas à émerger de sa torpeur, comme si un voile opaque assombrissait son esprit. Son corps fonctionnait au ralenti, et fort probablement que ses jambes refuseraient de la porter si elle tentait de se lever.

Un échange de voix étouffées derrière la porte attira son attention, puis le battant s'ouvrit. Adélaïde crispa les doigts sur les draps de son lit en reconnaissant la silhouette familière qui se tenait soudain debout dans l'encadrement. Aidan éprouva un soulagement immense en l'apercevant. Il nota d'emblée la lèvre éclatée ainsi que l'estafilade boursouflée qui marbrait sa joue. Il eut un mouvement de recul. Puis, la rage qui couvait en lui explosa. Il fut auprès d'elle en deux enjambées, faisant sursauter Ilda. S'emparant du menton de la jeune femme, il tourna son visage vers lui. Un sifflement furieux franchit ses dents serrées, ses prunelles flamboyèrent d'une colère froide, sa respiration s'accéléra.

— Qui est responsable ?

Sa voix claqua comme un coup de tonnerre, extirpant Adélaïde de sa léthargie morbide. Elle tenta de se détourner, mais il la retint avec une fermeté qui ne laissait planer aucun doute sur les sentiments qui l'animaient.

— Krauss, lâcha-t-elle dans un souffle.

— Je vais le tuer, cracha Aidan en se redressant brusquement.

Les narines dilatées, il fit quelques pas dans la pièce afin de recouvrer un semblant de calme.

— Prenez vos effets, ordonna-t-il en se retournant vers elle. Que le strict nécessaire. Quant à vous, poursuivit-il à l'intention d'Ilda, allez chercher de quoi manger dans la cuisine pour apporter.

Adélaïde le dévisagea en silence, trop perturbée pour le contredire, et ne protesta pas plus quand Ilda quitta la chambre au pas de course. Aidan, qui s'en était aperçu, commença à maudire tous les saints du ciel pour avoir permis qu'Adélaïde se retrouve sous la férule de Krauss. Néanmoins, il barricada son esprit, refusant pour l'instant de songer aux sévices qu'elle avait pu endurer. Il avait passé les derniers jours à filer ce salaud, à le traquer comme une bête, mais Krauss avait toujours eu une longueur d'avance. Lorsqu'il avait cru enfin pouvoir lui mettre la main au collet, ce fut pour constater qu'il avait été dupé. Krauss avait volontairement sacrifié certains de ses hommes pour l'envoyer sur une fausse piste, sachant que ceux-ci seraient massacrés par Aidan et son équipe, et s'était éclipsé sous leur nez.

Lorsqu'Aidan avait été en mesure de le retrouver, il avait perdu une demi-journée, ce qui avait été suffisant pour que Krauss s'empare d'Adélaïde. Il se doutait que Percy et Fatouma n'étaient pas étrangers à son évasion, mais il n'avait pas eu le temps de le confirmer avec eux à cause de la menace qui planait sur Lord Brand et les siens. Il le regrettait à présent, car de toute évidence, Adélaïde était encore en état de choc. Il n'y avait plus aucune trace de combativité en elle. Elle était cassée de l'intérieur comme le serait un ressort étiré à outrance. Oubliant sa fureur, il se rapprocha d'elle, plongea son regard dans le sien.

— Je suis là, ma douce.

Elle frémit sous l'intonation chaude, puis déglutit avec peine tant sa gorge était douloureuse d'avoir crié.

— Vous m'avez abandonnée… lui reprocha-t-elle dans un murmure éraillé.

Le trémolo dans sa voix brisa le cœur d'Aidan, tout comme l'accusation.

— Je suis revenu vous chercher !

Adélaïde baissa les yeux, puis porta une main tremblante à sa joue.

— C'est trop tard...

— Adélaïde, non ! protesta Aidan en la serrant contre lui. Vous survivrez, lâcha-t-il avec ferveur contre ses cheveux.

— Il me retrouvera ! Il me retrouvera toujours ! Il l'a promis...

— Seigneur, non !

Il se détacha d'elle, appuya son front contre le sien.

— Je le tuerai avant !

— Rien ne l'arrêtera, déclara-t-elle avec fatalité.

— Si, moi ! J'en fais le serment, ma mie !

Adélaïde se recula, une résignation morbide au fond des prunelles. Aidan en fut désemparé. La jeune femme avait perdu toute confiance en lui, affichait ce même regard vide que ceux des hommes condamnés dans les tranchées. L'acide corrosif du désespoir le rongea de l'intérieur. Elle s'était égarée en chemin, n'était plus que l'ombre d'elle-même.

— Adélaïde, je vous interdis de renoncer ! rugit-il en la prenant par les épaules. Vous m'entendez ! Je me battrai pour vous, mais je vous en conjure, n'abandonnez pas ! Que Dieu m'en soit témoin, je vous sauverai envers et contre tout ! tonna-t-il.

Une brève étincelle apparut dans les prunelles de la jeune femme, puis disparut. Elle aurait voulu le croire, avoir la force de lutter de nouveau, mais c'était impossible, elle était beaucoup trop désabusée. Qu'il lui ordonne de ne pas abdiquer n'y changeait rien. Elle avait sombré dans les ténèbres, n'espérait plus rien de lui, n'entretenait plus aucune illusion à son sujet. Sans doute l'aimait-il, mais ce n'était pas suffisant, ça ne le serait jamais…

Elle avait si froid. Comme cette nuit-là dans l'eau glaciale du fleuve Saint-Laurent, lors du naufrage de l'*Empress of Ireland*. Que n'aurait-elle pas donné pour se retrouver en sécurité entre ses bras sur le *Lady Evelyn*, au chaud dans son manteau de marin, entourée de son odeur ! Il lui était apparu à l'époque comme son sauveur, alors qu'en réalité, il avait été l'instrument de sa perte, provoquant irrémédiablement sa chute en enfer. Pourquoi avait-il cherché avec tant d'acharnement à découvrir son identité ce soir-là chez les Reford ? Sa vie aurait été si simple sans lui.

– Je veux retourner chez moi, lâcha-t-elle dans une supplique affligeante.

Aidan parut déconcerté par la tournure que venaient de prendre ses paroles.

– Que voulez-vous dire ?

– Je veux retourner à Métis, fuir ce monde qui est le vôtre.

Cet abandon de sa part atteignit Aidan en plein cœur. Un poids douloureux oppressa sa poitrine. Au moment où il acceptait la fatalité, était prêt à tout laisser tomber pour elle, Adélaïde le rejetait, renonçait à leur amour, au lien qui les unissait.

– Rien d'autre n'a d'importance…

Aidan secoua la tête, incrédule. Il détourna les yeux comme pour chercher une force mystique autour de lui. Il était sur le point de tenter de la raisonner lorsqu'une course retentit au rez-de-chaussée. Il comprit d'emblée que les Allemands avaient investi les lieux. Ils n'avaient plus le temps de tergiverser, car un échange de coups de feu venait d'éclater derrière la porte.

— Cette discussion n'est pas terminée, déclara-t-il d'un ton catégorique.

Ce faisant, il l'empoigna par la main, puis se dirigea vers la penderie. Trouver le mécanisme d'ouverture lui prit quelques secondes, ce qui fut suffisant pour entendre la chute d'un corps sur le sol dans le couloir, puis voir du sang se répandre sur le plancher par la fente sous le battant. Aidan parvint à détourner l'attention de la jeune femme avant qu'elle ne remarque la tache écarlate. Il voulait éviter à tout prix une crise d'hystérie, surtout avec ses nerfs à vif. Il lui intima le silence en déposant un doigt sur ses lèvres et l'incita à se faufiler à l'intérieur du passage secret. Il referma la porte du placard avec précaution, s'inséra à ses côtés, puis rabattit la cloison qui les isolait du reste du monde. C'était moins une, car des soldats allemands venaient de débouler dans la chambre, à la recherche d'Adélaïde. Profitant du tohu-bohu occasionné par leur arrivée, il indiqua à sa compagne d'avancer dans l'étroit couloir d'une pression de la main sur l'épaule.

Adélaïde s'exécuta avec lenteur, tâtonnant à l'aveuglette. La zone avait été bien entretenue, car aucune toile d'araignée n'encombrait le passage, ce qui était préférable. Elle n'aurait pas supporté de foncer tête baissée dans une agglomération collante de fils de soie ni de sentir l'une de ces petites bêtes ramper sur son corps. Afin d'éviter que ses pensées partent en vrille, elle focalisa son attention sur les parois rugueuses sous ses paumes, l'air chaud et humide qui glissait sur eux, la présence inexorable derrière elle qui la frôlait, au lieu du vacarme dans la pièce voisine. Elle avait l'impression d'étouffer, comme si elle était emmurée vivante. Sa respiration dut la trahir, car Aidan se moula dans son dos, l'entoura de ses bras protecteurs.

— Chut… souffla-t-il contre son oreille.

Dans un moment de faiblesse, elle appuya sa nuque contre son torse vigoureux, ferma les yeux pour ne plus voir l'obscurité qui l'environnait. Des voix lui parvinrent en sourdine, dont une, plus bourrue, qu'elle reconnut comme étant celle de son oncle. Aidan perçut sa tension, se crispa à son tour derrière elle. Un cri de femme résonna dans la pièce adjacente. Adélaïde tourna la tête vers l'un des murs en reconnaissant sa tante. Sa famille était en danger, elle devait lui porter secours. Vive comme une anguille, elle échappa à l'étreinte d'Aidan et s'engagea dans le passage menant au bureau de son oncle.

Aidan retint un juron avant de la suivre. Étant plus petite que lui, elle se déplaça avec plus de facilité dans l'étroit couloir, ce qui ne manqua pas de le pousser à bout. Il avait à peine dormi au cours des deux dernières nuits, vivait sur la corde raide depuis leur départ précipité de la base allemande. Il était à cran, ce qui faussait son jugement et affaiblissait ses réflexes. Dans ces moments-là, la colère était mauvaise conseillère, il le savait pertinemment. Avec le temps, il aurait dû l'apprendre, mais le problème, c'était que dès qu'Adélaïde était concernée, il ne réfléchissait plus avec sa vivacité habituelle, mais avec son cœur. Son instinct protecteur prenait le dessus sur son sang-froid, le poussait à faire preuve d'imprudence pour la protéger.

Il devait l'arrêter avant qu'elle ne déboule dans le bureau, même si pour y parvenir il lui fallait la contraindre par la force et la bâillonner. Il la rattrapa juste au moment où elle ouvrait le battant, la freinant dans son élan. La respiration d'Adélaïde était sifflante et irrégulière. À l'instant où il la ramenait vers lui, une détonation retentit, suivie d'un cri d'horreur provenant de Lady Brand, puis d'un second coup de feu. Aidan s'empressa de plaquer sa main contre la bouche de sa compagne pour l'empêcher de trahir leur présence et la serra davantage afin de l'immobiliser. Les genoux d'Adélaïde cédèrent, ses jambes se lestèrent de plomb. Aidan la maintint contre lui, prit appui au mur derrière lui pour supporter leurs deux poids combinés. Elle hoqueta, mais le son fut étouffé par sa paume.

Des étagères furent renversées par terre, des tiroirs vidés de leur contenu, des fauteuils éventrés au couteau, sans que rien de compromettant fût trouvé. Krauss regarda d'un air torve les cendres encore chaudes dans l'âtre. Le coin d'une feuille marquée d'un sceau officiel de l'armée demeurait visible, unique vestige des documents réduits en cendre. Quelqu'un avait averti le gouverneur de leur venue, et il ne voyait qu'une seule personne responsable de cette fuite : Adélaïde de Beauchamp. Furieux contre lui-même, il frappa le montant de la cheminée du plat de la main avec une violence qui rendit ses hommes nerveux. C'était lui qui avait laissé filtrer l'information devant la jeune femme, croyant à tort qu'elle ne comprendrait pas quoi que ce soit. Il l'avait sous-estimée, une erreur qu'il ne commettrait plus. Ne lui restait plus qu'à la retrouver, ainsi que ce maudit MacBain.

Il prit une profonde inspiration pour contenir ses émotions. Les traits de son visage se durcirent. Allongeant le pas, il gagna le rez-de-chaussée tout en ordonnant à ses soldats de chercher la nièce du gouverneur, de la lui ramener vivante, dussent-ils pour cela détruire tous les murs de cette maison, retourner à l'envers tout le mobilier.

Le sang d'Aidan se glaça dans ses veines. Il connaissait suffisamment l'allemand pour comprendre la semonce lancée par Krauss. Il raidit les épaules, réfléchit à toute vitesse. Avec un peu de chance, les hommes quitteraient le bureau pour se concentrer sur les autres pièces de la demeure maintenant qu'ils avaient fouillé celle-ci de fond en comble. Il attendit quelques minutes, le temps de s'assurer que plus personne ne se trouvait sur place. Pivotant sur lui-même, il adossa Adélaïde au mur du fond avant de faire coulisser avec prudence la paroi huilée. Un soldat montait la garde devant les portes-fenêtres. Aidan s'approcha de lui à pas feutrés en affirmant sa prise sur le couteau qu'il venait de retirer de son fourreau. Il lui trancha la gorge promptement sans la moindre hésitation et retint sa chute pour ne pas alerter les autres. Il tira ensuite la dépouille derrière la table de travail de Lord Brand, le dissimulant à la vue de ses comparses.

Sentant une présence derrière lui, il fit volte-face à toute allure, prêt à lancer sa lame pour terrasser l'ennemi. À la place, il aperçut Adélaïde, qui s'était pétrifiée, aussi blanche qu'un cadavre. Suivant la direction de son regard, il découvrit à son tour les deux corps sans vie. Henry Brand était allongé sur le dos, baignant dans une mare de sang, les yeux grands ouverts sur la mort, alors que son épouse, Esther, était tombée en travers de sa poitrine face contre le sol. Sans même laisser le temps à Adélaïde de revenir de sa stupeur, il fondit sur elle, entoura sa taille de son bras avant de la soulever. Il la bâillonna de nouveau par prudence, puis se dirigea à grandes enjambées vers les portes vitrées, qu'il franchit en trombe. En prenant conscience qu'il l'amenait loin de sa famille, Adélaïde commença à se débattre.

— Ça suffit, Adélaïde ! Nous ne pouvons plus rien faire ! souffla-t-il contre sa tempe avec rudesse.

Il ne désirait pas la brusquer, surtout dans ces conditions, mais il ne souhaitait pas non plus qu'elle alerte les Allemands, les mettant en danger. Il escomptait qu'elle comprendrait un jour, lui pardonnerait de l'arracher de façon si brutale aux siens. Ultérieurement, lorsqu'ils seraient à l'abri, elle pourrait épancher sa peine, mais pas maintenant, pas alors que l'ennemi la recherchait. S'approchant de la balustrade, il évalua la distance qui séparait le balcon du sol et jugea que l'entreprise était réalisable. Tenant toujours la jeune femme plaquée contre lui, il enjamba le rebord, prit appui et se maintint debout en équilibre précaire. Adélaïde fixa le vide sous eux, désemparée. Il n'allait tout de même pas sauter, songea-t-elle avec effarement, une fraction de seconde avant qu'il s'élance.

Elle ne sut comment ils parvinrent à atterrir en un seul morceau, mais elle n'eut jamais le loisir de s'interroger plus à fond. Tout s'était déroulé avec une telle rapidité que déjà ils fuyaient à travers la forêt.

Ils avançaient au cœur de la jungle depuis deux heures environ, et Adélaïde refusait toujours d'adresser la parole à Aidan. Dès que Percy et Fatouma les avaient rejoints, ils s'étaient déplacés à un rythme effréné, agrandissant la distance qui les séparait de leurs ennemis. Par chance, les

Allemands ne semblaient pas avoir remarqué leur dérobade, sauf que Krauss ne serait pas long à comprendre ce qui s'était passé lorsqu'il découvrirait le cadavre du soldat dissimulé derrière le bureau de Lord Brand. Aidan espérait que ce serait le plus tard possible. Du moins, Fatouma s'était assurée d'effacer avec efficacité leurs traces, rendant leur pistage improbable. Par prudence, ils avaient toutefois effectué quelques détours afin d'être certains de ne pas conduire les Allemands droit sur eux.

Une fois qu'ils seraient arrêtés pour la nuit, Aidan se promettait d'interroger Percy pour apprendre ce qui était arrivé à Adélaïde, car il se doutait bien qu'elle refuserait de répondre à ses questions. Elle ne serait pas encline à lui adresser la parole, pas après ce qui venait de se dérouler. Elle ne lui pardonnerait pas de sitôt de ne pas lui avoir accordé le temps nécessaire pour faire ses adieux à sa famille. Ce qu'il concevait et acceptait, mais les événements s'étaient ligués contre eux. Il essuya son front du revers de la main. La forêt était dense et humide, ce qui ralentissait leur progression. Dans une zone plus fournie, il dut s'emparer de sa machette pour leur dégager un passage. Dès que la lame entailla une branche, Adélaïde poussa un cri aigu derrière lui. Alerté, il se retourna d'un bloc, la vit refermer prestement les doigts de sa main gauche sur sa poitrine, puis recouvrir son poing de sa paume droite. Elle semblait s'enfoncer davantage dans des contrées obscures hors de leur portée, ce qui l'inquiéta d'autant plus. Afin de la ramener, il frôla son épaule avec douceur pour ne pas l'effrayer, mais elle sursauta malgré tout en bondissant vers l'arrière comme s'il l'avait brûlée vive.

— Adélaïde, que vous arrive-t-il ?

Préférant ignorer sa question, elle détourna la tête afin de fuir son regard, croisant ses bras devant elle, le corps raide. Son message était clair. Aidan consentit à ne pas la brusquer dans l'immédiat, conscient qu'elle avait eu son lot d'épreuves au cours de la journée, mais il ne pourrait tolérer longtemps cette situation, c'était beaucoup trop malsain.

– Je vous accorde une pause pour l'instant, Adélaïde, mais tôt ou tard, vous devrez me parler.

La jeune femme cilla à ses paroles, mais s'efforça de ne pas laisser transparaître son désarroi.

– Nous dormirons ici, lança Aidan aux autres. Fatouma, assure-toi que l'endroit est sécurisé. Fraser, aidez-moi à installer le campement, vous prendrez le premier tour de garde.

Percy acquiesça, certain qu'il ne serait pas seul à veiller. Connaissant MacBain, il savait que celui-ci profiterait de l'occasion pour mener son enquête sur les événements survenus durant son absence.

CHAPITRE 12

La fuite

Confectionner un tapis de branchage pour les isoler du sol ne prit qu'un instant à Aidan, ce qui était aussi bien, étant donné l'état de fatigue d'Adélaïde. La nuit était déjà fort avancée, et l'aube ne tarderait pas à se lever. Ce qui lui convenait. Ils étaient encore trop près des Allemands pour se risquer à faire un feu ; ils devraient donc se contenter de la lumière diffuse de la lune en attendant.

Une fois sa tâche terminée, il désigna la couche sommaire à la jeune femme afin qu'elle s'y allonge. Adélaïde obtempéra sans protester et, contre toute attente, tomba endormie à peine sa tête déposée sur le paquetage de Percy. Aidan s'assura d'abord que sa respiration s'était approfondie avant de venir rejoindre son second.

Percy soupira en constatant qu'il n'échapperait pas à un interrogatoire en règle. MacBain exigerait de connaître chaque détail de l'enlèvement d'Adélaïde. Étant donné la gravité de la situation, il aurait préféré que son supérieur ne fût pas si fin observateur, qu'il ne remarque pas le comportement étrange de la jeune lady durant leur trajet dans la jungle. Il n'avait aucune envie d'être celui qui lui exposerait les faits. Disons qu'il redoutait la réaction d'Aidan, et à juste titre. Comment celui-ci parviendrait-il à gérer cette situation dans le contexte actuel, alors que la principale personne concernée n'était nulle autre qu'Adélaïde de Beauchamp, et que celle-ci semblait lui battre froid ? Le tenait-elle responsable de ses malheurs ? Il y avait tout lieu de le penser, à la lumière des derniers événements. Résigné, Percy croisa ses mains derrière sa nuque, s'étira avant de s'installer plus confortablement. Aidan ne perdit pas de temps pour attaquer.

— Qu'est-il arrivé à Adélaïde ?

— Je crois qu'il serait préférable que ce soit mademoiselle de Beauchamp qui vous en informe, MacBain.

— Krauss l'a enlevée, n'est-ce pas ? demanda Aidan d'une voix blanche.

Percy chercha à percer l'obscurité environnante afin de déchiffrer l'expression de son supérieur. Cependant, nul besoin d'être prophète pour deviner que celui-ci était torturé par l'incertitude, l'appréhension et la culpabilité. Il ne serait pas charitable en définitive de le laisser dans l'ignorance, car son instinct lui disait que la jeune lady ne soufflerait pas un mot de son épreuve à quiconque. Une scission semblait s'être produite entre elle et le major, ce qui n'était pas pour arranger la situation, sans compter que cette course contre la montre risquait de se prolonger. En outre, il était inutile de mentir à MacBain ; celui-ci le connaissait trop bien pour être abusé. De toute façon, leur entreprise se révélait déjà assez éprouvante sans qu'il ait à ajouter d'éléments discordants de surcroît. Percy secoua la tête. Pourvu que les blessures de la jeune femme viennent à bout de se cicatriser.

D'ici là, ils devaient être patients, mais surtout vigilants. Fort de cette conviction, il se retourna vers MacBain.

– Oui… fit-il pour toute réponse.

Aidan encaissa le coup en silence, ses pensées se projetant dans tous les sens. Il se pinça l'arête du nez, seul signe extérieur du tumulte qui grondait en lui.

– Combien de temps est-elle restée entre ses mains ?

– Suffisamment longtemps ! déclara Percy d'une voix lugubre.

Aidan serra les poings tout en portant son regard sur la forme allongée non loin d'eux. Aucun besoin de mots supplémentaires pour comprendre le sous-entendu. L'intonation de Percy était des plus explicite. Quant à lui, il connaissait suffisamment Krauss pour avoir une bonne idée du calvaire qu'avait dû endurer Adélaïde. La cruauté de cet homme était sans limites ; son goût pour la torture, légendaire. Quels supplices avait subis Adélaïde par sa faute ?

– Que s'est-il passé ? Je dois savoir ! s'informa-t-il avec affliction.

– J'ignore avec exactitude ce qui est arrivé. En revanche, les éléments sur place m'ont permis de m'en faire une bonne opinion.

– J'écoute, lança Aidan d'un ton sec.

Percy soupesa de nouveau le pour et le contre, réfléchissant aux implications des révélations qu'il s'apprêtait à divulguer. Trahirait-il la confiance de la jeune femme en prenant cette liberté ? Sans doute, sauf qu'il pensait d'abord et avant tout à sa protection. À partir de maintenant, elle était seule au monde, à la merci d'un détraqué de la trempe de Krauss. L'unique personne qui se dressait entre ce monstre et elle était Aidan MacBain, celui-là même qui était la cause de tous ses tourments. Percy se massa la nuque, partagé entre différentes émotions. « Quel foutoir ! » songea-t-il avec amertume avant de se résigner à parler. Il lança un bref regard en direction de la principale intéressée, puis revint à Aidan.

— Nous avons été informés par Ilda qu'elle avait été amenée de force dans la cale d'un navire marchand. Quand la troupe a donné l'assaut, que Fatouma et moi sommes arrivés sur place, elle était ficelée sur un fauteuil droit, les pieds écartés, un baril rempli d'eau entre les jambes, commença-t-il en expirant bruyamment. Ses cheveux trempés étaient plaqués sur son visage livide, le col de sa robe mouillé, ainsi que le parquet autour d'elle.

Aidan frappa le sol d'un puissant coup de poing en poussant un cri de rage qui perturba le sommeil de la jeune femme. Celle-ci se retourna en gémissant, son front plissé tourné dans leur direction. Adélaïde avait failli se noyer lors du naufrage de l'*Empress of Ireland* et en avait réchappé de peu. Elle venait à peine de se remettre de cette horreur. Si ce salaud de Krauss s'était amusé à lui plonger la tête dans l'eau jusqu'à la limite de la suffocation, la mort serait trop douce pour lui. Il lui infligerait les pires sévices par vengeance.

— MacBain, ce n'est pas tout, intervint Percy, l'interrompant dans ses pensées.

— Continue, éructa Aidan entre ses dents serrées.

Son compagnon d'armes lui lança un regard incertain. Une rage froide sourdait de tous les pores de sa peau. Percy avala de travers, soucieux de ne pas mettre le feu aux poudres. À quel point MacBain se contrôlait-il à cet instant ? Il connaissait la férocité de cet homme, ne désirait pas essuyer ses foudres. Pourtant, il ne pouvait plus reculer, se devait d'être honnête jusqu'au bout.

— Un élément a attiré mon attention quand je l'ai délivrée de ses entraves, poursuivit-il, plus tendu. Étrangement, tous les doigts de sa main gauche avaient été repliés, à l'exception d'un seul : son auriculaire. De plus, il y avait cette entaille fraîche dans le bois de l'appuie-bras, près de sa main.

Aidan se releva d'un bond, frappa de ses poings le tronc d'un arbre avec une telle fureur qu'il s'en écorcha les jointures. Il laissa tomber sa tête vers l'avant, les épaules voûtées. Pourquoi avait-il accepté qu'elle s'embarque dans cette histoire ? Par sa faute, elle avait été torturée. Toute sa vie, il regretterait cette décision.

Percy, qui avait pitié de lui, se leva à son tour pour le rejoindre. Il serra son bras en signe de compassion, se résigna à terminer son rapport, même si cela lui crevait le cœur.

— MacBain, l'appela-t-il avec familiarité, oubliant les règles strictes de l'armée concernant la hiérarchie. Il me reste un détail vital à vous révéler.

Aidan eut un rire de dérision, à moins qu'il s'agît d'un sanglot étouffé. Percy n'aurait su le dire avec exactitude.

— Vous ne l'avez peut-être pas remarqué à cause de ses manches déroulées, mais son poignet gauche est brûlé à vif. Comme si la corde qui l'avait retenue captive avait frotté contre sa peau avec un acharnement morbide au point de la meurtrir. Pour en arriver là, il a fallu qu'elle se débatte avec une énergie démesurée.

Gagné par une envie de meurtre, Aidan bouscula Percy en s'éloignant du campement à grandes enjambées. Il devait prendre ses distances avec le reste du groupe. Du moins, tant qu'il n'aurait pas recouvré son sang-froid et fait le vide dans son esprit.

Lorsqu'Aidan revint au petit matin, sa décision était prise. Il cacherait Adélaïde dans un endroit sûr jusqu'à ce qu'il retrouve Krauss, ou le temps nécessaire pour organiser son transfert en Écosse. Une fois sur ses terres natales, il lui donnerait son nom, l'installerait dans sa demeure, puis repartirait à la chasse. Dès lors, il ne connaîtrait aucun répit tant et aussi longtemps qu'il n'aurait pas éliminé ce fumier. Ce n'est que par la suite qu'il s'autoriserait une vie paisible auprès de la jeune femme. Il reconquerrait son cœur, lui prouverait la pureté de son amour ainsi que la noblesse de son âme.

Sauf que pour l'heure, ils devaient se remettre en route, conduire Adélaïde en sécurité. Les autres étaient debout, l'attendaient avec une certaine impatience. La tension était palpable dans l'air. Quant à Adélaïde, elle semblait s'être retranchée dans un mutisme complet loin du monde réel, et de toute évidence, Percy et Fatouma ne savaient comment composer avec la situation.

— Allons-y, déclara-t-il sans détour en parvenant à leur hauteur.

Il les dépassa au pas de charge, pressé de placer la jeune femme hors d'atteinte de Krauss. Celui-ci devait être fou de rage à l'heure actuelle, car non seulement Adélaïde lui avait de nouveau filé entre les doigts, mais de plus, Lord Brand s'était assuré de détruire toutes les preuves compromettantes qu'il aspirait à trouver. Sans parler du fait que Krauss ne serait pas long à comprendre qu'Aidan était mêlé à cette débandade. Voilà la raison pour laquelle il voulait éviter à tout prix que leur errance dans la jungle s'éternise. Une fois que Fatouma, Percy et lui se seraient éloignés d'Adélaïde, il comptait lancer Krauss sur une fausse piste afin de le faire sortir de sa tanière.

Son regard se durcit. Il était prêt à croiser le fer avec son ennemi de toujours, à mettre un terme à ce jeu du chat et de la souris. La mine sombre, il s'enfonça au cœur de la forêt, le reste du groupe sur ses talons. Adélaïde lui emboîta le pas avec résignation. Rien ne lui servait de nager à contre-courant, elle n'irait nulle part de la sorte. Elle n'était pas stupide. Nikolaus Krauss lui avait juré qu'il la retrouverait pour terminer ce qu'il avait commencé. C'est du moins ce qu'il lui avait murmuré à l'oreille avant de quitter le bateau avec ses hommes. Elle ne se faisait pas d'illusions. Son oncle et sa tante étaient morts par la main de ce fou furieux, elle serait la prochaine sur sa liste. MacBain pourrait s'échiner à vouloir la protéger, pour ce que valait sa protection en définitive, la fin était inéluctable. Elle était à ce point résignée qu'elle n'arrivait même pas à pleurer la disparition des siens. De toute manière, elle les rejoindrait sous peu. Après tout, sa vie ne tenait plus qu'à un fil. Tant qu'à périr, autant que ce soit dans la forêt, oubliée de tous, que sous la torture, aux mains de Krauss.

Aidan lança un coup d'œil dans sa direction par-dessus son épaule, fronça les sourcils en remarquant l'absence d'émotion sur son visage, son regard vide de toute substance. Un mauvais pressentiment s'empara de lui. Les soldats qui se jetaient sous le feu nourri de l'ennemi pour mettre fin à leur misérable existence dans les tranchées arboraient une expression similaire. Que Dieu lui vienne en aide ! Elle avait renoncé à vivre…

Aidan s'arrêta soudain à la lisière d'une clairière. Un village pygmée se dissimulait derrière, et il envisageait de cacher Adélaïde dans cette tribu. Leur chef était un ami de longue date. Il ne l'avait pas vu depuis un moment, mais Aidan était assuré que celui-ci lui réserverait un bon accueil. Après tout, il avait sauvé, des années auparavant, sa fille aînée d'un sort atroce alors qu'elle se trouvait entre les mains de braconniers. Cet acte de bravoure lui avait valu la reconnaissance éternelle du chef. C'est pourquoi il savait que l'homme lui rendrait la pareille. Ce n'était pas ce point qu'il redoutait, mais plutôt la réaction d'Adélaïde.

Il avança sans crainte parmi la végétation, certain que leur présence avait été remarquée et rapportée au chef de la tribu. Derrière un mur de jeunes bananiers apparut le village dans toute sa simplicité. Aidan fit signe au petit groupe de s'arrêter et se dirigea vers un individu entre deux âges. Les villageois s'étaient rassemblés autour du foyer central, curieux de découvrir l'identité des visiteurs. Dès qu'il l'aperçut, le chef l'accueillit avec chaleur et lui adressa un sourire franc en l'étreignant dans ses bras frêles. Aidan répondit à cette étreinte avec humilité. Les deux hommes échangèrent quelques paroles entre eux, puis Aidan désigna Adélaïde. À la plus grande surprise de celle-ci, le chef hocha la tête en signe d'assentiment. C'est à ce moment-là qu'elle comprit la raison de ce soudain intérêt pour elle. Il avait l'intention de l'abandonner en ces lieux retirés de toute civilisation. L'effarement le plus complet s'afficha sur son visage, accentuant les cernes foncés sous ses yeux. Elle eut un rire désabusé. Alerté par son expression, Aidan s'empressa de revenir vers elle.

— Vous serez en sécurité.

Le ridicule de ses propos montra à quel point il ne saisissait rien. Elle ignorait tout du dialecte de ce peuple, de leurs coutumes. Que croyait-elle ? Qu'il prendrait soin d'elle, alors qu'à la première occasion, il cherchait à se débarrasser de sa personne ? C'était d'un tel pathétisme qu'il était préférable qu'il quitte cet endroit le plus rapidement possible.

— Partez, major, murmura-t-elle d'une voix presque inaudible.

— Adélaïde, écoutez-moi ! tenta de la raisonner Aidan.

— Allez-vous-en ! Nous n'avons plus rien à nous dire.

Là-dessus, elle lui tourna le dos. Tout instinct rebelle l'avait désertée ; sa flamme intérieure s'était éteinte. Le cœur en miettes, Aidan l'empoigna par les épaules et la fit pivoter face à lui. Elle demeura la tête baissée, refusant de croiser son regard, de prêter attention à ses propos.

— Lâchez-moi, major, souffla-t-elle.

— Non ! Il est hors de question que nous nous séparions de cette façon ! se révolta-t-il. Je vous aime, Adélaïde ! déclara-t-il avec ferveur.

Adélaïde eut un nouveau rire désabusé. Ne pouvait-il pas comprendre qu'elle n'avait plus la force de combattre, de croire ses veines promesses, d'espérer l'impossible. Son univers s'était écroulé, son existence n'était plus qu'une succession d'épreuves, sans mentionner le fait qu'elle était considérée comme un paria au sein de la bonne société. Par sa faute, son oncle et sa tante étaient morts. Si elle ne s'était pas impliquée dans cette mission, ils seraient toujours en vie, et Krauss ne serait pas à sa poursuite. Elle avait voulu s'insurger contre la place des femmes dans son monde, prouver qu'elle pouvait se moquer des conventions qui les régentaient, tel un esprit libre. Elle avait déçu ses parents en s'acoquinant avec Matthew Ross, une innocente avait péri en prison à cause d'elle parce qu'elle avait été trop lâche pour avouer ses fautes, attribuant ses larcins à une autre. Depuis, elle vivait en sursis, ne cessant de fuir, mais son destin la rattrapait. Il aurait mieux valu qu'elle meure lors du naufrage ; sa disparition aurait au moins eu le bienfait d'éviter le massacre de ceux qu'elle aimait par-dessus tout et qu'elle considérait comme ses parents.

— Adieu, major…

Aidan perdit la tête en percevant son abdication. « Dieu du ciel ! » Elle avait l'intention de se laisser mourir ici, comprit-il, désemparé.

— Vous n'avez pas le droit de baisser les bras ! s'écria-t-il en la secouant. Adélaïde, je vous interdis d'abandonner ! hurla-t-il, malade d'angoisse.

Cherchant par tous les moyens à l'atteindre, il s'empara de son visage, le leva vers lui pour ravir ses lèvres. Son baiser était empli d'un désespoir infini, mais Adélaïde demeura inerte, hors de portée. Une partie d'elle était déjà morte.

— Par pitié, battez-vous, souffla-t-il contre sa bouche. Je vous en conjure, vivez…

Sa voix se cassa, un sanglot étreignit sa gorge. Adélaïde vit une larme perler à son œil, sans pour autant en être émue. Il était trop tard pour elle, pour lui, pour eux…

— Aidan, il ne sert à rien d'insister, lâcha Percy en déposant une main sur l'épaule de son ami. Seul le temps l'aidera à passer à travers cette épreuve. Elle est forte, elle survivra.

Il fixa avec sollicitude l'expression défaite de son supérieur, l'incita à le suivre d'une pression de la paume.

— Les femmes du village sauront prendre soin d'elle. Partons ! Rien ne sert de la torturer par notre présence, qui lui rappelle ce qu'elle a perdu.

Aidan relâcha Adélaïde à contrecœur, l'enveloppa d'un long regard empli d'amour, grava chaque trait de son visage dans sa mémoire afin de ne pas oublier la raison de son combat. Pour la première fois, il remarqua vraiment les ravages causés par l'horreur des derniers jours, vit sa fragilité derrière sa carapace.

— Je ne renoncerai pas, Adélaïde, promit-il avec assurance.

Sur ces paroles lourdes de sens, il tourna les talons, puis quitta les lieux, animé par une seule volonté : trouver Krauss le plus vite possible et le tuer.

L'aube venait à peine de se lever lorsque les enfants commencèrent à s'agiter aux abords de la hutte d'Adélaïde. Tirée du sommeil par tout ce tapage, elle ouvrit les yeux à moitié, puis les referma. C'était tout juste si elle avait réussi à dormir la nuit dernière à cause des bruits environnants inhabituels, du souvenir du corps de son oncle baignant dans son sang qui ne cessait de la hanter, et par la faute du regard torturé qu'Aidan avait jeté sur elle avant de la quitter. Tout ce qu'elle désirait était de mourir en paix et rejoindre les siens.

Leur perte était trop douloureuse, la souffrance subie au cours des semaines précédentes impossible à assumer. Elle frôla du bout des doigts son poignet meurtri par la corde. Nikolaus Krauss était parvenu à la briser ; rien ne pourrait changer cet état de fait. Quant à Aidan, il risquait d'y laisser sa peau s'il persistait sur cette voie. Cette rage meurtrière ne le conduirait nulle part.

À cette idée, la digue qui retenait ses émotions céda. Une larme roula sur sa joue, suivie d'une autre, puis d'un flot intarissable. Submergée par le chagrin, Adélaïde se recroquevilla sur sa paillasse, anéantie. Elle pleura sur son sort, sur celui des siens, se noyant dans les affres du désespoir. Rompue de fatigue, elle finit par s'endormir et ne se réveilla qu'au bout de deux heures, courbaturée et désorientée. Elle porta un regard perdu sur l'ouverture de la case, retardant le moment fatidique où elle devrait affronter les habitants du village, mais elle ne pouvait différer cette rencontre davantage. Prenant son courage à deux mains, elle rassembla sa chevelure hirsute sur sa nuque, redressa les épaules, puis se résigna à sortir. Éblouie par le soleil, elle se figea sur place quelques secondes, le temps nécessaire pour que ses yeux s'adaptent à la lumière du jour.

Ils se trouvaient dans une clairière défrichée qui avait permis à la tribu de s'installer en toute tranquillité aux abords d'un fleuve. D'aussi loin qu'elle le voyait, le cours d'eau s'étirait pour se perdre ensuite dans les profondeurs de la jungle. Non sans un certain malaise, elle reporta son attention sur le campement constitué de quelques huttes rondes bâties à l'aide de branches et de larges feuilles. Ici et là, des foyers étaient allumés à l'extérieur, autour desquels des femmes s'activaient à préparer un repas, des mères portant un bébé en bandoulière sur leur hanche.

À cette vision, une pensée dérangeante prit naissance dans son esprit, grossit au point de la frapper de plein fouet sans prévenir. Elle venait de prendre conscience qu'elle ne se souvenait plus de la dernière date de son flux menstruel. Assommée, elle prit une inspiration tremblante, déposa une main incertaine sur son ventre. Aidan et elle avaient-ils conçu un enfant lors de cette nuit enfiévrée au village de Nabila ? Un sentiment de panique la gagna. Elle n'était pas prête à endosser ce rôle, d'autant plus qu'Aidan MacBain était concerné. Elle rejeta cette idée horrifiante du revers de la main, n'osant envisager le pire. Sa vie était assez cauchemardesque sans que le Seigneur tout-puissant lui impose ce nouveau calvaire. Pourtant, un doute persistait. Si elle était enceinte, pouvait-elle abandonner le combat et se laisser mourir comme elle en avait eu l'intention ?

Dévastée, elle releva les yeux et croisa les visages curieux qui l'observaient avec indulgence. Un homme qui lui arrivait à l'épaule s'avança dans sa direction. Elle reconnut le chef de la veille. À l'image de sa tribu, il était petit, frêle et tout en nerfs. Adélaïde inclina la tête en signe de respect, une faible graine de résilience commençant à germer au fond d'elle.

Les jours se succédèrent à un rythme régulier sans que rien vienne en perturber la routine. Adélaïde avait trouvé refuge chez les Pygmées depuis trois semaines. Son intégration s'était effectuée avec lenteur afin de lui permettre de s'adapter à sa nouvelle vie. Par chance, la simplicité des habitants avait facilité son initiation à cette existence, où chacun devait se contenter de peu, fournir sa part de travail pour le bien de la communauté. Depuis quelques jours, elle parvenait même à communiquer avec ses hôtes par gestes et expressions du visage. Pour le reste, elle essayait d'assimiler tant bien que mal leur dialecte, mais le cœur n'y était pas. Elle se faisait l'effet d'une somnambule évoluant dans un rêve sans fin, tellement que c'en était accablant.

Malgré tout, chaque matin, dès le lever du soleil, elle hissait un panier tressé sur son dos, partait en compagnie des femmes cueillir des plantes, des baies et des noix. À l'occasion, elle se joignait aux fillettes pour ramasser du bois sec, les observait avec un sentiment doux-amer, enviant leur naïveté ainsi que leur joie de vivre toute simple. Jadis, elle avait ressemblé à ces enfants, mais c'était avant l'arrivée de Matthew Ross et d'Aidan MacBain dans sa vie. D'emblée, ses pensées vagabondèrent sans but précis, la ramenèrent vers Aidan, comme c'était trop souvent le cas. Elle s'efforça aussitôt de l'expulser de ses réflexions, refusant de succomber à ses souvenirs. La nostalgie était une émotion dangereuse pour son équilibre mental. Évoluer au jour le jour était suffisamment éprouvant sans rajouter à sa misère.

Des cris enthousiastes la tirèrent de ses idées moroses. Un groupe revenait de la chasse. Ce matin-là, des cochons sauvages avaient été vus en bordure de la jungle. Les chasseurs s'étaient aussitôt empressés de prendre leur arc et leur lance, puis leur filet sur la tête, ils s'étaient dirigés vers la forêt à leur poursuite. Elle avait découvert au fil des jours que les hommes étaient des traqueurs hors pair. Depuis son arrivée, force lui était de reconnaître que ce peuple faisait preuve d'un courage exemplaire malgré son environnement ingrat. Ce constat s'était révélé une leçon de vie pour elle. Dès lors, elle avait commencé à remonter peu à peu la pente, retrouvant de sa combativité, percevant de nouveau les éléments qui l'entouraient. Toutefois, ses nuits demeuraient agitées, habitées par de nombreux cauchemars.

Secouée, elle ramena son attention sur les chasseurs qui revenaient avec leur prise : un phacochère adulte pourvu de défenses des plus impressionnantes. Ce soir, ils festoieraient. Ayant allumé les autres feux à l'aide des braises du foyer central, tous étaient prêts à entreprendre la cuisson de ce régal. Ce copieux repas les changerait de leurs mets habituels constitués de termites et de chenilles rôties enroulées dans des feuilles, menu qu'elle ne s'était pas résignée à manger, pas plus que les larves trouvées dans le bois pourri, et cela, en dépit de l'insistance de son entourage. Elle n'en était tout simplement pas capable, dégoûtée par cette seule idée.

À cette pensée dérangeante, son estomac menaça de se soulever, un phénomène récurrent de ce temps-ci. Se voilant la face, elle orienta ses réflexions vers un autre sujet. Après tout, avec un choix si limité, son alimentation se résumait à peu de choses, sinon des fruits, des noix et en de rares occasions des escargots, ce qui pouvait expliquer ses malaises persistants. Par bonheur, il arrivait parfois qu'un repas de viande s'ajoute à leur nourriture de base, comme c'était le cas aujourd'hui, mais ce n'était pas suffisant pour pallier les carences de protéines et de vitamines, qui lui faisaient défaut depuis son arrivée. À ce rythme, elle risquait de ne pas tenir à longue échéance, déjà qu'elle n'avait plus que la peau sur les os, sans parler de ses joues creuses.

Perdue dans ses réflexions, elle ne vit pas le sage du village s'approcher d'elle de son pas furtif. Il faut dire que ce peuple se déplaçait sans émettre le moindre bruit, la faisant sursauter à tout bout de champ. La main qui la frôla attira son regard sur sa droite. Le sage lui tendait un bol de miel fort alléchant. Ravie, Adélaïde s'empara du récipient de terre cuite, le remercia d'un signe de tête. Elle trempa son index dans le liquide doré avec impatience et le porta à ses lèvres avec enchantement. Le goût sucré et onctueux du nectar lui arracha un grognement de plaisir. C'était ce qu'elle avait mangé de plus exquis depuis des semaines. Le vieil homme sourit devant sa mine gourmande, dévoilant sa bouche édentée. Adélaïde lui retourna son sourire, savourant d'autant plus cette douceur qu'elle savait ce qu'il en coûtait de le récolter.

Le miel était une véritable friandise pour ses hôtes et nécessitait l'agilité des meilleurs d'entre eux. Il n'était pas aisé de grimper jusqu'au sommet d'un arbre avec ses mains et ses pieds, et pour seule aide à l'occasion une liane isolée. Le plus difficile demeurait la collecte de la gelée si précieuse alors que les abeilles étaient à peine endormies par la fumée dégagée par une botte de feuilles embrasées fixées sur le dos des escaladeurs. Pourtant, en dépit de ses embûches de taille, certains y parvenaient avec une facilité déconcertante, au plus grand bonheur des leurs.

Une quatrième semaine s'écoula au même rythme lent et régulier, puis une cinquième. Depuis quelques jours, Adélaïde tournait en rond, commençait à trouver cet exil de plus en plus lourd à supporter. Son humeur s'était de nouveau assombrie. De plus, elle devenait colérique et impatiente à certaines occasions. Pour tromper son ennui, les hommes de la tribu décidèrent d'un commun accord de l'introduire à l'art de la chasse à l'arc. Excellents tireurs, ils eurent vite fait de lui inculquer les principes de base, d'affiner la précision de ses tirs. Par précaution, ils l'avaient initiée avec des pointes vierges de tout poison, ce qui lui convenait très bien. Elle avait vu plus d'une fois les chasseurs extraire la substance vénéneuse dont ils enduisaient leurs flèches, constaté son effet mortel sur les plus gros mammifères. Le danger était réel, mais les hommes prenaient garde de ne pas se couper lors de sa manipulation, tout comme ils maintenaient les enfants à distance durant le processus.

Elle avait aussi appris à utiliser une massue, à imiter les cris de certains oiseaux et à confectionner des filets tressés. D'ailleurs, elle prenait plaisir à ces travaux manuels, qui l'empêchaient de réfléchir en tournant en rond et lui permettaient de se dépenser à corps perdu afin d'oublier jusqu'à l'absence de sa famille, tout comme la trahison d'Aidan MacBain. Dans ces moments-là, elle cessait aussi de penser au fait que son flux menstruel n'était pas revenu. Plus que tout, c'était ce point qu'elle préférait chasser de son esprit, mais la vie se chargea néanmoins de le lui rappeler avec une acuité affligeante.

Quelques jours plus tard, alors qu'elle se réveillait plus nauséeuse que jamais, des spasmes violents lui tordirent le ventre. Des gouttes de sueur perlèrent sur son front, et une douleur plus virulente que les autres la fit plier en deux. Elle respira par à-coups, le corps en feu. Elle éprouvait la sensation d'être embrochée par des tisonniers ardents. La sage-femme du village, qui passait par là, fut alertée par ses gémissements étouffés. À l'instant où elle entra dans sa hutte, un liquide chaud et rougeâtre ruissela le long des cuisses d'Adélaïde. En penchant la tête, la jeune femme aperçut avec horreur la flaque qui se formait à ses pieds, comprit d'emblée qu'elle venait de perdre son enfant. L'expression attristée de la doyenne confirma ses doutes. Ainsi, elle avait bel et bien été enceinte. Un vide énorme se creusa dans sa poitrine face à cette perte inattendue. Cette prise de conscience lui donna un coup au cœur, et des larmes montèrent à ses yeux. Elle avait préféré nier l'existence de ce petit être, et voilà que Dieu la punissait en le lui reprenant. Ébranlée, elle demeura accroupie sur sa paillasse, le regard rivé sur ce qui n'était plus. Un gémissement misérable franchit ses lèvres.

L'ancêtre l'obligea à se relever afin de la conduire au fleuve pour qu'elle puisse s'y purger. D'un signe de sa main crochue, elle indiqua à l'une des femmes de venir s'occuper d'elle, alors qu'elle-même retournait dans la hutte pour faire disparaître toute trace de cette tragédie. Quand Adélaïde fut autorisée à revenir dans sa case, plus rien ne subsistait du désastre ; la paillasse avait été remplacée par une nouvelle, le sang avait été nettoyé. Adélaïde s'allongea sur le flanc, ferma les yeux sur son chagrin. La vieille la laissa tranquille. Mieux valait qu'elle reprenne des forces, car il était prévu que la tribu lève le camp le lendemain matin afin de gagner un autre lieu de chasse. Il n'y avait plus assez de gibier pour eux ici. Ils devaient donc migrer vers un endroit plus foisonnant.

Les habitants étaient en pleine effervescence. Dès l'aurore, tous s'étaient activés à démonter les huttes, rassemblant les branches en fagot pour les transporter. Seules les feuilles seraient écartées, car il était prévu d'en couper de nouvelles sur place. Les femmes, aidées des enfants, rangeaient les bâtons qui leur servaient à fouiller les racines, les couperets, les couteaux et les pots remplis de mousses incandescentes dans des paniers. Elles porteraient ensuite ceux-ci sur leur dos.

Adélaïde les regarda s'affairer sans savoir quoi faire tout en ressentant l'étrange impression d'être déconnectée de la réalité. Son corps tardait à se remettre de l'épreuve de la veille, tout comme son esprit. Était-elle vouée à disparaître comme elle l'avait désiré à son arrivée dans le village ? Même si elle n'aspirait plus à mourir, elle ne voulait pas non plus revoir Aidan, surtout pas après la perte de leur enfant. Elle ne souhaitait pas lui avouer la vérité, mais redoutait qu'il la découvre d'une manière ou d'une autre. Que faire dans ces conditions ? Devait-elle demander au chef de la tribu de faire parvenir un message à un contingent anglais, ou attendre des nouvelles d'Aidan ?

L'heure était venue pour elle de regagner sa mère patrie, puis de retourner à Métis. Du moins y retrouverait-elle des visages familiers et bienfaiteurs, comme sa chère Charlotte, dont l'absence lui pesait, Lady Reford, qui s'était révélée une alliée formidable, ainsi qu'Emily, dont le bavardage décousu lui manquait. Certes, la bonne société la bouderait, mais elle n'en avait cure désormais, car elle serait entourée d'amis. C'était plus que ce qu'elle avait eu en Angleterre, à Québec ou même en Afrique. Elle se languissait du fleuve, de la forêt d'épinettes, de la neige. En fait, elle avait le mal du pays. Si au moins on ne l'avait pas oubliée dans ces contrées lointaines.

Ce fut peu avant midi que les membres de la tribu furent enfin prêts à partir. Adélaïde n'en revenait pas de la vitesse avec laquelle ils s'étaient exécutés. Maintenant que le camp était levé, l'endroit semblait désert, vidé de toute substance. La cohorte s'apprêtait à s'ébranler lorsqu'un bruit inhabituel rompit soudain le silence révérencieux qui enveloppait les lieux. Le son d'un moteur attira l'attention de tous. Deux embarcations se dirigeaient vers eux, mais il était impossible à cette distance d'identifier ses occupants. D'emblée, les chasseurs formèrent une ligne dissuasive afin de protéger la tribu, arc en main. Les femmes ainsi que les enfants furent refoulés à l'arrière, en bordure de la jungle, où ils pourraient trouver refuge en cas de danger.

Adélaïde vint prendre position parmi les hommes, résolue à se défendre. Elle était consciente que leurs flèches ne seraient pas de taille contre des pistolets, pire encore des mitraillettes ou des grenades, mais il n'était pas dit qu'elle se laisserait capturer sans combattre. Un doute pourtant l'assaillait. Si Aidan était l'un des occupants à bord de ces embarcations, quelle serait sa réaction ? Ignorant cependant s'il s'agissait d'alliés ou d'ennemis, elle banda son arc, prête à décocher une flèche quand la voix perçante de Percy Fraser parvint jusqu'à eux. Elle fit aussitôt signe aux chasseurs de baisser leurs armes.

Percy se trouvait dans le premier bateau qui glissa sur la grève, et il sauta en bas avant que celui-ci s'immobilise. Il se dirigea vers la jeune femme à grandes enjambées, la mine soucieuse.

– Mademoiselle de Beauchamp, pardonnez ma brusquerie, mais il nous faut quitter cet endroit dans l'immédiat, attaqua-t-il d'entrée de jeu.

– Pourquoi ? rétorqua Adélaïde avec rudesse. Où est le major MacBain ? ne put-elle s'empêcher de demander en ne le voyant pas.

– Le major prépare le terrain pour votre venue tout en cherchant à déjouer Krauss. Celui-ci a envoyé plusieurs de ses sbires dans la région pour récolter la moindre information vous concernant.

– Mais… commença-t-elle.

– Nous n'avons pas de temps à perdre. Les Allemands sont sur le point de contrôler le port Harcourt ; nous devons avoir traversé les eaux du golfe de Guinée avant qu'il ne soit trop tard, pendant que l'armée britannique peut encore nous apporter son soutien.

Adélaïde regarda le chef de la tribu avec effarement. Le vieil homme posa une main sur son front en signe de bénédiction, puis ordonna aux siens de s'en aller sans plus attendre.

– Nous devons partir, insista Percy.

Elle sursauta, puis se retourna vers lui, déconcertée. Elle avait l'impression d'être de nouveau aspirée dans un vortex dévastateur et hésitait à mettre les pieds dans cet engrenage.

– Milady…

Adélaïde comprit que le sergent était sur des charbons ardents. L'ennemi ne devait pas être loin pour le préoccuper de la sorte.

– Qu'arrivera-t-il à cette tribu ? Seront-ils en danger par ma faute ? demanda-t-elle, angoissée à l'idée de causer leur perte.

– Je ne le crois pas. Krauss n'a pas réussi à remonter votre trace jusqu'ici. Dès que des rumeurs circuleront indiquant que vous avez quitté le pays, il cessera sa traque au Nigéria.

– Comment savez-vous tout cela ? s'informa-t-elle, éberluée.

– MacBain fait suivre le moindre de ses mouvements par certains de nos hommes. Il est à la poursuite de Krauss, et celui-ci le sait pertinemment. D'ailleurs, nous avons été tout près de lui mettre la main au collet il y a deux semaines, mais il nous a échappé de justesse. Ce n'est plus qu'une question de temps avant que le major lui règle son compte.

Adélaïde détourna les yeux vers la clairière qui lui avait servi d'ancrage au moment où elle en avait le plus besoin, mais qui avait également été témoin de la perte de son enfant. Elle avait changé au cours de ces semaines, mais grâce aux Pygmées, à leur joie de vivre, leur simplicité et leur attachement à la nature, elle avait repris goût à la vie. De se retrouver de nouveau entraînée dans cet enfer l'étourdissait, mais lui fit comprendre qu'elle devait faire tout ce qui était en son pouvoir pour s'en extraire. Ce qui impliquait qu'elle devait regagner la civilisation ; c'était essentiel. Toutefois, dès que l'occasion se présenterait, elle se soustrairait à l'emprise de MacBain. Résolue à échapper à cette guerre qui n'en finissait plus, elle hocha la tête et emboîta le pas à Percy Fraser.

CHAPITRE 13

Exil en terre étrangère

Ils remontèrent sans embûches les côtes africaines jusqu'au détroit de Gibraltar. Par chance, le fait qu'ils appartenaient à la même alliance que les Français leur permit de naviguer en toute quiétude sur les flots tumultueux de la Méditerranée. Ils gagnèrent rapidement l'Algérie, une colonie sous tutelle française, puis se dirigèrent vers Biskra, une ville au nord du pays. C'est là qu'était fixé leur point de rendez-vous avec Aidan. Adélaïde n'en savait guère plus, car Percy Fraser n'avait pas eu de temps à lui consacrer durant leur périple. Il appréhendait que les Allemands les repèrent et les interceptent, ce qui avait monopolisé toute son attention ainsi que celle des hommes à bord. C'était tout juste si elle avait pu marcher sur le pont.

Puis, il y avait eu le trajet en diligence à partir d'Alger, entourée d'une escorte armée jusqu'aux dents. Tout au long du chemin, elle n'avait eu de cesse d'être ballottée en tous sens tant ils filaient à vive allure, poussant les chevaux à l'extrême limite de leur endurance. À tout moment, elle avait craint de chavirer, s'était accrochée au montant de la voiture pour ne pas être projetée au sol. De plus, malgré les rideaux fermés, la chaleur avait été insoutenable à l'intérieur de l'habitacle. Y être confinée pendant de longues heures sans présence à ses côtés pour passer le temps n'avait pas arrangé son état d'esprit. Elle était à ce point exaspérée qu'elle ne cacha pas son soulagement à leur arrivée dans le village pittoresque situé au creux des Aurès. Non pas qu'elle trépignait d'impatience de revoir MacBain, mais plutôt parce que le voyage s'était révélé éprouvant. Elle était d'une humeur exécrable, avait les nerfs en boule. MacBain avait intérêt à ne pas la pousser dans ses retranchements, car elle risquait de s'enflammer comme de l'amadou.

Lorsque la diligence s'arrêta enfin, un magnifique palais de pierres blanches polies par le temps se dressait devant elle. Tout en mettant pied à terre, elle massa le bas de son dos en grimaçant. Percy, qui venait de la rejoindre, l'invita à avancer, non sans un certain empressement. Adélaïde se crispa avant de s'exécuter, n'aimant pas être ainsi pressée. En passant sous l'arche qui débouchait sur un chemin de gravier menant à deux immenses portes de bois flanquées de palmiers, elle s'octroya un moment d'arrêt pour prendre une profonde inspiration afin de dénouer le nœud qu'elle avait dans l'estomac. Puis, elle se secoua et leva un regard hostile sur la façade de la demeure. Il était hors de question qu'elle montre son émoi à Aidan MacBain.

Elle s'était préparée à cet affrontement; néanmoins, elle ne put retenir un sursaut de stupeur lorsqu'il s'avança à leur rencontre. Il était presque méconnaissable dans sa djellaba[12] blanche, arborant une barbe de plusieurs jours sur ses traits tirés. Il portait aussi les cheveux plus longs que le voulait la

12. Grande robe à manches longues portée par les hommes en Afrique du Nord.

mode. Incontestablement, il semblait s'être moulé dans un rôle beaucoup plus sauvage, ce qui risquait de menacer son intégrité. Un sentiment de panique noua sa gorge, l'empêchant de parler. Comment était-elle censée affronter ce volet plus sombre de sa personnalité ? Malgré la chaleur ambiante, elle frissonna, consciente du danger auquel elle venait de s'exposer de nouveau.

Aidan fut témoin du moment où l'assurance tranquille d'Adélaïde se fissura. Il éprouva un choc en l'apercevant, mais réussit tout de même à le dissimuler. Elle avait considérablement maigri. Toutefois, son regard avait perdu son expression résignée, remplacée par une autre émotion qu'il n'arrivait pas encore à déterminer, ce qui le dérangeait. Il se rappelait leur dernière discussion, souffrait toujours de la teneur des paroles échangées. Il refusait de croire que le lien qui les unissait s'était rompu, et cela malgré l'indifférence dont elle faisait preuve à son égard. Il devait se montrer prudent dans son approche, jouer serré s'il ne voulait pas l'effaroucher.

Sauf que pour l'heure, elle avait besoin de se reposer, de se rafraîchir et de se désaltérer. Leur hôte lui avait assuré qu'ils ne manqueraient de rien, que ses gens étaient à leur disposition. Le pacha Saadi était un allié fidèle à la cause française et anglaise, ne cachant pas son animosité pour l'Empire ottoman, associé aux Allemands. Bachir, l'homme de confiance de Saadi, s'avança vers eux pour les conduire vers les appartements spacieux qui avaient été préparés avec soin pour la jeune femme. Aidan demanda aussitôt un bain pour celle-ci afin qu'elle puisse se débarrasser de la poussière et de la fatigue du voyage. Bachir tapa des mains pour prévenir une jeune servante de s'exécuter, puis il regagna l'imposant escalier de marbre blanc qu'ils venaient d'emprunter, les laissant seuls.

Dès qu'elle franchit le seuil de ses appartements, Adélaïde fut ébahie par la magnificence des lieux, oubliant l'espace d'un instant la présence d'Aidan, demeuré debout derrière elle. La pièce était décorée avec soin dans des teintes de bleu et de vanille, dégageait une impression de fraîcheur qui l'apaisa d'une certaine façon. Quatre immenses portes en forme d'arche se découpaient sur le mur du fond, permettant un accès direct à un balcon d'un blanc immaculé. Elle s'y dirigea et ouvrit l'une d'elles. La vue qu'elle avait sur le désert était à couper le souffle. Prenant appui à la rampe dentelée, elle prit une profonde inspiration afin de calmer les battements effrénés de son cœur. Le contraste était si saisissant avec le village pygmée que c'en était désorientant.

Quant à Aidan, il demeura immobile, ombre silencieuse en retrait. Il était partagé entre son désir de la projeter sur le lit duveteux pour l'embrasser à perdre haleine et celui de la rejoindre sur le balcon afin de la prendre dans ses bras, de discuter avec elle de ce qui s'était produit au Nigéria. Cependant, il craignait que toute conversation au sujet du massacre de sa famille se révèle stérile dans l'immédiat. Même si elle lui tournait le dos, il devinait son état d'esprit, et ce qu'il pressentait lui déplaisait sur tous les plans.

Adélaïde jeta un dernier coup d'œil sur le paysage grandiose avant de se retourner vers lui. Elle préférait éclaircir la situation entre eux le plus vite possible. Ce n'est que de cette façon qu'ils pourraient aller de l'avant. Après tout, ils étaient deux adultes civilisés, alors pourquoi redouter cet entretien ?

— Bonjour, major MacBain, lâcha-t-elle d'une voix à peine chevrotante.

Aidan, qui venait d'avancer dans sa direction, s'arrêta net, ses prunelles flamboyantes rivées sur elle. Adélaïde se sentit transpercée par le désir brut qui brûlait dans son regard, le sentiment de possession qui l'habitait. Tous ses sens s'électrisèrent, trahissant le trouble qu'il provoquait en elle. Adélaïde eut un hoquet de stupeur en comprenant qu'il lui serait peut-être plus difficile qu'elle ne l'imaginait de lui résister s'il tentait de la séduire. Même si son corps désirait lui céder, elle n'abdiquerait jamais, ferait tout ce qui est en son pouvoir pour lui échapper.

Aidan perçut le conflit qui se livrait en elle, devina qu'elle n'était pas aussi indifférente à sa présence qu'elle cherchait à le faire croire. Comme elle se méfiait de lui, elle ne souhaitait pas le voir s'approcher de trop près. La finesse serait de mise pour la gagner à sa cause. Décidé à faire une première avancée, il la rejoignit en quatre enjambées à peine et la prit par surprise en caressant le contour de son visage avec amour.

— Bonjour, ma mie, murmura-t-il à son tour d'une intonation rauque.

Adélaïde dut déployer un effort considérable pour rester stoïque, mettant un point d'honneur à soutenir son regard alors même qu'il penchait la tête vers elle et l'embrassa avec une tendresse désarmante. Elle parvint à demeurer indifférente à ses lèvres chaudes, mais celles-ci se firent plus insistantes, exigeant une réponse de sa part. Un soupir douloureux s'échappa de sa gorge lorsqu'il la plaqua avec fougue contre son corps. Il la libéra d'emblée avec une extrême douceur, sans couper le contact entre eux.

— Vous pouvez renier le lien qui nous unit autant que vous le voulez, mais nous savons tous les deux que nous sommes destinés l'un à l'autre. Peu importe ce qui arrivera, je vous retrouverai, souligna-t-il d'une voix caressante.

Sur ces paroles perturbantes, il recula d'un pas, une expression résolue dans le regard. Si cela n'avait été que de lui, il l'aurait faite sienne sur-le-champ avec passion, mais il ne désirait pas la brusquer ni la contraindre par la force. Il aspirait plutôt à éveiller ses sens, libérer sa sensualité afin qu'elle s'abandonne en toute connaissance de cause, comme elle l'avait fait dans la jungle. Dans l'immédiat, elle était éreintée; les cernes sous ses yeux la trahissaient, ainsi que ses traits tirés. Elle avait davantage besoin d'un bon bain chaud et d'un peu de repos que d'une nouvelle source d'épuisement.

— Je vous laisse tranquille pour le moment, ma mie, mais ne croyez pas pouvoir vous débarrasser de moi facilement, poursuivit-il d'un ton catégorique qui lui arracha un frisson.

Là-dessus, il quitta la pièce et referma la porte derrière lui. Adélaïde eut une expiration tremblotante. « Dieu du ciel ! » Aidan MacBain avait entrepris un siège au pied des palissades qui protégeaient son cœur. Il comptait abattre tous les remparts qui se dresseraient sur sa route pour l'atteindre, et si elle n'y prenait pas garde, il pourrait bien y arriver. Elle avait dû se faire violence pour ne pas s'abandonner entre ses bras, s'extirper de la léthargie dans laquelle il l'avait plongée. Que le diable emporte cet homme ! Encore sous le choc de leurs retrouvailles, elle se dirigea vers la salle de bain telle une somnambule, ses pensées à la dérive. Elle se débarrassa de ses vêtements d'un geste machinal, fronça les sourcils à la vue de son extrême minceur, qui se reflétait dans le miroir suspendu au mur. Elle se détourna de sa propre image, testa du bout des doigts la température de l'eau. Une fragrance subtile de jasmin s'en échappait, titillant son odorat. Il lui semblait qu'il y avait une éternité qu'elle ne s'était pas baignée.

Enjambant le rebord de la baignoire, elle se glissa dans l'onde tranquille dans un soupir de béatitude. Elle ne laissa poindre que sa tête hors de la surface. Plus tard, elle nettoierait sa chevelure terne, se débarrasserait de la poussière du voyage, mais dans l'immédiat, elle ne souhaitait que profiter de cet instant de grâce. Sans doute dut-elle s'endormir, car elle se réveilla en sursaut quand un bruit inattendu survint dans la pièce voisine. Ce fut bref, puis des pas décrurent, et la porte se referma derrière un visiteur inconnu. Ne désirant pas être surprise nue, elle s'empressa de se laver, puis de s'extraire de la baignoire sur pieds. Du moins, elle se sentait renaître, revigorée par les bienfaits de l'eau chaude sur ses muscles noués. Saisissant la serviette moelleuse laissée sur un tabouret à ses côtés, elle s'enroula dedans avant de gagner sa chambre.

Un caftan[13] dans les teintes de bordeaux avait été déposé sur son couvre-lit. Le tissage serré donnait à l'étoffe un aspect satiné qui faisait ressortir les différents motifs géométriques qui l'ornaient. Elle contempla un moment le vêtement raffiné. Venait-il d'Aidan ou de leur hôte ? Un pli contrarié barra son font. Elle refusait d'y songer pour l'heure, préférant de loin se préparer.

C'est non sans peine qu'elle parvint à enfiler l'ensemble, puis à nouer la large ceinture autour de sa taille chétive. Elle se sentait étrange dans cette tenue des plus inhabituelle. Pourtant, ce n'était pas la première fois qu'elle revêtait un

13. Tunique portée dans les pays musulmans.

caftan. Lors de son passage en Égypte avec son oncle et sa tante, elle avait porté une parure similaire pour une visite de courtoisie chez l'un des beys[14]. Ce souvenir fugace lui rappela le massacre perpétré dans la demeure de son oncle et sa tante. Une boule se forma dans sa gorge. Elle avait beaucoup pleuré leur disparition durant son séjour dans le village pygmée, au point d'en perdre tout appétit, mais le temps était venu pour elle de suivre son chemin. Elle avait besoin de toutes ses forces pour ne pas retomber sous le charme d'Aidan MacBain et de ne pas se laisser abuser par ses fausses promesses.

Déterminée à ne pas se soumettre, elle reporta son attention sur le lit et remarqua le coffre à bijoux ainsi que le bandeau frontal muni de piécettes d'argent qui s'y trouvaient. Quand elle prit le foulard, un léger tintement accompagna ses mouvements. Elle retourna devant le miroir de la salle de bain, s'en para la tête avant de s'observer d'un œil critique. Elle avait l'impression de voir une autre femme à travers son regard. Quelque peu perturbée par cette réflexion, elle regagna sa chambre, puis s'empara de la boîte en bois sculpté qui attisait sa curiosité. Elle souleva le couvercle et fut saisie en apercevant sur un coussin de soie des bracelets d'argent finement ciselés. Elle les glissa à ses poignets d'une main tremblante, fascinée par la qualité du travail. Pour compléter son habillement, elle enfila les babouches déposées sur le tapis épais. Ne lui manquait plus qu'une touche de khôl[15] pour souligner la courbe de ses yeux, mais elle s'y refusait. De toute façon, le moment était venu de descendre pour le repas.

---

14. Haut fonctionnaire dans l'Empire ottoman.

15. Fard de couleur sombre utilisé pour le maquillage des yeux, notamment dans le monde arabe.

Tout en prenant une profonde inspiration, elle se dirigea vers sa porte et l'ouvrit. Elle eut un mouvement de recul en découvrant qu'Aidan l'attendait de l'autre côté du battant, appuyé avec nonchalance sur la rampe de l'escalier. Il l'observa en silence, la parcourant d'un lent regard appréciateur. Parée de la sorte, elle dégageait l'essence même de la féminité et de la sensualité. Sur le point de parler, il se ravisa à la dernière minute, nullement désireux de rompre le charme par de vaines paroles. À la place, il se contenta de lui tendre son bras pour l'accompagner jusqu'à leur hôte. Les doigts d'Adélaïde se crispèrent malgré elle sur la manche d'Aidan. L'expression de celui-ci l'avait déstabilisée, ce qui ne manqua pas de l'irriter. Elle refusait de ressentir quoi que ce soit pour cet homme, redoutait les ravages qu'il pourrait causer à son cœur malmené. S'il s'avisait de la séduire afin de mieux la mystifier pour l'abandonner par la suite dans une contrée lointaine, elle lui arracherait les yeux. D'humeur sombre, elle descendit l'escalier en sa compagnie, les lèvres pincées, l'échine raide.

En bas des marches, un valet vêtu de blanc les attendait en silence pour les conduire au petit salon où serait servi le goûter. Dès qu'ils firent irruption dans la pièce en question, Adélaïde marqua un temps d'arrêt en croisant le regard de leur hôte. Le pacha Saadi possédait une prestance hors du commun, imposait le respect dans sa djellaba immaculée rehaussée d'un burnous[16] noir brodé de fils d'or, ses cheveux dissimulés sous un turban, un cimeterre[17] bien en évidence à sa taille. Aidan incita sa compagne à avancer d'une légère pression de la paume dans le creux de ses reins. Dès lors,

16. Dans les pays du Maghreb, manteau d'homme en laine, à capuchon et sans manches.

17. Sabre oriental à lame à double tranchant, large et recourbée.

Adélaïde eut l'impression d'entrer dans une fosse aux lions. Elle n'était pas sans savoir que les femmes n'avaient aucun pouvoir dans cette partie du monde, que la gent masculine régentait tout à leur place, y compris leur vie et leur avenir. En remarquant l'affolement qui la gagnait, Aidan coula un coup d'œil vers son visage avant de se pencher sur elle.

— Du courage, ma mie, murmura-t-il d'une voix rassurante. Vous n'encourez aucun danger en ces lieux. Saadi connaît nos coutumes, qui plus est, il les respecte.

Adélaïde déglutit avec peine. Elle ignorait duquel des deux hommes elle devait le plus se méfier : le pacha fidèle à la Triple-Entente, ou bien le prédateur censé la protéger qui l'accompagnait. Une sensation de froid la glaça jusqu'au plus profond de son être. Elle ne souhaitait pas s'éterniser sur ces terres arides, n'éprouvait plus aucun attrait pour les pays étrangers. Tout ce qu'elle désirait était de retourner chez elle, sauf qu'elle était à la merci de MacBain, du moins tant qu'elle ne trouverait pas un contingent britannique ou français pour l'aider. D'ici là, elle se devait d'être prudente.

— Adélaïde, ayez confiance en moi, chuchota-t-il contre sa tempe.

Le regard dubitatif qu'elle leva dans sa direction faillit lui arracher un juron. Elle se méfiait de lui, semblait redouter une mauvaise surprise de sa part. Est-ce donc ainsi qu'elle le voyait ? Comme l'ennemi à abattre.

— Pardieu, Adélaïde ! Je ne suis pas votre adversaire. Soyez tranquille, je ne joue aucun jeu malsain avec vous. Tout ce que je désire, c'est votre bien ! Rien de plus.

Sa voix dut porter plus loin qu'il ne l'avait prévu, car Saadi releva un sourcil interrogateur dans sa direction.

Décidant que le sujet était clos, Adélaïde redressa le menton avec fierté et s'efforça d'avancer d'une démarche gracieuse. Le tissu de son caftan émit un faible bruissement qui fut accompagné par le tintement des pièces d'argent sur son front.

Une nappe ocre était étendue sur le sol de marbre gris. Plusieurs coussins aux couleurs chatoyantes, bordés de pompons, avaient été disposés ici et là pour le confort des invités. Selon toute vraisemblance, ils seraient les seuls convives présents, car personne d'autre ne vint se joindre à eux. La scène paraissait d'autant plus exotique aux yeux d'Adélaïde qu'elle n'était pas habituée à ce rythme de vie. Familiarisé avec les coutumes locales, Aidan s'installa avec aisance. Quant à Saadi, il attendait que la jeune femme prenne place avant de s'asseoir en tailleur à son tour. Adélaïde s'agenouilla, puis plia ses jambes sous ses cuisses tout en sachant qu'elle ne pourrait pas maintenir cette position inconfortable pendant des heures.

Affamée, elle lorgna les mets raffinés déposés sur la nappe. Une odeur agréable chatouillait ses narines, provoquant une contraction presque douloureuse de son estomac vide. Saadi sourit devant sa mine gourmande et lui tendit avec politesse une galette de blé cuite, heureux de son appétit. Ainsi, elle pourrait faire honneur au copieux repas préparé à leur intention. Saadi n'avait jamais aimé les femmes maigrichonnes qui se retenaient de manger, leur préférant celles plus enrobées aux formes voluptueuses. Ce qui ne semblait pas le cas du major MacBain, car celui-ci ne cessait de dévorer des yeux sa compagne, tel un lynx du désert affamé. Se décidant enfin à rompre le silence, il reporta son attention sur la jeune lady, le regard pétillant de malice. Adélaïde eut un léger sursaut lorsqu'il s'adressa à elle de sa voix suave dans un anglais impeccable.

— Vous êtes la bienvenue dans ma demeure, Mademoiselle de Beauchamp. Il m'est toujours agréable de rencontrer un nouveau visage, surtout quand il est aussi charmant que le vôtre. J'espère que le choix de vos appartements vous convient.

— C'est aimable de votre part de me recevoir si princièrement. Je vous en remercie !

D'un sourire entendu, Saadi l'incita à se servir à même les plats. Voyant les hommes user de leurs doigts, Adélaïde contempla les mets sur la nappe avec un brin d'hésitation. Ne voulant pas la rendre plus mal à l'aise qu'elle ne l'était déjà, Aidan saisit son assiette de porcelaine et entreprit d'y ajouter du riz au poulet, des olives, des morceaux de concombres au vinaigre ainsi qu'une tranche de melon. Puis, il lui tendit le couvert empli d'une variété d'aliments, une expression bienveillante sur le visage. Comme elle ne semblait pas désireuse de bouger, il le déposa devant elle sans la quitter des yeux. Dépassée par les événements, Adélaïde l'examina en silence sans parvenir toutefois à entamer la moindre approche vers lui. Conscient de son agitation, Aidan se retint de la toucher, de crainte de lui faire perdre le peu de contrôle qu'elle exerçait encore sur ses nerfs. À la place, il lui désigna du menton sa main droite, l'invitant à l'utiliser pour manger.

Étant trop affamée pour se montrer capricieuse, Adélaïde s'exécuta sans se questionner davantage. Si les matrones de la bonne société avaient été présentes, elles auraient été scandalisées par le manque de raffinement qui prévalait à la table du pacha et ne se seraient pas gênées pour comparer ses manières à ceux des païens barbares qui les rebutaient tant. Refusant de laisser sa conduite dictée par ces principes obtus, elle haussa les épaules et porta à la place une datte à ses lèvres. Elle préférait se régaler des plats mis à sa disposition, d'autant plus après son jeûne forcé dans la jungle. Indifférent à la tournure que prenaient ses pensées, Saadi entama une discussion avec Aidan au sujet de l'avancée des troupes allemandes en Europe, des manœuvres des alliés pour les repousser ainsi que de Lawrence d'Arabie.

De son côté, Adélaïde choisit de ne pas porter attention à leurs propos afin d'oublier le plus possible la présence d'Aidan sur sa gauche. Gagnée peu à peu par la torpeur, elle battit des paupières. Son corps réclamait un repos mérité après un tel festin. Aidan, qui en avait conscience, se préparait à prendre congé de Saadi quand Percy Fraser se présenta à la porte sur les entrefaites, un pli entre les mains. Aidan s'en empara pour le lire. Au fur et à mesure qu'il progressa dans sa lecture, ses traits se rembrunirent.

— Je vous demande pardon, Saadi, mais mon devoir m'appelle, déclara-t-il à brûle-pourpoint en redressant la tête. Il me faut d'urgence répondre à ce message.

— Faites, major. De toute façon, votre amie parvient à peine à demeurer les yeux ouverts depuis quelques minutes. Pour ma part, je saurai très bien me divertir en compagnie de mes concubines. Vous pourrez d'ailleurs vous joindre à nous plus tard pour vous détendre un peu. J'ai dans mon harem une magnifique rouquine qui pourrait vous échauffer le sang, j'en suis certain, proposa-t-il avec un brin d'espièglerie.

Adélaïde, qui était beaucoup plus alerte depuis l'interruption de Percy, saisit le sous-entendu de leur hôte. Outrée, elle tourna un regard furibond vers Aidan, qui ne chercha même pas à se dérober.

— Merci pour votre offre, Saadi, mais j'ai mieux à faire pour ce soir, se contenta-t-il de répondre sans quitter sa compagne des yeux. Cependant, j'aurais un service à vous demander. Je dois m'absenter pour la journée demain, puis-je laisser mademoiselle de Beauchamp sous votre protection?

— Vous n'avez rien à craindre, major. Dès son réveil, mademoiselle de Beauchamp sera conviée à rejoindre mes épouses dans leurs quartiers privés. Je suis certain qu'elles auront plaisir à prendre soin d'elle. Soyez assuré qu'elle sera en sécurité dans mon harem. Quant à mon offre, si vous veniez à changer d'avis, faites-le savoir à Bachir.

Se levant, il salua ses invités d'un signe de la tête gracieux avant de quitter la pièce. Adélaïde l'imita d'emblée et se dirigea vers sa propre chambre d'un pas vif, furieuse de se voir reléguée dans le harem le lendemain matin sans que personne ait songé à lui demander son opinion. De plus, le sous-entendu de leur hôte au sujet de ses concubines n'avait pas manqué de titiller sa mauvaise humeur. Elle était parvenue en haut de l'escalier et se préparait à ouvrir sa porte quand Aidan la retourna d'un geste prompt et la coinça contre le battant en appuyant ses paumes de chaque côté de sa tête sur le cadrage de bois.

— Je n'ai pas touché aux concubines de Saadi, Adélaïde. En fait, je n'ai couché avec aucune autre femme depuis notre séparation sur le quai de Québec. C'est vous que je désire, que j'aime! s'exclama-t-il, à bout d'arguments.

Adélaïde écarquilla les yeux d'étonnement, frappée de stupeur par sa déclaration. C'était insensé! À quoi lui servait-il de se priver de compagnie féminine s'il l'avait éconduite ? Ça n'avait aucun sens, à moins qu'il ait éprouvé de tendres sentiments envers elle dès le début. Furieuse et frustrée tout à la fois, elle le repoussa.

— Je vous ai dit de me laisser tranquille, major !

Là-dessus, elle ouvrit sa porte pour trouver refuge dans sa chambre, mais Aidan la rattrapa par le coude.

— Osez me dire que vous ne ressentez aucune inclination envers moi, Adélaïde ! la défia-t-il. Et faites-le en me regardant droit dans les yeux.

— Je n'ai rien de plus à ajouter, major, rétorqua-t-elle en se défaisant de sa prise. Après tout, ne suis-je pas moi-même reléguée au harem comme une simple esclave ?

— Ce n'est pas ce que vous croyez. Ces concubines sont consentantes ; la traite des femmes a été abolie depuis un moment dans cette partie du globe.

— Vraiment… déclara Adélaïde, sceptique, avant d'entrer dans sa chambre.

Aidan la laissa partir à contrecœur et demeura immobile sur le palier lorsque la porte se referma dans un claquement sec devant son nez.

Adélaïde se perdait en conjectures. Elle ne savait plus que penser. Trop d'émotions s'agitaient en elle, faussaient son jugement. Il lui fallait retrouver un semblant de calme. Elle se dirigea d'un pas chancelant vers le balcon pour ouvrir le battant vitré. La nuit recouvrait le paysage de son manteau sombre parsemé d'étoiles alors qu'un faible halo entourait la pleine lune. C'était un décor enchanteur, un hymne à l'amour. Elle hocha la tête dans une vaine tentative pour s'éclaircir les idées. En réalité, son cœur saignait, ses vieilles blessures rouvertes par les paroles d'Aidan. Déchirée, elle se pencha sur la balustrade, le corps secoué de sanglots. Perdue dans son chagrin, elle n'entendit pas la porte s'entrebâiller ni les pas s'approcher derrière elle.

— Que dois-je faire pour vous convaincre de la profondeur de mes sentiments ? déclara Aidan avec lassitude.

Les épaules d'Adélaïde se raidirent. Elle n'avait pas la force de l'affronter une seconde fois en si peu de temps ni de le repousser, c'était trop lui demander.

— Il n'y a rien à faire, major… Sortez de ma chambre, je vous prie. Ne rendez pas la situation plus éprouvante qu'elle ne l'est déjà. Oubliez jusqu'à mon existence… souffla-t-elle abattue.

— Vous oublier ? tonna Aidan. Je vous aime, nom de Dieu, et je sais que cette inclination est partagée ! s'emporta-t-il avec amertume.

Il fourragea dans sa chevelure avec agitation. Il allait finir par devenir fou à se buter de la sorte contre son entêtement.

— Retournez-vous ! ordonna-t-il, exaspéré. Ayez au moins le courage de vos convictions !

Adélaïde s'exécuta sur-le-champ, les joues empourprées d'indignation. Ce fut là son erreur. Devant son regard empli de désespoir, elle sentit la colère la déserter, la laissant vulnérable à ses assauts.

— Ne faites pas ça, Aidan ! Par pitié, ne m'obligez pas à retraverser cet enfer…

Aidan fut sidéré. Ne souhaitant pas l'effrayer, il s'approcha d'elle avec lenteur, prit son visage baigné de larmes en coupe, une fois parvenu à sa hauteur.

— Je désire vous épouser, Adélaïde, que vous deveniez la mère de mes enfants.

Ses paroles brûlèrent Adélaïde comme un fer rouge. Elle se revoyait accroupie dans la hutte, une mare de sang sur le sol entre ses pieds. Elle plaqua une main sur sa bouche pour retenir son cri de douleur. Comment lui avouer qu'elle avait perdu leur bébé et qu'elle était sans doute la cause de sa mort parce qu'elle avait nié son existence jusqu'à la toute fin ? Voulant fuir son contact, elle se réfugia à l'autre extrémité du balcon, sanglotant de plus belle. Aidan était démuni devant l'ampleur de son chagrin. Il ne l'avait jamais vue dans cet état ; c'était comme si elle portait toute la misère du monde sur son dos. Il demeura figé quelques secondes, désarçonné par la tournure des événements, puis il prit une profonde inspiration, comblant l'espace qui les séparait. Il ne pouvait pas abandonner, pas maintenant.

— Adélaïde, permettez-moi de vous tenir dans mes bras pour vous réconforter. C'est là qu'est votre place ! Ne renoncez pas au lien qui nous unit. Je vous en supplie, Adélaïde…

Elle fut parcourue d'un tremblement violent, tiraillée entre son désir d'être blottie contre lui et sa peur d'être bafouée. Elle était terrifiée, se faisait l'effet de marcher sur le bord d'un précipice. Où étaient passées ses belles résolutions le concernant ? Effondrée, elle glissa le long de la balustrade, se recroquevilla sur elle-même, le corps secoué de déchirants sanglots. Aidan ne savait plus à quel saint se vouer. Il la rejoignit en deux foulées et se laissa choir à ses côtés. Il la contempla en silence, eut un instant d'hésitation avant de se risquer à refermer ses bras autour d'elle, de l'obliger à se lover contre son torse. Il l'embrassa avec douceur sur le front. Son cœur manqua un nouveau battement, sa gorge se noua. Que n'aurait-il pas donné pour effacer sa souffrance ! Trop bouleversé pour parler, il se contenta de recueillir sa douleur, de la garder blottie dans son étreinte amoureuse en la berçant.

Ils restèrent ainsi soudés l'un à l'autre près d'une heure. À un certain moment, les muscles d'Adélaïde se relâchèrent. Aidan baissa les yeux sur elle et constata qu'elle s'était endormie, épuisée d'avoir tant pleuré. Ne voulant pas l'éveiller, il bougea avec lenteur pour trouver une position plus confortable. Puis, il écouta le son rassurant de sa respiration dans son cou, alors qu'il l'entourait de sa force tranquille, comme ce soir-là sur le *Lady Evelyn*. Il y avait longtemps qu'il n'avait pas perçu sa chaleur ni senti son parfum. Avec un serrement dans la poitrine, il songea à leur séparation chez les Pygmées, la revoyant si vulnérable et anéantie. Il aurait dû rester auprès d'elle à ce moment-là, du moins une journée ou deux, mais à la vérité, il avait été si marqué par ce qui venait de lui arriver qu'il n'avait eu qu'une seule idée en tête : se lancer à la poursuite de Krauss avant qu'il ne remette la main sur elle.

Parviendrait-il un jour à la convaincre de son amour? Il l'espérait de tout son cœur! La vie les avait malmenés tant de fois que cette éventualité semblait impossible aux yeux d'Adélaïde. Que faire dans ces conditions pour renverser la vapeur et faire pencher la balance en sa faveur? Il allait devoir y réfléchir, établir une stratégie sans faille, sinon, elle lui filerait entre les doigts, ce qu'il ne pouvait supporter.

En prenant conscience que la fraîcheur de la nuit tombait, il préféra la ramener dans sa chambre afin qu'elle ne prenne pas froid. Il la souleva donc avec délicatesse en s'efforçant de ne pas la réveiller. Elle marmonna des propos incompréhensibles lorsqu'il la déposa sur son lit. Il frôla sa tempe d'une caresse apaisante pour la calmer. Par la suite, c'est avec des gestes sûrs qu'il entreprit de la déshabiller. Quand il l'installa entre les draps soyeux, il ne put faire autrement que de songer au nombre de fois où il avait exécuté cette tâche à son insu. L'expression renfrognée, il se cala tant bien que mal dans un fauteuil, étendit ses longues jambes devant lui, puis déposa sa nuque sur l'appuie-tête. Il jeta un dernier coup d'œil sur la jeune femme avant de glisser à son tour dans une torpeur bienfaitrice.

Au petit matin, il était reparti, ne laissant aucune trace de son passage.

CHAPITRE 14

Une étreinte hors du temps

À son réveil, Adélaïde demeura prostrée dans son lit quelques secondes, le temps de remettre de l'ordre dans ses idées. Encore une fois, elle s'éveillait nue, éprouvait un étrange remous à la perspective qu'Aidan l'ait dévêtue. Sa sollicitude de la veille ainsi que la profondeur de ses sentiments avaient ébranlé ses convictions, la projetant dans un amalgame d'émotions. En tournant la tête vers le balcon, elle aperçut un petit paquet emmailloté dans un carré de soie sur sa table de nuit.

Intriguée, elle le prit, le soupesa, avant d'entreprendre de le déballer. Quelle ne fut pas sa surprise en découvrant à l'intérieur une magnifique rose du désert ! Le cristal de gypse était rugueux entre ses doigts, brillant par endroits sous la lumière matinale. Elle en avait déjà entendu parler par le passé, mais c'était la première fois qu'elle en voyait une. C'est sa forme étrange, qui ressemblait vaguement à une rose, qui lui valait ce nom pittoresque. C'était une des rares choses en ce monde qui devait son existence à l'érosion.

Émue, elle la contempla sous tous ses angles, s'émerveillant de sa délicatesse, de sa beauté exceptionnelle.

Aidan l'avait-il recueillie lui-même dans les dunes du désert ? C'était fort possible ! Seul un homme de sa trempe pouvait s'arrêter à ce genre de détail, songer à elle avec tant de ferveur dans la tourmente. Touchée par son attention, elle ferma les yeux un bref instant. Que devait-elle faire ? C'était dans un instant comme celui-ci qu'elle aurait apprécié les conseils judicieux de sa tante. Le cœur en déroute, elle enfila un peignoir, puis gagna la terrasse adjacente à sa chambre. Elle se perdit dans la contemplation du paysage, sans se soucier de l'heure.

Au bout d'un moment, un tambourinement discret à sa porte lui fit dresser la tête.

– Entrez, lâcha-t-elle en se retournant.

Le battant s'ouvrit, livrant passage à deux servantes. L'une apportait avec révérence un caftan de soie bleu turquoise brodé de papillons d'or et de perles, l'autre un plateau chargé de victuailles. Quand la première déploya le vêtement sur le lit, Adélaïde fut stupéfaite à la vue de cet apparat de princesse sortie des contes des mille et une nuits.

Ses pieds s'enfoncèrent dans le tapis moelleux lorsqu'elle revint dans sa chambre. Elle ne put s'empêcher de caresser avec ravissement le tissu chatoyant de sa nouvelle tenue. L'une des servantes, qui avait surpris son geste, l'invita à s'asseoir sur un banc, alors que la deuxième lui servait une assiette emplie de fruits frais. Adélaïde s'exécuta tout en dégustant les quartiers d'orange et le raisin qu'on lui avait préparés. Avec une habileté due à leur expérience, les femmes s'affairèrent à discipliner sa chevelure emmêlée de nœuds. À peine finissait-elle de manger que l'une d'elles lui présenta un bol d'eau mentholée pour qu'elle puisse se rincer la bouche et la convia par la suite à se lever pour l'aider à enfiler son caftan.

Une fois que ce fut fait, elles descendirent toutes les trois au rez-de-chaussée et se dirigèrent vers une porte de bois massive encadrée par deux gardes à la mine rébarbative. Adélaïde eut un instant d'hésitation à leur vue. Ces hommes ne lui disaient rien qui vaille, mais les deux servantes ne semblaient pas troublées outre mesure par leur présence ; au contraire, elles invitèrent Adélaïde à franchir le seuil. La jeune femme avança avec prudence et fut rassurée lorsqu'aucun des deux gardes ne fit attention à elle.

Derrière le battant sculpté se trouvait un magnifique jardin agrémenté d'une fontaine de mosaïque et regorgeant d'une diversité de fleurs exotiques. L'endroit était entouré de murs très hauts, offrant ainsi une intimité complète aux occupants. Adélaïde ouvrit de grands yeux émerveillés et s'approcha de la fontaine à pas feutrés. Elle plongea sa main dans l'onde claire, stupéfaite d'y découvrir des poissons rouges nageant en toute liberté. Ces lieux étaient si enchanteurs qu'elle en oublia ses soucis l'espace d'un instant. Difficile d'imaginer l'horreur de la guerre dans un tel décor, surtout avec les papillons qui virevoltaient dans les airs, le chant mélodieux des oiseaux et la cascade de rires qui résonnaient au loin.

L'une des deux servantes frôla son épaule pour capter son attention, puis désigna d'une main gracieuse le long corridor qui débouchait sur le quartier des femmes. Adélaïde s'engagea dans l'étroit passage, incertaine de l'attitude à adopter. Leurs pas les conduisirent dans une immense pièce aux murs tendus d'étoffes soyeuses et multicolores : le harem, comprit Adélaïde. Contre toute attente, l'harmonie semblait régner en ces lieux empreints de paix propice et de sérénité. Quelques concubines étaient assises à même le sol sur des coussins chamarrés et bavardaient avec gaieté entre elles, alors que d'autres se reposaient sur des sofas moelleux recouverts de soie, un livre entre les mains. Toutes portaient des caftans aux couleurs variées richement parés ainsi que des bijoux. Les concubines paraissaient se complaire dans une vie oisive dorée et choyée, loin de la réalité plus obscure de son existence. « Juste ciel ! » Elle avait l'impression d'avoir fait un bond dans le temps ; c'était surréaliste.

L'aînée d'entre elles, une femme d'une quarantaine d'années environ, s'avança dans sa direction, un sourire amical sur les lèvres.

— Bienvenue, Milady, l'accueillit-elle de sa voix aux accents chantants. Je suis Halima, la première épouse de Saadi, expliqua-t-elle dans un anglais presque parfait.

— Enchantée, je suis Adélaïde, répliqua-t-elle avec un certain malaise.

— Vous êtes Anglaise, n'est-ce pas ?

— D'une certaine façon, répondit Adélaïde. En fait, j'ai beaucoup voyagé et je crains d'avoir adopté les couleurs de plusieurs pays.

La femme éclata d'un rire cristallin qui la ravit.

— Venez avec moi ! Mon époux a demandé à ce que nous vous fassions découvrir nos traditions. C'est un présent qu'il vous offre, à vous et votre compagnon. Un grand honneur, car les ladies de votre société ne sont pas autorisées à pénétrer en ces lieux sacrés en temps normal. Cependant, mon époux croit que vous saurez apprécier nos usages.

Adélaïde suivit Halima en s'interrogeant sur le sens à donner aux propos de leur hôte. En quoi une journée passée dans son harem serait-elle un cadeau pour elle, mais surtout pour Aidan ? Elle eut la première réponse à sa question en contournant le panneau de tissu qui dissimulait l'entrée d'un énorme bain à ciel ouvert aux proportions gigantesques. Une fontaine au centre provoquait un léger bruit de cascade agréable à l'oreille, alors que des murs imposants de marbre blanc surmontés d'arches l'entouraient sur trois façades, créant une jolie galerie intérieure tout autour. Des plateaux de fruits ainsi qu'une carafe de thé à la menthe avaient été déposés sur un immense tapis qui recouvrait en partie le sol dallé.

Dans cet environnement particulier, la nudité semblait de mise, faisait partie intégrante des mœurs. Adélaïde était sidérée. L'inviterait-on à se joindre aux autres femmes qui barbotaient dans l'eau ? Si c'était le cas, serait-elle assez ouverte d'esprit pour s'y risquer ? Certes, elle avait dansé les seins nus devant un village entier au Cameroun, mais de là à dévoiler sa féminité au regard de toutes, elle hésitait. Était-ce un pas qu'elle accepterait de franchir ? Le fait qu'aucun homme ne serait témoin de cet écart de conduite cette fois-ci la rasséréna d'une certaine façon. Mais serait-ce assez ? Halima, qui l'observait entre ses longs cils, eut un sourire entendu.

— Je crois qu'il est temps pour vous, Milady, de réveiller vos sens endormis, déclara-t-elle avec délicatesse.

Adélaïde eut un rire hésitant. Un frisson d'anticipation la parcourut. Pour sa part, elle était certaine qu'il n'était pas judicieux d'aiguiser sa sensualité dans le contexte actuel, surtout pas avec Aidan dans les parages.

– Halima, merci à vous, mais…

– Il n'y a pas de «mais» qui tienne, Milady. Votre regard est empli de tristesse, vos muscles si noués que vous êtes tendue comme une branche prête à se rompre. Votre peau manque d'éclat, ainsi que vos cheveux. Vous étouffez ! Il serait bénéfique que vous accordiez une pause à votre corps !

Adélaïde n'allait pas la contredire à ce sujet, outre le fait qu'elle ne se rappelait plus la dernière fois où elle s'était octroyé un instant de répit, l'esprit libre de toute entrave. Son être entier désirait cette délivrance salutaire, à plus forte raison après les événements récents. Devait-elle brider ses émotions à cause de ce bougre d'Écossais, ou se permettre d'être enfin elle-même ? «Au diable Aidan MacBain !» décida-t-elle sur un coup de tête. Après tout, elle avait le droit de vivre pleinement sa vie.

Décidée à profiter de ce bref moment d'accalmie, aussi éphémère soit-il, elle retira son caftan d'un geste preste avant d'être tentée de changer d'idée. Quand l'étoffe s'affaissa à ses pieds, ses joues revêtirent des couleurs. Stupéfiée par sa propre audace, elle se dirigea vers les marches qui descendaient dans le bain, se retenant avec peine de ne pas dissimuler certaines parties de son anatomie avec ses paumes.

Les deux servantes qui l'avaient conduite en ces lieux entrèrent à leur tour dans le bain après s'être dévêtues, du savon et du shampooing entre les mains. Adélaïde les laissa s'approcher d'elle et dut s'astreindre à ne pas effectuer un mouvement de recul lorsqu'elles entreprirent de lui faire sa toilette avec un naturel désarmant, puis de l'assécher. L'inconfort qu'elle ressentit fut vite chassé quand elles s'activèrent à démêler de nouveau ses longues mèches tout en massant son cuir chevelu. Adélaïde se détendit peu à peu, perdant de la rigidité qui avait été son apanage depuis des semaines. Halima, qui venait de la rejoindre, toucha son épaule avec délicatesse pour ne pas la faire sursauter.

– Avant de prendre une collation, je vais demander à l'une de mes servantes d'assouplir vos muscles, Milady. Vous verrez, vous en ressentirez une paix bienfaitrice.

Adélaïde acquiesça sans hésitation et se dirigea vers une longue table basse recouverte d'un tissu spongieux. Lorsqu'elle se fut allongée sur le ventre, Halima s'installa à ses côtés.

– Le corps est conçu pour le plaisir, commença-t-elle. À l'inverse, la morale est un concept étouffant qui n'a pas lieu d'exister et qui brime les amants. Rejeter sa sexualité revient à se renier soi-même, alors que stimuler les jeux de l'amour rend les rencontres plus intenses et merveilleuses, poursuivit-elle d'une voix envoûtante.

Adélaïde ne sut que penser de ces propos, d'autant plus que l'une des servantes venait de faire couler un mince filet d'huile chaude parfumée au jasmin entre ses omoplates. Des paumes de ses mains, celle-ci exerça diverses pressions sur ses muscles noués, les massant avec art. Malgré elle, Adélaïde laissa fuser un grognement de pur bonheur. Elle avait l'impression de flotter entre deux mondes, dans un état de béatitude. Paradoxalement, elle avait aussi la sensation de s'éveiller. Halima, qui avait remarqué le changement chez elle, s'installa plus confortablement et poursuivit son discours.

– Il n'y a aucune règle à suivre dans l'art amoureux, il suffit de se concentrer sur ses sens, d'être à l'écoute de ses besoins afin d'atteindre le paroxysme de la jouissance. Le plaisir charnel offre un tel sentiment de détente après son apogée qu'il serait ridicule de s'en priver !

Adélaïde, qui se sentait gagnée par une douce torpeur, ferma les paupières. Les paroles d'Halima trouvaient un écho en elle, titillaient sa sensualité à fleur de peau, attisant sa faim d'Aidan, celle qu'elle refusait justement de prendre en considération. Son esprit se rebella, chercha à s'extraire de cette langueur affriolante, mais déjà la masseuse lui touchait le bras pour lui indiquer de se retourner sur le dos. Adélaïde s'exécuta sans se poser de questions, mais tressauta quand un nouveau filet d'huile s'écoula dans la vallée entre ses seins et que la femme commença à masser sa poitrine avec une habileté perturbante.

D'emblée, Adélaïde ne put s'empêcher d'imaginer ce qu'elle éprouverait si c'étaient les mains puissantes d'Aidan qui lui faisaient subir un tel traitement. Sa respiration s'accéléra à cette idée, d'autant plus que la servante entreprenait désormais de pétrir l'intérieur de l'une de ses cuisses après avoir replié sa jambe pour avoir libre accès à cette partie charnue de son anatomie. « Ciel ! » Si elle devait croiser Aidan à cet instant, elle n'était pas certaine de pouvoir demeurer sereine. Son être entier le réclamait sur l'heure avec une urgence déstabilisante.

Les heures avaient passé à une vitesse si effarante qu'Adélaïde fut surprise de constater que le jour avait cédé la place à une lune auréolée d'une lumière scintillante. Elle venait de traverser le jardin aux bruits feutrés. Halima ainsi que les autres concubines de Saadi s'étaient montrées si prévenantes envers elle au cours de la journée qu'elle se sentait dorénavant davantage en harmonie avec son corps et son esprit. C'était comme si elle avait l'impression d'être parvenue à se débarrasser de son ancienne enveloppe charnelle flétrie, comme l'aurait fait un serpent lors de sa mue.

C'était une sensation inusitée. Arrivée à la porte sculptée en bois, elle leva les mains à la hauteur de ses yeux, contempla le travail minutieux qu'Halima y avait exécuté au henné. Adélaïde était fascinée par l'entremêlement d'idéogrammes et de dessins symboliques censés la protéger. Les courbes étaient fluides, le détail des fleurs si précis que le tatouage semblait prendre vie lorsqu'elle bougeait les doigts d'un mouvement gracieux comme les concubines le lui avait enseigné.

Elle frôla ses cheveux torsadés en un chignon. Les mèches folles bouclaient sur ses tempes et cascadaient en toute liberté sur ses épaules. Inséré dans sa coiffure, le collier de piécettes qui ornait son front tintait lorsqu'elle se déplaçait. Elle se sentait femme jusqu'au bout des ongles, tout son être irradiant d'une aura de sensualité.

Quand le battant s'ouvrit pour lui livrer le passage, elle fut étonnée de découvrir Percy Fraser de l'autre côté. Celui-ci cligna des yeux à son approche, ne sembla plus savoir comment réagir. Adélaïde fut ébranlée par son trouble évident. Il la contemplait comme un homme désirant une amante, ce qui la déconcerta. Elle lui sourit avec gentillesse, remarqua pour la première fois les traits anguleux du sergent, le calme tranquille qu'il dégageait par sa seule présence. Elle aurait pu tomber amoureuse d'un gentilhomme tel que lui s'il n'y avait pas eu Aidan MacBain.

— Sergent, je suis heureuse de vous revoir, l'accueillit-elle avec chaleur en lui tendant la main sans réfléchir.

— Milady…

La voix rauque de Percy l'enchanta d'une certaine manière. Raison de plus, celui-ci venait de s'incliner devant elle avec galanterie et de poser ses lèvres sur le dessus de ses doigts. La caresse légère qu'il s'autorisa à l'intérieur de son poignet finit de la perturber. Elle retira ceux-ci de son étreinte avec douceur, le regard rivé sur lui.

L'une des servantes attitrées de sa personne s'avança au même moment dans sa direction de son pas vaporeux, rompant le charme.

— Milady, un repas vous attend dans votre chambre. Mon maître a pensé que vous préféreriez peut-être manger seule. Il vous a fait préparer un assortiment de mets raffinés.

Adélaïde se tourna vers la nouvelle venue, une expression confuse sur le visage.

— Merci, répondit-elle d'un débit un peu essoufflé en lui emboîtant le pas.

Alors qu'elle s'apprêtait à monter l'escalier, elle se retourna vers Percy. Celui-ci n'avait pas bougé, se contentant de la regarder partir avec une certaine tristesse dans les yeux. Cet homme avait toujours été présent à ses côtés depuis leur rencontre à Métis, ombre discrète dans le sillage d'Aidan MacBain. C'était aussi lui qui l'avait délivrée des griffes de Krauss au Nigéria, qui était venu la chercher chez les Pygmées. Non sans regret, elle prit soudain conscience qu'elle ne l'en avait jamais remercié. Un oubli qu'elle se devait de rectifier.

— Merci de veiller sur moi, sergent, lâcha-t-elle d'une voix émue. Et merci de m'avoir secourue lorsque j'étais prisonnière de Nikolaus Krauss.

Un sourire illumina le visage de Percy, se transportant jusqu'à ses prunelles.

– Tout le plaisir est pour moi, Mademoiselle de Beauchamp, répliqua-t-il en la saluant avec déférence.

Aidan, qui était arrivé depuis peu, assista à cet échange, une pointe de jalousie au creux du ventre. Adélaïde resplendissait. Ce soir, il se dégageait d'elle une sensualité toute féminine qui ne laisserait aucun homme indifférent, y compris Percy Fraser. Il comprenait que son ami fut fasciné par elle, tel un papillon de nuit attiré par la lumière d'une flamme vive. Toutefois, Adélaïde était sienne, et son âme de conquérant désirait effacer jusqu'à l'image de Fraser dans l'esprit de la jeune femme.

Aussi fit-il demi-tour quand il la vit regagner ses appartements, puis il ouvrit une porte qui donnait sur la cour intérieure réservée aux invités. En levant la tête, il aperçut le balcon attenant à la chambre de sa compagne, entreprit de l'escalader, certain qu'elle y viendrait pour profiter de la douceur de la nuit.

Adélaïde contemplait le ciel étoilé d'un air rêveur. Elle se sentait revivre, ce qui provoquait en elle un sentiment d'allégresse. Tout en s'appuyant sur la balustrade, elle songea au sentiment éprouvé tout à l'heure en présence de Percy Fraser, un émoi fort éloigné du tourbillon enfiévré dans lequel Aidan la plongeait dès qu'il la touchait. Que penser ? Il était évident que Percy Fraser n'était pas indifférent à sa personne ; elle l'avait vu dans son regard. Il avait laissé transparaître ses émotions, probablement plus qu'il ne l'aurait voulu. Penchant la tête sur le côté, elle ferma les paupières afin de goûter la douceur de la nuit.

— Vous êtes si magnifique que j'ai l'impression de me retrouver en présence d'un être surnaturel sorti tout droit d'un monde enchanté, murmura derrière elle une voix enrouée.

Adélaïde demeura immobile, le corps frissonnant. Les intonations veloutées d'Aidan glissèrent sur elle, la capturant dans leur charme ensorcelant. Elle prit une inspiration tremblotante lorsqu'Aidan émergea de l'ombre et vint se mouler dans son dos. Deux bras l'encerclèrent en prenant appui sur la balustrade de chaque côté d'elle, l'emprisonnant. Quand des lèvres impudiques frôlèrent la courbe de son cou, Adélaïde eut la sensation de manquer d'air. Aidan savait se montrer séducteur, corrompre ses sens pour l'attirer dans ses filets.

— Nom de Dieu, Adélaïde! J'ose à peine vous toucher de crainte de perdre tout contrôle.

Son souffle chaud enfiévra la jeune femme, effaçant dans son esprit tout souvenir concernant Percy Fraser. Aidan MacBain la possédait complètement, exerçait sur elle un attrait auquel il lui était impossible de résister. Comme s'il avait senti sa confusion, Aidan se moula contre sa croupe, lui communiquant son désir brut, impérieux.

— Je vous désire, Adélaïde. À tel point que c'en est douloureux. Accompagnez-moi dans le désert demain, passez la prochaine nuit en ma compagnie afin que je puisse vous aimer comme vous le méritez.

Adélaïde gémit contre lui, tiraillée entre la faim qui la dévorait et son instinct de survie.

— Je pourrais vous prendre maintenant, sur ce balcon, mais je m'en abstiendrai, poursuivit Aidan d'une voix rauque. Je veux que vous veniez à moi de votre plein gré, ma mie.

La respiration d'Adélaïde s'accéléra. Il souhaitait une entière reddition de sa part, elle le sentait dans chacune des fibres de son corps.

— Je serai aux portes du palais au petit matin. Si vous n'êtes pas là, je comprendrai…

Sur ces mots lourds de sens, il la libéra de son étreinte, puis disparut dans la nuit. Ce soir, il ne monterait pas la garde dans sa chambre ; il ne se faisait pas confiance. Elle était beaucoup trop désirable pour sa tranquillité d'esprit. À la place, il demeurerait dissimulé parmi la végétation, la veillerait à distance.

Adélaïde s'agrippa à la balustrade, le cœur en déroute. Elle savait qu'il était reparti, le percevait avec une acuité effarante. Elle se frotta les bras, frigorifiée. Le marché qu'il lui proposait était dangereux, mais ô combien séduisant ! À plus forte raison, elle connaissait le goût de ses baisers, la magie de ses caresses, les ravages que pouvait causer son membre lorsqu'il s'enfonçait en elle.

— Pardieu… lâcha-t-elle dans un souffle en s'ébrouant.

Cette escapade dans le harem avait exacerbé ses sens, la rendant vulnérable à l'envoûtement qu'exerçait Aidan MacBain sur elle. Si elle n'y prenait pas garde, elle pourrait de nouveau s'y brûler les ailes.

Le soleil filtrait à travers les vitres, promesse d'une journée radieuse, et inondait la pièce d'une lumière éblouissante qui ne parvenait pas malgré tout à chasser l'angoisse qui étreignait Adélaïde. Elle avait peu dormi la nuit dernière, ce qui n'était pas surprenant, puisqu'elle n'avait cessé de penser à Aidan MacBain, à un point tel qu'elle en avait un nœud dans l'estomac. Anxieuse, elle se dirigea vers la porte qui menait à son balcon en se mordant la lèvre inférieure. En réalité, Aidan lui avait offert un choix insoutenable la veille, et elle hésitait à se décider. Que lui réservait-il au juste ? Le connaissant, elle savait que rien ne serait laissé au hasard, ce qui la tracassait.

Elle n'était pas certaine de vouloir partir en excursion avec lui, encore moins de passer une nuit sous sa coupe. C'était un risque hasardeux qui pourrait lui coûter cher. Par réflexe, elle frôla la cicatrice autour de son poignet gauche, celle causée par la corde de chanvre qui l'avait retenue prisonnière sur la chaise. Ce simple souvenir lui coupa le souffle. Combien de temps ses réminiscences empoisonneraient-elles son existence ? Cette pensée en entraînant une autre, elle revit de façon distincte le corps ensanglanté de son oncle sur le parquet de son bureau, les yeux grands ouverts sur la mort, sa tante allongée en travers de sa poitrine. Cette image resterait imprégnée dans son esprit, quoi qu'elle entreprenne pour essayer de l'effacer. Le jour, elle parvenait à demeurer calme, à contrôler la panique qui ne demandait qu'à la submerger, mais la nuit venue, il en était tout autrement ; elle était à la merci de ses cauchemars. Que ne donnerait-elle pas à ce moment-là pour avoir des bras protecteurs enroulés autour de ses épaules ?

Aidan lui prodiguerait cela, mais à quel prix ? La vie serait un éternel combat avec lui. Elle posa une main tremblante sur son ventre plat, les yeux brillants de larmes contenues. Avait-elle le droit de s'octroyer un dernier instant de bonheur en sa compagnie avant de le quitter ? Halima lui aurait dit oui sans aucune hésitation, lui recommandant même de s'abandonner sans réserve. C'était si tentant ! Un attrait irrésistible pour son âme écorchée à vif. Pourquoi dans ce cas ne pas suivre les conseils d'Halima et profiter de ce que la vie lui offrait ?

Prise d'un besoin urgent de se sentir de nouveau revivre, elle se détourna de la vision de l'étendue désertique et sortit de sa chambre. Lorsqu'elle ouvrit le battant de bois massif qui menait à l'extérieur du palais, elle fut cueillie par une bouffée de chaleur. Elle s'avança jusqu'au milieu du sentier, puis s'arrêta pour contempler le paysage grandiose qui l'environnait. Un cavalier la surveillait de loin, semblant attendre un signe de sa part. Adélaïde tressaillit en le voyant s'approcher d'elle, fièrement dressé sur son étalon. L'homme portait un burnous de laine brune par-dessus sa djellaba blanche ainsi qu'un keffieh[18] sur la tête. Une cordelière noire retenait le foulard en place, alors que sa bouche et son nez étaient protégés par l'une des pointes de tissu enroulées autour de son visage. Seuls ses yeux demeuraient visibles. Le nouveau venu tira un coup de feu en l'air, cria dans un dialecte inconnu avant de s'élancer dans sa direction. Parvenu à sa hauteur, il freina sa monture avec une maîtrise remarquable, puis lui tendit la main. Adélaïde déglutit avec peine face au regard sauvage qui la fixait. Ses prunelles, elle les reconnaissait, mais son cerveau refusait de les associer à l'homme qui se dressait devant elle.

Aidan sourit derrière son keffieh, ravi de la déstabiliser au point de lui faire perdre ses moyens, mais surtout empli

18. Grand carré de tissu plié en triangle et retenu sur la tête par un cordon.

d'allégresse quant à son choix. Ne désirant pas la voir rebrousser chemin, il se pencha avec souplesse sur le côté et l'enlaça pour la tirer jusqu'à lui. Avant de comprendre ce qui lui arrivait, Adélaïde se retrouva assise en amazone devant lui, une poigne solide ancrée autour de sa taille. « Seigneur ! » Venait-il réellement de l'enlever ? Un vertige s'empara d'elle à cette pensée, l'obligeant à s'accrocher au bras qui la retenait captive pour ne pas basculer. Sensible à ses réactions, Aidan resserra son étreinte, puis dirigea sa monture vers le désert.

Leur chevauchée dura quelques minutes et les conduisit dans une palmeraie en retrait du village. Un chamelier nomade les attendait ainsi que deux dromadaires. Aidan sauta en bas de l'étalon d'un bond souple et se retourna vers elle pour l'aider à descendre. Il agrippa ses hanches avec hardiesse, puis la souleva. Lorsqu'elle fut dans les airs au-dessus de lui, il suspendit son geste un instant, avant de la laisser glisser le long de son corps avec une lenteur calculée. Le regard d'Adélaïde se voila d'emblée. Ce faisant, Aidan repoussa la pointe de son foulard vers l'arrière pour dégager le bas de son visage, sans la quitter des yeux. Puis, il captura ses lèvres dans un baiser fougueux empreint de sensualité. Adélaïde chancela sous cet assaut primitif inattendu, enroula ses bras autour de son cou par réflexe afin de se mouler contre lui. Aidan fonça à sa conquête, se délectant de son goût suave, s'abreuvant à même les gémissements qu'il lui arrachait. Un éclair de victoire étincela dans ses prunelles, et c'est à contrecœur qu'il la libéra.

Le chamelier, qui s'était tenu à l'écart par respect, s'approchait désormais d'eux afin de tendre à Aidan la corde qui retenait les deux dromadaires. D'un geste révérencieux, il s'inclina, puis déposa un baiser à l'intérieur de sa main droite avant de porter celle-ci à sa poitrine à la hauteur de son cœur. Aidan lui rendit son salut en penchant la tête. Adélaïde vit l'étranger s'éloigner, non sans une pointe d'interrogation dans le regard. Où allait cet homme ? Sans lui laisser le temps de formuler à voix haute la question qui se pressait sur ses lèvres, Aidan l'entraîna à sa suite. Il souhaitait lui faire découvrir les splendeurs du désert, mais également l'instruire des dangers qu'il renfermait ; c'était primordial pour le déroulement de son plan.

À leur approche, l'un des deux dromadaires se tourna vers la jeune femme, la fixa de ses grands yeux noirs frangés de longs cils, ruminant en toute quiétude. Sa mauvaise haleine fit plisser le nez d'Adélaïde, lui rappelant à quel point leur odeur pouvait saisir à la gorge. Aidan éclata de rire en apercevant son expression.

— À votre place, j'éviterais de le froisser, lâcha-t-il avec une pointe d'humour dans la voix. Ces animaux sont têtus et aiment tout particulièrement cracher au visage de leurs victimes.

— Je le sais, rétorqua Adélaïde quelque peu déstabilisée par sa soudaine bonne humeur. Mais ces pauvres bêtes ne sont pas plus entêtées que certaines personnes de ma connaissance, poursuivit-elle sans réfléchir.

Aidan releva un sourcil, amusé par sa pique pour le moins inopinée. Quant à Adélaïde, gagnée à son tour par une sensation d'allégresse, elle le dévisagea sans vergogne. Aidan lui révélait un volet surprenant de sa personnalité, ce qui l'enchantait. Sensible à son état d'esprit, celui-ci lui fit signe de le rejoindre.

— Venez ici, Milady !

Au lieu de lui obéir, Adélaïde recula, un sourire impudent sur ses lèvres pulpeuses.

— Et pourquoi donc, major ? répliqua-t-elle en se prenant au jeu.

Aidan fut abasourdi par son aplomb et sa spontanéité au point de sentir naître en lui un sentiment d'espoir. Si elle avait l'audace de le provoquer à dessein, c'était qu'elle n'était plus sur la défensive en sa présence. De plus, il était prêt à parier sa vie qu'il ne lui était pas indifférent.

— Approchez, Milady, si vous en avez le courage !

Alors qu'elle faisait mine de s'avancer, il l'attrapa par la taille et la souleva du sol, lui arrachant un éclat de rire joyeux.

— J'ai une surprise pour vous, ma douce, chuchota-t-il à son oreille.

Un frisson d'anticipation parcourut la jeune femme. Quant à Aidan, il l'entraîna jusqu'au deuxième dromadaire. Adélaïde se trémoussa pour échapper à son étreinte, sans succès. Tout ce qu'elle récolta en échange fut une légère morsure dans le cou.

— Tenez-vous tranquille, Milady, ou je ne réponds plus de mes actes, la menaça Aidan d'une voix hachée.

Au moment où il la libéra, elle se retourna vers lui plus vite que l'éclair et fit descendre un doigt aguicheur le long de son torse, ne s'arrêtant qu'à la limite de sa ceinture.

— Prenez garde, major ! le défia-t-elle à son tour. J'ai appris certaines choses dans le harem de Saadi…

Sa bravade resta suspendue dans l'air comme autant de promesses suggestives. Aidan cilla et dut faire preuve d'une maîtrise colossale pour ne pas la posséder sur-le-champ. D'autant plus que le sourire mutin qu'elle affichait n'était pas pour l'aider. Préférant calmer le jeu pour le moment, il retourna vers les chargements volumineux fixés à la selle et sortit de l'un des sacs tissés en laine de chèvre une longue robe de couleur sombre. Il s'agissait d'un haïk[19], le vêtement traditionnel des femmes de la région, une tenue parfaitement adaptée aux conditions climatiques du désert. D'un geste de la tête, il invita Adélaïde à le revêtir. Celle-ci coula un regard hésitant dans sa direction. Il n'y avait plus personne avec eux dans ce petit coin de paradis, et ils étaient hors de portée de toute civilisation. Si elle se déshabillait devant lui et qu'il s'avisait de la séduire, personne ne serait présent pour l'en empêcher. Était-elle prête à se donner à lui ? Pas tout de suite. Elle avait besoin d'un peu de temps pour se faire à cette idée, organiser ses pensées.

— Tournez-vous, major ! décréta-t-elle d'un ton assuré.

Aidan croisa les bras sur son torse, résolu à ne pas acquiescer à sa demande. Hors de question qu'il se prive de la vision de sa semi-nudité à la lumière du jour. Il y avait trop longtemps qu'il rêvait de se repaître de chaque courbe de son petit corps affriolant. Ne le voyant pas obtempérer, Adélaïde pianota des doigts sur le vêtement qu'elle tenait pressé contre sa poitrine, plus nerveuse tout à coup.

— Si vous étiez un gentleman, vous n'agiriez pas de façon aussi éhontée, tenta-t-elle de le raisonner.

— C'est vrai, mais vous et moi savons que je ne le suis pas.

Là-dessus, il prit appui à un arbre, s'installant avec une aisance qu'elle était loin de posséder. Ainsi, il comptait se délecter du spectacle. Alors parfait, elle lui donnerait matière à réflexion, le rendrait inconfortable pour le restant de leur

19. Vêtement féminin musulman constitué d'un grand voile.

chevauchée. Après tout, elle pouvait bien avoir recours à un ou deux trucs que lui avaient enseignés les concubines de Saadi. Relevant le menton avec bravade, elle commença à déboutonner un à un les boutons de son chemisier sans se presser. Puis, elle entreprit de révéler avec une lenteur affriolante ses épaules nacrées, sa gorge et la naissance de ses seins, ce qui mit rapidement Aidan au supplice. Il se raidit aussitôt, les mains crispées sur ses coudes. Des étrangers seraient arrivés sur place qu'il n'en aurait pas eu conscience tant son esprit était obnubilé par la femme qui se dévoilait sous ses yeux. Oserait-elle poursuivre sa parade jusqu'au bout ? Qu'il soit damné si elle s'arrêtait en cours de route !

Le sourire provocateur d'Adélaïde s'élargit à la vue de la forme révélatrice qui apparaissait maintenant sous le tissu de la djellaba d'Aidan. Grisée par son pouvoir, elle laissa son chemisier glisser plus bas, offrant au regard avide de celui-ci la blancheur d'un sein, puis d'un deuxième. Aidan sourcilla à cette vision. « Enfer et damnation ! » Elle ne portait aucun corset sous son corsage. Moins certain tout à coup de pouvoir supporter ce supplice davantage, il se racla la gorge pour se redonner une contenance. Sauf que l'œillade qu'elle coula vers son entrejambe en pourléchant ses lèvres gourmandes faillit lui faire perdre tous ses moyens. Outre le fait que le petit bout de langue rose qui pointait promettait des plaisirs indescriptibles. Toutefois, quand son ventre plat apparut, annonciateur de la douceur à venir, il ne put rester stoïque plus longtemps. Si jamais elle s'avisait de mettre à nu ses boucles soyeuses nichées entre ses cuisses, il serait incapable de se contenir. Dans un grognement des plus révélateur, il se détacha de l'arbre et retourna auprès des dromadaires. Un rire de gorge rauque retentit derrière lui, faisant remonter un frisson délicieux le long de son échine. L'ingénue avait eu raison de sa résistance, mais elle ne perdait rien pour attendre, se promit-il.

Un sourire goguenard s'afficha sur les lèvres d'Adélaïde. Elle était fière d'elle. Comme il était doux de constater qu'elle pouvait lui rendre la monnaie de sa pièce avec autant de facilité. Stimulée par son succès, elle termina de se déshabiller en songeant à la suite de sa manœuvre, puis enfila le haïk. C'était agréable de ressentir la caresse des rayons du soleil sur sa peau. Pour sa part, Aidan patienta plusieurs minutes avant de se risquer à se retourner vers elle. Par chance, lorsqu'il le fit, elle avait déjà revêtu la tenue bouffante, et celle-ci dissimulait dorénavant ses courbes affriolantes, apportant un répit salutaire à ses sens. Néanmoins, il en avait assez vu pour se retrouver dur comme un maillet pendant un bon moment, surtout s'il devait sentir devant lui la croupe de sa compagne reposer contre son bas-ventre durant tout le reste du trajet. La chevauchée dans ces conditions risquait de se révéler inconfortable.

Quand Aidan s'autorisa à s'approcher d'elle, ce fut pour l'aider à ajuster le voile sur sa tête de façon à protéger son visage. Habillée de cette manière, elle pourrait passer sans problème pour l'une des femmes des tribus berbères, si ce n'était de la lueur de défi qui brillait dans ses prunelles et à laquelle il n'était pas insensible.

— Vous ne perdez rien pour attendre, ma mie, gronda-t-il.

Adélaïde se pressa contre lui, de nouveau provocatrice.

— Des menaces, major ! susurra-t-elle d'une voix aguichante.

— Oh non, ma douce ! Une promesse !

La ferveur qui filtra dans l'intonation d'Aidan s'insinua dans chaque pore de la peau d'Adélaïde, éveillant son appétence. Ce fut au tour de celle-ci de s'agiter, ce qui plut à Aidan.

— Vous serez à ma merci, Milady ! souffla-t-il contre son voile, avant de reculer d'un pas.

L'agitation était visible dans le regard troublé de sa compagne. De cette façon, ils seraient deux à se languir l'un de l'autre. Satisfait de lui, Aidan retourna vers le dromadaire qu'ils allaient monter ensemble et prit soin au passage d'attacher le deuxième, qui transportait leur matériel de survie à sa selle. Adélaïde le suivit des yeux, consciente de la force brute qui émanait de lui, de sa virilité, de son odeur musquée. Voulant se changer les idées pour ne pas montrer l'effet ravageur qu'il avait sur ses sens, elle s'efforça de porter une attention soutenue au harnachement de l'animal, focalisant son regard sur les motifs du tapis tissé en laine de chèvre, la selle de cuir ouvragée avec finesse ainsi que la peau de mouton qu'Aidan venait de déposer sur l'ensemble pour leur offrir un meilleur confort. Ce n'était pas la première fois qu'il accomplissait cet acte, nota-t-elle avec stupéfaction, l'assurance dans ses mouvements parlant d'elle-même.

— Combien de fois vos missions vous ont-elles conduit dans cette partie du monde ? s'informa-t-elle, curieuse.

Aidan suspendit son geste, puis termina de fixer les sacoches ornées de glands sur les flancs de la bête et de vérifier que les outres d'eau, ses armes ainsi que la nourriture sèche s'y trouvaient, avant de pivoter.

— Plus de fois que je ne pourrais m'en souvenir, répondit-il de manière évasive.

Le front d'Adélaïde se plissa d'une ligne dubitative. Il esquivait sa question. Poussée par le désir d'en savoir davantage, elle insista.

– Mais encore…

Un sourire en coin souleva les lèvres d'Aidan. Elle n'acceptait pas de lâcher prise ; pourtant, il le faudrait. Il ne souhaitait pas révéler la moindre information susceptible de l'orienter sur le contenu de ses missions. C'était là des renseignements qu'il se devait de garder sous silence. Toutefois, il avait l'intention de profiter de son expertise pour lui faire découvrir un endroit hors du temps qu'il avait déniché lors de l'un de ses périples.

– C'est inutile de persister dans cette voie, car c'est tout ce que je vous dirai.

– Je comprends. Dans ce cas, pouvez-vous au moins me dire si vous avez rencontré Lawrence d'Arabie ?

– Pourquoi cette question ? demanda-t-il.

Le fait qu'il ne se retourne pas vers elle et continue de vérifier le harnachement du dromadaire avec une attention accrue n'échappa pas à Adélaïde.

– Par curiosité. Vous avez mentionné son nom lors d'une discussion avec Saadi. Étant donné que des soldats dans mon entourage l'ont qualifié de « bouffon » et d'« exhibitionniste », alors que d'autres ne tarissaient pas d'éloges à son endroit, je m'interrogeais.

– Vous semblez bien renseignée à ce sujet, il me semble.

– Son succès auprès des Arabes ne passe pas inaperçu pour qui est au courant de la situation. Avouez, major, qu'il est plutôt inhabituel qu'un soldat anglais en vienne à délaisser son uniforme pour endosser l'habit d'un chérif

Beni Wejh, quoique… lâcha-t-elle en relevant un sourcil dans sa direction.

— Il est parfois plus accommodant dans le cadre de nos infiltrations d'adopter les coutumes locales, se justifia Aidan.

Il n'aimait pas être comparé à cet énergumène qui faisait fi de certains principes de base, oubliait le but de sa mission pour mener sa propre bataille. Il avait rencontré cet homme à plus d'une occasion, était agacé à l'idée de devoir le côtoyer de nouveau sous peu, car c'était auprès de lui que l'envoyait l'état-major afin de tempérer le désastre qu'il était en train de causer parmi les Bédouins. Même le prince Fayçal cherchait un moyen de s'en débarrasser, sans parler des Turcs, qui avaient mis sa tête à prix. Ce qui s'était révélé salutaire au début tournait à la débandade. Unir les tribus arabes avait été un souhait honorable en soi, mais les mener à la révolte contre les Anglais dépassait les bornes, ce que le prince refusait de soutenir. C'est pourquoi il était dépêché sur les lieux.

Adélaïde, qui devenait de plus en plus mal à l'aise devant son long mutisme et sa mine rébarbative, commença à tripoter son haïk. Cet instant lui ramena en mémoire les raisons pour lesquelles il était préférable pour elle de se tenir éloigné du major MacBain. Aidan, qui avait décelé son agitation, s'empressa de grimper sur le dos du dromadaire et de réajuster le foulard sur son visage avant de lui tendre la main.

— Je suis désolé. Je me suis laissé entraîner dans les dédales de souvenirs peu plaisants, oubliant mes devoirs à votre endroit.

— Ce n'est rien, major ! C'est seulement…

— Venez, Adélaïde ! la coupa-t-il.

L'entendre l'appeler « major » avec ce détachement évident l'irrita. C'était le signe qu'elle venait de relever une barrière entre eux, et cela, il ne pouvait pas l'accepter. La jeune femme le toisa pendant un instant, incertaine tout à coup du bien-fondé de sa décision. Aidan se pencha davantage sur sa selle, la frôlant presque de ses doigts.

— Ne permettez pas au passé de nous priver d'un moment de bonheur, la pria-t-il d'une voix rauque. Montez avec moi…

Adélaïde plissa les yeux. Elle connaissait l'homme assis sur sa monture. Cependant, de le voir paré comme un nomade berbère, dans ce décor hors du temps, lui donnait l'impression de se retrouver devant un parfait étranger.

— Est-ce de moi que vous vous méfiez, ou bien des sentiments qui s'agitent en vous ? l'interrogea-t-il en percevant son hésitation.

— Des deux, répondit-elle avec honnêteté.

Aidan fut étonné de sa franchise. Quant à Adélaïde, elle devait reconnaître qu'il l'intimidait plus qu'elle ne voulait se l'avouer. Malgré ses tergiversations, elle se résigna tout de même à déposer ses doigts dans sa paume et à le laisser la hisser sur la bête. Après tout, il ne s'agissait que d'une brève aventure, rien qui n'engageait son cœur ; du moins, c'était ce dont elle cherchait à se convaincre.

Sur les ordres d'Aidan, le dromadaire s'agenouilla dans un premier temps, faisant tanguer Adélaïde, qui s'accrocha au pommeau de la selle pour se retenir. Puis, l'animal se redressa sur ses pattes de devant, la propulsant contre son compagnon, et termina sa remontée en se relevant sur ses jambes arrière, ce qui la projeta de nouveau vers l'avant, manquant de peu de la désarçonner. Aidan resserra sa prise autour de sa taille dans un éclat de rire tonitruant. Adélaïde tourna la tête dans sa direction et fut ébahie par la transformation qui s'opérait chez lui. Aidan lui retourna un regard malicieux en criant « hut-hut-hut » et enfonça son talon droit dans le flanc de la bête pour l'inciter à avancer. Étrange comme cet homme lui semblait plus humain d'un coup. Un constat qui chavira le cœur d'Adélaïde. Quelle bêtise avait-elle commise en acceptant de l'accompagner !

CHAPITRE 15

Nuit de passion

Dès qu'ils eurent quitté le couvert de la palmeraie, ils se retrouvèrent au cœur des ergs[20] du Sahara. Adélaïde était subjuguée par les massifs de dunes impressionnants qui s'offraient à ses yeux, comme si une mer de sable s'étendait à l'infini. Le vent en ces lieux arides avait façonné celles-ci, formant des ondulations avec les grains fins à la surface. Certaines avaient la forme d'un croissant qui pouvait atteindre plusieurs mètres de hauteur, cachant l'horizon au regard des humains qui avaient la témérité de s'y aventurer. Il faut dire que c'était une fournaise que peu d'Anglais appréciaient. Pourtant, pour Adélaïde, cette région était à couper le souffle, à tel point qu'elle en vint soudain à éprouver un vertige indéfinissable. Elle se crispa sur la selle et dégagea son visage du voile d'un geste prompt. Elle avait l'impression d'étouffer tout à coup, alors que des gouttes de sueur perlaient à son front. Aidan se pencha vers elle et commença à frotter son bras avec bienveillance.

20. Région du Sahara couverte de dunes.

— Du calme, ma mie ! Inspirez lentement et profondément. Vous souffrez d'une faiblesse passagère provoquée par l'étendue désertique combinée avec la chaleur intense. Ce malaise disparaîtra de lui-même ! Il suffit de vous détendre, murmura-t-il d'une voix basse et caressante.

La tension dans les muscles de la jeune femme se relâcha peu à peu sous ses directives, et les battements effrénés de son cœur s'apaisèrent alors que sa respiration se régularisait. Afin de la rassurer, Aidan déposa un baiser léger sur le sommet de sa tête, puis réajusta son voile et poursuivit leur périple.

Aidan profita de leur excursion pour faire découvrir à Adélaïde les beautés du désert. La première fois qu'il avait ralenti leur cadence, c'était pour lui désigner sur leur droite la présence d'un fennec engagé dans une traque. Par la suite, ils avaient aperçu au loin une caravane constituée d'une cinquantaine de dromadaires attachés les uns aux autres. Pour l'heure, il venait d'arrêter leur monture pour vérifier leur position avec sa boussole, et il tira parti de cette pause pour lui tendre une outre en peau de chèvre enduite de beurre afin qu'elle se désaltère. Adélaïde grimaça à la première gorgée d'eau. Celle-ci avait un goût curieux, mais elle était si assoiffée qu'elle relégua cet inconvénient au second plan. Sa gorge était desséchée par la chaleur aride si bien qu'elle n'avait pas envie de faire la fine bouche.

À midi, le soleil avait atteint le zénith, et la température ambiante avait grimpé de façon notable, au point qu'il leur était impossible de mettre pied à terre dans les dunes.

Les environs s'étaient vidés de toute forme de vie. Quant à Adélaïde, elle était heureuse de voir apparaître devant eux une palmeraie, oasis dissimulée au cœur du désert. Enfin, ils pourraient trouver refuge à l'ombre des immenses feuilles.

Une fois qu'ils furent arrivés sur place, Aidan signala à l'animal de s'agenouiller en donnant des petits coups de bâton sur son cou. D'emblée, il resserra sa prise autour de la jeune femme pour lui épargner le plus gros du tangage et se laissa glisser par terre le premier dès que leur monture eut replié ses longues jambes sous elle. Cette fois-ci, il demeura sage lorsqu'il fit descendre sa compagne de son perchoir. De toute évidence, celle-ci était exténuée après cette chevauchée exigeante et nécessitait une pause.

Il déposa un rapide baiser sur le bout de son nez avec tendresse, puis, comme si de rien n'était, retourna auprès des bêtes pour entraver leurs pattes afin d'éviter qu'elles ne s'éloignent. Un puits était accessible sur place pour les voyageurs. Aidan s'y dirigea séance tenante et lança la poche de vessie attachée au bout d'une corde pour y puiser de l'eau. Il prit soin de remplir leurs gourdes et de tremper l'un des pans de son foulard pour rafraîchir leurs visages. Adélaïde l'en remercia avec gratitude.

Maintenant plus détendue, elle s'octroya le temps de détailler les environs avec un intérêt plus marqué. Elle n'avait jamais vu une oasis de cette envergure par le passé, éprouvait un réel plaisir à la découvrir durant ce périple. Ici, la présence de cet or bleu permettait de cultiver des fruits ainsi que des légumes à l'ombre des palmiers dattiers, ce qui était inusité lorsqu'on n'apercevait aux alentours qu'une vaste étendue de sable désertique.

– Merci ! lâcha-t-elle avec ferveur en se retournant vers son compagnon.

Son sourire sincère ravit Aidan au-delà des mots. C'était comme si la noirceur de la guerre disparaissait sous son regard lumineux empreint de sérénité. Attiré par le charme émouvant qu'elle dégageait, il encercla sa taille de ses mains et déposa un baiser empli de promesses sur ses lèvres. Elle répondit sans retenue, avide de ses caresses, mais leur étreinte suscita derrière eux un éclat de rire enfantin. Un garçonnet d'environ huit ans venait de s'approcher d'eux. D'humeur joyeuse, il leur tendit son foulard empli de dattes. Aidan lui ébouriffa les cheveux avant de troquer sa cargaison contre un peu de monnaie. Satisfait, le petit s'empressa de retourner auprès de son père, qui devait, sans doute, se trouver dans les parages.

Amusée par l'interruption espiègle du gamin, Adélaïde chaparda en vitesse une poignée de fruits des mains d'Aidan, puis mordit à pleines dents dans la pulpe au goût sucré. Un plaisir pour sa langue devenue râpeuse à cause du sable. Malgré le voile qui recouvrait son visage, des grains réussissaient tout de même à s'infiltrer sous le tissu lorsqu'une faible brise le soulevait. L'estomac calmé par cette frugale collation, elle put concentrer son attention sur le bas de son dos raidi. Elle frotta ses reins afin de tenter d'apaiser le tiraillement qui la tenaillait. Aidan, qui avait surpris son geste, vint se placer derrière elle et entreprit de la masser avec énergie. Il sentait les muscles noués sous ses paumes, percevait avec acuité la chaleur qui se dégageait de son corps. S'ils avaient été seuls, il se serait sans doute hasardé à égarer ses mains sur certaines parties plus charnues de son anatomie, mais avec le jeune garçon qui rôdait dans les parages, il préféra demeurer sage. Par contre, Dieu sait qu'il se languissait d'elle !

— Est-ce mieux ainsi, ma mie ? demanda-t-il de sa voix profonde.

Adélaïde soupira d'aise. Échauffé par ce son délicieux, Aidan souleva le voile de sa nuque, puis déposa un baiser langoureux dans le creux de son cou tout en mordillant une oreille au passage avant de la relâcher.

— La douceur de votre peau est plus délectable que ces dattes.

Adélaïde réagit en appuyant sa croupe contre son bas-ventre avec lutinerie. Aidan grogna de nouveau.

— Si vous continuez de la sorte, ma mie, je ne répondrai plus de rien, quitte à scandaliser le pauvre garçonnet, chuchota-t-il.

— Vous êtes trop intègre pour commettre un tel forfait, le taquina-t-elle.

— Il me semble vous avoir déjà mentionné que je n'avais rien d'un gentleman, précisa-t-il en se frottant contre elle avec sensualité.

La température interne d'Adélaïde grimpa d'un cran.

— Il est vrai que vous avez tout du gredin, Monsieur, répliqua-t-elle d'une voix quelque peu haletante. Lorsque je vous ai vu arriver vêtu de la sorte ce matin, dressé avec arrogance sur votre étalon, j'ai cru un instant que vous étiez un barbare venu me ravir pour agrémenter son harem, poursuivit-elle d'humeur badine.

— Et qui vous dit que ce n'est pas le cas, ma douce ?

Tout en la retournant, Aidan enserra sa nuque afin qu'elle ne puisse pas s'échapper de sa prise, l'embrassa avec une fougue renouvelée, ses sens à vif. « Vivement la tombée du jour ! » songea-t-il avec impatience. Dès lors, il prendrait plaisir à lui montrer ce qu'il escomptait faire d'elle. La nuit à venir risquait de les marquer tous deux à jamais, comprit-il. Pour sa part, il était prêt à accepter ce qui en découlerait, mais doutait qu'Adélaïde en fût lucide. Soucieux de ne pas la brusquer, il captura de nouveau ses lèvres, mais avec plus de douceur, puis il la libéra.

— J'aimerais vous montrer quelque chose, susurra-t-il d'une voix mystérieuse.

Adélaïde recula à son tour et l'observa entre ses cils mi-clos, intriguée. Aidan révélait un autre visage, celui d'un homme attentionné. C'était étrange et perturbant simultanément. Il pouvait revêtir tant de facettes différentes qu'il était facile de s'y perdre en conjectures. Quant à Aidan, il demeura immobile, attendant qu'elle ait terminé de l'analyser. Il était conscient de se dévoiler plus qu'il ne l'avait fait depuis la mort de Christina et prenait un énorme risque en s'y soumettant. Peu de gens pouvaient se targuer d'en connaître autant à son sujet. Sauf qu'il ne voulait plus de faux-semblants entre eux ; il désirait se montrer à ses yeux tel qu'il était en réalité, ou du moins, tel l'homme qu'il avait été auparavant.

Tout comme il n'avait pas cherché à contraindre Adélaïde de le suivre dans ce périple, aspirant à ce qu'elle le décide de son plein gré. Forcer la main ou tenter de dompter le tempérament rebelle d'une femme comme elle serait peine perdue ; seul un idiot s'y serait risqué. De toute façon, il préférait de loin aviver la passion qui dormait en elle, n'attendant qu'à jaillir. Elle avait une personnalité de feu qui attisait ses sens, réveillait ses instincts les plus primitifs. Si elle l'avait accompagné, c'était qu'elle avait sans doute jugé que le jeu en valait la chandelle. Pour l'heure, elle le regardait droit dans les yeux, la tête penchée sur le côté, une expression coquine sur le visage.

— Et que désirez-vous tant me faire découvrir, major? s'informa-t-elle d'une voix légèrement essoufflée qui le ramena au moment présent.

Un sourire prédateur se dessina sur les lèvres d'Aidan, provoquant une montée d'adrénaline chez Adélaïde. Avant qu'elle ne puisse s'en inquiéter, il adopta aussitôt une attitude nonchalante.

— Je puis vous assurer que vous ne serez pas déçue, Milady, déclara-t-il avec taquinerie en lui tendant le bras.

Adélaïde leva la main et hésita une fraction de seconde avant de la déposer sur sa manche, l'agaçant un peu plus. Aidan ne cessait de la déstabiliser. C'était à croire qu'il prenait plaisir à lui faire perdre tous ses moyens. La preuve en fut qu'il s'engagea au cœur de l'oasis sans échanger un mot de plus avec elle, ne s'arrêtant qu'une fois qu'ils eurent atteint l'extrémité opposée de la palmeraie, là où se trouvaient les ruines d'une villa romaine.

Tel qu'il s'y attendait, Adélaïde eut une exclamation de joie en découvrant l'antique demeure qui se cachait derrière la végétation. Heureux de sa réaction, il étreignit sa main sur son coude, puis l'entraîna à sa suite. Un frisson d'excitation parcourut la jeune femme quand elle foula le sol dallé de ses pieds. Une famille romaine et ses esclaves avaient habité ces lieux, modelant cet endroit isolé selon leurs besoins. Même après tout ce temps écoulé, plusieurs vestiges restaient visibles, témoins silencieux d'une époque grandiose révolue. Adélaïde frôla une pierre du bout des doigts avec respect, une expression rêveuse sur le visage. La surface était douce et lisse sous sa paume. Étrangement, en dépit de tous ces siècles écoulés, certains murs demeuraient érigés avec dignité.

Elle se pencha en passant sous une arche, lâchant le bras d'Aidan dans la foulée afin de pouvoir monter l'escalier taillé dans le roc. La pierre, usée par le passage des hommes, demeurait solide sous ses pieds, ce qui ne manqua pas de la surprendre. Les gens qui avaient habité ces lieux étaient-ils des nobles de haute naissance ou une famille de la bourgeoisie ? Quels secrets renfermaient ces ruines d'une autre époque ? À la pensée des mots « nobles » et « secrets », elle afficha une expression plus songeuse. L'individu qui la suivait en silence dans son sillage était tout aussi mystérieux que cet endroit, appartenait également à son monde, même s'il n'en laissait rien paraître. Après tout, Elsie Reford n'avait-elle pas mentionné, lors d'une promenade à cheval, qu'Aidan MacBain était un comte écossais ? Inspirée par l'atmosphère qui les environnait, elle s'arrêta sans prévenir, puis se retourna vers lui d'un mouvement fluide. Elle avait besoin de savoir…

— Pourquoi dissimuler aux yeux de tous que vous êtes un comte écossais ?

Aidan fut si surpris par cette question directe qu'il ne parvint pas à cacher en totalité sa réaction. Adélaïde éclata d'un rire cristallin devant son expression pour le moins médusée.

— Alors, comte MacBain, j'attends votre réponse, insista-t-elle avec malice en relevant un sourcil interrogateur.

— Comment diable avez-vous appris cette information ?

— J'ai mes sources…

Joueuse, elle s'abstint d'en dévoiler plus. Qu'elle puisse lui tenir la dragée haute à son tour dans ce domaine n'était pas pour lui déplaire. Aidan plissa les yeux, conscient qu'elle s'amusait à ses dépens. Sensible à son humeur, il l'agrippa par la taille, puis pencha son visage vers le sien.

– Vous devriez vous montrer plus prudente, Mademoiselle de Beauchamp. Je peux me révéler intraitable lorsque je désire soutirer un renseignement à quelqu'un, déclara-t-il avec un sourire ravageur en coin.

– Voyez donc…

Ne lui laissant pas le loisir de terminer sa phrase, il s'empara de ses lèvres, l'invita à les ouvrir afin d'entrelacer sa langue à la sienne dans un ballet sensuel. Les joues d'Adélaïde rosirent, d'autant plus qu'elle sentait un renflement dur prendre de plus en plus d'ampleur contre son ventre. Un grognement prit naissance dans la poitrine d'Aidan alors que l'une de ses mains s'égarait sur la cambrure de ses reins.

– Que disiez-vous, ma douce ? murmura-t-il contre sa bouche en se détachant à regret.

– Que vous êtes un fieffé coquin… lâcha-t-elle dans un souffle.

Un rire rauque échappa à Aidan, arrachant un tressaillement délicieux à Adélaïde. Dieu qu'il serait facile de se perdre dans ce tourbillon de volupté ! Cependant, elle savait pertinemment que si elle le laissait la manipuler de la sorte, elle ne remporterait pas cette bataille.

– Vous n'avez toujours pas répondu à ma question, comte MacBain, déclara-t-elle d'une voix qu'elle aurait souhaitée plus assurée.

Aidan grommela dans sa barbe. Adélaïde n'était pas femme à démordre de son point de vue. Un soupir souleva sa poitrine. Il recula d'un pas, portant son regard sur l'horizon. Son passé n'était pas simple à résumer, mais du moins pouvait-il faire l'effort de relever un coin du voile pour elle. Après tout, il avait l'intention d'en faire sa comtesse ; autant lui révéler l'essentiel dans ce cas, se montrer franc pour une fois.

Il plongea ses prunelles dans les siennes, fit descendre sa main le long de son bras dans un frôlement léger, entremêlant ses doigts aux siens. Prisonnière de son étreinte, elle n'eut d'autre choix que de le suivre lorsqu'il l'entraîna vers une pierre polie. Il l'invita à s'asseoir et prit place à ses côtés, sans toutefois la libérer.

— Je n'ai jamais voulu de ce titre, encore moins des responsabilités qui en découlaient, commença-t-il d'une voix lointaine.

Sans le réaliser, il caressa la paume d'Adélaïde de son pouce dans un lent mouvement circulaire. Celle-ci en fut perturbée, mais s'abstint de tout commentaire. Elle pressentait qu'Aidan était sur le point de se livrer comme il le faisait rarement.

— J'avais envie d'aventure. J'étais jeune et insouciant, et surtout, je trouvais la vie en Écosse terne, ce qui ne cadrait pas avec mon tempérament fougueux. Je désirais suivre les chemins empruntés par les guerriers qui m'avaient précédé, faire mes preuves et mes propres conquêtes.

Il relâcha sa main, se releva, plus agité. Adélaïde respecta son silence, se retint de le presser de nouvelles questions. Mieux valait le laisser s'expliquer à son rythme. Elle percevait une vulnérabilité chez lui qu'il s'était gardé de montrer par le passé. Il lui semblait tout à coup si perdu qu'elle en fut remuée.

— Aidan… l'appela-t-elle d'une voix emplie de douceur.

Aidan se retourna vers elle, se noya dans la profondeur de son regard embué. « Dieu que j'aime cette femme ! » songea-t-il avec un pincement dans la poitrine. Avide de sa chaleur, il se rassit derrière elle et l'entoura de ses bras pour la ramener contre lui, puis il enfouit son nez dans le creux de son cou, huma son odeur. Adélaïde se moula dans son étreinte, nullement incommodée par ce contact des plus intime. Elle s'y sentait à sa place, ce qui pouvait se révéler désastreux pour son intégrité, mais pour l'heure, elle n'en avait cure, aspirait à soulager le cœur tourmenté d'Aidan.

Mais au lieu de poursuivre ses confidences, il commença à mordiller son oreille, en fit le tour de la pointe de sa langue, son souffle la chatouillant. Le ventre d'Adélaïde se contracta, les braises du désir se ranimèrent. Encouragé par sa réponse, Aidan prit un sein en coupe, en pinça l'extrémité avec un art ravageur. Adélaïde s'arqua contre lui, appuya sa tête sur son épaule afin de mieux s'offrir à sa convoitise. Elle savait ce qu'il cherchait à déclencher en elle, éprouvait de plus en plus de difficulté à lui résister. Toutefois, un sursaut de lucidité perça le voile de plaisir qui l'enveloppait.

— Aidan… j'ai besoin de comprendre… parvint-elle à murmurer au prix d'un effort considérable.

Un lourd soupir souleva la poitrine d'Aidan dans son dos.

— Morbleu, Adélaïde… Vous allez finir par me tuer… grommela-t-il contre sa tempe.

La jeune femme eut un rire bas qui aiguisa sa faim. La tenir entre ses bras, alors qu'elle n'opposait aucune résistance et s'offrait sans pudeur à ses caresses, le rendait fou. Il appuya sa verge durcie contre sa croupe, lui montrant toute la mesure de son appétence. Adélaïde en fut pantoise, et elle aurait pu succomber s'il ne s'était repris.

— Pourquoi vous interroger à mon sujet, ma douce? demanda-t-il d'une voix rauque.

Adélaïde s'octroya quelques secondes de réflexion avant de répondre. Pourquoi en effet ? Elle ne désirait pas s'engager avec lui, ne l'avait suivi que pour s'accorder un dernier moment de volupté entre ses bras. Dans ce cas, que lui importait son passé ?

— Je l'ignore… déclara-t-elle sans réfléchir.

Aidan se figea dans son dos. Ce n'était certes pas l'explication qu'il attendait, mais elle en révélait beaucoup plus sur la jeune femme qu'elle ne pouvait l'imaginer. Bridant ses impulsions, il releva la tête, mais refusa de la libérer de son étreinte.

— Quand j'ai quitté l'Écosse, j'ai croisé la route d'un homme appartenant aux services secrets britanniques. Appâté par la curiosité, j'ai mis un pied dans l'engrenage, puis une mission en entraînant une autre, j'en suis venu à franchir une limite que je n'aurais pas pensé outrepasser un jour.

Adélaïde se crispa à son tour, ses ardeurs refroidies. Aidan appuya son front contre sa nuque, s'efforça de demeurer calme pour ne pas la troubler outre mesure.

— Vous connaissez les risques de mon métier, ce qu'il m'amène à faire. Je ne pouvais pas revenir auprès des miens, et cela malgré l'insistance de mes parents. J'étais fils unique, le seul descendant pouvant perpétuer la lignée, le prochain lord des terres MacBain. Quand mon père est décédé, je n'ai pu me résoudre à endosser le rôle qui m'incombait. Il n'y avait aucun retour en arrière possible pour moi. Devant ce constat affligeant, il me fallut dès lors désigner un lointain cousin comme successeur et gestionnaire de mes biens en attendant ma mort. De cette façon, les terres demeuraient aux MacBain. C'était le mieux que je pouvais faire…

– Oh, Aidan… commença Adélaïde avec tristesse.

De découvrir qu'il avait dû tirer un trait sur ce qui le définissait en tant qu'homme lui faisait mal. Celui qu'il était devenu n'avait plus rien de commun avec le jeune garçon qui avait quitté l'Écosse. La vie s'était chargée de le détruire. Ses yeux s'embuèrent, son cœur se serra. Comme elle aurait voulu pouvoir prendre ce jeune garçon entre ses bras, le bercer dans une étreinte apaisante pour le consoler. Nullement conscient de la tournure de ses pensées, Aidan la serra avec plus de force, résolu à poursuivre ses explications, à lui dévoiler cette partie secrète de son âme.

– Vous êtes bien placée pour comprendre que tout renseignement personnel peut être tour à tour capital ou dangereux pour qui le détient. Moins mes ennemis en connaissaient à mon sujet, plus grandes étaient mes chances d'en réchapper, sans mentionner le fait que je protégeais ainsi ma mère de représailles éventuelles. À l'heure actuelle, vous en savez davantage sur moi que Fraser, et c'est peu dire. Je suis devenu un solitaire avec le temps, une ombre glissant furtivement dans la nuit. J'étais mort… jusqu'à ce que vous me rameniez à la vie…

Adélaïde tressaillit à ces mots lourds de sens. Que cet homme si renfermé lui révèle de manière si abrupte ses sentiments et lui donne autant de pouvoir la remuait tout en lui faisant peur. Perdue dans ses pensées peu agréables, elle ferma les yeux de crainte de dévoiler ses émotions.

— J'ai eu des aventures sans lendemain comme bien d'autres, ce qui me convenait, car je refusais de m'engager, d'entraîner une innocente dans mon enfer. Puis, vous êtes arrivée et vous avez chamboulé mon existence. Vous, une jeune lady appartenant au monde que j'avais fui, vous m'avez touché comme nulle autre femme auparavant. Mais, je ne pouvais me résoudre à répondre à cette attirance, car c'était trop dangereux pour nous deux. C'est pourquoi je vous ai repoussée avec tant de rudesse à Métis, puis à Québec.

Quel idiot il avait été ! Il le comprenait aujourd'hui. Jamais il ne pourrait l'arracher de son cœur, tout comme il ne pouvait empêcher celui-ci de battre. Elle s'était faufilée jusqu'à l'intérieur de sa carapace, s'était ancrée en lui, le prenant d'assaut.

— J'ai cru pourtant que j'étais parvenu à vous chasser de mon existence, puis je vous ai revue dans le bureau de votre oncle. Ce fut un véritable choc ! Vous n'aviez plus rien de comparable avec la jeune lady naïve dont j'avais fait la connaissance ; vous étiez désormais plus avertie, vous aviez mûri. C'était visible à votre maintien, à votre assurance. Les sentiments que je pensais enfouis au fond de moi ont refait surface avec une telle force que je n'ai pas su comment les gouverner.

Il tourna son visage vers le sien d'un mouvement brusque et s'empara de ses lèvres dans un baiser ardent, comme s'il désirait la punir d'avoir provoqué le destin ce jour-là. Quand il mit fin à leur étreinte, ils étaient tous deux à bout de souffle.

— J'étais fou à l'idée que vous nous accompagniez dans cette mission, alors que tout ce que je souhaitais était de vous maintenir à l'écart. Je connaissais les dangers que vous encouriez en me suivant sur cette voie. Je devais vous protéger de cette noirceur, préserver votre intégrité. De plus, vous faisiez miroiter des rêves que j'avais oubliés, que je refusais d'envisager…

Il plongea dans son regard, ses prunelles assombries par des tourments lancinants. Il appréhendait sa réaction, avait peur de la perdre. Adélaïde était consciente de son corps tendu, de ses doigts crispés sur elle. Toute séduction avait quitté son expression, vite remplacée par une gravité déroutante. Aidan fronça les sourcils devant son mutisme prolongé. Il était perplexe, ne savait qu'en déduire. Il n'était pas fier de tout ce qu'il avait accompli dans le cadre de ses missions, même s'il l'avait fait pour une noble cause. Du sang maculait ses mains, et pour rien au monde il ne voulait en souiller la jeune femme. Il n'y avait aucun honneur à exécuter froidement des êtres humains, aussi perfides fussent-ils ! Au souvenir des carnages auxquels il avait assisté, voire commandés, il se frotta les yeux, croulant sous le poids de l'accablement.

Il semblait si désemparé qu'Adélaïde n'eut pas la force de le rabrouer. Au contraire, elle désirait adoucir son âme tourmentée. C'est la raison pour laquelle elle se permit de caresser ses cheveux, lui apportant par ce simple geste un baume apaisant. Aidan en fut chaviré. Il percevait son amour dans la douceur des doigts qui glissaient dans sa chevelure, la tendresse qui l'animait. Elle ne le jugeait pas, l'acceptait pour ce qu'il était. Le cœur en liesse, il frôla ses lèvres d'un baiser empreint de félicité, laissa ses mains s'égarer sur son corps si affriolant. Il avait besoin de refouler les ténèbres qui s'étaient de nouveau emparées de lui. Il écarta ses pieds avec une lenteur contrôlée, repoussa sa jupe sur ses genoux sans qu'elle oppose la moindre objection. Puis, il inséra sa main sous le tissu rêche, remonta le long d'une jambe gainée. Quand il entra en contact avec sa peau satinée, sa respiration s'accéléra. Adélaïde s'agita contre lui et lança un regard incertain en direction de l'oasis.

— Je saurai me montrer discret, ma douce. Abandonnez toute retenue, ma mie ! Tout ce que je veux, c'est vous procurer du plaisir.

Sa voix enrouée eut raison de ses dernières réserves. D'emblée, elle dissimula ses prunelles voilées sous ses paupières closes. Aidan effleura les boucles, trouva le bourgeon sensible, qu'il commença à titiller du bout des doigts, à faire rouler dans un mouvement circulaire incendiaire. Adélaïde se crispa entre ses bras, ouvrit davantage les cuisses, se noyant dans un flot de sensations. De petits gémissements délicieux franchissaient ses lèvres entrouvertes, l'incitant à l'amener de plus en plus haut vers des sommets vertigineux. Il jouait avec elle, lui refusant un assouvissement rapide, si bien que la respiration d'Adélaïde devint erratique. Son bassin ondulait contre sa main à un rythme effréné.

— Aidan… le supplia-t-elle d'une voix étranglée.

Comprenant qu'elle était sur le point de voler en éclats, il accentua sa pression, pinça le bouton gorgé de désir. Le souffle d'Adélaïde se bloqua dans sa gorge, son ventre se contracta, puis la jouissance la captura dans ses filets. Aidan but son cri voluptueux avec un délice éprouvant. Que n'aurait-il pas donné pour avoir la chance de se glisser dans son fourreau étroit, de s'y perdre à son tour ! Mais il se devait de contrôler ses ardeurs. Bientôt…

— Je vous amènerai un jour en Écosse, Adélaïde… murmura-t-il d'une voix si ténue qu'elle fut hors de portée de la jeune femme.

Heureux, il se contenta de demeurer immobile, le corps alangui de sa compagne affaissé contre lui. Ils restèrent ainsi quelques instants, le temps de lui permettre de retrouver ses esprits, de reprendre pied dans son environnement.

Ils étaient déjà partis depuis une trentaine de minutes lorsqu'ils s'engagèrent dans les regs[21]. Adélaïde plissa les paupières, pas tout à fait remise de leur incartade dans l'oasis. Tout en portant un regard distrait sur l'étendue plate, rocailleuse et crevassée qu'ils parcouraient, elle songea aux confidences d'Aidan. Elle éprouvait un étrange malaise, comme si elle avait violé ses pensées, alors qu'elle n'avait aucun droit d'en être la dépositaire. De plus, cette discussion avait créé un nouveau degré d'intimité entre eux, ce qui la tracassait. D'humeur incertaine, elle survola des yeux la région qui se déployait à leurs pieds. Ils traversaient une contrée inhospitalière où nulle végétation ne poussait et où peu d'animaux s'y risquaient, un décor à l'image de ses réflexions. À quelques lieues d'eux, de gros massifs rocheux se détachaient sur l'horizon. Cette terre stérile la rendait d'autant plus nerveuse qu'elle avait les nerfs à fleur de peau. Aidan, qui avait ressenti sa crispation, l'enlaça avec amour. Trop fatiguée pour résister, elle s'abandonna à son étreinte en toute confiance, comme elle l'avait fait sur le *Lady Evelyn* au moment du naufrage. Peu à peu, elle commença à sombrer dans une torpeur accentuée par le balancement régulier

21. Étendue désertique formée de cailloux.

du dromadaire. Aidan perçut le changement s'effectuer chez elle et l'incita dès lors d'une légère pression de la main à s'appuyer sur son épaule. Adélaïde se laissa aller, épuisée, et s'endormit.

Aidan la contempla. Elle lui faisait penser à une tigresse au cœur meurtri qui parvenait encore à sortir ses griffes malgré les aléas de la vie qui l'avaient secouée. Il aurait voulu que le temps soit suspendu, afin qu'il puisse jouir indéfiniment de cette intimité qui lui avait tant manqué. Pourquoi diable n'avait-il pas profité de ce qu'elle lui offrait au club lors de leur séjour dans le nord du Québec, au lieu de la repousser ? Tout ça parce qu'il s'était laissé détourner de ce qui les unissait par des principes désuets ainsi que de vieux souvenirs concernant Christina. Pire, il ne l'avait pas détrompée à ce sujet quand le moment s'était présenté, une lacune qu'il lui faudrait rectifier sous peu. Beaucoup de non-dits les séparaient toujours, mais il avait foi en l'avenir, voyait dans leur rapprochement un indice que tout était possible. Si seulement elle acceptait de baisser la garde, lui permettait de s'insérer dans son cœur, tout serait plus facile.

Il avait profité de son assoupissement pour réfléchir à leur situation, aux meilleurs moyens de la gagner à sa cause, de régler leurs différends. Il avait déjà une bonne idée de son plan d'action quand ils arrivèrent sur les lieux de leur campement provisoire. Persuadé du bien-fondé de sa décision, il caressa sa joue pour l'éveiller en douceur. Adélaïde battit des paupières, émergeant progressivement du sommeil. Ils s'étaient immobilisés sous le soleil couchant et se retrouvaient dans les ergs, entourés de dunes. À la demande d'Aidan, leur monture s'accroupit.

— Attendez-moi ici, lui recommanda Aidan avant de sauter en bas.

Adélaïde obtempéra, encore tout endormie. Aidan en profita pour se diriger vers leurs bagages. Il préférait que sa compagne demeure sur le dos de l'animal pendant qu'il préparait leur campement. La voyant frissonner sous la fraîcheur de la nuit qui s'installait à mesure que la lumière déclinait à l'horizon, il s'empara d'un manteau long en poil de dromadaire et le déposa sur ses épaules. Il rabattit la capuche sur sa tête avec espièglerie en lui décochant un clin d'œil complice. Le visage de la jeune femme se détendit, sa bouche frémissant alors qu'elle se retenait de rire. Aidan l'enveloppa d'un regard amusé. Dissimulée de cette façon, elle se confondait presque avec l'animal sous ses cuisses. Du moins, parée de la sorte, elle serait préservée du froid glacial qui ne tarderait pas à tomber avec la nuit.

Avec des gestes vifs, il fixa le cordage à l'aide de piquets, puis y riva une épaisse toile rayée en poil de chèvre. Par la suite, il s'occupa des pans latéraux, les rabattit pour protéger l'intérieur du vent et du sable, et déroula des nattes, qu'il installa sur le sol afin de préparer leur couche. Ne restait plus qu'à prendre place à l'intérieur de ce cocon douillet pour y passer la nuit et espérer ne pas avoir la visite désagréable d'un scorpion ou d'une vipère entre-temps. Étant donné que ces deux bestioles demeuraient camouflées dans la terre le jour, dans le but d'échapper à la chaleur, et ne refaisaient surface qu'à la nuit tombée, il était impossible de savoir si l'une d'elles était planquée sous l'amoncellement de tapis en ce moment même.

Une fois, il s'était retrouvé nez à nez avec un scorpion et n'avait dû sa survie qu'à la rapidité de ses réflexes. Il avait été apte à trancher la queue de l'animal qui se tenait à deux pouces de son visage avant que celui-ci ne l'atteigne de son dard. Il avait été malchanceux ce jour-là, car c'était un incident rare. Il se garderait toutefois de le mentionner à Adélaïde pour ne pas l'effrayer inutilement et risquer de gâcher cet instant en sa compagnie. De toute façon, il serait vigilant pour deux. Dans l'immédiat, il n'avait qu'une idée en tête : la ramener sous cette tente.

Galvanisé par la nuit à venir, il ressortit de l'abri sommaire à grandes enjambées et souleva sans ambages sa compagne dans ses bras pour la porter jusqu'à leur couche. La résolution sur son visage provoqua une envolée de papillons dans le ventre d'Adélaïde, émoustillant ses sens. Accrochée à son cou, elle se laissa enlever sans émettre la moindre protestation.

Dès qu'ils y pénétrèrent, Aidan la déposa sur l'amoncellement de tapis et se hâta de lui offrir des galettes de blé cuites ainsi que des dattes pour la sustenter. Sauf qu'elle mangea peu, gardant plutôt le regard rivé sur le sien. Elle distinguait à peine ses traits dans l'obscurité qui descendait sur eux, mais ressentait sa présence dans chacune des fibres de son corps. Tendue à l'extrême, elle haleta légèrement dans l'attente de ce qui était à venir. La nuit était froide à l'extérieur des murs protecteurs de la toile, mais l'air était moite et chargé d'électricité à l'intérieur. Les couvertures posées sur les tapis portaient l'odeur des dromadaires et du musc, un mélange prenant, sauvage, mais aussi enivrant d'une certaine façon.

Quand Aidan s'approcha d'elle en silence, tel un prédateur, Adélaïde comprit qu'elle serait à sa merci. Comme dans un état second, elle s'empressa de se défaire de ses vêtements, frissonna lorsque des mains calleuses la frôlèrent et l'obligèrent à s'allonger sur le dos. Un corps massif la recouvrit, brûlant, la réchauffant en un instant. Un souffle chaud chatouilla la région sensible derrière son oreille.

— Ce soir, tu seras enfin mienne, ma douce… chuchota-t-il d'une voix gutturale. Et rien ni personne ne pourra m'empêcher de te faire l'amour jusqu'à ce que tu cries de plaisir. La passion et le désir seront mes seuls maîtres, et j'y serai assujetti. Je t'y soumettrai, me montrerai sans pitié.

Adélaïde s'étrangla, l'esprit en ébullition, la gorge sèche, la peau moite. Elle émit un faible gémissement alors qu'une veine battait follement à la naissance de son cou. Son cœur palpitait sauvagement dans sa poitrine, menaçant d'exploser. Un mélange de peur et d'excitation se déversa en elle. Pantelante, elle chercha à percer la pénombre qui l'environnait. Elle sentait sa présence, ce qui exacerbait ses sens. Une exclamation de surprise franchit ses lèvres lorsqu'il happa avec férocité l'un de ses mamelons et que l'une de ses mains recouvrit sa féminité en toute impunité. Son corps tout entier se tendit vers lui, vibrant et assoiffé. Le silence de la nuit fut perturbé par sa respiration précipitée. Aidan taquina la pointe durcie avec sa langue, la mordillant, arrachant un nouveau cri étouffé à sa compagne. Adélaïde arqua le dos, s'offrant sans vergogne.

Son ventre se crispa quand les doigts d'Aidan tracèrent à leur tour une ligne de feu jusqu'à ses cuisses, glissèrent vers le mont niché entre ses jambes sans chercher à effleurer le bourgeon sensible. Elle se tordit, avide de ses caresses. Il eut un rire rauque qui la troubla.

— Tout doux, ma mie ! La nuit ne fait que commencer.

Remontant avec lenteur le long de son corps embrasé, il s'empara de sa bouche avec voracité, l'incita à entrouvrir les lèvres, la savoura, provoqua sa langue de la sienne dans une danse endiablée. Il approfondit leur baiser, exigeant une reddition complète de sa part. Adélaïde se perdait, incapable de résister à ses avances. Il l'attira plus près de lui, moula chaque courbe délicieuse à son corps ferme, ses cuisses encastrées entre les siennes, son membre dur pressé contre son ventre accueillant. Il devait combattre l'impulsion qui le poussait à se glisser dans son fourreau étroit, désirait étirer cette étreinte le plus possible afin d'en savourer chaque instant.

Il lui permit de reprendre son souffle, en profita pour plonger vers sa gorge. L'une de ses mains enveloppa un sein au galbe parfait, en titilla la pointe dressée, la fit rouler entre ses doigts, puis la pinça, lui arrachant un ronronnement des plus exquis. Aidan se souleva sur un coude, aspira le mamelon entre ses lèvres, alors que son autre main glissait avec une lenteur affriolante jusqu'à ses boucles, s'y inséra, puis trouva la petite crête tant convoitée, la taquina avant de poursuivre son périple vers son jardin secret, la caressant au passage. Adélaïde entrouvrit les cuisses pour lui permettre de s'insinuer en elle, de la posséder. Elle était prête à le recevoir, tremblait d'impatience. Il savait qu'ils ne pourraient se contenir davantage tous les deux, ils avaient trop faim l'un de l'autre, mais la nuit était jeune. Plus tard, ils prendraient le temps de se découvrir, de ralentir la cadence.

Sauf que pour l'heure, il mourrait s'il ne s'enfonçait pas en elle immédiatement.

Se plaçant au-dessus d'elle, il l'incita à entourer ses hanches de ses jambes, ce qu'elle fit aussitôt, soulevant son bassin pour venir à sa rencontre.

— Aidan… le supplia-t-elle.

Il ne lui en fallut pas plus pour plonger en elle d'une longue poussée puissante. La respiration d'Aidan s'alourdit alors qu'il se perdait dans la moiteur de son intimité. La jouissance n'était pas loin, mais il refusait d'y accéder sans elle. Il tremblait sous l'effort fourni pour se contrôler, donna un coup de reins plus vigoureux pour la faire basculer. Le souffle d'Adélaïde se précipita, ses doigts se crispèrent dans la chair ferme de ses fesses, signe qu'elle était sur le point d'être emportée par une vague libératrice. Puis, ses muscles se contractèrent, et elle vola en éclats, entraînant Aidan dans son sillage.

Épuisé, il roula sur le côté avec elle afin qu'elle se blottisse contre son flanc, la joue reposant dans le creux de son épaule. Il l'embrassa avec tendresse sur le front, caressa sa hanche du bout des doigts. Leur respiration s'apaisa alors qu'ils sombraient dans un sommeil régénérateur. Un bref moment de répit avant qu'il ne l'éveille de nouveau à la passion.

La tête d'Adélaïde retomba mollement sur le tapis. Malgré le jour naissant, elle n'arrivait pas à s'extirper de la langueur dans laquelle elle baignait. Des mèches bouclées collaient à ses tempes, sa peau était recouverte de sueur et rougie par endroits, alors que ses lèvres étaient gonflées de baisers et ses cheveux en bataille. Tout aussi fourbu qu'elle, Aidan se releva au bout d'un moment et se dirigea vers l'un des pans de la tente, qu'il souleva afin de laisser entrer la brise matinale. Les rayons diffus du soleil inondèrent l'intérieur d'une douce lumière et donnèrent une teinte rougeoyante aux dunes, réchauffant le sable, telle une caresse sur le corps nu d'une femme. « Par tous les saints ! » Aussi longtemps qu'il vivrait, il garderait en mémoire le souvenir de cette nuit magique. Il revint vers sa compagne dans toute la splendeur de sa nudité. Adélaïde coula un regard brumeux vers lui, tardant à refaire surface. Trop éreintée pour bouger même le petit doigt, elle demeura affaissée sur l'amoncellement de tapis, la tête lourde. Bien malgré elle, ses paupières s'appesantirent. Elle était exténuée après leurs derniers ébats, refusait de se lever.

Aidan la contempla avec amour, un sourire satisfait sur les lèvres, ses prunelles brillantes d'un bonheur incommensurable. Elle était si belle ainsi, confiante et abandonnée. Désireux de la sentir blottie contre lui, il se rallongea et l'étreignit avec douceur. Il ne fut pas long à se rendormir à son tour, une main possessive autour de ses hanches, son visage enfoui dans son abondante chevelure.

Lorsqu'Aidan émergea des brumes du sommeil, le soleil était déjà haut dans le ciel. Coulant un regard vers la forme étendue auprès de lui, il eut un soupir d'hésitation. Il aurait souhaité pouvoir lui permettre de récupérer, mais il ne pouvait différer l'entretien qu'il devait avoir avec elle avant leur départ. Il appréhendait la discussion à venir, sauf qu'il ne pouvait plus reculer l'échéance.

L'heure était venue de piéger Krauss, de l'éliminer. Pour y parvenir, il n'avait pas d'autres choix que d'utiliser Adélaïde comme appât, même si la partie extrêmement protectrice en lui s'insurgeait, horripilée à l'idée de commettre une telle abjection. Il jouait gros sur ce coup et redoutait de perdre Adélaïde dans la foulée, mais ils ne pouvaient plus continuer de la sorte. Krauss ne la lâcherait plus, car il en faisait une affaire personnelle à cause de leur passé commun à tous deux. Ce jeu morbide lui avait coûté Christina et leur enfant à naître ; il refusait que ce drame se répète avec la jeune femme. Homme d'action, il préférait attaquer l'ennemi plutôt que de fuir constamment, la peur au ventre. Peut-être qu'Adélaïde ne le comprendrait pas sur le moment, mais il espérait qu'avec le temps, elle y arriverait, lui pardonnerait de l'avoir utilisée à ses dépens.

Il savait que des sbires à la solde de Krauss se trouvaient à Biskra. C'est pourquoi il avait privilégié la demeure de Saadi. Au retour de leur escapade, il emmènerait Adélaïde visiter le souk du village, profiterait de l'occasion pour l'exhiber afin d'attirer l'attention des sous-fifres de Krauss sur elle. Il embarquerait ensuite sur un bateau en partance pour l'Égypte. Une fois rendu là-bas, il ferait une brève escale aux quartiers généraux britanniques situés au Caire avant de poursuivre sa route jusqu'à une tribu berbère choisie avec soin. Puis, il ferait semblant de s'absenter pour quelques jours, alors qu'en fait, il préparerait le terrain pour une embuscade à l'intention de Krauss. Il était à prévoir que celui-ci ne prendrait pas de risques inutiles. Il s'assurerait au préalable qu'Adélaïde serait présente dans la tribu berbère, puis il la ferait enlever par ses sbires afin que ceux-ci la ramènent dans son repaire. Aidan n'empêcherait pas ce kidnapping, au contraire, il faciliterait son exécution, ce qui ne manquait pas de lui retourner les tripes.

Il entrerait en scène lorsqu'Adélaïde serait entre les mains de Krauss. Quant à lui, il suivrait à distance les ravisseurs, se laisserait capturer s'il le fallait afin de demeurer auprès d'elle pendant que les guerriers berbères et la troupe de l'armée britannique entoureraient le campement et élimineraient jusqu'au dernier des hommes présents. Pour ce qui était de Krauss, Aidan se réservait le privilège de tuer ce salaud. Il voulait être certain que celui-ci serait réellement mort avant de repartir. Après quoi il se promettait de ramener Adélaïde en Écosse, d'en faire une femme honnête.

Malgré le poids lourd qui oppressait sa poitrine, Aidan s'efforça d'afficher une expression détendue. La nuit qu'ils avaient passée ensemble rendait d'autant plus ce qui était à venir odieux. Le cœur au bord des lèvres, il se pencha vers Adélaïde. Il dégagea avec douceur une mèche de cheveux qui barrait sa joue balafrée, déposa un baiser empreint de tendresse sur la cicatrice. Adélaïde gémit avant de chercher à se retourner, l'esprit ensommeillé.

— Debout, ma mie ! Il est tard. Nous devrons partir sous peu.

Pour toute réponse, elle grogna, puis se roula en boule sur le côté, les yeux clos. Aidan la contempla en silence. Dieu qu'il aurait voulu avoir la possibilité d'étirer cet instant d'allégresse ! Sauf que la réalité était tout autre. Malgré tout, il ne souhaitait pas la brusquer ni éveiller sa suspicion. Il avait besoin de la tenir dans l'ignorance des événements à venir afin qu'elle ne provoque pas la méfiance de Krauss. Ne lui restait donc plus que son humour narquois pour la piquer.

— Debout, Milady ! lâcha-t-il en lui administrant une légère fessée sur le postérieur. Sans quoi je me verrai dans l'obligation de vous faire voyager nue. Remarquez, cela ne serait pas pour me déplaire…

— Mufle ! s'écria aussitôt Adélaïde en se redressant sur son séant.

Elle frotta machinalement sa croupe quelque peu échauffée en le fusillant du regard. Aidan ne put s'empêcher d'éclater de rire avant d'aller vaquer à ses occupations. Mieux valait ne pas tenter le diable en la contemplant dans toute sa nudité, sinon ils risqueraient d'être encore ici demain matin.

Adélaïde le regarda s'éloigner, les mains sur les hanches. Cet homme était impossible ; rien n'était à son épreuve. Préférant ne pas tester ses limites ni sa résolution, elle se hâta d'enfiler ses vêtements. Alors qu'Aidan revenait rouler les tapis, elle croisa les bras sur sa poitrine.

— Pourquoi avoir changé d'idée ? attaqua-t-elle tout en relevant un sourcil pour le mettre au défi de se dérober.

Aidan eut un temps d'arrêt. Il s'attendait à cette question. Tôt ou tard, il était évident qu'elle chercherait à trouver un sens à ses motivations. Il porta un long regard sur son poignet meurtri, son corps émacié et sa joue entaillée. Autant de blessures de guerre qui l'avaient marquée, modelée en une femme plus endurcie. Néanmoins, il se dégageait toujours d'elle cette douceur et cette fragilité déconcertante. Elle avait le droit de savoir.

— Cette nuit-là dans la jungle, au rythme effréné des tam-tams, j'ai compris que je ne pourrais pas échapper à ce qui nous unissait. En vous faisant mienne, j'acceptais en toute connaissance de cause de me lier à vous, de vous aimer et de vous chérir jusqu'à ce que la mort nous sépare.

Adélaïde blêmit d'un coup et baissa la tête pour lui dissimuler son angoisse, mais surtout le sentiment de culpabilité qui commençait à l'étouffer. Plus que jamais, le poids de son secret concernant la perte de leur enfant l'oppressait. Elle n'avait pas voulu lui donner de faux espoirs en l'accompagnant dans le désert; elle avait juste souhaité s'offrir une dernière nuit de passion entre ses bras, sauf qu'elle se retrouvait dorénavant prise à son propre jeu. Aidan éprouvait un amour sincère à son égard, mettait son âme à nu devant elle, comme aucun homme ne l'avait fait auparavant. Elle ignorait comment composer avec cette réalité. Perturbée par cette confidence, elle s'empressa d'enfiler ses bottes pour dissimuler son désarroi, puis se sauva hors de la tente. « Seigneur Dieu ! » Qu'avait-elle fait ? Elle savait pourtant qu'il n'y avait pas d'avenir pour eux. La vie s'était chargée de tout détruire sur son passage, amenant avec elle son lot de souffrance et d'horreur.

Elle prit conscience des larmes qui roulaient sur ses joues au moment où Aidan la rejoignit et essuya celles-ci de ses pouces. En silence, il l'attira contre lui, l'étreignant avec amour. Elle était bouleversée par ses propos, mais il ignorait comment apaiser son angoisse. Nul besoin d'être sorcier pour comprendre qu'Adélaïde redoutait de s'engager sur cette voie. Il ne pouvait pas lui en vouloir au demeurant, tant d'épreuves les avaient marqués puis séparés, sans mentionner son comportement condamnable à plus d'une occasion. La gagner à sa cause ne serait pas aisé. Un animal blessé, acculé au mur de surcroît, pouvait se révéler imprévisible, et c'était exactement ce qu'elle était. Tout ce qu'il avait la possibilité de faire en attendant, c'était de la rassurer.

— Adélaïde, je dois me rendre en Égypte pour une courte période, et je souhaiterais que vous m'y accompagniez.

Il sentit le frisson qui la parcourut. Tout en caressant ses cheveux, il massa sa nuque tendue.

— Je vous en prie, ma douce ! Venez avec moi !

L'intonation douloureuse dans sa voix fit redoubler l'intensité de son désarroi. Comment lui dire non lorsqu'il la tenait dans ses bras, l'entourant de son amour, alors que son corps vibrait encore de leurs ébats amoureux de la nuit passée ? Elle s'agrippa à sa djellaba, fut sur le point de lui avouer la vérité au sujet de sa fausse couche, mais manqua de courage. À quoi bon le torturer avec cette affreuse histoire ? Elle porterait seule le poids de ce fardeau, comme une croix pour expier ses péchés.

— Adélaïde…

Cette façon qu'il avait de prononcer son nom lui chavira le cœur, rendant d'autant plus difficile sa décision. Toutefois, elle devait s'accrocher à ses convictions. Il n'y avait aucun espoir pour eux deux. Elle releva son visage tourmenté vers lui, s'apprêtait à refuser quand Aidan l'embrassa avec douceur, lui ravissant davantage son âme.

— Accompagnez-moi, Adélaïde, souffla-t-il contre ses lèvres. Je vous promets de vous ramener en Europe par la suite.

Elle ferma les yeux, consciente d'être trop faible pour s'opposer à lui.

— D'accord… capitula-t-elle d'une voix déchirée.

Aidan la serra plus étroitement. Il savait qu'il exigeait beaucoup d'elle et se détestait de se montrer si déloyal pour parvenir à ses fins...

CHAPITRE 16

Leurre mortel

Une odeur alléchante extirpa Adélaïde de ses songes, réveillant du même coup son appétit. Elle souleva ses paupières encore lourdes de sommeil en humant le fumet délicieux et remarqua d'emblée les plats qui l'attendaient sur le guéridon. Les grondements sourds de son estomac lui rappelèrent qu'elle n'avait presque rien mangé la veille. Ils étaient revenus au palais en début de soirée, et elle se sentait trop vaseuse pour descendre souper. Elle n'avait pas souhaité tenir compagnie à leur hôte ni croiser Aidan au demeurant.

Elle s'en voulait de sa faiblesse et regrettait sa décision de l'avoir accompagné dans le désert. Au lieu d'une coupure franche avec lui, elle se retrouvait de nouveau sous son emprise. Elle savait pertinemment que plus elle demeurerait en sa présence, plus difficile serait leur séparation, mais d'un autre côté, elle se languissait de ses mains sur son corps, de ses lèvres caressant les siennes. Elle aimait dormir entre ses bras protecteurs et se perdre dans sa chaleur, entendre le son de sa voix, sentir son regard la parcourir. Se convaincre de devoir renoncer à tout cela devenait de plus en plus ardu, surtout après ses déclarations de la veille.

Elle plissa le nez en scrutant le plateau de victuailles qui contenait entre autres des pains chauds, du yaourt et des pâtisseries au miel. Elle n'était plus affamée tout à coup. Consciente qu'elle ne pourrait échapper indéfiniment à Aidan, elle se releva et s'efforça de grignoter quelques fruits avec des noix. Du moins aurait-elle un peu d'aliments rassasiants dans l'estomac pour affronter la journée à venir. Elle savait qu'ils passeraient la matinée au souk et regagneraient Alger en calèche par la suite. De là, il était prévu qu'ils embarquent sur un bateau qui les conduirait à Alexandrie, en Égypte. C'est à partir de cette ville qu'ils prendraient le train pour Le Caire. Avant de se rendre dans la tribu berbère, ils feraient un détour par le quartier général britannique.

Aidan attendait l'arrivée de la jeune femme dans le salon en compagnie de Fraser et de Saadi. Les dernières mises au point de son plan avaient été effectuées, au plus grand dam de Percy. Celui-ci ne croyait pas que Lord Brand aurait apprécié le fait que sa nièce serve d'appât pour coincer Krauss s'il avait été en vie. Le problème, c'était que Percy ne pouvait rien tenter pour empêcher cette aberration dans l'immédiat. Aidan était son supérieur, de plus, celui-ci avait certains droits qui lui avaient été conférés par l'ancien gouverneur sur la personne d'Adélaïde de Beauchamp, sans mentionner qu'il avait été fiancé à celle-ci. Néanmoins, Percy ne s'était pas privé pour mentionner son désaccord. Selon lui, MacBain dépassait les bornes, et il en glisserait un mot à l'état-major une fois rendu au Caire. C'était ce que sa conscience de gentleman lui dictait. Homme d'honneur, il ne pouvait accepter ce plan grotesque sans réagir, que sa démarche plaise ou non à MacBain. C'était de l'intégrité d'une lady qu'il s'agissait ici, une jeune femme de la bonne société, pas d'une vulgaire catin de bas étage.

À mille lieues de telles pensées, Adélaïde mettait une dernière touche à son habillement. Elle contempla son reflet dans le miroir d'un air songeur. Elle avait endossé une tenue digne d'une lady de son rang : une jupe de coton kaki qui descendait à ses chevilles, ainsi qu'un chemisier à manches longues beige. Elle ignorait encore avec certitude de qui provenaient ces vêtements, mais tout pointait dans la direction d'Aidan, ce qui l'indisposait de plus en plus, lui faisant l'effet d'être une maîtresse entretenue pour services rendus. Cette réflexion peu charitable lui arracha un froncement de sourcils. Elle se morigéna aussitôt. Ce n'était ni le lieu ni le moment pour avoir de telles pensées, d'autant plus que l'objet de sa méditation l'attendait en bas. Redressant les épaules, elle se retourna un regard sévère dans le miroir. L'heure était venue de descendre, elle avait déjà suffisamment fait patienter leur hôte. Ne voulant pas le froisser, elle prit soin d'attacher les derniers boutons de l'encolure de son corsage pour dissimuler sa gorge, puis de relever ses mèches rebelles dans un chignon lâche au-dessus de sa tête. Elle scruta son apparence d'un œil avisé, plus sereine qu'à son réveil. Après tout, Aidan ne l'emmenait pas dans le harem d'un palais comme celui-ci, mais en Égypte, là où des gentlemans civilisés appartenant à l'armée britannique se trouvaient. Si la situation dégénérait, elle pourrait demander au commandant sur place, le général Allenby, de la rapatrier en Angleterre. Elle connaissait l'homme de vue pour l'avoir rencontré lors d'une soirée donnée par son oncle et sa tante à l'époque ; nul doute que ce vicomte saurait honorer la mémoire de Lord Brand en protégeant sa nièce.

Rassérénée par cette prise de conscience, elle se dirigea vers la porte d'un pas plus tranquille et réussit à cacher son étonnement en découvrant Bachir derrière le battant. Celui-ci la salua avec déférence, puis l'invita à le suivre. Ils descendirent l'escalier en silence. En parvenant à la dernière marche, Adélaïde perçut des voix feutrées en provenance d'une pièce située sur leur gauche, là où Bachir la conduisait.

Les hommes tournèrent de concert la tête dans sa direction à son entrée, se levèrent pour l'accueillir avec galanterie, et Aidan se détacha du petit groupe pour venir se poster sur sa droite sous le regard contrarié de Percy. Il lui tendit son bras afin qu'elle y dépose ses doigts ornés de henné.

— Bonjour, ma mie, susurra-t-il assez bas pour n'être entendu que d'elle seule. J'espère que vous avez bien dormi.

— Bonjour à vous, major MacBain, répondit-elle d'un ton impersonnel qui fit tiquer Aidan.

Elle détourna les yeux et reporta son attention sur leur hôte et Percy Fraser. Elle ne put manquer de remarquer l'expression irritée de ce dernier, ce qui eut pour effet de la mettre sur ses gardes. Un élément lui échappait, mais elle n'arrivait pas à déterminer lequel pour l'instant. Rangeant cette information dans un tiroir de sa mémoire, elle chercha plutôt à cacher son embarras. Être en présence de leur hôte et de Percy Fraser avec Aidan à ses côtés après leur périple de la veille la plaçait dans une position inconfortable. Elle n'avait pas l'habitude des intrigues amoureuses illicites. Elle se mordilla la lèvre inférieure, donnant à Aidan l'envie de l'embrasser. Conscient de sa gêne, il mit un terme à cette parade de politesse en s'adressant directement à elle.

— J'aimerais vous faire découvrir les beautés de la ville, Mademoiselle de Beauchamp. Accepteriez-vous de nous accompagner, le sergent Fraser et moi ?

Soulagée, elle le remercia d'un bref signe de tête et sauta sur l'occasion qu'il lui présentait.

— J'accepte votre invitation avec plaisir, major !

Aidan l'examina avec attention, intrigué par son attitude rigide et guindée. La sentant sur les nerfs, il n'insista pas davantage, préférant l'interroger plus en profondeur une fois qu'ils seraient seuls. À la demande de Saadi, un pique-nique fut préparé à leur intention pendant qu'une calèche était avancée. Événement étrange, Aidan déclina cependant l'offre de Saadi de les faire accompagner d'un cocher. Il entendait tenir lui-même les rênes.

Ils arrivèrent à Biskra en moins de 30 minutes. Aidan conduisait avec assurance, alors qu'Adélaïde se trouvait sur sa droite et Percy derrière. Le reste des hommes d'Aidan les suivaient avec discrétion à cheval afin de ne pas attirer l'attention sur eux. Adélaïde n'avait pas prononcé un mot durant la randonnée, ce qui préoccupait Aidan, mais avec Fraser à l'arrière, il ne pouvait pas se permettre d'entamer la moindre discussion à caractère compromettant avec elle. Il respecta donc son silence et maintint une distance raisonnable entre eux malgré les cahots de la route qui les ramenaient sans cesse l'un vers l'autre, un fait qu'Adélaïde s'empressait de corriger en s'éloignant au plus vite. Quand ils arrivèrent enfin en bordure de Biskra, Adélaïde éprouva un profond soulagement, qui aurait pu amuser Aidan s'il n'avait pas été si tendu tout à coup. Maintenant qu'ils avaient rejoint la ville, il lui faudrait demeurer à l'affût de tout événement suspect et avoir un œil constant sur sa compagne.

D'une main ferme, il dirigea la calèche vers le souk de Biskra, là où cohabitaient différentes échoppes, ethnies et religions dans la plus grande confusion. Dès lors, ils furent accueillis par une cohue générale dans les ruelles étroites. Tout ici n'était qu'odeurs exotiques, couleurs éblouissantes et mélanges sonores. Adélaïde était abasourdie, intimidée aussi par cette foule bigarrée et compacte. Il y avait très peu de femmes dans ce marché à ciel ouvert, surtout des Algériens vêtus de leur djellaba, les cheveux dissimulés sous un turban. Une variété de produits jonchaient le sol, sur des tapis ou dans des paniers tressés, ou traînaient sur des tables de bois rudimentaires, et cela dans le désordre le plus complet. Des troupeaux de moutons côtoyaient les marchands ambulants, rendant la scène surnaturelle.

Submergée par ce flot incessant, Adélaïde se pressa contre Aidan. Celui-ci glissa d'emblée l'une de ses mains dans le creux de son coude et l'entraîna vers une échoppe de tissus. Un homme se tenait assis devant le kiosque, l'air grave. Adélaïde baissa les yeux sous son regard dur, consciente qu'il n'appréciait pas la présence d'une Occidentale, une femme à la tête dévoilée de surcroît. Elle retint sa respiration et observa les environs entre ses cils mi-clos. Tout était si étrange, différent des marchés publics au Nigéria auxquels elle était habituée. Une véritable fourmilière aux dédales déroutants pour qui ne connaissait pas les lieux.

Tout en essuyant les gouttes de sueur qui perlaient à son front, elle tira sur le devant de son chemisier pour décoller le tissu de sa peau moite. Aidan, qui avait aperçu son geste se retourna vers elle. Ce faisant, il remarqua l'homme à la mine funeste qui les observait à la dérobée de l'autre extrémité du souk. Sur le qui-vive, Aidan referma sa main sur celle d'Adélaïde et la ramena aussitôt vers la calèche d'un pas précipité, fendant la foule sans égard pour les passants qu'ils bousculaient sur leur passage.

Adélaïde était légèrement essoufflée lorsqu'ils parvinrent à la voiture. Aidan échangea à son insu un regard entendu avec Percy pour lui indiquer la présence d'un sous-fifre de Krauss dans les parages. Percy en fit autant avec l'un de leurs hommes camouflés à l'angle d'une rue, dans une ruelle infecte. L'air de rien, Aidan aida Adélaïde à monter à bord de la calèche, contourna celle-ci en jetant un coup d'œil succinct sur sa gauche, puis grimpa à son tour. La jeune femme fronça les sourcils. Elle ne comprenait pas pourquoi ils s'étaient rendus au souk, puisqu'ils s'y étaient si peu attardés et n'avaient rien marchandé. C'était d'autant plus étrange qu'Aidan n'avait pas profité de l'occasion pour se rapprocher d'elle ou échanger le moindre mot de connivence. À la réflexion, il lui avait même semblé distrait. Dans ces circonstances, à quoi rimait donc cette visite ?

Dubitative, elle s'accrocha au rebord de la voiture lorsque les chevaux se mirent en branle sous la gouverne d'Aidan. Elle ne pouvait raisonnablement lui demander des comptes en présence du sergent Fraser. Toutefois, elle se promit de l'interroger dès que possible. Perdue dans ses réflexions, elle ne vit pas le temps passer. Ce n'est qu'une fois qu'ils ralentirent qu'elle nota qu'Aidan cherchait à garer la calèche. Elle le regarda manier les guides, apprécia son aisance, comme dans bien d'autres domaines. Décidément, cet homme était un vrai mystère. Plus elle le côtoyait, plus il lui semblait insaisissable, telle une anguille sous l'eau.

Aidan abhorrait l'idée de devoir ranger la voiture sur le bas-côté si loin de son lieu de rendez-vous. Sauf qu'il n'avait pas le choix, et il dut se résigner à couvrir la distance qui les séparait de la demeure de l'armateur à pied. Sa discussion avec celui-ci revêtait une trop grande importance pour la négliger. Il devait s'assurer de la fiabilité de leur transport en bateau avec le propriétaire avant de partir.

Quand Aidan aida Adélaïde à descendre de la calèche, celle-ci chercha à croiser son regard pour tenter d'amorcer une conversation avec lui, mais il se déroba, la poussant vers Percy. Le sergent, qui avait saisi le message silencieux de son supérieur, offrit avec galanterie son bras à la jeune femme. Aidan avait besoin d'être libre de toute entrave si jamais l'un des sbires de Krauss les avait suivis et essayait de s'en prendre à eux.

Aidan était tendu. Il n'avait pas cru que les sous-fifres de Krauss se retrouveraient sur leurs talons à cette vitesse, se montreraient si sûrs d'eux qu'ils n'hésitaient pas à s'exposer en plein jour. Par chance, ses propres hommes se révélaient plus discrets en évitant de se faire remarquer par l'ennemi. Pressé d'en finir avec cette visite obligatoire étant donné les circonstances, il accéléra le pas, forçant Adélaïde à trottiner derrière lui au bras de Percy. Il voyait bien la multitude de questions qui se pressaient dans le regard de sa compagne, mais il ne désirait pas y répondre dans l'immédiat ni subir un feu nourri de doléances. Il voulait consolider leur position avant, ce qui signifiait atteindre Le Caire le plus vite possible.

Adélaïde était sur le point de regimber contre cette cadence effrénée lorsqu'ils parvinrent enfin devant la demeure de l'armateur français. La jeune femme fut stupéfiée par la beauté des lieux. C'était une résidence ravissante, rien de comparable avec les bâtiments avoisinants. De la couleur du sable comme la presque totalité des maisons du coin, elle se distinguait toutefois par son toit de tuiles orangées qui détonnait sur l'ensemble, ses jolies fenêtres ornées de fer ouvragé, ainsi que les portes massives cintrées qui donnaient à l'endroit un cachet pittoresque.

Quand un portier leur céda le passage pour leur permettre d'entrer, Adélaïde put constater que l'intérieur était des plus enchanteurs également. Le hall démesuré qui lui faisait face était recouvert d'un parquet marbré qui scintillait sous la lumière du jour. À l'une des extrémités trônait la statue d'un lion de couleur rouille, perché de manière majestueuse sur un socle de pierre beige. Des colonnades l'encadraient, lui donnant davantage de splendeur.

À peine introduit dans la demeure, Aidan les abandonna pour suivre l'un des employés venus à leur rencontre. Ils se dirigèrent vers la pièce du fond. Avant même qu'Adélaïde ait pu apercevoir quoi que ce fût, la porte se refermait sur eux. Elle tressaillit, son instinct lui soufflant qu'elle n'aimerait pas ce qui se profilait à l'horizon. Aidan était tendu, comme s'il marchait sur une corde raide. Il était centré sur un objectif, mais elle ignorait lequel. Il n'avait plus rien de commun avec l'homme enjoué qui lui avait fait l'amour la veille, mais tout de l'agent en mission. Un frisson sinistre la parcourut.

— Mademoiselle de Beauchamp, est-ce que vous avez froid ? s'informa Percy avec sollicitude.

Adélaïde retint tout juste un cri de surprise et cacha ses mains dans les plis de sa jupe pour dissimuler son malaise.

— Ce n'est rien, sergent. C'est juste que je me demandais à quoi rimait cette journée. Le major n'a pas desserré les dents depuis notre visite au souk, et il est demeuré emmuré dans un silence funèbre tout le long. Même vous affichez une expression lugubre.

Percy parut démonté par sa réflexion. Il se gratta la nuque avec perplexité. Que lui dire ? En dépit de ce que MacBain pensait, ils ne pouvaient pas la laisser dans l'ignorance. Lady de Beauchamp n'était pas idiote. Elle était consciente qu'un élément clochait. La maintenir dans le mystère le plus complet ne servait qu'à susciter un sentiment d'angoisse chez elle, la mettant sur les dents. Même s'il savait que MacBain n'apprécierait pas son indiscrétion, il décida de se montrer honnête avec elle sur ce point. Après tout, c'était sa sécurité qui était concernée.

— Le major croit que des sbires de Krauss nous ont repérés au marché. Voilà pourquoi il a écourté notre visite.

Adélaïde pâlit à ces mots en portant une main à sa poitrine. Elle tenta de demeurer calme malgré son esprit qui s'emballait. Elle coula un regard apeuré vers la porte donnant à l'extérieur.

— Le major ne permettra pas qu'il vous arrive malheur, Mademoiselle. Il contrôle la situation. L'homme avec lequel il s'entretient est le propriétaire du navire marchand qui doit nous transporter jusqu'en Égypte. C'est un armateur français fidèle à notre cause.

Le battant derrière lequel se trouvait Aidan s'ouvrit sur les entrefaites, attirant l'attention d'Adélaïde dans cette direction. Il suffit d'un instant à Aidan pour comprendre que Fraser l'avait informée de la situation. Elle avait les yeux écarquillés, voilés par cette lueur de panique qu'il avait trop souvent aperçue dans ses prunelles. Il jura, furieux contre son subalterne. Il n'avait pas voulu l'effrayer, c'est pourquoi il lui avait caché la vérité. Il ne manquerait pas de châtier cet imbécile de Fraser pour sa bévue. Arrivé à leur hauteur, il prit l'une de mains glacées d'Adélaïde entre les siennes, fixa son visage tourmenté.

— Tout ira bien, Adélaïde, lâcha-t-il avec ferveur. Venez, nous devons partir !

Ce faisant, il l'entraîna à sa suite, ses doigts emprisonnés sur sa manche, Percy sur leurs talons. Adélaïde évolua comme dans un songe, une sensation qu'elle détestait éprouver. Elle refusait de se retrouver de nouveau sous la vindicte de Nikolaus Krauss. Un funeste pressentiment la gagna quand elle parcourut du regard la rue déserte. D'un accord tacite entre Aidan et lui, Percy vient l'encadrer à son tour. Ils marchèrent d'un pas vif, à l'affût du moindre danger.

Ils étaient parvenus à mi-chemin quand Aidan s'empara soudain de son coude pour la forcer à accélérer l'allure. Camouflés dans un recoin obscur d'une ruelle, cinq inconnus attendaient de les prendre par surprise. Ils portaient tous une djellaba blanche usée ainsi qu'un turban. Le bas de leur visage était dissimulé par un keffieh, seuls leurs yeux sinistres demeuraient visibles. Des mercenaires de la région à la solde de Krauss. Trois d'entre eux furent éliminés par les hommes d'Aidan avant même d'avoir pu comprendre ce qui leur arrivait, les deux autres emboîtèrent le pas au petit groupe après son passage. Aidan dégagea son poignard de la main gauche, imité par Percy. Il ne souhaitait pas alerter les habitants du coin et risquer de se retrouver avec un attroupement furieux sur les bras. En percevant le danger poindre dans chacune des fibres de son corps, Adélaïde sentit ses cheveux se hérisser sur sa nuque. Une sueur froide coula entre ses omoplates. Elle ne voulait pas replonger dans ce calvaire, pour rien au monde.

Par chance, ils n'étaient plus très loin de la voiture, mais Aidan doutait que les deux scélérats qui les suivaient attendent aussi longtemps avant de passer à l'action. Il savait qu'Adélaïde était en sécurité avec ses hommes postés tout autour ; toutefois, il ne pourrait lui éviter l'effroi à venir.

— Adélaïde, quoi qu'il arrive, restez en retrait de la bataille, vous m'entendez !

La jeune femme acquiesça de la tête, trop stupéfaite pour parler. D'un geste sans équivoque, Aidan lui tendit son propre couteau.

— Prenez-le ! J'ai besoin d'être certain que vous serez apte à vous défendre en cas de problème.

Son ton abrupt l'aida à se recentrer. Ce n'était pas un cauchemar, mais la réalité. La gorge sèche, elle s'empara de l'arme, affermit sa prise sur le manche.

— Respirez, Adélaïde !

Elle n'en menait pas large certes, mais la précarité de leur situation l'obligea à puiser dans ses réserves pour affronter ce qui était à venir. Elle prit une profonde inspiration pour tenter de dénouer le nœud qui lui tordait les entrailles. Aidan lui jeta un regard confiant avant de faire volte-face avec Percy. Adélaïde eut une pensée risible pour elle-même. Aidan lui démontrait par son geste qu'il se fiait à elle pour assurer leurs arrières, ce qui ne manquait pas d'absurdité. Depuis quand était-elle devenue une membre de son équipe ?

Les deux scélérats qui les talonnaient eurent un instant d'hésitation en voyant Aidan et Percy s'avancer vers eux sans aucune crainte, d'autant plus que le premier affichait un rictus suffisant. En tournant la tête pour échanger un regard avec leurs comparses sur la marche à suivre, ils découvrirent avec effarement pourquoi. Ils n'étaient plus que deux, leurs acolytes ayant disparu sans même laisser de trace. La donne avait changé. Comprenant qu'ils devraient affronter en corps à corps les deux soldats britanniques, ils foncèrent sur eux dans un rugissement guttural.

Aidan bloqua d'un second couteau le cimeterre qui venait dans sa direction, profitant de l'ouverture qui se présentait à lui pour administrer un puissant coup de pied dans le ventre de son agresseur, le faisant reculer. Alors que celui-ci revenait à la charge, il se baissa in extremis pour éviter d'avoir la gorge tranchée. D'emblée, il s'empara du poignet qui tenait le sabre recourbé, le tordit avec une force démesurée de sorte que le malotru n'eut pas d'autre choix que de lâcher prise. Le sbire lui donna un coup de coude dans l'estomac en riposte, puis un second, plus violent, qui fit plier Aidan. Celui-ci émit un grognement douloureux tout en tirant l'homme à lui dans la foulée afin de lui fracasser la mâchoire sur le genou qu'il venait de lever pour le cueillir au menton. Un craquement sinistre retentit. Vif comme l'éclair, Aidan releva sa main et plongea son couteau dans l'abdomen de son adversaire, puis l'éventra. Le scélérat s'écroula mollement au sol dans un hoquet de stupeur, ses deux paumes plaquées sur sa plaie béante. Faisant volte-face, Aidan évalua la situation en une seconde. En remarquant la position précaire de Percy, il fonça sur le deuxième malotru pour porter secours à son sergent.

Il bloqua au vol le bras qui allait frapper Percy, offrant à celui-ci l'occasion nécessaire pour éliminer son agresseur. Percy s'exécuta avec vivacité, ne désirant pas éterniser le combat. Le second sbire s'écroula à son tour. Mains sur les genoux, les deux hommes tentèrent de reprendre leur souffle. Ce faisant, Aidan chercha Adélaïde des yeux afin de s'assurer qu'elle allait bien. Il revint aussitôt vers elle et l'empoigna de nouveau par le coude pour l'obliger à courir afin de maintenir la cadence malgré ses jambes flageolantes.

Dès qu'ils furent arrivés à la calèche, il bondit à l'intérieur, tendit la main vers elle pour l'aider à monter à bord au moment où Percy la soulevait de son côté. Leurs forces combinées la propulsèrent abruptement sur le siège avant. Aidan lui apporta son soutien pour se redresser pendant que Percy détachait l'attelage et grimpait à son tour. Aidan donna une puissante secousse sur le dos des deux chevaux, qui s'élancèrent dans les rues à toute allure. Il broyait du noir, se questionnant sur l'étendue réelle des forces de Krauss dans cette partie du monde. Combien d'autres sous-fifres devaient-ils s'attendre à affronter ?

En s'engageant dans une courbe, il lança un coup d'œil vers sa compagne. Elle semblait supporter le choc pour le moment, mais il ne pouvait pas se permettre de quitter la route des yeux pour s'en assurer. Toujours est-il qu'elle se tenait droite, le regard rivé devant elle, ses mains agrippées à la structure de la calèche pour ne pas être propulsée dans tous les sens. Son teint était pâle, mais pas cadavérique. Il fouetta les chevaux avec plus d'ardeur, désireux de sortir de la ville le plus vite possible pour gagner le port d'Alger. Au détour d'une courbe, il entraperçut ses hommes, qui se hâtaient d'enfourcher leurs propres montures pour les suivre afin d'assurer leur protection.

Alors qu'il ne s'y attendait pas, un inconnu sauta sur lui à partir du porche sous lequel ils venaient de passer. Une brusque ruade faillit l'expulser à l'extérieur de la voiture, lui faisant perdre sa prise sur les guides. Puis, un puissant direct le cueillit à la mâchoire, le sonnant pendant quelques secondes. Un cri perçant résonna à ses oreilles. En comprenant qu'il provenait d'Adélaïde, Aidan s'ébroua pour retrouver ses esprits. Le sbire se tenait entre la jeune femme et lui, et profitait du fait qu'il était étourdi pour le rouer de coups. Derrière, Percy avait saisi son pistolet, mais il n'osait faire feu de crainte d'atteindre Adélaïde par accident. Quant à celle-ci, elle tentait de s'emparer des rênes pendantes pour reprendre le contrôle des bêtes, qui s'étaient emballées. Elle était penchée sur l'avant de la calèche dans une position précaire qui provoqua un sursaut d'adrénaline chez Aidan. Si jamais elle basculait, elle tomberait au sol et serait écrasée sous les roues du véhicule.

Affolé, il chercha à se défaire de la prise de son agresseur pour lui porter secours, mais celui-ci l'immobilisait de son corps massif. Un coup de coude dans les côtes lui coupa le souffle momentanément, le clouant sur son siège. Un autre l'atteignit au visage, lui cassant le nez. Du sang gicla de ses narines. Il jura tout en se secouant. Il devait mettre un terme à cet assaut. Au même moment, il se sentit empoigné par le col, puis tiré à moitié hors du véhicule. Un nouveau cri vrilla ses tympans. Une secousse faillit le projeter à l'extérieur pour de bon, mais il se rattrapa de justesse à la charpente de la calèche, la tête à deux pouces d'une roue. Déstabilisé par le cahot de la route, le scélérat relâcha sa prise et se redressa prestement pour ne pas tomber. Ce fut l'ouverture que Percy attendait. Celui-ci fit feu avec assurance, atteignant l'homme en pleine poitrine. Le sbire bascula dans le vide sous la force de l'impact.

Percy se jeta aussitôt sur le banc avant, plongea sur le côté pour saisir Aidan, qui peinait à se retenir. L'empoignant par sa veste, Percy tira de toutes ses forces pour le ramener en sécurité à bord. Une seconde ornière faillit lui faire lâcher prise. Alors qu'il parvenait à se relever en entraînant le corps lourd d'Aidan avec lui, la voiture fit une embardée et eut un brusque écart qui les déstabilisa. Les rênes glissèrent davantage sous l'essieu, se retrouvant désormais hors de portée. Livrés à eux-mêmes, les chevaux ruèrent en hennissant et quittèrent la route tête baissée. L'une des roues heurta une pierre sur son passage, ce qui eut pour effet de tous les propulser dans les airs au moment où la calèche basculait sur le bas-côté.

– Adélaïde ! hurla Aidan avec terreur avant d'être expulsé.

Il eut à peine le temps d'attraper la jeune femme par la taille et de la ramener vers lui pour la serrer contre son flanc qu'ils plongeaient dans le vide. Au moment de percuter le sol, il s'enroula autour d'elle afin d'amortir le plus gros de l'impact. Il poussa un grognement éraillé quand son corps combiné avec le poids de celui d'Adélaïde entra en collision avec le terrain accidenté. Ils roulèrent plusieurs fois sur eux-mêmes avant d'arrêter leur course contre une souche. Adélaïde cogna son front sur la surface rugueuse, alors qu'Aidan finit sur le dos. Ils demeurèrent immobiles dans un enchevêtrement de membres, trop assommés pour bouger.

Des bruits de sabots martelant la terre à une cadence effrénée résonnèrent aux tempes d'Aidan avec une vigueur assourdissante.

— Major ! l'appela l'un de ses hommes en arrivant à ses côtés. Major ! insista le nouveau venu.

Aidan grommela une réponse inintelligible avant de soulever ses paupières avec peine. Il serrait toujours Adélaïde contre lui, mais celle-ci ne semblait pas réagir. Percy, qui s'en était tiré mieux qu'eux, venait dans leur direction d'une démarche vacillante.

— Adélaïde, souffla Aidan contre son visage. Adélaïde ! clama-t-il avec plus de force.

Celle-ci battit des paupières, puis poussa un gémissement misérable en portant une main tremblante à son front. Elle grimaça en touchant l'entaille qui saignait. Un mouchoir remplaça ses doigts, des bras la dégagèrent avec délicatesse de l'étreinte d'Aidan et palpèrent ses membres pour s'assurer qu'elle n'avait rien de cassé. Soucieux de son état, Aidan se redressa, mais blanchit d'un coup lorsqu'il fut pris d'étourdissements.

— Doucement, major ! déclara un second en plaquant une paume sur son torse pour réfréner son élan.

Profitant de son état comateux, Percy l'empoigna avec fermeté par la nuque afin de l'immobiliser pour pouvoir replacer son nez et arrêter ainsi le saignement. Aidan lâcha une bordée de jurons lorsqu'il s'exécuta et l'agrippa par le poignet, prêt à le frapper. Ses hommes s'empressèrent de le rallonger sur le dos.

— Du calme, major ! Donnez-vous le temps de reprendre vos esprits. La demoiselle va bien, alors cessez de vous agiter de la sorte.

Aidan hocha la tête avec prudence pour ne pas réveiller la douleur qui martelait ses tempes. Le scélérat qui l'avait attaqué ne l'avait pas manqué ; c'était à croire qu'il sortait tout droit d'une rixe. Il avait la lèvre fendue, le nez maculé de sang, un bleu sur la joue droite et l'arcade sourcilière gauche coupée. Il en aurait pour quelques jours à souffrir le martyre. Percy se pencha sur lui au même moment, l'expression rembrunie.

— C'était une très mauvaise idée, MacBain ! releva-t-il avec colère. Bon Dieu ! Lady de Beauchamp aurait pu y rester, et vous aussi par la même occasion ! Nous avons frôlé la catastrophe !

— Ça suffit, Fraser ! grogna Aidan. J'en suis conscient ! Comment va-t-elle ? demanda-t-il, plus radouci.

— Elle est encore sonnée, mais mis à part une entaille sur le front, elle semble indemne. Vous avez amorti l'essentiel du coup.

Aidan poussa un soupir de soulagement. Il n'aurait pas supporté qu'elle soit blessée. Déjà que l'avoir vu penchée dans le vide pour tenter d'attraper les guides lui avait donné des sueurs froides. Il avait l'impression d'avoir vieilli de 10 ans en l'espace de quelques secondes. Pour le reste, les événements s'étaient déroulés à une telle vitesse qu'il n'avait pas eu le temps d'avoir peur. Seul son instinct de protection lui avait permis d'entraîner Adélaïde avec lui dans ce plongeon. Dans le cas contraire, elle aurait pu se retrouver coincée sous la voiture. Son cœur manqua un battement à cette idée.

— Aidez-moi à me relever, Fraser ! ordonna-t-il.

— Ce n'est pas raisonnable, tenta de protester Percy.

— J'ai besoin de m'assurer qu'elle n'est pas blessée…

Ce faisant, il se redressa sur ses coudes, la cherchant des yeux. Percy n'eut d'autre choix que de s'exécuter. Aidan était déterminé, quoi qu'il en coûtât. Il grinça des dents sous la manœuvre. Du moins, il ne semblait avoir rien de cassé : quelques courbatures, des ecchymoses, mais sans plus. Il avança en boitant tout en faisant jouer les muscles de son dos pour les replacer. Adélaïde éprouva un choc en le voyant venir vers elle si mal en point. Se relevant à son tour, elle s'élança vers lui.

— Aidan ! s'écria-t-elle en le percutant de plein fouet.

Aidan retint un grommellement de douleur en serrant la mâchoire. Par chance, Adélaïde n'en eut pas conscience. Rassuré de la savoir saine et sauve, il referma ses bras autour de son corps tremblant, la broyant presque sous son étreinte.

— Adélaïde, est-ce que tout va bien ?

Elle s'empressa de le tranquilliser en percevant son inquiétude. « Juste ciel ! » Elle avait eu si peur ! Il y avait eu cet étranger qui avait tenté de le balancer hors de la calèche, ce tir se répercutant dans l'air tel un coup de tonnerre, puis les chevaux qui s'étaient emballés, et pour terminer, cette chute vertigineuse. C'était trop d'événements en un si court laps de temps. « Pardieu ! » Pourquoi fallait-il que Nikolaus Krauss s'acharne autant sur eux ?

— Comment cet homme a-t-il fait pour retrouver notre trace si rapidement ? murmura-t-elle d'une voix affolée contre sa veste. C'est à croire qu'il a pactisé avec le diable.

Percy, qui avait aussi entendu ses propos, leva un regard remonté vers Aidan. Adélaïde était en droit de connaître la vérité. Aidan secoua la tête, un air implacable sur le visage.

Ce n'était pas le moment d'avouer à Adélaïde qu'il était responsable de ce désastre. Dans son état d'esprit actuel, Dieu sait quelle serait sa réaction si elle l'apprenait. Quant à lui, il ne pouvait plus reculer ; la partie d'échecs avait commencé, et seul le meilleur gagnerait.

– Nous suivons le plan ! trancha Aidan d'un ton catégorique en dévisageant Percy par-dessus l'épaule d'Adélaïde.

Percy lui retourna un coup d'œil furibond avant de se diriger vers les montures laissées en retrait. Ils avaient une longue route à parcourir pour atteindre Alger.

CHAPITRE 17

Amour et trahison

Adélaïde fut désorientée lorsqu'elle posa les pieds sur le quai de la gare du Caire. Ici, les dialectes berbères se mélangeaient à l'anglais dans une cacophonie assourdissante. Les gens les bousculaient sur leur passage, lui donnant l'impression d'être un insecte au centre d'une marée humaine. Elle était déphasée et perdue.

Une main chaude attrapa la sienne, pressa ses doigts avant de les déposer sur une manche rêche. Adélaïde leva les yeux, sentit son cœur se serrer en apercevant le visage abîmé d'Aidan. C'était plus fort qu'elle.

— Arrêtez de vous tracasser, ma mie ! déclara Aidan pour la énième fois. Rien n'y paraîtra plus sous peu.

Adélaïde avait beau tenter de se contenir, elle n'arrivait pas à s'en empêcher. Aidan n'était pas infaillible, et ses blessures le prouvaient. En dépit du fait qu'elle désirait s'éloigner de lui, il n'en restait pas moins qu'elle l'aimait, ne souhaitait pas lui causer de souffrance. Cependant, les derniers événements lui donnaient raison, renforçaient sa volonté de mettre le plus de distance possible entre eux. Vivre à ses côtés était dangereux. Elle n'en pouvait plus de toute cette horreur, de ces affrontements sanguinolents, de cette peur qui la prenait aux tripes. Elle ne supportait plus de le voir risquer sa vie si impunément pour la protéger.

Les heures écoulées à arpenter le pont du bateau qui les avait conduits jusqu'ici lui avaient permis de faire le point sur son existence. Elle se sentait incapable de tomber amoureuse d'un autre, pas même de Percy Fraser. Aidan MacBain faisait partie d'elle, la possédait corps et âme. La nuit qu'ils avaient passée dans le désert serait la dernière. Elle chérirait ce souvenir lors de ses longues soirées d'hiver en solitaire près du feu, comme autant de braises incandescentes. C'est tout ce qui lui resterait de lui.

Par chance, ils s'étaient peu croisés sur le navire marchand, ce qui avait facilité sa transition dans son retour au monde réel. Aidan avait été trop occupé avec ses hommes à fomenter ses plans. De plus, il lui avait fallu récupérer de leur attaque ainsi que de la chevauchée qui s'en était suivie. Elle se remémora avec un pincement au cœur leur arrivée au port d'Alger. Aidan s'était écroulé en bas de sa monture, à bout de force, et il avait fallu l'aide de ses subalternes pour le hisser à bord. Une fois, elle était passée devant sa cabine alors que sa porte était entrouverte et avait aperçu sur son torse l'ecchymose qui le marbrait avant que le sergent Fraser ne termine de le bander. Avait-il eu des côtes fêlées dans la mêlée ? Aucun de ses hommes n'avait voulu répondre à cette question, pas même Percy Fraser. Ils s'étaient contentés de lui dire que le major allait bien, qu'il s'en sortirait. Lasse de ces dérobades, elle avait fini par s'isoler dans un coin pour ruminer ses idées sombres.

À leur arrivée à Alexandrie, ils s'étaient immédiatement embarqués dans le train qui les conduirait au Caire. Encore là, elle avait été mise à l'écart, ce qui lui avait laissé tout loisir de préparer à son tour ses plans. Elle en avait terminé avec cette vie d'errance. Dès que l'occasion se présenterait, elle retournerait à Métis, y achèterait une petite maison en bordure du village, près du fleuve, et là, elle écoulerait le restant de ses jours de manière paisible en compagnie de Charlotte. Peut-être qu'avec un peu de chance, Nikolaus Krauss finirait par l'oublier et cesserait de la pourchasser.

Voilà donc où elle en était dans sa réflexion. Aidan envisageait de faire un détour par le quartier général britannique afin d'y rencontrer le général Allenby, puis la laisserait quelques jours dans une tribu berbère, le temps qu'il complète une autre mission. Par la suite, il lui avait dit qu'il la ramènerait en Europe, sauf qu'Adélaïde ne prévoyait plus être là lorsqu'il reviendrait de sa visite auprès de Lawrence d'Arabie. Elle entendait solliciter elle aussi un entretien avec le général Allenby, se rappeler à ses bons souvenirs et lui demander qu'il lui organise un passage sécuritaire sur l'un de leurs navires. Elle regagnerait l'Europe à l'insu de MacBain, puis rejoindrait ensuite Québec, et de là Métis. Rendue en Angleterre, elle reprendrait son nom de Kent pour voyager incognito et brouiller les pistes. Mademoiselle de Beauchamp disparaîtrait en même temps que les côtes anglaises s'effaceraient de l'horizon quand elle serait à bord de l'*Empress of Britain*. Quoi de mieux pour recommencer une nouvelle vie que d'effectuer son retour sur le paquebot jumeau de celui qui avait en partie causé sa perte à la base? Ainsi, la boucle serait bouclée.

Un jet de vapeur s'éleva dans le ciel au moment où le sifflement strident du train la fit sursauter. Le vacarme environnant amena un froncement de sourcils sur son visage. Elle n'aimait pas se retrouver exposée dans cette masse grouillante. Pourtant, elle était entourée des hommes d'Aidan alors qu'ils se rendaient vers les quartiers généraux, fendant la foule d'un même mouvement afin de lui ouvrir un passage.

Aidan savait qu'Adélaïde avait souffert de l'isolement forcé auquel il l'avait soumise depuis l'attaque à Biskra, mais il lui avait fallu réviser sa stratégie avec son équipe, guérir de ses blessures, mais surtout, il n'avait pas voulu se retrouver en sa présence de crainte de se trahir. Elle l'aurait assurément questionné à propos des événements survenus à Biskra, et il refusait dans l'immédiat de l'éclairer à ce sujet. Il était préférable qu'elle demeure dans l'ignorance encore un certain temps pour la bonne conduite de son plan.

Sur ce point, il n'avait pas changé d'opinion, au plus grand malheur de Percy, qui n'avait pas cessé de lui rebattre les oreilles avec toute cette histoire. Plus que jamais, celui-ci s'insurgeait contre son autorité et ses décisions, clamant que c'était trop risqué compte tenu des derniers événements, qu'il finirait par la blesser de manière irrévocable. Aidan ne remettait pas en cause son point de vue, sauf qu'il était hors de question pour lui de reculer. Il en faisait une affaire personnelle. D'une façon ou d'une autre, cette traque se terminerait au Caire.

Leur arrivée au mess des officiers ne passa pas inaperçue, d'autant plus qu'Aidan exigea qu'Adélaïde les accompagne. Il n'avait que faire de la susceptibilité de ces messieurs de la haute. Il refusait de quitter la jeune femme des yeux, du moins tant qu'il n'aurait pas rejoint la tribu berbère. À leur entrée, Percy se découvrit la tête, puis épousseta son uniforme du mieux qu'il put. Alors que leurs talons claquaient sur le parquet ciré, plus d'un visage se tourna dans leur direction. Adélaïde n'osait imaginer à quoi elle ressemblait avec sa robe froissée après un tel voyage. Certes, elle avait pu se laver et se changer à bord du navire marchand grâce à la délicate attention de l'armateur, mais depuis, elle n'avait pas eu le loisir de se rafraîchir ni de remettre de l'ordre dans sa coiffure. Sans parler de son teint, qui devait être beaucoup plus basané que ne le voulait la mode. Elle porta instinctivement une main à sa chevelure, puis se ravisa. À quoi bon ?

Aidan les conduisit à travers la salle de billard sans un seul regard autour de lui, repoussant le serveur indigène qui venait dans leur direction. Il n'avait pas de temps à perdre sur place, espérant écourter leur visite le plus vite possible. Quelques secondes plus tard, il se trouvait dans le bureau du commandant des forces britanniques au Caire, alors qu'Adélaïde et Percy patientaient dans la pièce contiguë, une citronnade entre les doigts.

Malheureusement, Adélaïde n'eut jamais l'occasion de discuter avec le général, pas plus que Percy d'ailleurs, et ils durent tous deux remettre leur rencontre à plus tard.

Quand ils arrivèrent enfin au campement berbère après trois heures de chevauchée, Adélaïde était exténuée. Percy et elle avaient attendu Aidan de longues minutes assis sur une chaise droite et inconfortable au mess avant qu'il ne les rejoigne. Par la suite, ils avaient effectué le reste du trajet à dos de dromadaire. Le manque de sommeil ainsi que les événements récents combinés avec les conditions difficiles de leur parcours avaient eu raison de ses dernières forces. Tout ce qu'elle souhaitait, c'était de s'allonger pour dormir sans interruption et sans le roulis d'un bateau ou le tangage d'une bête.

Éreintée, elle se laissa glisser avec lourdeur sur le flanc de l'animal, s'y appuya afin de ne pas s'effondrer. Sa gorge était irritée, ses yeux brûlaient, et elle avait la sensation d'étouffer sous ses vêtements anglais inappropriés à ce climat. Pour un peu, elle aurait regretté le haïk que lui avait procuré Aidan lors de leur expédition dans le désert. Elle avait l'impression qu'une éternité s'était écoulée depuis cette incartade, sans compter qu'elle avait chevauché seule sur sa monture. C'était à croire qu'Aidan la fuyait. Elle tenta d'humecter ses lèvres craquelées, mais sa langue était aussi sèche que le reste de sa bouche.

Percy, qui venait dans sa direction, lui tendit une gourde avec compassion. Il espérait que la jeune femme n'avait pas attrapé une insolation. Il échangea un coup d'œil préoccupé avec Aidan en la voyant vaciller. Celui-ci avait été conscient qu'Adélaïde déclinait à vue d'œil durant leur périple, mais il lui avait été impossible de ralentir leur cadence. Il savait Krauss sur leurs talons et voulait éviter à tout prix une embuscade au cœur du désert. Par chance, le général lui avait assuré une assistance technique dans deux jours. Il leur fallait donc tenir jusque-là.

Quand il se dirigea à son tour vers Adélaïde, ce fut pour remarquer sa gorge brûlée par les rayons du soleil. Sans doute avait-elle eu si chaud qu'elle n'avait pu s'empêcher de déboutonner son col. C'est au moment où il arrivait à sa hauteur qu'elle défaillit. Il la rattrapa de justesse et la souleva dans ses bras, un pli soucieux barrant son front. Le chef de la tribu, qui les avait rejoints, lui indiqua une tente plus petite au centre du campement. Aidan l'y amena à grandes enjambées, puis l'allongea avec précaution sur une couche. Une femme se hâta de venir lui apporter une bassine d'eau ainsi que des linges propres, alors qu'une deuxième déposait un pot d'onguent sur le tapis à ses pieds. Il les remercia, puis trempa l'extrémité de l'un des morceaux de tissu dans l'eau fraîchement puisée. Il tapota avec douceur les lèvres gercées de sa compagne, fit tomber quelques gouttes dans sa gorge. Puis, il lui retira son corsage avec une infinie délicatesse, appliqua une fine pellicule de crème sur la peau à vif, avant de recouvrir les brûlures d'une bande de gaze.

Une nouvelle venue entra dans la tente au même moment et eut un hoquet de stupeur en voyant la semi-nudité d'Adélaïde. Aidan, qui avait tourné la tête dans sa direction, ne perdit pas de temps en bavardages inutiles.

— Lady Brand, heureux de constater que vous avez repris des forces.

Esther battit des paupières, puis porta une main à son front. Elle avait été secouée par l'intimité entraperçue dans les gestes du major. De toute évidence, ce n'était pas la première fois qu'il dévêtait sa nièce ni qu'il la touchait au demeurant. Devait-elle s'en offusquer ? Cela va sans dire, mais elle n'en avait pas le courage après avoir été témoin de la tendresse sous-jacente qui s'en dégageait, de son regard inquiet. Le lien ténu qui les reliait jadis s'était transformé en un sentiment plus profond, comprit-elle. Un peu comme celui qui l'avait unie à son époux. Au souvenir de Henry, ses yeux s'embuèrent. Elle ne parvenait toujours pas à accepter l'idée qu'il était décédé ; pourtant, elle avait elle-même constaté la raideur cadavérique de son corps sous le sien, la froideur qui émanait de lui. Probablement serait-elle morte avec lui si cela n'avait été des hommes du major et de Fatouma. C'était eux qui avaient découvert qu'elle respirait toujours, mais d'un souffle très faible, sa vie ne tenant qu'à un fil.

Ils l'avaient ramenée à l'une des missions dans le plus grand des secrets. Là, les missionnaires l'avaient soignée à l'insu de Nikolaus Krauss. Tout ce temps, elle avait été sous la protection de Fatouma. Quand il avait été possible de la déplacer sans danger, Aidan l'avait fait transporter jusqu'ici afin qu'elle y termine sa convalescence. Il lui avait fait la promesse qu'Adélaïde et elle seraient réunies sous peu, l'avait rassurée sur le sort de sa nièce, lui affirmant qu'il la protégerait envers et contre tout. Apparemment, il n'avait pas juste assuré sa protection ; il l'avait séduite dans la foulée. Ne sachant que penser de cette histoire dans l'immédiat, elle préféra réserver son jugement et attendre d'avoir toutes les informations en main avant de prendre une décision. Pour l'heure, elle était surtout tracassée par la santé de la petite.

— Comment se porte-t-elle ?

— Ce n'est qu'une légère insolation. Demain matin, plus rien n'y paraîtra, sinon des rougeurs plus accentuées au niveau de sa poitrine.

Esther s'efforça de ne pas réagir devant tant de familiarité. Le major faisait preuve d'un laxisme des plus confondant dans ses paroles et dans ses gestes, si bien qu'elle avait peine à demeurer stoïque. Toutefois, elle n'eut pas le loisir de manifester sa désapprobation, car Adélaïde venait d'émettre un faible gémissement et reprenait peu à peu connaissance. Aidan imbiba de nouveau un linge d'eau, entreprit de rafraîchir ses tempes ainsi que la zone délicate derrière ses oreilles et l'intérieur de ses poignets.

— Adélaïde, réveillez-vous, ma mie, murmura-t-il avec douceur.

Le baiser qu'il déposa sur son front termina de convaincre Esther. Le major MacBain était bel et bien tombé amoureux de sa nièce, et tout chez lui la revendiquait comme sienne. « Par tous les saints du ciel ! » Que s'était-il passé entre ces deux-là ? Soucieuse, elle s'approcha avec raideur, claudiquant à cause de sa jambe blessée par une balle, cadeau des Allemands.

Adélaïde remua la tête de gauche à droite avant de soulever enfin ses paupières. Dans un premier temps, elle remarqua uniquement la présence d'Aidan. Quand elle chercha à se relever, il la repoussa avec délicatesse sur sa couche.

— Doucement, ma mie ! Nul besoin de vous agiter de la sorte ! Prenez votre temps.

— Aidan, souffla-t-elle.

— Chut !

D'une caresse légère, Aidan dégagea une mèche plaquée sur sa tempe. La jeune femme pencha le visage vers sa main en fermant les yeux, avide de son contact. Il ne lui avait pas manifesté la moindre affection depuis cette fameuse nuit dans le désert. S'ils avaient été seuls, Aidan n'aurait pas hésité à la serrer dans ses bras pour l'apaiser, mais Lady Brand se tenait à ses côtés, rappel vivant des règles de convenance à respecter en présence d'une lady.

— Regardez-moi, Adélaïde.

Celle-ci obtempéra. Son regard voilé rencontra le sien.

– Vous n'êtes plus esseulée, ma mie ! Je suis là, ainsi qu'un membre de votre famille cher à votre cœur.

La confusion la plus totale s'installa dans ses prunelles brun noisette. Son visage se crispa d'incompréhension.

– Bonjour, ma chérie, chuchota Esther à son tour d'une voix étreinte par l'émotion.

D'emblée, les yeux d'Adélaïde s'emplirent de larmes. Elle tourna la tête avec lenteur vers sa tante, n'arrivant pas à croire à ce miracle. Pourtant, sa parente était réelle, fidèle à ses souvenirs, un doux sourire sur les lèvres. Par réflexe, Adélaïde porta son regard par-dessus l'épaule de sa tante, à la recherche de la silhouette familière de son oncle. Aidan, qui avait deviné son espoir, effleura sa joue d'une caresse légère.

– Je suis désolé, ma mie ! Mais il était trop tard pour votre oncle… Nous n'avons pas pu le sauver.

Comme une digue qui se rompt, le chagrin gonfla, prenant de l'ampleur au point de l'étouffer. Elle fut submergée par un flux incontrôlable. Un flot de larmes inonda ses yeux alors qu'elle éclatait en sanglots. Esther se laissa tomber à genoux auprès d'elle et lui tendit les bras. Adélaïde s'y jeta, le corps secoué par de puissants spasmes. Esther la berça contre sa poitrine, telle une mère réconfortant son petit. La jeune femme, qui avait enfoui son visage dans son giron, pleura la perte de cet oncle qu'elle avait aimé comme un père, ainsi que celle de l'enfant qu'elle ne connaîtrait jamais. Sa vie entière n'avait été que désillusion et chagrin. L'unique étincelle de bonheur qui lui restait désormais était le retour prodigieux de sa tante. Le Dieu tout-puissant dans sa miséricorde lui avait restitué cette femme si merveilleuse, celle qu'elle considérait comme une mère.

Préférant les laisser seules, Aidan sortit en silence de la tente, après avoir jeté un regard tourmenté vers sa compagne. Venait-il de la perdre en lui rendant sa famille ? Il espérait que non, mais un sombre pressentiment l'habitait. C'est ébranlé qu'il quitta les lieux. Il lui fallait discuter avec le chef de la tribu au sujet des derniers préparatifs de leur piège, ensuite, il retournerait auprès d'Adélaïde.

Quand Adélaïde traversa le campement en compagnie de sa tante, elle chercha d'instinct Aidan des yeux. Elle ne l'avait pas revu depuis ses retrouvailles avec sa tante. Elle comprenait ce qui avait motivé sa décision de garder le silence à son sujet. Il avait voulu être certain que sa tante survivrait à ses blessures avant de lui annoncer la nouvelle afin de ne pas lui causer davantage de chagrin si elle venait à trépasser. Il savait à quel point elle avait été affectée par la disparition de sa famille. N'arrivant pas à croire à ce miracle, elle étreignit la main de sa tante entre les siennes. Esther lui tapota les doigts avec tendresse. Ce geste si familier lui avait tant manqué. Comment pourrait-elle un jour remercier Aidan pour ce cadeau si précieux ? Elle avait une dette envers lui, plusieurs en fait. Pourrait-elle un jour trouver le moyen de s'en acquitter ?

Attirée comme par un aimant, elle leva son regard vers les dunes. Un homme en djellaba était assis au sommet de la plus haute, un coude appuyé sur l'un de ses genoux repliés.

Il portait un keffieh du même blanc pur, qui dissimulait ses traits. Adélaïde l'observa avec attention. Sa silhouette se détachait sur le soleil couchant. Il lui semblait esseulé, une âme perdue dans l'infini du désert. Un tel accablement se dégageait de lui qu'elle en eut les larmes aux yeux, d'autant plus qu'elle avait reconnu la force de caractère qui émanait de lui, la puissance brute derrière l'habillement berbère. Son expression dut la trahir, car sa tante se pencha vers elle avec sollicitude.

— Allez le rejoindre, ma chérie, lui conseilla-t-elle. Je crois qu'il a besoin de vous.

Le visage de la jeune femme se décomposa davantage. Elle n'avait pas le droit de le réconforter, pas alors qu'elle s'apprêtait à le quitter en cachette. Tout chez lui criait son amour pour elle, les moindres de ses gestes, de ses paroles et de ses regards. Certes, ses méthodes n'avaient pas toujours été honnêtes, mais il était sincère. Tout comme elle, il avait cherché à la tenir à l'écart, à ne pas se laisser dominer par ses émotions, mais il avait échoué. Le destin s'était montré cruel en les rapprochant, en leur faisant miroiter un avenir impossible. Il évoluait dans un monde sanguinaire, dans un univers qui lui avait presque coûté la vie. Elle n'avait pas la résilience de sa tante, n'arriverait pas à s'adapter à toutes ces intrigues, ce danger, cette duplicité et cette barbarie. Comment envisager de fonder une famille dans de telles conditions ? Déjà, elle avait perdu un enfant. Qu'en serait-il du prochain ? Tant de sang avait été versé pour la protéger, plus que son âme ne pouvait le supporter. Continuer sur cette voie finirait par les détruire. L'heure était venue pour eux de se séparer, d'aller chacun de leur côté en espérant une vie meilleure, mais elle savait qu'il refuserait de la laisser partir. C'était donc à elle de le délivrer du fardeau qu'elle représentait. Il avait rempli sa part du contrat ; à elle dorénavant de se débrouiller par ses propres moyens.

Cette nuit serait la dernière qu'elle lui accorderait. Demain, il irait rejoindre Lawrence d'Arabie dans le cadre de l'une de ses missions, et pendant ce temps, elle quitterait l'Afrique avec sa tante. Une fois qu'elle serait sortie de son existence, Aidan parviendrait un jour à l'oublier, pourrait se consacrer à son devoir, ne plus avoir l'esprit occupé par sa protection. Il y avait plus important que sa petite personne. Ils étaient en guerre, et elle savait qu'Aidan était l'un des éléments qui pourraient changer l'issue du combat.

— Je dois le libérer… souffla-t-elle d'une voix éraillée.

— Oh, ma chérie ! Je suis désolée… murmura sa tante.

Elle avait une bonne idée de l'ampleur du dilemme qui déchirait sa nièce. Elle-même avait vécu auprès d'un époux aux ordres de Sa Majesté pendant suffisamment d'années pour comprendre ce qu'une telle existence exigeait comme sacrifice. Aidan était un agent de terrain, sans doute le meilleur d'entre eux. Adélaïde l'avait découvert à ses dépens et avait côtoyé de très près la noirceur qui était le lot quotidien de ces hommes, deviné qu'elle était sa faiblesse. Elle l'aimait trop pour risquer de lui causer du tort. Les dernières semaines avaient dû se révéler éprouvantes à plus d'un égard pour l'amener si vite à ce constat. Esther frôla les cheveux de sa nièce avec tendresse.

— Ma chérie, croyez-vous qu'il acceptera votre décision ? s'informa-t-elle avec pitié.

— Non ! C'est pourquoi je partirai à son insu.

— Mon petit, non !

— Je n'ai pas le choix, ma tante, commença Adélaïde en s'étranglant. Sinon, il fera tout ce qui est en son pouvoir pour me retenir, et je n'aurai pas la force alors de lui résister.

— Serait-ce si terrible ?

— Ce serait le mener tout droit à sa perte… et cela, je m'y refuse.

— Dans ce cas, allez le rejoindre, apportez un peu de baume à son âme torturée, puis laissez-le partir. Qu'il garde dans son cœur un doux souvenir de vos derniers instants passés ensemble.

Adélaïde regarda de nouveau sa tante, médusée. Esther posa une main sur sa joue balafrée.

— Vous avez beaucoup souffert, ma chérie, je le vois dans vos yeux. Vous avez droit au bonheur également. Que croyez-vous ? Je suis peut-être vieille, mais pas aveugle. Le lien qui vous unit est si puissant qu'il vous est impossible de le dissimuler. Vos corps vibrent à l'unisson lorsque vous vous retrouvez en présence l'un de l'autre.

Un froncement de sourcils rida le front d'Adélaïde, alors qu'un sourire étirait les lèvres d'Esther.

— J'ai été jeune aussi ! Je connais la passion qui anime les hommes de la trempe d'Aidan MacBain, tout comme la fougue qui est la vôtre. Les dés étaient pipés d'avance. Vous n'aviez aucune chance de sortir indemnes de cette rencontre. Pourquoi croyez-vous qu'il vous avait abandonnée sur ce quai à Québec ? Il était au courant des risques…

Adélaïde reporta son attention sur la silhouette solitaire, se sentit gagnée par une fièvre dévastatrice que lui seul savait éteindre.

— Bonne nuit, ma chérie, murmura sa tante, avant de la quitter.

Une douce brise souleva les mèches folles d'Adélaïde, lui apportant la sérénité dont elle avait désespérément besoin. D'eux-mêmes, ses pieds se dirigèrent vers Aidan. Un calme apaisant s'infiltra en elle.

— Aidan… l'appela-t-elle d'une voix veloutée lorsqu'elle parvint à sa hauteur.

Celui-ci attendit quelques secondes avant de relever les yeux, de laisser tomber le voile qui couvrait son visage. La dureté de son regard lui coupa le souffle. Avant même qu'elle puisse esquisser le moindre geste, il l'empoigna par la taille et la tira à lui. Adélaïde atterrit sur ses cuisses dans un mouvement fluide. Chaque courbe de son corps épousa les siennes. Déterminé à la garder prisonnière de son étreinte, il glissa ses doigts dans ses boucles emmêlées, s'empara de ses lèvres dans un baiser empreint d'un tel désespoir qu'elle en fut chavirée.

— Je vous aime, Adélaïde ! susurra-t-il entre deux baisers. Dieu que je vous aime ! clama-t-il avec plus d'ardeur.

Il plongea de nouveau en elle dans un ballet enfiévré, ses mains la retenant captive, son sexe dur pressant son ventre avec une urgence dévastatrice.

— Offrez-vous à moi ! la supplia-t-il d'une voix gutturale. Par pitié, Adélaïde ! Acceptez d'être mienne ce soir ! J'ai besoin de vous…

— Je suis à vous, Aidan, répondit-elle en se noyant dans son regard. Faites de moi ce que vous voudrez…

Il n'en fallut pas plus à Aidan pour la soulever dans ses bras et la transporter sous la tente qui lui avait été attribuée.

Il avait la nuit pour l'aimer et ravir son cœur, mais surtout pour la lier à lui de façon irrémédiable…

CHAPITRE 18

Au seuil du désespoir

Adélaïde étira son bras et ne rencontra que le vide. Une douleur sourde se diffusa dans tout son être à ce constat. C'était terminé ! Elle ne poserait plus jamais le regard sur cet homme, cette force brute de la nature qu'elle aimait et qui avait traversé son existence de façon si marquante, la transformant irrémédiablement. Elle ne vivrait plus désormais qu'à travers les souvenirs qu'il laissait dans son sillage. Une larme solitaire glissa sur sa joue, témoin silencieux de son affliction. Aidan lui avait fait l'amour toute la nuit, parfois avec tendresse, à d'autres moments avec une passion débridée, capturant son cœur et l'amenant avec lui. Elle n'avait pas su se préserver, et elle en paierait le prix fort toute sa vie.

Roulant sur le côté, elle observa le jeu des rayons de lumière qui passaient entre les panneaux de toile sur les tapis. Elle devinait que la matinée était avancée, aux bruits qui filtraient jusqu'à elle. Il lui fallait maintenant se lever, reprendre sa destinée en main. La veille, elle avait chargé sa tante de solliciter une audience auprès du chef de la tribu.

Afin de ne pas se morfondre inutilement en attendant une réponse favorable de sa part, elle se dit que mieux valait s'occuper à des tâches quotidiennes. Elle se déplaça d'un pas traînant vers la bassine d'eau laissée à son intention, se rafraîchit un peu, puis sortit.

Dehors, les femmes s'activaient à confectionner des pains à la croûte mince, qu'elles feraient ensuite cuire au-dessus d'un feu à ciel ouvert sur des plaques métalliques bombées. L'une d'elles d'ailleurs était en train de pétrir la pâte et de la façonner. Une odeur agréable se diffusait dans l'air, titillant l'estomac d'Adélaïde. En parcourant les environs du regard, elle put constater que toutes revêtaient de longues tuniques de couleurs variées, bavardaient gaiement entre elles, alors que les enfants s'amusaient autour, riant aux éclats. Elle eut un sourire nostalgique à leur vue, caressa son ventre par réflexe. En prenant conscience de ce qu'elle venait de faire, elle eut une pensée douce-amère pour le bébé qu'elle avait perdu, l'unique lien qui aurait pu la rattacher à Aidan. Esther, qui se tenait en retrait, aperçut son geste, ainsi que la profondeur de son chagrin et la direction de son regard. Elle comprit d'emblée de quoi il retournait. Sous le choc, elle porta une main à ses lèvres, secoua la tête avec affliction, mais fit disparaître toute trace de son émoi sur son visage lorsqu'elle rejoignit sa nièce. Elle se contenta de la prendre dans ses bras, de la presser contre son cœur. Adélaïde accepta cette manifestation de tendresse avec reconnaissance.

— Tout ira pour le mieux, ma chérie !

— Merci, ma tante ! Que deviendrais-je sans vous ?

— Je suis là, mon petit ! Et je veillerai sur vous !

Esther caressa ses cheveux avant de reculer d'un pas.

– J'ai demandé une audience au seigneur des lieux, mais celui-ci ne peut nous recevoir dans l'immédiat. Il nous faudra être patientes.

Adélaïde la remercia avant de porter un regard incertain sur le campement. Ils se trouvaient en plein cœur du désert, entourés de dunes. Il n'y avait aucun moyen pour elles de quitter le bivouac sans une escorte, sinon elles se perdraient dans cette marée mouvante. Mis à part le chef, personne ne semblait parler l'anglais dans la tribu. Comment rejoindre le général Allenby dans ces conditions ? Aidan avait probablement choisi cet endroit à dessein. Qu'avait-il en tête en les amenant ici ?

Elle fit un tour complet sur elle-même, détailla les environs avec acuité, le regard centré sur ce qu'elle voyait. Avec tous ces visages voilés d'un keffieh, il serait difficile de reconnaître les traits des hommes, donc impossible de déterminer si l'un des membres de l'équipe d'Aidan se trouvait parmi eux. Quant à Krauss, elle ignorait ce qu'il mijotait. Elle se doutait bien que le chef de la tribu avait été instruit de la situation par Aidan, mais serait-ce suffisant ? Quel lien le reliait à ce groupe de nomades berbères ? Sans doute ses interrogations durent-elles transparaître, car sa tante se rapprocha d'elle.

– Qu'y a-t-il, ma chérie ?

L'inquiétude qui sourdait dans sa voix fit naître un sentiment de culpabilité en elle. Pour rien au monde elle ne désirait imposer son enfer à sa tante. Dans ces conditions, devait-elle l'informer de la menace qui planait sur elle, ou la garder dans l'ignorance ? Se rappelant alors ce qu'elle avait elle-même ressenti quand Aidan avait agi de cette façon,

Adélaïde se résolut avec tristesse de lui dévoiler une partie de ses appréhensions.

— Nikolaus Krauss cherche à me capturer depuis notre mission au Cameroun. Le major MacBain n'a pas cessé de me cacher depuis. Sauf que cet homme perfide parvient toujours à me retrouver. Je n'arrive pas à comprendre pourquoi il s'acharne ainsi sur moi…

La voix de la jeune femme se cassa. Elle était si fatiguée de fuir, de regarder sans cesse par-dessus son épaule.

— Oh Seigneur ! s'exclama sa tante, accablée. N'est-il pas dangereux dans ces conditions de quitter le major ?

— Oui… Sauf que je ne peux plus supporter qu'il mette sa vie en péril pour préserver la mienne. C'est au-dessus de mes forces. Peut-être que si je retourne au Québec, Nikolaus Krauss cessera de me traquer, mais je ne désire pas vous imposer ce calvaire à votre tour.

— Ma chérie, je n'ai pas l'intention de vous abandonner. Je suis restée auprès de votre oncle malgré les risques de son métier. Je l'ai vu mourir sous mes yeux, j'ai même été blessée à cause de ce choix. Il m'en faut davantage pour m'effrayer.

Alors qu'Adélaïde s'apprêtait à contester, l'une des femmes de la tribu arriva sur les entrefaites, un sourire enjoué sur les lèvres. Adélaïde ne saisissait rien à ce qu'elle cherchait à lui dire. Toutefois, à l'aide de grands gestes de la main, l'étrangère parvint à lui faire comprendre malgré tout qu'elle lui demandait de venir avec elle au puits pour l'aider à y puiser de l'eau. Adélaïde hésita, mais Esther l'encouragea à s'y rendre. Un peu de compagnie de son âge ne lui ferait pas de mal. Adélaïde était mal à l'aise à l'idée de sortir des limites du campement, toutefois, elle se raisonna. Comment croyait-elle être en mesure d'atteindre Métis si elle s'affolait à la seule perspective de s'éloigner du bivouac ? C'est cette réflexion qui la décida en définitive à s'exécuter.

Du moins, la courte promenade jusqu'au point d'eau lui permit de se retrouver un peu avec elle-même. Tout au long du parcours, elle se perdit dans la contemplation du paysage environnant, se laissa bercer par les voix musicales qui l'accompagnaient, ce qui lui permit de retrouver un semblant de sérénité. Une fois arrivée sur place, elle s'appuya au rebord de pisé du puits et regarda la nomade lancer un seau au fond du trou afin d'y puiser de l'eau. Remonter le récipient demandait une bonne force physique, c'est pourquoi Adélaïde apporta son concours pour tirer la corde, d'autant plus qu'il leur fallait répéter la manœuvre à trois reprises pour être en mesure de remplir leur propre baquet. Alors qu'elles se préparaient à retourner au campement, Adélaïde remarqua le groupe de voyageurs qui s'avançait dans leur direction, gourde en main. Elle éprouva un certain inconfort en notant que l'un d'eux l'observait avec plus d'insistance. Cet examen soutenu ne lui disait rien qui vaille. Perturbée, elle se hâta de saisir son seau, puis de rejoindre les femmes, qui remontaient déjà le sentier menant au bivouac. En revenant, elle croisa sa tante. Elle était si agitée que celle-ci s'en alarma.

— Doux Jésus, mon petit ! Que vous arrive-t-il ?

— Je dois voir le chef ! rétorqua Adélaïde d'une voix haut perchée.

— Pourquoi ? Que s'est-il passé au puits ?

— Des voyageurs sont arrivés alors que nous étions sur le point de nous en aller, et l'un d'eux m'a dévisagée d'un air menaçant. Nous devons partir ! Il est possible que ce nomade soit à la solde de Krauss !

— Adélaïde, enfin, écoutez-vous ! s'exclama sa tante avec autorité. Vous divaguez, mon petit !

Devant l'immobilité morbide de sa nièce, Esther durcit le ton.

— Regardez autour de vous ! lui ordonna-t-elle en lui saisissant un bras. Nous sommes entourés de guerriers armés jusqu'aux dents. Ces hommes sont sans pitié, connaissent cette région mieux que quiconque. Le major MacBain n'a pas choisi cette tribu à la légère. Il savait que vous y seriez en sécurité durant son absence. Que voulez-vous qu'il nous arrive ?

Adélaïde prit une profonde inspiration pour tenter de réfréner les battements désordonnés de son cœur. Elle en avait été quitte pour une belle frayeur. Sur le point de craquer, elle recouvrit son visage de ses mains.

— Je suis consciente que vous avez traversé des épreuves fort difficiles, ma chérie. Mais vous allez devoir contrôler vos nerfs. Il est inutile de vous mettre dans un tel état, c'est malsain pour votre santé.

Adélaïde eut un rire de dérision. Elle perdait la tête, c'était certain, mais toute personne sensée en aurait fait tout autant après avoir vécu l'enfer qui avait été le sien.

— Le nomade qui vous a dévisagée au puits devait être offusqué par votre tenue anglaise et vos cheveux dévoilés, rien de plus.

Lorsqu'Adélaïde laissa retomber ses bras de chaque côté de son corps, ce fut pour apercevoir les traits soucieux de sa tante.

— Je suis désolée… commença-t-elle d'une voix éteinte.

— Il n'y a aucun mal, mon petit, tant que vous gardez le cap.

— J'essaie... C'est seulement que j'ai l'impression... d'être une épave à la dérive...

— C'est normal, mais pour votre bien-être, vous allez devoir passer par-dessus les derniers événements survenus, cesser de vous empoisonner l'esprit avec tous ces souvenirs horribles, sinon vous n'y arriverez jamais.

Prenant ses mains entre les siennes, Esther lui sourit avec tendresse.

— Vous trouverez la force d'y parvenir, j'en suis certaine ! Gardez espoir, ma chérie ! Maintenant, il faut nous préparer. Nous sommes attendus sous la tente du chef ce soir. C'est un grand honneur qu'il nous fait.

Pour toute réponse, Adélaïde acquiesça de la tête, puis donna un baiser rapide sur la joue parcheminée de sa tante.

Adélaïde ne put dissimuler son ravissement en pénétrant dans la tente principale du chef. Une telle opulence y régnait. L'intérieur spacieux était un ravissement pour les yeux. Adélaïde s'installa sur l'un des énormes coussins qui recouvraient les planchers de tapis multicolores. Des peaux de mouton avaient été étendues ici et là pour le confort des invités, et les immenses coffres de cuir avaient été repoussés sur les côtés pour créer un espace dégagé en vue du spectacle à venir. Une forte odeur d'épices parfumait les lieux, alors qu'une légère brise circulait par les panneaux latéraux relevés, au plus grand bonheur des occupants. Ce soir-là, Adélaïde portait une écharpe qui lui avait été offerte par l'une des femmes afin qu'elle dissimule ses cheveux par respect pour leur chef. Les mets qu'elle dégustait en compagnie de sa tante étaient délicieux, aromatisés avec goût.

La bonne humeur des convives était contagieuse, si bien qu'elle prenait plaisir à cette soirée. L'heure était aux réjouissances. Adélaïde jeta un coup d'œil aux musiciens, vêtus d'une djellaba, qui entamaient une musique captivante. Par un détour étrange de son cerveau, cette scène lui en rappela une autre beaucoup plus tribale qui s'était déroulée au rythme de tam-tams, d'autant plus avec les jeunes filles qui venaient de s'avancer au centre de la tente. Celles-ci étaient parées de bustiers ainsi que de longues jupes colorées agrémentées de piécettes d'argent qui tintaient à chacun de leurs gestes. Toutes tenaient entre leurs mains un foulard, qu'elles laissaient traîner au sol à leur entrée, pour le lever dans les airs par la suite afin de le faire tournoyer au-dessus de leur tête. Les mouvements gracieux de leurs poignets ainsi que de leurs doigts captivaient l'attention des spectateurs, tout comme leur déhanchement en continu. Elles étaient si fascinantes qu'Adélaïde ne parvenait pas à détacher les yeux de leur chorégraphie. Puis, tout à coup, les femmes rassemblées autour d'elles commencèrent à émettre un bruit assourdissant avec leur langue tout en tapant dans leurs paumes en cadence. D'emblée, une émotion dérangeante prit naissance chez Adélaïde, lui faisant regretter l'absence d'Aidan.

L'un des hommes qui se tenaient en retrait sous les panneaux remontés prit une profonde inspiration pour calmer l'agitation qui s'emparait également de lui. Il était en diagonale avec Adélaïde et pouvait la contempler à loisir sans être vu, outre le fait qu'il portait un burnous brun, ainsi qu'un keffieh qui le confondait dans la masse. Le regard de la jeune femme avait survolé les environs quelques instants plus tôt, mais sans le remarquer pour autant. Aidan avait baissé les yeux au même moment, et par chance, la nuit sombre l'avait aidé à se fondre dans le paysage. Malgré le risque encouru, Aidan n'avait pu s'empêcher d'approcher de sa compagne aux premières notes de musique.

Instantanément, il fut transporté en d'autres temps, d'autres lieux, et devina au visage empourpré d'Adélaïde qu'elle était en proie à des réminiscences similaires. Le désir se réveilla en lui, impérieux, mais il le réfréna. Ils étaient trop près du but pour mettre cette mission en péril. Il songea qu'il avait été bien avisé de demander à l'une des femmes de la tribu d'inviter Adélaïde à l'accompagner au puits. Grâce aux rumeurs qu'il avait fait circuler en ville et dans les environs, l'un des sbires de Krauss s'y était aventuré et l'avait aperçue. Aidan pouvait être assuré que Krauss était désormais informé de la présence d'Adélaïde au sein de la tribu. Il était donc à prévoir qu'il agirait sous peu. Qu'il vienne! Aidan était prêt à le recevoir, tout comme les guerriers de la tribu berbère. Quant à la troupe britannique, elle serait sur place à temps pour couvrir leurs arrières au moment de l'affrontement.

N'ayant pas le cœur à la fête et remuée par la prestation des danseuses, Adélaïde prétexta une indisposition pour excuser son départ. Sa tante, qui ne désirait pas la laisser seule, la raccompagna à leur tente. En cours de route, Adélaïde leva les yeux au ciel et contempla la voûte céleste parée de mille étoiles scintillantes. Un voile de tristesse l'enveloppa de nouveau. Finirait-elle un jour par ne plus ressentir ce trou béant dans la poitrine, cette douleur qui l'oppressait constamment? Elle avait la sensation de se déplacer dans des sables mouvants sans parvenir à s'en extraire, se languissant d'un homme dont elle ne connaîtrait plus jamais l'étreinte. À quoi rimait une telle vie ?

— Seigneur ! Il me manque tant ! Je n'y arriverai pas !

Son cri du cœur fit monter les larmes aux yeux de sa tante et écorcha Aidan, qui était tapi dans l'ombre, le regard braqué sur elle.

— Ma chérie ! s'écria Esther en la prenant dans ses bras.

— J'ai si mal… gémit Adélaïde, avant d'éclater en sanglots.

Aidan serra les poings pour ne pas céder à la tentation de la rejoindre et de l'étreindre. Les muscles de sa mâchoire tressautèrent tant il déployait un effort considérable pour ne pas murmurer son nom. « Par tous les diables ! » C'était un véritable supplice de lui infliger un tel calvaire. Adélaïde souffrait dans son âme et semblait si égarée qu'il en avait l'esprit retourné.

— Ma chérie, qu'est-ce qui vous ronge à ce point ? s'informa Esther, désemparée.

Adélaïde ferma les yeux pour essayer de chasser la vision qui s'imposait à elle, sauf qu'elle n'avait plus la force de garder ce fardeau pour elle ; c'était un poids trop lourd à supporter.

— Je suis… responsable… de la perte… de notre bébé… parvint-elle à prononcer au prix d'un effort considérable.

— Dieu du ciel, mon petit ! De quoi parlez-vous ?

— J'attendais un enfant d'Aidan MacBain, cria-t-elle, presque hystérique. C'est ma faute si je l'ai perdu… J'ai nié son existence de toutes mes forces, j'ai privé mon corps de ce qui lui était nécessaire pour survivre… et il est mort… hurla-t-elle en s'étranglant.

Aidan ploya sous le choc et tomba à genoux, comme assommé par un coup de massue. Il était étourdi.

— Damnation... Adélaïde... murmura-t-il pour lui-même, un sanglot dans la voix.

Pourquoi ne lui avait-elle rien dit? Elle avait porté seule ce poids sur ses épaules, se laissant ronger par la culpabilité. Plus d'une question se bousculait dans son esprit. Quand avait-elle perdu leur enfant? Dans quelle condition? Il en était à se torturer à ce sujet lorsque la jeune femme reprit la parole.

— Je voulais mourir, je n'avais plus aucun espoir... poursuivit-elle en secouant la tête. J'étais égarée au cœur de la jungle, entourée d'étrangers...

Elle s'étrangla, incapable de continuer. Les Pygmées, comprit Aidan avec horreur. C'est là-bas qu'elle avait fait sa fausse couche. « Par tous les feux de l'enfer! » C'est lui qui l'y avait amenée, l'abandonnant alors qu'elle était anéantie. Par sa faute, elle avait traversé cette épreuve sans son soutien. C'est lui qui était responsable de ce gâchis, pas elle.

— Un matin, il y a eu tout ce sang... il a été expulsé de mon corps avec tant de brutalité... La sage-femme du village m'a reconduite au fleuve afin que je puisse m'y laver et me purifier... Sauf que rien ne pourra jamais effacer ce péché... Rien...

Aidan dut prendre appui sur ses mains pour ne pas s'effondrer totalement. La douleur qu'il percevait dans les paroles d'Adélaïde était insoutenable. S'il avait pu se flageller pour racheter sa faute, il l'aurait fait volontiers. Quant à Esther, elle était dépassée par les événements, peinait à s'y retrouver.

— Adélaïde, mon petit… commença-t-elle sans parvenir à continuer.

— C'est… tout ce… qui me restait… de lui… À quoi bon vivre… hoqueta-t-elle, au désespoir.

— Adélaïde ! Taisez-vous ! s'écria Esther, affolée. Que dirait votre oncle s'il vous entendait ?

Ces paroles semblèrent saisir sa nièce, tout autant qu'Aidan. Lord Brand avait placé la vie d'Adélaïde entre ses mains, il n'avait pas le droit de faiblir, et cela en dépit de son désarroi. Le hasard en avait décidé ainsi ; pleurer sur leur sort ne changerait pas la situation pour autant. Si le destin venait à se montrer plus clément envers eux un jour, ils auraient un second enfant à chérir. Pour l'heure, il devait se préoccuper du combat à venir. Alors qu'il se relevait, un deuxième élément le frappa de plein fouet. Dans sa dernière phrase, tout portait à croire qu'Adélaïde n'aspirait plus qu'à mourir. Il se frotta le visage, effondré. L'épreuve qui l'attendait lui assenerait-elle le coup fatal, celui qui ferait disparaître à tout jamais l'étincelle si fragile qui l'animait encore ? S'il avait su pour le bébé, il aurait agi autrement. À la place, il l'aurait amenée séance tenante en Écosse pour la cacher sur ses terres et serait reparti à la recherche de Krauss. Que faire, à la lumière de ces nouveaux éléments ? Pour la première fois de sa vie, il douta du bien-fondé de sa décision. Son cœur se serra dans sa poitrine. Alors qu'il se morfondait dans son coin, Esther prit sa nièce par le coude et l'entraîna sous leur tente, à l'abri des regards indiscrets. Elle devait penser au bien-être de la petite d'abord et avant tout. Après viendraient les questions.

Plus tard cette nuit-là, Aidan se glissa d'un pas furtif jusqu'à la couche d'Adélaïde. Il s'accroupit et la contempla en silence, l'âme écorchée à vif. Même dans son sommeil, son visage demeurait tendu. Du bout des doigts, il en dessina le contour, puis se perdit dans ses boucles soyeuses, un soupir au bord des lèvres. Adélaïde poussa un faible gémissement, puis se retourna sur le côté. Aidan se pencha vers elle, déposa un léger baiser dans ses cheveux en s'imprégnant de leur odeur.

— Je vous aime, Adélaïde ! Ne l'oubliez jamais, chuchota-t-il contre sa tempe, avant de se redresser.

Il la regarda une dernière fois à la faveur d'un rayon de lune, puis repartit aussi silencieusement qu'il était venu.

Adélaïde se leva tôt le lendemain matin, ce qui lui permit d'observer les jeunes filles du campement traire les chèvres, alors que les plus vieilles pilaient le millet à l'aide d'un mortier. Le rythme de vie des Berbères la dépaysait, ce qui l'aidait à refouler son chagrin de la veille. Sa tante s'inquiétait pour elle, ce qui rajoutait au fardeau d'Adélaïde. Afin de faire bonne mesure pour la ménager, elle s'obligea à s'intéresser à son entourage, allant jusqu'à se joindre à un groupe de femmes qui s'apprêtaient à partir trier les dattes cueillies par les hommes dans la palmeraie à proximité du campement.

Peut-être que cette promenade improvisée lui changerait les idées. S'emparant à son tour d'une étoffe pour recueillir les dattes, Adélaïde les suivit, l'esprit à la dérive. Étant donné qu'elles devraient marcher quelques minutes sous les rayons ardents du soleil, elle recouvrit son visage avec l'un des pans de son foulard.

Adélaïde travaillait à l'abri des palmiers depuis une heure environ et commençait à en ressentir les effets secondaires. Afin d'alléger la pression dans le bas de son dos, elle se redressa en massant ses reins, puis effectua quelques pas pour délier ses jambes. Une grimace déforma ses traits tirés. Ne voulant pas prendre de risque, elle demeura en bordure de la zone qui démarquait la palmeraie. Contempler le paysage l'aida à retrouver un peu de quiétude. Sa tante avait raison. Rien ne servait de continuer à broyer du noir. À la lumière du jour, ses problèmes se teintaient d'une autre couleur. De plus, le fait d'avoir ouvert son cœur et partagé son chagrin avait allégé le poids de son fardeau. Elle dégagea son visage des mèches rebelles échappées de son foulard et ferma les yeux, permettant aux rayons du soleil de caresser sa peau. Un bonheur tout simple, mais si vivifiant.

Alors qu'elle s'apprêtait à retourner sur ses pas, elle crut distinguer un mouvement furtif derrière une dune. Elle demeura immobile quelques secondes, puis pensant avoir été induite en erreur par son imagination fertile, elle fit demi-tour. C'est à cet instant qu'un homme sortit abruptement du couvert des arbres, la surprenant. Avant même qu'elle puisse donner l'alerte, il plaqua un mouchoir contre sa bouche et son nez. Une forte odeur de chloroforme emplit ses narines, l'amortissant.

Son ravisseur la souleva sans aucun effort et gagna l'une des dunes, qu'il contourna prestement. Un dromadaire l'y attendait ainsi que l'un de ses compères. Un troisième resta derrière afin de s'assurer que personne n'avait remarqué sa disparition, puis les rejoignit après avoir brouillé leur piste. Quant à Adélaïde, elle avait été lancée en travers d'une selle comme un vulgaire sac de blé.

CHAPITRE 19

Prisonnière

Adélaïde peinait à émerger des brumes qui obscurcissaient son esprit. Elle secoua la tête pour s'éclaircir les idées, mais un goût âcre persistait dans sa bouche, lui donnant la nausée. Une impression de déjà-vu la tenailla, frôlant son subconscient, puis le souvenir d'un réveil similaire dans une grange à Métis lui revint en mémoire avec une clarté effarante. Il ne lui en fallut pas plus pour comprendre qu'elle était retombée entre les mains de Krauss. Une partie de son cerveau enregistra l'information, réfléchissant à toute vitesse, alors que l'autre s'emballa, prête à succomber à la vague de panique qui menaçait de l'engloutir. Sans tarder, elle tenta de bouger pour constater les dégâts, puis se contraignit à ouvrir les yeux. Elle s'aperçut qu'elle était accroupie à même le sol, les jambes entravées, les poignets attachés dans le dos à l'un des piquets de la tente qui l'abritait. Elle tira sur les liens, mais ceux-ci étaient trop serrés pour lui permettre de se libérer.

La sensation de la corde rêche frottant contre sa peau fit remonter à la surface le souvenir d'un autre moment éprouvant, celui de sa captivité au Nigéria, dans la cale du navire, alors qu'elle était ficelée à un fauteuil. Sur le point de paniquer, elle s'efforça de régulariser sa respiration, de reléguer à l'arrière-plan ces réminiscences dévastatrices pour son équilibre mental. Elle cligna des yeux plusieurs fois pour essayer d'éclaircir sa vision, ravala la nausée qui menaçait de la submerger.

Au bout de quelques minutes d'angoisse, un individu souleva l'un des pans de la tente pour entrer. Un rai lumineux éclaira l'intérieur, révélant le tapis sommaire au sol, mais rien de plus. L'homme s'approcha en silence, une expression lugubre peinte sur le visage. Il défit ses liens, puis la releva avec brusquerie, un sourire cynique sur les lèvres. Lorsqu'il la traîna à l'extérieur, elle fut éblouie l'espace d'un instant par la lumière vive, eut besoin de quelques secondes avant de remarquer la vingtaine de forbans regroupés autour d'un feu de camp. Tous étaient habillés de la tunique traditionnelle des nomades et voilés. Certains portaient des lunettes au verre teinté afin de protéger leurs yeux des rayons ardents du soleil, sans doute des Européens peu habitués aux rigueurs du désert.

Comme elle demeurait figée sur place, le cerbère la poussa rudement, la faisant trébucher. À sa plus grande honte, elle tomba sur le ventre. Les fins grains de sable adhérèrent à sa peau moite, l'irritant par leur rugosité. Remarquant subitement l'indécence de sa posture, elle chercha à recouvrir ses jambes dénudées de sa jupe et à cacher la naissance de ses seins dévoilée par l'échancrure ouverte de son col. Cela attira davantage les regards de convoitise sur ces régions de son anatomie, réveillant des instincts bestiaux. Devant ce constat, une peur sourde s'infiltra dans chaque recoin de son cerveau, l'empêchant de réfléchir avec efficacité. Par réflexe, elle essaya de se relever malgré ses chevilles entravées, consciente qu'elle ne devait pas leur fournir de prétexte pour la molester. Elle devait éviter à tout prix qu'ils se jettent sur elle, tels des loups affamés.

Un homme en retrait du groupe l'observait d'un air implacable derrière ses verres fumés, les poings crispés dans les pans de sa tunique. Par chance, sa mâchoire contractée était dissimulée sous son keffieh. Il ne perdait rien de la scène, était à l'affût du moindre dérapage, priant pour que la jeune femme reste tranquille et ne provoque pas ses tortionnaires. « Sacré nom d'un chien ! » Où était Aidan ? se demanda Percy avec rage.

Adélaïde se sentait si démunie qu'elle peinait à demeurer calme et lucide. Tout en se maintenant debout, elle tenta de conserver un semblant de dignité, mais refouler ses larmes se révélait de plus en plus ardu. Son menton tremblait, tout comme ses mains. Quant à son cerbère, il n'hésita pas à lui donner une nouvelle poussée vicieuse. Adélaïde se rattrapa de justesse pour ne pas tomber une deuxième fois et s'efforça de garder une attitude servile. Elle ne voulait surtout pas déclencher une réaction en chaîne de violence et leur échauffer le sang.

Lorsque son bourreau lui ordonna de s'asseoir dans le sable à côté d'un piquet, elle s'exécuta sans résister. Par pur plaisir pervers, il exerça une pression sur son épaule au même moment, la faisant tomber avec rudesse sur les fesses. Elle serra les dents pour ne pas contester ni crier. L'homme lui lança un regard mauvais avant de s'emparer de ses poignets et de les tirer vers l'arrière, ce qui lui arracha une grimace de douleur. Dans la foulée, il ne se gêna pas pour palper ses seins avec grossièreté. Adélaïde fut parcourue d'un frisson de dégoût au contact de ses doigts. Le malfaiteur éclata d'un rire gras devant sa réaction et poussa l'audace jusqu'à l'embrasser goulûment. Révulsée par ce baiser à l'odeur poisseuse, Adélaïde ne put s'empêcher cette fois-ci de le mordre. La riposte ne fut pas longue à arriver. Le brigand lui assena un coup de crosse au visage, l'assommant presque. Un éclair fulgurant explosa dans la tête d'Adélaïde, la faisant basculer vers l'arrière sous la force de l'impact. Un goût métallique se répandit dans sa bouche quand sa lèvre inférieure éclata et saigna.

Lorsque son tortionnaire fit mine de vouloir la refrapper, Adélaïde se replia sur elle-même en rentrant son menton dans ses épaules. Un rire narquois retentit, amenant Adélaïde à se recroqueviller en petite boule. Elle appuya son front sur ses genoux et laissa couler quelques larmes silencieuses. Le côté gauche de son visage élançait atrocement, alors que les rayons ardents du soleil commençaient à faire grimper sa température interne.

Non sans appréhension, elle se demanda quel sort on lui réservait. Ces hommes étaient-ils des marchands d'esclaves ou des sous-fifres de Krauss ? Elle ne savait plus que penser. Peu importait la réponse de toute façon, car sa position demeurait précaire. De plus, elle ignorait combien de temps ils la garderaient prisonnière, s'ils envisageaient de la laisser exposée de la sorte aux éléments de la nature encore longtemps. Ils étaient en plein cœur du désert. L'astre du jour ainsi que les nuits froides finiraient par avoir raison de sa résistance à un moment ou à un autre, sans compter les mauvais traitements ainsi que la déshydratation.

La journée était déjà fort avancée, et elle n'avait plus été importunée depuis son arrivée. Tout au plus lui lançait-on des coups d'œil de convoitise à l'occasion. Toutefois, un des malotrus en particulier ne semblait pas vouloir la quitter des yeux et gardait la tête tournée dans sa direction. Les lunettes teintées qu'il portait l'empêchaient de déchiffrer son regard, ce qui la tenait sur le qui-vive. C'est lui pourtant qui vint la recouvrir d'un tissu léger pour la protéger des rayons cuisants du soleil. Il profita de cette occasion pour replacer son foulard sur son visage. Fait étrange, il paraissait perturbé par sa blessure sur la joue. Plus surprenant, il retint son souffle quelques secondes, comme pour se contenir. Perplexe, Adélaïde chercha de nouveau à discerner le regard derrière le verre, mais sans succès.

Toujours dans le silence le plus absolu, son bienfaiteur porta le goulot d'une outre à sa bouche et l'aida à boire. Sa lèvre fendue la fit grimacer, mais l'eau fraîche désaltéra sa gorge desséchée. Pour un peu, elle en aurait pleuré de reconnaissance. S'emparant de l'extrémité de son voile, l'homme l'imbiba pour humecter sa peau brûlante, prenant soin de ne pas appuyer sur l'ecchymose qui recouvrait une partie de son visage. Cette tâche terminée, il relâcha ses liens, lui permettant de cette façon de changer de position. Le sang se remit à circuler avec plus de facilité dans ses veines, amenant des picotements désagréables dans ses membres.

Alors qu'il s'apprêtait à s'éloigner, la brute qui l'avait frappée plus tôt l'apostropha avec hargne. Son protecteur provisoire lui répondit d'un ton coupant dans un mélange d'italien et d'allemand qu'une prisonnière morte ne leur serait d'aucune utilité, qu'ils devaient lui donner un minimum de soins afin de la maintenir en vie, à moins qu'il ne désire rendre des comptes à Krauss. L'autre eut un mouvement de recul, puis acquiesça de mauvaise grâce. Quant à Adélaïde, elle s'était pétrifiée en entendant le nom de Krauss. Ainsi, elle était bel et bien entre les mains de ce monstre. Anesthésiée par la nouvelle, elle demeura sans réaction.

Elle jeta un coup d'œil nerveux autour d'elle, mais ne vit Krauss nulle part. Ce faisant, ses yeux revinrent se poser sur l'inconnu. Un élément clochait avec lui, et l'intonation de sa voix lui semblait familière. Elle fronça les sourcils, à la recherche d'un indice dans sa mémoire. Tout à coup, la lumière se fit dans son esprit. D'emblée, elle leva un regard interrogateur vers le visage de Percy Fraser. Celui-ci maugréa en s'apercevant qu'elle l'avait reconnu. Il hésita une fraction de seconde avant de se pencher sur elle, de soulever ses lunettes avec discrétion, le temps de la rassurer. Un sentiment d'allégresse envahit Adélaïde. Percy se hâta de réajuster ses verres et secoua la tête avec négation en déposant un doigt sur sa bouche pour lui intimer le silence.

Adélaïde se reprit aussitôt et se replia sur elle-même. Devoir s'éloigner de la jeune femme causait un cas de conscience à Percy, mais il devait suivre les ordres, sinon toute cette mise en scène pitoyable n'aurait servi à rien. Tant que Krauss ne s'était pas dévoilé, les membres de l'équipe ne tenteraient pas de la délivrer. Du moins, Adélaïde savait désormais qu'elle n'était pas seule, que des hommes veillaient à sa sécurité. Si tout se déroulait selon leur plan, Krauss serait sur place sous peu, avec Aidan et les Berbères sur ses talons, ce qui laisserait le temps à l'armée britannique de les encercler pour les prendre à revers. Aidan avait souhaité s'occuper personnellement de Krauss, et Percy ne pouvait pas le lui reprocher, sauf qu'il commençait à s'inquiéter du sort que les mercenaires réserveraient à la jeune femme d'ici là. Leur groupe n'était pas assez nombreux sur les lieux pour venir à bout de cette vermine en cas de pépin, mais il serait de garde cette nuit, ce qui lui permettrait de s'assurer qu'aucun malotru ne profiterait de l'occasion pour la violer.

Il ne pouvait guère en faire plus dans l'immédiat, ce qui le mettait hors de lui. Il éprouvait de tendres sentiments pour la jeune lady, désapprouvait Aidan de la placer dans cette position insoutenable. Une demoiselle de sa qualité ne devrait pas se retrouver attachée à un pieu en plein désert, au cœur d'un attroupement d'hommes sanguinaires sur le point de la violenter, mais plutôt dans un salon à prendre le thé avec ses pairs. Il pria pour que la situation ne s'envenime pas davantage, que la racaille se tienne à distance. Dans le cas contraire, il ne donnait pas cher de sa peau, car il refuserait de la voir maltraitée de nouveau sans réagir. Par bonheur, la jeune femme semblait avoir compris l'enjeu. Percy l'admirait pour sa force de caractère. Il avait rencontré très peu de ladies de sa trempe. Il réfréna un soupir d'exaspération, s'obligea à chasser toutes ces pensées dérangeantes de son esprit. Adélaïde de Beauchamp n'était peut-être pas pour lui, mais il n'avait pas dit son dernier mot.

Pour l'heure, il était inquiet pour elle. En avisant ses traits tirés et ses yeux cernés, il craignait qu'elle ne soit au plus mal. D'autant plus qu'elle dépérissait à vue d'œil et que son corps amaigri ne laissait rien présager de bon. Elle n'était plus que le vague reflet de la jeune femme étincelante qu'il avait rencontrée à Métis. Depuis qu'il l'avait revue dans la jungle avant leur mission, il n'avait eu de cesse de harceler MacBain pour qu'il la renvoie auprès de sa famille. Lors du massacre des siens, il avait été consterné pour elle. Par chance, sa tante avait survécu à cette horreur. Il ignorait si ce serait suffisant pour l'aider à tenir le coup, mais il l'espérait de tout cœur. Tout en jetant un bref regard dans sa direction, il maudit le destin de s'acharner sur elle. Si seulement il pouvait faire plus…

Adélaïde chercha une meilleure position pour détendre ses muscles noués. « Dieu merci ! » Elle n'était pas seule pour affronter ce calvaire, ce qui la rassurait plus que tout, mais la perturbait tout à la fois. À vrai dire, elle était déstabilisée par cette découverte, qui ne manquait pas de susciter mille questions dans sa tête. Il y avait fort à parier que la présence de Percy Fraser indiquait qu'il était en service. Cette couverture d'infiltration avait assurément été orchestrée par Aidan. Elle était bien placée pour savoir qu'une mission de cette envergure demandait une organisation adéquate, des ressources et du temps. Dans ce cas, depuis quand préparait-il cette frappe ? Elle se remémora soudain son comportement étrange à Biskra. Avant cet événement, il s'était toujours montré prudent, la dissimulant aux regards de tous avec un soin méticuleux, alors que depuis leur passage au souk, il l'exhibait sans vergogne. Dans les circonstances, une conclusion s'imposait, et elle avait froid dans le dos rien que d'y songer. Il l'avait exposée en toute connaissance de cause, comprit-elle avec effarement. Il s'était servi d'elle pour appâter Krauss…

Ce constat lui laissa un goût amer dans la gorge. Que croire dès lors ? Tout ce qu'il lui avait déclaré par la suite avait-il pour unique but d'endormir sa méfiance afin de la rendre malléable ? Il avait utilisé ce stratagème par le passé. Qu'est-ce qui l'empêchait de recommencer ? Son sang se glaça dans ses veines. Avait-elle été assez idiote pour lui permettre de la berner de cette manière ? Pourtant, il lui avait semblé sincère lorsqu'il lui avait avoué son amour. Désemparée, elle chercha une réponse autour d'elle, examina chacune des silhouettes à la recherche de celle, familière, d'Aidan, mais force lui fut de reconnaître qu'il n'était pas là. Ses épaules se voûtèrent sous le poids de l'accablement.

Elle jouissait d'une certaine sécurité dans l'immédiat avec Percy Fraser à ses côtés, mais pour combien de temps ? La marge de manœuvre de celui-ci était restreinte. Il pouvait veiller sur elle de loin, améliorer ses conditions de détention dans une certaine mesure, mais il ne pourrait pas empêcher les autres de la brutaliser et de la violer, l'ecchymose sur son visage en était une preuve vivante. Jusqu'à quel point Aidan était-il prêt à la sacrifier pour piéger Krauss ? Quelles étaient ses priorités ? La protéger, ou éliminer Krauss ? Elle n'avait plus les idées claires, ce qui était néfaste dans son état. Il devenait facile par conséquent d'extrapoler et de laisser libre cours à son imagination. Sauf que cette torture de l'esprit ne la mènerait nulle part, sinon à l'affaiblir. Il lui fallait concentrer toute son énergie pour trouver un moyen d'échapper à la vindicte de ses tortionnaires. Elle pâlit à cette perspective, dut serrer les dents pour ne pas hurler de peur.

Si MacBain avait été présent, Percy n'aurait pas hésité à l'envoyer au tapis d'un coup de poing à la mâchoire. Il n'avait pas cessé d'observer la jeune femme depuis leur brève rencontre et n'avait rien perdu de son agitation croissante. Elle semblait tourmentée par une pensée obscure, mais il n'aurait su dire laquelle. Cependant, c'était suffisamment grave pour la mettre dans tous ses états, ce qui n'augurait rien de bon. Ce n'était pas le moment de fléchir. La nuit n'allait pas tarder à tomber, apportant son lot de méfaits.

D'ailleurs, la température avait commencé à chuter et l'obscurité à s'installer. Percy était prêt à prendre son tour de garde non sans appréhension. Une des crapules du groupe, qui venait de s'approcher d'Adélaïde, ne se gêna pas pour pétrir ses seins et palper ses cuisses de ses mains calleuses en prétextant la recouvrir d'une couverture. Percy fulminait et peinait à se retenir de foncer sur le misérable. De son côté, Adélaïde demeura de marbre pour ne pas provoquer outre mesure la convoitise du malotru. Malgré tout, celui-ci lui donna un coup de pied vicieux dans les jambes avant de s'éloigner. Percy agrippa le poignard qu'il portait à la hanche, mais le regard humide qu'Adélaïde leva vers lui, tout comme son faible signe de négation, le dissuada d'intervenir. Il aurait été dangereux que l'agent britannique se dévoile dans l'immédiat.

Désireuse de se faire oublier, elle s'enroula dans sa couverture, ses cuisses remontées sur son ventre, et prit soin de cacher chaque partie de son corps afin de ne pas attirer l'attention lubrique des hommes, puis elle ferma les yeux. Elle devait dormir, récupérer des forces, sinon, elle craquerait à la première occasion. Par bonheur, son épuisement vint à bout de sa terreur…

Adélaïde se réveilla en sursaut lorsqu'on lui détacha les poignets sans prévenir. À peine soulevait-elle ses paupières lourdes de sommeil qu'une poigne la relevait avec rudesse, lui déboîtant presque l'épaule. En croisant le regard malveillant de son tortionnaire, elle prit peur. Nikolaus Krauss lui faisait face, les narines frémissantes, les lèvres déformées par un rictus cruel. Quand il tordit son bras dans son dos, elle laissa fuser un cri de douleur qui le délecta.

– Quel plaisir de vous retrouver, Mademoiselle de Beauchamp !

Le ton doucereux de sa voix lui donna la chair de poule. Un vent de panique la gagna. Cet homme la terrorisait au-delà de tout entendement. Il émanait de lui une haine viscérale qui n'avait rien à voir avec la froideur calculée d'Aidan. Il était impossible de prévoir ses réactions, ce qui le rendait d'autant plus dangereux.

– Où est-il, ma belle ? demanda Krauss en appuyant sur l'ecchymose de sa joue, la faisant grimacer.

Adélaïde fut tout près de vomir et crispa les lèvres pour éviter de claquer des dents.

– J'ignore de qui vous…

Elle n'eut pas le temps de terminer sa phrase que déjà il la giflait à toute volée, l'envoyant choir dans le sable. Adélaïde y demeura prostrée, les larmes aux yeux. Elle porta sa paume à son visage brûlant, l'esprit confus.

– Je vois que vous éprouvez toujours autant de difficulté à répondre à mes questions, Milady !

À son signal, l'un de ses hommes apporta un sac grossièrement tissé dans du jute. Une odeur nauséabonde s'en dégageait, lui soulevant l'estomac. Adélaïde plaqua d'emblée sa paume sur son nez et sa bouche. Krauss plongea sa main à l'intérieur sans la quitter du regard, en ressortit une tête sanguinolente. D'un geste prompt, il lança celle-ci sur les genoux de la jeune femme. Adélaïde poussa un hurlement de terreur et se contorsionna avec vigueur pour s'en débarrasser. Quand ses doigts entrèrent en contact avec une matière visqueuse, elle cria une seconde fois, les frotta avec frénésie dans le sable afin d'en effacer toute trace. Un sourire satisfait se dessina sur les lèvres de Krauss.

– Ce traître, Milady, était l'un des agents britanniques infiltrés dans notre haut commandement, un ami de ce cher Aidan MacBain, si je ne m'abuse. Lui aussi a refusé de répondre à mes questions…

Adélaïde se tassa sur elle-même. Elle avait beau jeter des regards affolés tout autour, elle ne vit Aidan nulle part, pas plus que Percy Fraser.

– Mademoiselle de Beauchamp, l'appela Krauss en l'obligeant à le fixer. Je vous le redemande une dernière fois. Où est Aidan MacBain ?

– Je l'ignore, gémit-elle en sanglotant.

Krauss se massa le front du bout des doigts et toisa la jeune femme de haut.

– Je suis las de vos réponses, Milady, lâcha-t-il d'un ton condescendant. Peut-être vous faut-il un stimulant plus convaincant.

La relevant par les cheveux, il la traîna jusqu'à une caisse de bois, l'y poussa brutalement. Adélaïde eut le souffle coupé en atterrissant sur le dos. Sur ordre de Krauss, deux hommes vinrent l'immobiliser par les épaules, alors que deux autres en faisant autant avec ses jambes, après les avoir écartées. Puis, Krauss s'empara d'un couteau pour déchirer sa jupe sur toute sa longueur, dégageant le bas de son corps. Il se posta entre ses cuisses sans ambiguïté. En comprenant ce qu'il s'apprêtait à faire, Adélaïde se débattit comme une forcenée, criant et hurlant à pleins poumons. À force de se démener, elle parvint à libérer l'une de ses jambes et à donner un puissant coup de pied dans l'estomac de Krauss, le faisant reculer. Poussée par son instinct de survie, elle souleva le bassin avec vigueur, se tortilla pour tenter d'échapper à la prise qui la retenait.

— Vous allez payer cette offense, Milady. Une fois que j'en aurai terminé avec vous, je vous livrerai à mes hommes sans aucun égard.

Adélaïde se contorsionna de plus belle avec furie, mais l'un des malotrus réussit à l'immobiliser de nouveau. Krauss en profita pour s'avancer tout en détachant sa braguette, une lueur pernicieuse dans le regard.

— Nonnnnn... murmura-t-elle dans une plainte pitoyable en balançant la tête de droite à gauche. Non ! Non ! Non ! poursuivit-elle avec plus de vigueur. AIDAN ! NON !

Aidan, qui s'était approché du campement, sentit ses cheveux se dresser sur sa nuque en entendant la supplique affolée d'Adélaïde. Une rage sourde monta en lui. Krauss les précédait de quelques minutes, mais cela avait été suffisant pour qu'il s'en prenne à Adélaïde. N'écoutant que son instinct, il se lança dans la mêlée. Personne n'aurait pu l'arrêter tant ses forces étaient décuplées par la colère.

— Lâche-la, salaud ! rugit-il en fonçant sur Krauss.

Le temps que celui-ci se retourne et se reculotte, Aidan avait déjà tranché la gorge de deux forbans et n'était pas loin de venir à bout d'un troisième. Il savait qu'il lui serait impossible d'atteindre Krauss, sauf qu'il ne pouvait pas ordonner l'assaut dans l'immédiat ou même brandir son propre pistolet tant qu'Adélaïde était dans la ligne de mire. Il devait éloigner Krauss d'elle, ramener son attention sur lui.

— Ça suffit, MacBain, sinon je lui loge une balle dans la tête, aboya Krauss.

Aidan s'arrêta net dans son élan. Krauss avait relevé Adélaïde et la tenait dorénavant debout devant lui pour l'utiliser comme bouclier. Le canon de son pistolet était appuyé sur sa tempe. Aidan aperçut les larmes qui roulaient sur le visage maculé de poussière de sa compagne, l'ecchymose sur sa joue, sa lèvre fendue, ainsi que sa jupe déchirée avec une acuité lancinante.

— C'est moi que tu veux, Krauss. Tu ne tireras aucune information de cette femme, car elle ne sait rien. Elle n'est qu'un pion, lâcha Aidan d'un ton implacable.

— C'est ce que j'ai cru deviner, en effet, répondit Krauss avec un rire sardonique. Surtout lorsque je l'ai menacée de lui couper un doigt, mais ses cris sont si délectables que je ne pouvais m'empêcher de la persécuter. J'en éprouve plus de plaisir d'ailleurs qu'avec cette chère Christina.

Aidan blêmit de colère au nom de sa défunte épouse, mais encore plus en avisant le visage défait d'Adélaïde.

— Relâche-la, Krauss, mugit-il.

Adélaïde frissonna. Des deux hommes qui s'affrontaient, Aidan était le plus effrayant. Une telle férocité se dégageait de lui que Nikolaus se crispa derrière elle. Aidan était sorti de nulle part, comme un démon expulsé des feux de l'enfer, l'âme animée d'un désir de vengeance sanguinaire. Krauss aurait été fou de le sous-estimer. Aidan MacBain était renommé pour ses missions suicides, ce qui en disait long sur lui.

— Laisse tomber ton arme, MacBain, décréta Krauss en appuyant davantage le canon de son pistolet contre la tempe de sa prisonnière.

— Si tu la tues, je peux te garantir que le dernier visage que tu verras avant de mourir sera le mien, le menaça Aidan d'un ton tranchant comme l'acier.

Nikolaus se cala derrière la jeune femme, un sourire mauvais sur les lèvres. Il se pencha à l'oreille d'Adélaïde dans le but de la tourmenter, mais celle-ci demeurait immobile, faisant preuve de bravoure.

— Savez-vous ce qu'il est advenu de la première épouse de ce cher MacBain, Milady ? demanda-t-il avec un plaisir évident.

— Taisez-vous, Krauss ! Ça ne la concerne pas, gronda Aidan.

Si Adélaïde ne le connaissait pas, elle aurait pu croire qu'il était subitement plus nerveux, ce qui n'avait aucun sens. En quoi l'histoire de cette femme pouvait-elle l'affecter ?

— C'est moi qui l'ai tuée, Milady, susurra Nikolaus.

Cette information tomba comme une bombe sur Adélaïde.

— J'ai attaché un poids à ses pieds, puis je l'ai jetée au fond de l'eau. La pauvre est morte noyée. Le major ici présent me poursuit depuis ce jour afin d'assouvir sa vengeance. Parce que voilà ce dont il est question, Milady… De vengeance… Comme l'a si bien dit le major, vous n'êtes qu'un pion pour lui permettre de parvenir à ses fins.

— Espèce de salaud ! hurla Aidan.

Puis avisant les traits décomposés de la jeune femme, Aidan paniqua.

— Adélaïde… non… tenta-t-il de la convaincre.

— Quel merveilleux appât vous faisiez, Milady ! Un attrait auquel je ne pouvais résister. N'est-ce pas, MacBain ?

Adélaïde chancela, mais Nikolaus la retint par le bras. Quel délice de détruire le lien qui semblait unir MacBain à cette lady ! C'était aussi réjouissant que d'enlever la vie à cette chère Christina. Il aurait souhaité étirer cet entretien, mais il était temps de porter le coup de grâce.

— Le plus affreux dans cette vieille histoire, Milady, c'est que sa femme attendait un bébé...

Le cœur d'Adélaïde cessa de battre l'espace d'un instant, et son sang se figea dans ses veines, d'autant plus qu'elle venait d'apercevoir le regard d'Aidan se fixer sur son propre ventre. Il savait pour leur enfant, comprit-elle alors sans l'ombre d'un doute. Un sanglot l'étouffa.

— Vous étiez là... lâcha-t-elle dans un souffle tremblotant, à la plus grande stupéfaction de Nikolaus. Vous avez tout entendu, mais vous n'avez rien fait...

— Adélaïde, ce n'est pas le moment, déclara Aidan d'une voix tendue.

Celle-ci secoua la tête avec incrédulité. C'était donc vrai, il avait surpris sa discussion avec sa tante, avait été témoin de son chagrin vibrant de souffrance, mais il était demeuré sourd à sa douleur. Tout ça pour ne pas trahir sa présence et éviter de compromettre sa mission. En définitive, il n'avait que faire d'elle ou même du bâtard qu'elle avait perdu. Tout ce qu'il avait toujours désiré, c'était de prendre sa revanche sur Krauss, afin de venger l'assassinat de l'unique femme qu'il avait réellement aimée, celle qu'il avait épousée.

Depuis le début, elle n'avait été qu'un pion, et le pire, c'était qu'elle s'était elle-même offerte au gibet en se proposant pour cette mission au Cameroun. Peut-être l'avait-il appréciée à sa façon, mais rien n'était comparable à l'affection qu'il avait vouée à sa véritable épouse, celle qui était morte de la main de Nikolaus Krauss alors qu'elle portait leur enfant légitime, l'héritier du domaine MacBain en Écosse. Tout ce temps, il était demeuré aux abords du campement des Berbères, évitant de croiser sa route pour qu'elle ne se doute de rien, attendant de la mener à l'abattoir. Elle eut un rire désabusé qui creva le cœur d'Aidan.

— Vous m'avez menti... parvint-elle à dire d'une voix si ténue qu'Aidan eut peine à l'entendre.

— Adélaïde, tonna-t-il. Vous vous trompez ! Bon sang, regardez-moi ! rugit-il en serrant les poings.

Il aurait voulu s'élancer vers elle, la ravir aux mains de Krauss et tout lui expliquer, mais c'était impossible. Il l'avait perdue cette fois, véritablement perdue. Elle était désillusionnée, certaine qu'il s'était servi d'elle depuis le début dans le seul but de venger la mort de sa femme. « Seigneur Dieu ! » Ne voyait-elle pas qu'il l'aimait comme un fou, ne vivait que pour elle ? Krauss avait diffusé son poison pernicieux dans ses veines aussi sûrement que l'aurait fait un serpent, corrompant tout ce qu'il y avait de plus précieux en elle, détruisant le lien qui les avait unis alors qu'elle était vulnérable. Comment espérer qu'elle le croie après toute cette horreur ? Raison de plus, il n'avait pas nié les accusations de Krauss. Il l'avait bel et bien utilisée comme appât, mais pas pour la raison qu'elle s'imaginait. C'était pour la protéger, elle, et la sauver une fois pour toutes de la vindicte de cet homme.

— Tirez ! lâcha-t-elle de but en blanc.

Son ordre sonna comme un glas dans le cœur d'Aidan. Krauss lui-même fut décontenancé sur le moment.

— TIREZ ! hurla-t-elle en se débattant avec une rage démentielle. Tirez, qu'on en finisse...

Krauss, qui avait peine à la maîtriser, plissa les yeux en remarquant l'effondrement de MacBain.

— Tuez-moi ! rugit-elle en essayant d'attraper son pistolet. Appuyez sur cette foutue détente...

— NON ! s'insurgea Aidan en se précipitant sur eux.

Plus rapide que lui, Nikolaus assomma la jeune femme d'un coup derrière la tête, puis releva son arme juste à temps pour le pointer sur le front d'Aidan alors que celui-ci arrivait à sa hauteur. Avant qu'Aidan puisse tenter quoi que ce soit, la garde d'un cimeterre le frappa à son tour, l'étourdissant. Un voile noir s'abattit sur lui. Quelqu'un lui retira sa chemise, puis le traîna sous une tente.

À son réveil, Adélaïde grogna, terrassée par une migraine effroyable. En voulant frotter sa nuque afin d'apaiser la douleur, elle prit conscience que ses poignets étaient ligotés à l'armature au plafond. Elle se contorsionna, puis tira sur les liens pour essayer de se libérer.

— Vous allez vous blesser de nouveau, Adélaïde, si vous n'arrêtez pas de vous débattre de la sorte, lâcha Aidan d'une voix abattue sur sa gauche.

Elle cessa aussitôt de bouger, refusa de croiser le regard de cet homme perfide qui avait abusé de sa naïveté. Il s'était bien joué d'elle. « Juste ciel ! » Toutes ces épreuves endurées par sa faute, sa vie qui avait tourné au cauchemar. Tout ça pour du vent ! Elle bascula sa nuque vers l'arrière dans une vaine tentative pour faire disparaître la boule coincée dans sa gorge.

— Allez rôtir en enfer, MacBain ! cracha-t-elle avec une haine virulente.

— Si cela peut vous consoler, ma mie… j'y suis déjà… et depuis fort longtemps…

Sa pique raviva la rancœur d'Adélaïde à son endroit, déversa son fiel dans son cœur, le durcissant.

— Vous n'êtes qu'une pourriture de la pire espèce, siffla-t-elle entre ses dents serrées.

Aidan encaissa le coup sans broncher, trop interdit par le langage cru qu'elle venait d'utiliser pour réagir.

— Soyez maudit, MacBain !

— Un jour ou l'autre, Adélaïde, vous allez devoir écouter ce que j'ai à vous dire ! déclara-t-il avec morgue.

— Jamais ! Plutôt mourir !

— Bon Dieu ! Vous n'êtes pas sérieuse ?

Le regard chargé de ressentiment qu'elle consentit à tourner dans sa direction le fit tiquer.

— Je vous hais, Aidan MacBain ! Et que Dieu m'en soit témoin, je remercie le ciel de m'avoir débarrassée de votre bâtard, rétorqua-t-elle avec cruauté.

Aidan perdit toute couleur. Elle ne pouvait pas penser une telle chose. Le chagrin qui irradia dans tout son être à la suite de ses propos lui coupa le souffle. La femme qu'il aimait s'était transformée sous ses yeux en un être au cœur de pierre. Son âme si pure avait été broyée avec ses sentiments. Il ne restait plus qu'une coquille vide, froide et insensible. « Non ! » Elle ne pouvait pas avoir disparu à tout jamais ; il devait demeurer une trace d'elle quelque part, sinon à quoi bon se battre…

— Je n'en crois rien, Adélaïde, répondit-il d'une voix bouleversée. Ne vous cachez pas derrière des mensonges.

Elle détourna la tête. « Doux Jésus ! » Elle aurait tant souhaité ne pas avoir à entendre ces paroles trop éprouvantes pour son cœur. Pourquoi ne la laissait-il pas s'enfoncer dans cette torpeur morbide où plus rien ne l'atteignait ? Elle n'en pouvait plus de cette souffrance sans fin.

— Vous êtes mon ancrage, Adélaïde, depuis ce premier jour où je vous ai aperçue sur le *Lady Evelyn*. C'est vous qui avez donné un sens à ma vie, pas Christina. Vous êtes mon havre de paix dans la tourmente, la lumière qui illumine mon chemin, ma seule et unique raison de vivre. Hors de question que je renonce à vous...

— Taisez-vous... murmura-t-elle d'une voix misérable.

— Un jour, je vous le prouverai, Adélaïde. Peu importe si je dois consacrer le restant de mon existence à cette quête... J'en fais le serment !

Adélaïde n'eut pas la possibilité de répliquer, car Krauss venait de relever un panneau de la tente pour les rejoindre. Aidan ravala un juron. L'assaut serait lancé d'une minute à l'autre. Il se devait à ce moment-là d'avoir immobilisé Krauss afin qu'il ne représente aucun péril pour l'intégrité de la jeune femme.

— Assez perdu de temps, MacBain. J'ai besoin des noms de vos sources au sein de notre armée. Dans le cas contraire, je me verrai dans l'obligation de m'en prendre à mademoiselle de Beauchamp pour vous forcer la main.

Adélaïde demeura sourde à la menace tout juste voilée. Au point où elle en était, autant mourir. Mis à part sa tante, personne ne pleurerait sa disparition. Aidan MacBain croyait-il qu'elle allait accorder foi à ce qu'il venait de lui déclarer ? Craquant sous la pression, elle éclata d'un rire hystérique qui fit tourner la tête des deux hommes dans sa direction. Elle porta un regard trop brillant pour être sain sur eux.

— Vous perdez votre temps ! se moqua-t-elle. Il ne parlera pas…

— Oh que si, Milady. Vous êtes sa faiblesse.

Adélaïde se gaussa de nouveau de lui, le déstabilisant pour la deuxième fois.

— Ce salaud n'est pas un homme, c'est une machine à tuer tout comme vous. Il est sans foi ni loi, ne connaît rien de l'amour ni de la compassion. Il n'a pas d'âme, n'éprouve aucune pitié à écraser quiconque se trouve sur son chemin et nuirait à ses plans.

— Que de paroles aigres pour une aussi jeune personne ! déclara Krauss en s'approchant d'elle.

Il se frotta le menton, songeur, les observant tour à tour.

— Que vous est-il arrivé, Milady ? Vous n'avez plus rien de commun avec celle que j'ai enlevée à Métis.

Adélaïde lança un regard désabusé en direction d'Aidan avant de le reporter sur Krauss.

— J'ai croisé votre route, et celle du major MacBain. Voilà ce qui m'est arrivé… Il devait me protéger de vous, mais on aurait dû également me préserver de lui… murmura-t-elle d'une voix désincarnée. Il nous a tous bernés avec ses belles paroles. Par sa faute, mon oncle est décédé…

Elle s'étrangla sur ces dernières paroles. Dans l'instant, elle se referma sur elle-même, alors que ses prunelles s'éteignaient comme si quelqu'un venait de moucher la flamme qui l'animait. Elle avait été torturée, trahie, abandonnée, sans parler de la terreur qui avait été son lot quotidien. Pouvait-on se surprendre dans ces conditions qu'elle craque, se coupe du reste du monde et se retranche dans un recoin secret de son esprit ? Tout ce qui la définissait auparavant n'était plus. Aidan demeura interdit. Il serra la mâchoire, puis inspira brusquement. Il l'avait brisée ! « Dieu du ciel ! » Il avait détruit la seule personne qui comptait le plus à ses yeux. Son amour pour elle avait provoqué sa chute. Dût-il posséder une vie entière, il n'arriverait jamais à réparer les torts qu'il lui avait causés. Elle était cassée, perdue dans les méandres de son cerveau. Le changement qui s'opéra en elle n'échappa pas non plus à Nikolaus.

— Ainsi, Mademoiselle de Beauchamp, vous vous êtes sacrifiée en vain, railla-t-il, même si elle ne semblait plus l'entendre. En définitive, cet homme ne vous méritait pas ! Quel dommage…

Aidan était anéanti. Adélaïde avait enduré ce qu'aucun humain ne devrait supporter, et elle en resterait marquée à vie. Fraser l'avait averti pourtant, mais il était demeuré sourd à ses conseils, aveuglé par son désir de tuer Krauss. Tout comme lui, il était devenu l'ennemi à abattre, celui qu'elle fuirait et dont elle se méfierait comme la peste.

S'était-il vraiment servi d'Adélaïde pour venger la mort de Christina et de leur enfant en se voilant la face au sujet de ses motivations profondes ? Il était malade à la seule idée qu'il y ait ne serait-ce qu'une once de vérité dans cette accusation. Comment pourrait-elle lui pardonner après avoir commis ce sacrilège ? Aidan aurait voulu hurler pour soulager le fiel qui lui grugeait les entrailles. Cet enfant perdu au cœur de la jungle était aussi le sien… le sien…

Loin d'éprouver de tels remords, Krauss détailla avec intérêt la jeune femme qui s'était refermée sur elle. Afin de la tester, il s'empara du poignard qu'il portait à la taille, glissa la lame sur le côté intact de son visage.

— Je pourrais entailler votre autre joue, Milady, ou bien abréger vos souffrances, poursuivit-il en descendant le couteau vers sa trachée.

Le sang d'Aidan déserta son corps alors que ses prunelles se paraient d'une lueur assassine. Les propos de Krauss lui avaient fait l'effet d'une douche froide. D'emblée, il vida son esprit de toute émotion, focalisant son attention sur son unique objectif pour le moment : éloigner Krauss d'Adélaïde.

Contrairement à lui, la jeune femme demeura indifférente à son sort. Krauss tout comme lui savait reconnaître la résignation dans le regard d'un prisonnier. Dès lors, il ne servait plus à rien de torturer la victime, puisque celle-ci aspirait à mourir, ne ressentait plus rien dans une certaine mesure. C'était le point de rupture, et Adélaïde l'avait atteint.

— Hum ! réfléchit Nikolaus à voix haute en se tapotant le menton. Il semblerait bien qu'il n'y ait plus rien à soutirer de mademoiselle de Beauchamp, poursuivit-il en se tournant vers Aidan. Vous avez accompli un travail remarquable avec cette délicieuse petite chose, MacBain. Dommage… termina-t-il en entaillant le dessus de l'un de ses seins par pur vice.

Adélaïde tressaillit à peine, se contentant surtout de regarder le sang s'écouler de la coupure avec indifférence, comme s'il s'agissait d'une pacotille, ce qui alarma Aidan. Krauss vint se poster devant lui, ignorant désormais la jeune femme.

— Il n'y a aucun amusement à torturer une personne inaccessible. Il reste juste vous et moi, MacBain. Alors quel plaisir ressent-on à briser une telle créature ? lâcha-t-il en désignant Adélaïde de la tête.

Pour toute explication, Aidan le toisa avec une froideur meurtrière.

— Quelle ironie ! s'esclaffa Nikolaus. Elle n'avait aucune chance contre vous. Je croyais Lord Brand plus avisé cependant. Toutefois, cet inconvénient ne change pas la donne entre nous. J'attends toujours des réponses à mes questions. Vous faire souffrir pour les obtenir sera une véritable jouissance.

Aidan prit une profonde inspiration, puis expira bruyamment. Il se prépara mentalement à ce qui ne manquerait pas de suivre. Krauss était frustré et cherchait un exutoire susceptible de lui procurer de la satisfaction. Avec Adélaïde hors d'atteinte, il devenait un substitut de choix à la folie de celui-ci. Dans tous les cas, mieux valait lui que la jeune femme.

— Voyons maintenant ce que vous savez, MacBain.

Sur un ordre sec de sa part, l'un de ses sbires pénétra à son tour sous la tente, un coffre de métal entre les mains. Il abandonna la caisse cabossée et rouillée sur un banc de bois, puis recula, en attente de nouvelles consignes. Un second scélérat fit son entrée, muni d'un panier tressé, qu'il tenait à bout de bras et qu'il se hâta de déposer sur le sol. Un muscle tressauta sur la joue d'Aidan quand il perçut le son distinctif à l'intérieur. Il n'osa pas jeter un coup d'œil en direction d'Adélaïde, de crainte de se trahir. Il connaissait son horreur pour les serpents, mais doutait que Krauss en fût informé.

L'un des sous-fifres tendit une longue pince à Krauss avant de soulever le couvercle du panier et de reculer avec empressement. Une tête triangulaire sur un cou mince, surmontée de deux cornes, émergea dans un sifflement bruyant. Krauss s'empressa de saisir le reptile beige avec sa tenaille et, contre toute attente, revint vers Adélaïde. Aidan reconnut la vipère des sables. Le venin de cette créature pouvait tuer un dromadaire en quelques minutes ; quant à une femme de la stature d'Adélaïde, la morsure risquait d'être fatale ou du moins l'agonie atroce. Son estomac se contracta, et il dut se faire violence pour ne pas laisser transparaître son angoisse à la vue du serpent, qui se tenait à deux pouces de la tête de sa compagne.

Il s'attendait à des hurlements de frayeur de sa part, mais elle se contenta de fixer le reptile sans le voir, le regard vitreux. Krauss se retourna vers Aidan avec dérision, approcha la vipère de son visage. La queue du serpent glissa sur l'épaule d'Aidan, érafla sa peau de ses écailles dans un crissement qui le fit grincer des dents. La langue fourchue le frôla de peu, puis la bouche s'ouvrit, révélant un crochet élancé prêt à le mordre et à lui injecter son venin. Aidan respirait précipitamment, n'osant pas bouger. Sa mâchoire était durcie, les muscles de son cou saillant tant il était crispé.

Obnubilé par la menace que représentait le reptile, il ne vit pas l'un des gardes s'approcher avec un tisonnier qu'il venait de chauffer à blanc sur des braises à l'extérieur. Sur un signe de Krauss, le sbire l'enfonça dans le flanc d'Aidan. Celui-ci poussa un long hurlement, qui fit ciller Adélaïde à ses côtés. Sous l'effet de la douleur, son corps s'arqua, si bien qu'il manqua de peu de frôler le crochet de la vipère qui se tendait vers lui. Il recula la tête avec précipitation en décochant un coup d'œil mauvais à Krauss. Une odeur de roussi flotta dans l'air, faisant plisser le nez d'Adélaïde, un effluve familier qu'elle refusait de toutes ses forces de reconnaître. Malgré sa volonté de demeurer retranchée dans son esprit, les rouages de son cerveau recommencèrent à fonctionner, annihilant son hébétement et la reconnectant avec le monde réel.

Un mouvement sur sa droite attira son attention. Un inconnu venait de sortir de la tente, une tige de métal entre les mains, pour revenir aussitôt avec une seconde à l'extrémité rougeoyante. Elle le suivit des yeux, le vit s'approcher d'un homme dont les poignets étaient ligotés au-dessus de sa tête. Le sbire contourna le prisonnier, lui préparant de toute évidence des sévices de son cru. Elle aurait voulu détourner le regard, mais en était incapable, comme fascinée par la scène morbide. Puis, il y eut cette plainte lugubre quand le fer chauffé à vif glissa sur la peau tendre d'un dos. Cette même odeur carbonisée la prit à la gorge, fit émerger de sa mémoire un souvenir : celui de son propre corps ravagé par la douleur alors qu'Aidan se penchait vers elle pour cautériser sa plaie.

Elle aspira l'air étouffant comme une noyée refaisant surface. Tout lui revenait avec une clarté effarante. Elle écarquilla les yeux en reconnaissant le prisonnier mutilé, faillit hurler en apercevant le serpent tenu à proximité du visage d'Aidan. Celui-ci se contorsionna sous l'assaut de la brûlure qui lui mordait la chair sans pitié. Étonnamment, la vipère fut remise dans son panier, puis le poing de Krauss vint cueillir Aidan au ventre, là où restaient encore des traces visibles de sa côte fêlée à la suite de l'accident de la calèche à Biskra. Aidan tira sur ses liens, banda les muscles en expirant dans un grognement. Un homme le frappa dans le bas du dos avec une clé à molette sortie du coffre de métal. Ce fut comme un signal. Krauss se recula, laissant tout loisir à ses deux sous-fifres de rouer Aidan de coups. En voyant les plaies s'accumuler et le sang gicler, Adélaïde se rebiffa avec répulsion.

— Arrêtez ! s'écria-t-elle. Arrêtez ! Vous allez le tuer !

Bien qu'il fût étourdi par la douleur, Aidan perçut son cri à travers les ténèbres qui se refermaient sur lui. Il devait recouvrer ses esprits, se secouer, mais il en était incapable. Son corps n'était que souffrance ; sans doute avait-il de nouveau des côtes fêlées, ou pire, cassées. De l'eau fut versée sur son visage à partir d'une gourde, dégoulinant le long de son cou. Quant à Adélaïde, elle ne savait plus où elle en était. Aidan se balançait au bout d'une corde, la tête pendant mollement vers l'avant. Devant lui, Krauss le contemplait avec une joie perverse.

— Vous daignez donc revenir parmi le monde des vivants, Mademoiselle de Beauchamp ! Pourtant, il aurait mieux valu pour vous de demeurer perdue dans les méandres de votre cerveau si fragile.

À peine ses paroles prononcées, une explosion retentit à l'extérieur, puis l'un des panneaux de la tente se souleva, et un coup de feu assourdissant résonna. Krauss s'effondra au sol, une balle fichée dans un genou. Une expression de stupeur s'afficha sur son visage. Une dizaine de soldats britanniques entrèrent sur les entrefaites et le mirent en joue pendant que d'autres détachaient Aidan et Adélaïde. La jeune femme reconnut avec effarement les traits de Percy Fraser au-dessus d'elle, s'accrocha à son cou pour ne pas sombrer. Elle voyait ses lèvres remuer, mais n'entendait aucun son. Tout bougeait comme au ralenti autour d'elle, puis un second tir retentit sur sa droite. Elle tourna la tête dans cette direction, en proie à une terreur sans nom, et vit

Aidan, qui tenait un pistolet fumant entre les mains. À ses pieds gisait Krauss, une balle logée entre les deux yeux.

— Sortez-la d'ici, ordonna Aidan en vacillant.

Percy la souleva sans plus attendre dans ses bras et la transporta à l'extérieur. Un feu nourri fit rage derrière eux lorsqu'ils s'éloignèrent du campement ennemi. Les sous-fifres de Krauss étaient en déroute sous la force combinée de l'équipe d'Aidan, des Berbères et de la troupe britannique. Toutefois, la priorité de Percy et du groupe d'hommes serré qui l'accompagnaient était de mettre Adélaïde à l'abri le plus rapidement possible, d'éviter qu'elle prenne une balle perdue dans l'échauffourée. Une nouvelle déflagration résonna dans l'air, les propulsant avec rudesse au sol. Des fragments d'explosion fusèrent dans le ciel comme autant de météorites incandescents. Les flammes se répandirent à toute vitesse, brûlant toutes les tentes sur leur passage. Percy se hâta de relever la jeune femme et de la porter vers les dromadaires pour la sortir de cet enfer.

CHAPITRE 20

La rupture

Une pénombre apaisante régnait sur les lieux. En ouvrant les yeux, Adélaïde eut un instant de panique et crut être de nouveau captive sous la tente de Krauss. Sauf qu'ici, nulle corde ne la maintenait prisonnière. Les draps dans lesquels elle reposait sentaient bon et dégageaient une légère odeur de citron et de bergamote. Le tissu était doux sur sa peau, le matelas douillet sous son dos. Tout en retenant sa respiration pour n'alerter personne, elle détailla la pièce, l'oreille à l'affût. Des bruits de pas lui parvinrent au loin, une conversation étouffée résonna plus près. En observant davantage les environs, elle remarqua que les murs blancs n'étaient pas tapissés de toile et qu'aucun tapis ne recouvrait le plancher aux carreaux aseptisés. L'endroit était meublé avec simplicité, ne renfermant qu'un seul lit ainsi qu'une table de nuit.

À sa gauche, sur la chaise en bois qui avait connu des jours meilleurs, reposait un homme. Celui-ci dormait, la nuque appuyée au dossier, les jambes étendues devant lui, les bras croisés sur sa poitrine. Son souffle était régulier.

Pourtant, un pli soucieux barrait son front, et ses joues creuses faisaient ressortir les cernes sous ses yeux. Ses traits étaient tirés et son teint verdâtre sous la lumière diffuse de la lampe de chevet. Il lui paraissait familier, mais son esprit embrumé refusait de mettre un nom sur le visage dans l'immédiat.

Alors qu'elle essayait de se soulever sur les coudes, le matelas grinça sous son poids. Un vertige la prit de court, l'obligeant à se recoucher. Elle palpa sa nuque, grimaça en sentant sous ses doigts la bosse volumineuse. Il y avait aussi sa joue gauche qui était sensible, tout comme sa lèvre inférieure. Elle avait l'impression qu'on lui avait décroché la mâchoire. Que diable lui était-il arrivé ? Adélaïde fronça les sourcils dans une vaine tentative de concentration. Puis, les images cessèrent de tourner dans une ronde folle dans son esprit et se mirent finalement en place.

– Nonnnn… geignit-elle, horrifiée, en se rappelant subitement les derniers événements.

Percy se réveilla en sursaut à ses côtés en percevant son agitation. Il se redressa aussitôt et se pencha sur la jeune femme, préoccupé par son état de santé. Effrayée par la présence inattendue de celui-ci au-dessus d'elle, Adélaïde hurla et chercha à fuir. Percy recula en constatant la frayeur dans son regard. Il remit une distance raisonnable entre eux, leva les mains en signe de reddition.

– Ce n'est que moi, Mademoiselle de Beauchamp, déclara-t-il avec douceur. Percy Fraser…

Adélaïde tremblait de toute part, le cœur en déroute, le rythme de sa respiration saccadé. Ses pupilles se dilatèrent alors qu'une plainte d'animal à l'agonie franchissait ses lèvres. Prisonnière de son délire, elle prit un moment avant de le reconnaître. Deux infirmières arrivèrent sur les entrefaites, alertées par tout ce bruit. L'une d'elles lui injecta un calmant pendant que l'autre l'aidait à se rallonger. Adélaïde chercha à combattre l'effet du sédatif, s'accrochant par la même occasion au poignet de l'infirmière.

– Ne le laissez pas m'approcher…

Elle s'endormit avant même de terminer sa phrase. Percy s'éclaircit la gorge, incertain du sens à accorder à ses propos. Jugeant préférable d'attendre qu'elle ait retrouvé tous ses esprits, il se réinstalla dans sa chaise inconfortable pour poursuivre sa veillée. Il était au cœur de la nuit et doutait que la jeune femme se réveille de sitôt. L'une des infirmières vérifia la pression de sa patiente, la borda, puis quitta la pièce, sa collègue derrière elle.

Le soleil était haut dans le ciel quand Adélaïde souleva ses paupières pesantes. Elle aperçut la silhouette de Percy, debout au pied de son lit. Il la détailla tout d'abord avec circonspection avant de se risquer à l'approcher. Elle le regarda s'avancer, le teint pâle et le souffle court. Percy comprit qu'elle se méfiait de lui, ce qui le chagrina.

– Bonjour, Mademoiselle de Beauchamp, commença-t-il en s'arrêtant à quelques pas d'elle, le temps de lui permettre de s'habituer à sa présence. Est-ce que vous me reconnaissez ? poursuivit-il avec douceur.

– Oui… lâcha-t-elle d'une voix faible.

– Dans ce cas, vous savez que je ne vous veux aucun mal.

– Aidan et vous n'étiez pas là…

Ces paroles firent l'effet d'un coup de poing dans l'estomac de Percy. Quel calvaire la jeune femme avait-elle vécu en découvrant qu'il l'avait abandonnée à son tour ? En fait, il s'était absenté à peine quelques minutes pour aller au-devant d'Aidan et lui faire un rapport de la situation. Puis, il y avait eu ce cri de pure terreur d'Adélaïde. Aidan avait filé vers le camp comme un fou. Il l'avait suivi de peu. Quand il était arrivé sur place, il avait constaté avec aversion que Krauss tentait de la violer, puis il y avait eu cet échange accablant entre MacBain, Krauss et Adélaïde.

Il se rappelait trop bien le visage ravagé de celle-ci, l'anéantissement de tout espoir qui s'était peint sur ses traits. S'il avait pu battre Aidan comme plâtre à ce moment-là, nul doute qu'il l'aurait fait. Ce n'était pas l'envie qui lui manquait de le faire encore, mais cet homme qu'il avait considéré jadis comme un ami reposait dans un sale état dans une autre chambre au bout du couloir. D'ailleurs, quand celui-ci avait voulu se lever la nuit dernière en entendant les cris d'Adélaïde, le docteur avait dû l'endormir pour l'empêcher de bouger. Du moins, la condition de MacBain le retenait pour l'heure de venir persécuter la jeune femme.

Pour sa part, il avait dû prendre une décision difficile quand Aidan et Adélaïde avaient été traînés sous la tente de Krauss. Il avait eu le choix entre s'y précipiter pour tenter de les délivrer ou rejoindre le contingent anglais afin de l'informer de la situation. Il avait choisi la deuxième option, à son grand dam. Dès lors, il avait fallu user de prudence pour ne pas risquer de blesser les deux prisonniers durant l'attaque. C'est pourquoi il avait été chargé d'effectuer une reconnaissance pour déterminer leur position et ensuite donner son aval au commandant de la troupe britannique.

Quand il avait vu l'ouverture qui se présentait à lui, il n'avait pas hésité à tirer dans l'un des genoux de Krauss.

Désespéré, il observa de nouveau la jeune femme allongée dans le lit d'hôpital.

— Je suis désolé, Milady. J'aurais dû demeurer à vos côtés pour vous protéger de ce monstre, mais il me fallait contacter les renforts.

— Il vous aurait abattu si vous étiez intervenu, répliqua-t-elle avec fatalisme.

— C'est possible…

— Je n'aurais pas voulu que vous soyez tué, déclara-t-elle en détournant la tête.

Adélaïde fixa son regard sur la fenêtre à sa droite, se perdit dans la contemplation du paysage qu'elle entrevoyait derrière la vitre, puis revint vers lui. Elle paraissait si vulnérable dans ce lit immense qui semblait l'avaler que Percy en fut chaviré.

— Suis-je dans un hôpital militaire ?

— Oui. Nous sommes de retour au Caire.

— Au Caire, répéta-t-elle après lui d'une voix lointaine. Dans ces conditions, je souhaiterais rencontrer le général Allenby.

— Pourquoi ? ne put-il s'empêcher de demander.

— Je désire qu'il me protège.

— Krauss est mort, Milady, lui annonça-t-il avec douceur. Le major MacBain l'a tué.

— Je sais… Je l'ai vu…

Percy ne sut que répliquer. La jeune lady avait-elle perdu l'esprit ?

— Dans ce cas, pourquoi requérez-vous les services du général ? insista-t-il, après une brève hésitation.

— Pour me protéger du major MacBain, répondit-elle en levant les yeux vers lui sans sourciller.

Percy en resta bouche bée. Il se frotta la nuque, plus déconcerté que jamais. MacBain était peut-être un salaud de premier ordre, mais s'il y avait une chose qu'il ne ferait jamais, c'était de s'en prendre à Adélaïde de Beauchamp. Voulant la rassurer, il s'approcha, mais elle se cabra d'emblée. Percy s'arrêta. C'était pire qu'il le croyait.

— Mademoiselle de Beauchamp, je suis votre ami, non votre ennemi.

Elle haussa les épaules, puis se détourna. Elle préférait demeurer hors d'atteinte, c'était plus prudent de cette façon. Les hommes pouvaient se révéler des êtres perfides et cruels, surtout ceux de la trempe d'Aidan MacBain ; il était préférable de les tenir à distance. Pour rien au monde elle n'accepterait de se retrouver sous la tutelle de l'un d'eux, eût-il en apparence la gentillesse de Percy Fraser. Plus jamais…

— J'aimerais me reposer, sergent, s'il vous plaît, déclara-t-elle d'une voix atone, lui donnant ainsi son congé.

Percy la regarda avec tristesse, le cœur en miettes. Il était tombé amoureux de cette jeune lady, et il aurait pu avoir une chance de la conquérir après cette guerre, mais elle le plaçait désormais dans la même catégorie que MacBain. Tout chez elle le lui indiquait. Il voyait donc tous ses espoirs anéantis. Toutefois, il pouvait faire une dernière action pour elle… l'aider à fuir l'Afrique afin qu'elle soit libérée de l'emprise d'Aidan MacBain. Il irait parler au général, s'arrangerait pour que celui-ci lui procure un moyen de transport pour gagner l'Europe avec sa tante. C'était le moment idéal, avec MacBain cloué au lit et dans l'incapacité d'interférer. Il pouvait au moins lui rendre cette ultime faveur.

Adélaïde de Beauchamp s'était retrouvée au milieu d'un conflit sanguinaire qui la dépassait, transformant sa vie en véritable calvaire, alors qu'elle était inapte à se protéger, à parer les coups qui pleuvaient de toute part. Elle avait tous les droits de vouloir s'évader de ce cauchemar, de laisser derrière elle tout ce qui le lui rappelait, y compris lui.

Submergé par une vague de tristesse, Percy la salua d'un hochement de tête expéditif, puis quitta la chambre.

Deux jours plus tard, Adélaïde appuya ses coudes sur la balustrade du navire britannique qui les ramenait, sa tante et elle, vers l'Europe. Se trouvaient aussi à bord des blessés rapatriés, de jeunes gens mutilés dans leur chair, mais aussi dans leur âme, comme elle. Tout en demeurant les yeux rivés sur les côtes égyptiennes qui s'éloignaient à vue d'œil, elle frôla la cicatrice sur sa joue.

Sa tante, qui se tenait sur sa gauche, s'en désola. Elle espérait que leur retour en Europe aiderait sa nièce à se remettre de ses épreuves. Elle se doutait cependant que son rétablissement serait long et ardu. On ne guérissait pas si facilement d'un cœur brisé ni ne ressortait de tels événements indemne. Elle-même avait perdu son compagnon de vie, l'homme qu'elle chérissait avec tant d'amour : Henry Brand, son époux. En définitive, cette terre merveilleuse n'avait renfermé que des souffrances pour elles deux. Il n'y avait plus de magie en ces lieux ni exotisme; tout ceci avait été soufflé par le vent de la guerre, les Allemands et Nikolaus Krauss.

Elle tapota la main d'Adélaïde avec tendresse, consciente de ce que sa nièce laissait derrière elle. Esther avait joui de plusieurs années de bonheur en compagnie de son époux avant qu'il ne lui soit arraché, alors qu'Adélaïde n'en était qu'au début de son existence. Elle avait déjà tant perdu…

Une brise caressa le visage d'Adélaïde. Levant les yeux au ciel, elle remercia le Dieu tout-puissant d'avoir épargné sa tante dans cette folie, lui permettant ainsi de l'avoir à ses côtés pour l'épauler dans son chagrin. Tout comme elle était heureuse de retrouver bientôt Charlotte. Elle prit une profonde inspiration pour empêcher ses larmes de couler. L'Égypte disparaissait peu à peu, et avec elle Aidan MacBain. Elle ne l'avait pas revu avant son départ, ce qui était préférable. Le dernier souvenir qu'elle gardait de lui, c'était celui dans cette tente alors qu'il se tenait au-dessus du corps sans vie de Nikolaus Krauss, un pistolet entre les mains. Une scène à l'image de ce qu'il représentait. Du moins l'avait-il délivrée de cet être abject. Elle pouvait dorénavant vivre sans crainte du lendemain, sans devoir constamment surveiller par-dessus son épaule. Elle serait enfin en paix…

Par un détour de son esprit, elle songea au sergent Fraser. C'était grâce à son intervention auprès du général que sa tante et elle avaient eu la permission de monter à bord du navire anglais pour gagner l'Europe. Elle lui en était reconnaissante, mais c'était tout ce qu'elle avait consenti à lui accorder. Elle l'avait revu une dernière fois avant l'embarquement, avait aperçu la lueur d'espoir dans son regard, mais n'avait pu se résoudre à y répondre. C'était mieux qu'il ne se fasse pas d'illusions à son sujet. Il évoluait dans le même monde qu'Aidan, et cela en dépit du fait qu'il avait demandé un transfert dans une autre unité. Il lui avait avoué en avoir fini avec les missions spéciales ; il préférait rejoindre une troupe de soldats sur le front. Adélaïde avait accepté son chaste baiser sur sa main, puis était montée à bord du navire.

Elle souhaitait de tout cœur que cette guerre se termine sous peu, que le sergent retourne sain et sauf auprès des siens. Quant à sa tante et elle, toutes deux gagneraient Québec après une brève escale en Angleterre afin de régler quelques détails concernant la succession de son oncle. Adélaïde poussa un soupir empli de désolation, puis se détourna des côtes africaines et d'Aidan MacBain.

Aidan se redressa en serrant les dents. Il avait l'impression d'avoir été rossé de coups puis d'être passé sous les roues d'un camion. Il n'aurait pas dû se lever, mais il n'en pouvait plus d'attendre. Les employés de l'hôpital refusaient de répondre à ses questions, et fait surprenant, il n'avait pas revu Fraser depuis l'attaque au campement de Krauss. Il savait Adélaïde tout près pour l'avoir entendue crier deux jours plus tôt, mais il n'avait aucune nouvelle sur son état de santé et s'en rongeait les sangs. Il déposa un pied sur le plancher, grimaça en se tenant les côtes. Se lever lui demanda un effort considérable, mais il s'y obligea, résolu à voir Adélaïde. Maintenant que plus aucune menace ne planait au-dessus de sa tête, il pourrait prendre le temps de l'approcher avec douceur, l'amener en Écosse afin qu'ils réapprennent à se faire confiance et surtout à s'aimer de nouveau. Il était conscient que l'entreprise se révélerait ardue, mais il refusait de baisser les bras.

C'est d'un pas chancelant qu'il gagna la chambre du fond, celle qu'il savait être la sienne. Une fois arrivé devant la porte, il tenta d'apaiser ses sens, de calmer son angoisse avant d'ouvrir le battant. La pièce était éclairée par un soleil éblouissant, mais le lit était vide. Ses traits se décomposèrent, et il dut prendre appui au cadrage pour ne pas s'effondrer. C'est dans cet état que le découvrit Percy. Il était revenu lui faire ses adieux avant de rejoindre son nouveau régiment.

— MacBain, l'appela-t-il d'un ton rude.

L'homme qui se tourna vers lui n'avait plus rien de comparable avec l'agent imperturbable qu'il connaissait. Celui qui se dressait devant lui avait beaucoup souffert, était meurtri dans son corps et son cœur par la douleur, mais également la culpabilité. Percy s'approcha de lui d'une démarche raide.

— Elle est partie, MacBain ! Et j'en suis fort aise…

Colère et amertume se bousculèrent dans l'esprit d'Aidan, d'autant plus quand il comprit que Percy l'avait dupé. La fureur qui l'envahit alors d'un coup lui donna la force nécessaire pour se jeter sur l'homme qu'il avait considéré jadis comme un ami. Préparé à cet affrontement, Percy n'eut aucune difficulté à le recevoir d'un coup de poing à la mâchoire, le faisant reculer sous la puissance de l'impact.

Déjà affaibli, Aidan dut s'appuyer au mur derrière lui pour demeurer debout. Il serra ses côtes blessées en jurant.

— Pourquoi ? parvint-il à éructer avec rage.

— Pourquoi ? répéta Percy, aussi enragé. Quel gentleman digne de ce nom se servirait de la femme qu'il dit aimer comme appât ? cracha-t-il avec dégoût.

— Un homme suffisamment désespéré pour tenter l'impossible afin de la délivrer d'un fou furieux de la tempe de Krauss ! mugit Aidan. Je n'avais pas le choix. Je devais arrêter Krauss avant qu'il ne soit trop tard !

— Foutaises, MacBain ! Il n'a jamais été question de mademoiselle de Beauchamp dans cette histoire ! s'emporta Percy. Il s'agissait d'une vendetta, et vous étiez prêt à l'immoler pour assouvir votre haine.

Les grondements de la gorge d'Aidan avertirent Percy de ne pas s'aventurer davantage sur cette voie. Il était peut-être affaibli, mais pas mort. Rien ne l'empêcherait de donner toute une correction à cet homme si celui-ci s'avisait de remettre en cause ses sentiments pour Adélaïde. Percy le toisa d'un air glacial, nullement enclin à le ménager.

— Bon Dieu ! Elle a tout sacrifié pour vous, pour votre satanée vengeance…

L'ombre qui recouvrit les traits du visage d'Aidan à ces mots ne laissa rien présager de bon.

— Je le sais, sergent ! tonna Aidan. Qu'est-ce que vous croyez ? Les choix étaient restreints. Elle ne pouvait pas passer le restant de ses jours à fuir la vindicte de ce sadique ! Quelle existence aurait-elle eue alors ?

Percy serra les poings, les narines frémissantes de colère.

— Si vous ne vous étiez pas acharné sur elle à Métis, elle ne se serait jamais retrouvée dans la ligne de mire de Krauss dès le départ ! cracha Percy.

La tête d'Aidan s'affaissa vers l'avant, tout comme ses épaules. Il pâlit sous l'accusation justifiée. Toujours remonté, Percy n'en tint pas compte, et l'assaillit de plus belle.

— Combien de fois l'avez-vous rejetée, MacBain, ou abandonnée dans des endroits sordides ?

Un bloc de glace se forma dans l'estomac d'Aidan. La réponse à cette question le rongeait de l'intérieur. « Trop de fois » aurait été exact. Toutefois, il l'avait fait dans le but de la protéger de Krauss, mais aurait-il pu procéder autrement ? Dans le feu de l'action, c'était l'unique solution qui lui était toujours venue à l'esprit, jusqu'à ce qu'il décide de se montrer plus agressif en l'utilisant comme appât. Il eut un rire sans joie. Il savait pourtant qu'il risquait gros en agissant de la sorte.

— C'est vous qui l'avez aidée à fuir.

— Oui, avoua Percy sans aucune honte.

— Où est-elle partie ? Avec qui ? demanda Aidan d'une voix tendue.

— Elle a quitté l'Égypte avec sa tante sur un navire anglais. Elle est sous bonne escorte, consentit à répondre Percy.

— Pour aller où ? s'informa Aidan en redressant les épaules.

— Allez vous faire foutre, MacBain ! éructa Percy avec virulence.

Le sang d'Aidan s'échauffa dans ses veines, lui faisant perdre tout sens commun. Il fondit sur Percy sans que celui-ci ait eu le temps de l'esquiver. Fermant son poing droit, il l'écrasa sur le visage de ce dernier ainsi que dans son ventre en grognant de fureur. Percy bascula vers l'arrière et tomba sur le dos. Aidan sauta sur lui et le roua de coups.

Alertée par tout ce tapage, l'infirmière de service appela la sécurité. Il fallut trois hommes pour contenir Aidan, ce qui fut à peine suffisant.

— Major ! lui enjoignit le général Allenby, qui venait aussi d'arriver. Ça suffit ! Calmez-vous, ou je me verrai contraint de vous mettre aux arrêts.

Aidan n'écouta rien. Tout ce qu'il désirait était de défouler sa rage sur le responsable de la disparition d'Adélaïde. D'emblée, le général ordonna qu'on le conduise à une cellule d'isolement. Le regard mauvais que lança Aidan en direction de Percy lorsque les gardes le traînèrent de force fit redouter le pire à celui-ci. Il s'était fait un ennemi de cet homme, et il était bien placé pour savoir que ce n'était pas à prendre à la légère. Par chance, Adélaïde de Beauchamp était désormais hors de sa portée.

Aidan fut jeté sans ménagement dans la pièce minuscule. Dès que la porte se referma derrière lui, il s'effondra lourdement sur les genoux, ses mains à plat sur la dalle froide. Il hurla de rage et de désespoir, puis laissa retomber sa tête mollement vers le bas. Pour la première fois, des larmes brouillèrent sa vue. Il murmura le nom de la jeune femme dans une supplique affligeante, la voix enrouée.

Adélaïde s'installa à la droite du commandant de l'*Empress of Britain* non sans un léger malaise. Deux ans et demi plus tôt, elle effectuait un périple similaire à bord de son jumeau, l'*Empress of Ireland*. Elle se souvenait alors d'avoir dû prendre place à la table du capitaine Kendall en tenue de voyage, ce qui lui avait valu des coups d'œil réprobateurs des douairières. Cet incident était survenu peu de temps avant le naufrage du paquebot, événement qui allait modifier le cours de son existence à tout jamais.

Aujourd'hui, elle se trouvait sur un second navire de la Canadian Pacific et voguait vers Québec. Elle jeta un regard circulaire autour d'elle. Mis à part sa tante, elle ne connaissait personne. Néanmoins, cela n'empêchait pas le reste des convives de la dévisager avec intransigeance à cause de la balafre sur sa joue droite, cadeau de Nikolaus Krauss, souvenir vivant d'une autre époque et d'un amour perdu.

Atteindre l'Angleterre s'était avéré facile somme toute grâce aux contacts de sa tante avec des membres haut gradés de l'armée. Ainsi, elles avaient pu profiter de la protection et des commodités de Sa Majesté tout au long de leur périple. Par la suite, il leur avait fallu rapatrier tous les avoirs de Lord Brand et remplir des papiers de succession, un processus qui s'était révélé ardu en temps de guerre. Conclure ces transactions avait exigé deux semaines entières, de quoi la mettre sur les dents. Elle n'avait pas désiré s'éterniser en terre anglaise, de crainte d'être retrouvée par Aidan MacBain. Au moins, une fois rendue au Canada, elle pourrait se refaire une nouvelle vie.

— Lady Kent, quelle est votre opinion sur le sujet? s'informa Lord Brook avec gentillesse en s'adressant à elle.

Adélaïde, qui n'avait pas suivi la discussion, se mordit l'intérieur de la joue, embarrassée d'être prise en défaut.

— Je vous demande pardon, Lord Brook, mais je crains de n'avoir pas compris ce que vous me disiez.

— Ce n'est rien, mon petit, la rassura sa tante en lui tapotant la main. Lord Brook se demandait si vous aviez un avis à partager au sujet des colonies africaines.

Adélaïde blêmit. Elle ne souhaitait pas s'engager sur ce terrain, elle aspirait à rester en retrait.

— Désolée, Lord Brook, mais je préfère ne pas me prononcer sur la question si vous n'y voyez pas d'inconvénient, déclara-t-elle d'une voix chevrotante.

— Sauf votre respect, Lord Brook, c'est un sujet affligeant pour nous deux, intervint Esther à son tour. Le décès de mon époux en ces lieux demeure encore frais dans notre mémoire, poursuivit-elle.

Lord Brook s'excusa aussitôt de son faux pas, prétextant qu'il ignorait ce fait. Son embarras évident laissa penser à Esther que le pauvre homme était sincère. Elle le remercia d'un sourire contrit, le rassurant par la même occasion qu'il n'y avait pas de mal.

Soucieuse d'échapper à l'ambiance générale, Adélaïde se perdit de nouveau dans ses souvenirs. Malgré elle, ses réflexions la ramenèrent vers l'*Empress of Ireland*. Elle se rappelait avec tristesse la célèbre actrice Mabel Hackney et son époux, avec qui elle avait pris plaisir à bavarder, et se revoyait dansant en leur compagnie au rythme de la musique jouée par l'Armée du Salut. Elle songea aussi à Sir Henry Seton-Karr, ce riche Écossais de 61 ans qui avait animé la soirée par ses anecdotes de chasse, à Ella Hart Bennett, qui l'avait tenue en haleine avec ses récits sur les Bahamas, et à Henry Lyman, qui avait également envoûté son auditoire avec ses explications sur l'histoire naturelle. Tous avaient péri ce fameux soir du 29 mai 1914 à bord de l'*Empress of Ireland*, et voilà qu'elle se retrouvait en présence d'une tablée similaire sur un autre paquebot, sur le point d'entamer un autre chapitre de sa vie.

Étouffant tout à coup, elle s'excusa et préféra partir pour prendre de l'air. Les hommes se relevèrent avec galanterie pour la saluer, alors que plusieurs de ces dames ne se cachèrent pas pour montrer leur désapprobation. Seule sa tante lui adressa un signe de tête compréhensif. Elle se doutait qu'Adélaïde n'était pas à l'aise dans cet environnement qui lui rappelait sans doute son passage sur l'*Empress of Ireland*. Adélaïde remercia le capitaine pour son invitation à sa table, puis quitta prestement la salle à manger.

Ses pas la conduisirent sur le pont supérieur. Elle s'accouda à la balustrade et se perdit dans la contemplation de la nuit, comme elle l'avait fait le 29 mai 1914. Son regard dévia vers l'océan. Elle ignorait la raison pour laquelle ses pensées la ramenèrent au souvenir de la fillette agrippée à sa planche dans les eaux glaciales du fleuve, celle-là même qui lui avait servi de bouée de sauvetage. Elle revoyait le visage terrorisé de la petite quand elle s'y était accrochée à son tour, à bout de force. Il s'en était fallu de peu ce soir-là qu'elle sombre. À un moment donné, ses doigts gourds avaient même lâché prise, si bien qu'elle avait commencé à couler. S'il n'y avait pas eu cet homme qui l'avait rattrapée in extremis à partir d'un canot de sauvetage et hissée à bord, elle serait morte à l'heure qu'il est. Rien de tout ce qui lui était arrivé depuis n'aurait eu lieu ; elle reposerait au fond du fleuve ou bien son corps aurait été rejeté sur la grève par les vagues. Une boule se forma dans sa gorge. La petite accrochée à sa planche avait-elle survécu à cette baignade glaciale ? Et si oui, avait-elle retrouvé ses parents ? Elle l'espérait de tout cœur !

Se remémorer la fillette ramena ses pensées au moment présent ainsi qu'à sa nouvelle réalité. Le regard songeur, elle caressa son ventre sous la brise fraîche de la nuit. Par un hasard singulier du destin, elle était de nouveau enceinte. Elle tourna son visage en direction de ce qu'elle croyait être les côtes africaines, vers son passé, qui était maintenant bien imbriqué à son avenir. Des larmes roulèrent sur ses joues. Tant qu'elle aurait un souffle de vie, elle s'évertuerait à protéger son enfant de la noirceur qui environnait Aidan MacBain comme une seconde peau, et ferait tout ce qui était en son pouvoir pour qu'il ignore jusqu'à son existence.

Si MacBain venait à découvrir son état, elle savait pertinemment qu'il mettrait toute son énergie à les retrouver, le bébé et elle. Penser à lui creusa davantage le trou qu'elle avait en permanence dans la poitrine, mais comment y échapper quand elle portait son enfant ? Sa tante croyait que ses nausées du matin étaient des symptômes dus au mal de mer, mais ce n'était pas le cas. Il y avait les tiraillements dans son ventre, les étourdissements, sa fatigue extrême, ses mamelons plus foncés ainsi que ses seins qui commençaient à prendre du volume et à s'affermir. Surtout, il y avait son absence de flux sanguin depuis sa fausse couche au village pygmée. Autant de signes qui ne trompaient pas. Elle retint sa respiration quelques secondes, puis expira. Cette fois-ci, elle refusait de perdre son bébé. Elle ne causerait pas sa mort en plongeant dans une dépression morbide. Elle s'accrochait à son petit comme à une bouée de sauvetage, telle une lueur d'espoir qui lui promettait d'aspirer enfin au bonheur.

Son corps et son âme pouvaient se languir d'Aidan MacBain, elle résisterait à la tentation de le contacter. Elle était idiote de songer encore à cet homme. Il l'avait trahie et s'était joué d'elle. En dépit de ce qu'il avait déclaré, il était impossible qu'elle puisse envisager qu'il tienne à elle. Lui qui n'avait montré aucune émotion pour la perte de leur premier enfant ne méritait pas de connaître le second.

Son cœur se serra à la pensée de ce qu'elle avait cru réel et qui n'avait été que des chimères. Aidan MacBain avait aimé sa première femme, avait été marqué par son décès au point de vouer une partie de sa vie à la vengeance. Il n'avait pu supporter qu'elle lui fût arrachée de manière si cruelle, il avait été prêt à utiliser tous les moyens pour châtier le responsable. Pour sa part, elle avait eu le malheur de croiser sa route, de devenir le pion dont il avait besoin pour accomplir son funeste destin. Elle ne le haïssait plus. C'était impossible avec son enfant qui grandissait en son sein. En revanche, elle avait décidé de le rayer de son existence à tout jamais.

Elle caressa son ventre plat tout en respirant l'air frais pour éclaircir ses idées et calmer les battements désordonnés de son cœur. Il lui fallait demeurer sereine pour le bien-être de son bébé. C'était tout ce qui comptait pour elle désormais. Elle se détourna avec résolution de son passé, porta un regard neuf en direction de l'Amérique, son avenir. Là, elle se construirait une nouvelle vie, reprendrait où elle avait laissé ses cours d'infirmière chez les sœurs à Québec, du moins dans les débuts de sa grossesse. Par la suite, elle retournerait à Métis, s'y créerait une couverture de veuve de guerre pour expliquer son état et vivrait des jours paisibles avec son enfant. Sa tante pourrait l'accompagner si elle le désirait, et il y aurait Charlotte pour la soutenir dans son rôle de mère célibataire.

Six jours plus tard, Adélaïde leva ses yeux embués sur la résidence que sa tante et son oncle avaient gardée à Québec comme pied-à-terre. Elles étaient de retour, et sa tante venait tout juste de frapper à sa propre porte. Le majordome entrouvrit le battant et leur souhaita la bienvenue avec le détachement que l'on attendait de lui. La maison était prête à les recevoir. Les housses qui recouvraient les meubles avaient été enlevées, les tables cirées, les tapis battus. Malgré le froid qui s'installait à l'approche de l'hiver en ce début de décembre, les fenêtres avaient été ouvertes pour aérer les pièces qui sentaient le renfermé. Un bon feu avait été allumé dans le petit salon des dames, ainsi que dans les chambres pour réchauffer les lieux. Une cuisinière récemment engagée avait mijoté un repas digne d'une reine pour fêter leur retour.

Adélaïde redécouvrait le décor familier avec une joie évidente. Elle frôla du bout des doigts la rampe qui conduisait à l'étage, perçut le craquement des marches sous ses pieds. Quant à sa tante, elle se dirigea vers le bureau de son oncle pour s'y recueillir, le regard empli de tristesse. Adélaïde jugea préférable de la laisser à ses souvenirs. Celle-ci pourrait enfin pleurer la mort de son époux en toute tranquillité, privilège qu'elle s'était refusé depuis leur départ d'Égypte.

Le cœur gros, Adélaïde monta l'escalier, puis gagna sa chambre. Elle posa la main sur la poignée, attendit quelques secondes avant d'ouvrir le battant. Tout était resté intact dans la pièce, semblable à ce qu'elle se remémorait, mis à part un élément, qui la bouleversa. Un manteau de marin avait été déposé sur le dossier d'un fauteuil, celui dont Aidan avait recouvert ses épaules sur le *Lady Evelyn*. Elle s'avança vers le vêtement, la gorge étreinte par l'émotion. Elle le frôla de ses doigts tremblants, ploya la tête sous le poids de l'accablement.

– J'ai pensé que vous aimeriez le retrouver en souvenir de ce qui n'était plus, déclara Charlotte, sur le pas de la porte.

Adélaïde leva un visage ravagé vers sa femme de chambre, mais également son amie.

– Oh, Charlotte… s'étrangla-t-elle en s'élançant vers elle.

Charlotte referma ses bras autour de son corps chétif, la serra avec une amitié sincère acquise au fil du temps.

– Mademoiselle Adélaïde, que vous est-il arrivé ? s'inquiéta-t-elle. Je savais que vous auriez dû m'emmener dans ce pays de sauvages.

– Ma chère Charlotte, commença Adélaïde en souriant à travers ses larmes. Tu m'as tellement manqué.

Le franc-parler de sa femme de chambre était un baume réconfortant qui lui rappelait des jours meilleurs. Avec sa résolution inébranlable, Charlotte la tiendrait éloignée des ténèbres, l'aiderait à préserver le petit être qui grandissait en son sein. Enfin, elle était de retour chez elle, entourée des siens, avec un enfant à venir…

Printemps 1917

Comme il était bon de se promener sous les rayons du soleil après cet hiver sans fin. Adélaïde se sentait revivre avec la venue du printemps. Les glaces s'étaient éparpillées au gré du courant sur le fleuve, et les premiers bateaux remontaient l'affluent, signe que la ville sortait de son long hivernage.

Elle releva son capuchon bordé de fourrure sur sa tête pour se préserver du froid mordant sur la rive. Sous peu, les outardes reviendraient de leur périple, emplissant le ciel de leur cri distinctif, bien serrées dans leur formation triangulaire. Adélaïde adorait voir se détacher ces voiliers d'oiseaux sur le bleu azur. Leur retour signifiait la renaissance, tout comme les bourgeons qui apparaîtraient dans les arbres, les fleurs qui écloraient. À l'instar de la nature, elle s'épanouissait aussi sous les effets de la maternité.

Sa tante n'était toujours pas au courant de sa condition. Quant à Charlotte, elle l'avait sans doute deviné, mais n'abordait pas le sujet, attendant que sa maîtresse soit prête à le faire d'elle-même. En réalité, Adélaïde préférait garder dans l'immédiat son merveilleux secret pour elle, choyer ce lien particulier qu'elle avait avec son enfant, ce petit être qui lui donnait parfois des coups de pied pour marquer sa présence. Par chance, les nausées avaient cessé, la laissant plus apaisée.

Elle sourit en portant une main protectrice sur son ventre. Elle parvenait encore à dissimuler l'arrondi discret sous une couche épaisse de vêtements, mais dans peu de temps, il lui faudrait en informer ses proches et prendre les dispositions nécessaires pour acheter une maison à Métis. Elle avait justement envoyé une lettre à cet effet à Emily Ramsay, la jeune femme avec qui elle avait noué une amitié sincère lors de son passage chez les Reford, à Métis. Quel n'avait pas été son étonnement de découvrir que celle-ci s'était fiancée durant son absence ! Une heureuse nouvelle dont elle se réjouissait pour elle.

Il lui tardait de retrouver l'esprit enjoué d'Emily, ainsi qu'Elsie Reford. Il serait si bon de déambuler sur la plage qui bordait les côtes. Cet endroit lui manquait, avec ses épinettes, ses champs de boutons-d'or et de marguerites, son air salin. Pour l'heure, elle remontait la rue Saint-Louis d'un pas vif afin de rejoindre la promenade en bois qui surplombait le fleuve. Elle aimait s'y rendre, s'appuyer sur la balustrade et se perdre dans la contemplation du paysage environnant.

Sa joie de vivre revenait peu à peu, au plus grand soulagement de sa tante. Étant entourée de l'amour des siens, elle arrivait plus facilement à se réadapter, à oublier l'horreur qui avait été la sienne, même si des cicatrices demeuraient gravées dans sa chair et son âme. Il y avait eu des moments de crise et de désespoir profond, mais toute cette noirceur était derrière elle à présent. Elle contrôlait de nouveau sa destinée. Fraîchement diplômée comme infirmière, elle pouvait aussi prétendre à un métier si l'envie lui prenait. Lors des rares soirées de la bonne société auxquelles elle avait assisté, il y avait eu quelques regards éloquents lancés dans sa direction de la part de certains messieurs, et cela en dépit de la zébrure qui marbrait son visage, ce qui l'avait rassérénée d'une certaine façon, lui redonnant confiance en elle. Même ses yeux reprenaient de l'éclat, lui conférant un charme mystérieux.

Adélaïde sourit, le cœur empli d'allégresse. Submergée par un élan de bonheur, elle caressa avec tendresse son ventre en fredonnant une berceuse de son enfance. Certes, il lui arrivait à l'occasion de se réveiller la nuit, de se retrouver pantelante et déroutée après d'horribles cauchemars, d'éprouver à l'occasion un sentiment de solitude, mais tous ces mauvais souvenirs disparaissaient quand elle percevait la vie qui grandissait en elle.

Elle avait survécu aux horreurs de la guerre, plus rien ne l'empêcherait dorénavant d'être heureuse… si ce n'est que le destin venait de se jouer d'elle en replaçant sur son chemin Lord Brook…

Épilogue

Ce soir-là, il était prévu que sa tante et elle assistent à une soirée-bénéfice donnée au Château Frontenac. L'hôtel était illuminé de mille feux pour l'événement. Alors qu'Adélaïde trempait ses lèvres dans une coupe de champagne aux côtés de sa tante, Lord Brook se joignit à elles, tout sourire. Adélaïde se souvenait de l'aristocrate débonnaire qu'elles avaient rencontré à bord de l'*Empress of Britain*, à la table du capitaine. L'homme s'était montré d'agréable compagnie durant le souper, l'avait traitée avec gentillesse.

À peine arrivé à leur hauteur, celui-ci déposa un léger baiser sur le bout des doigts de sa tante et entama aussitôt une conversation avec elle, comme l'auraient fait de vieux amis. Une discussion animée s'ensuivit, et Adélaïde se sentit bien vite de trop, d'autant plus que leur échange venait de dévier sur la guerre. Après trois ans, l'affrontement entre les pays perdurait, au plus grand malheur de la population affamée. Pour sa part, elle lisait les journaux, se désolait de la souffrance des soldats envoyés sur le front, de leur famille qui restait derrière et qui vivait dans des conditions exécrables. Si elle n'avait pas été enceinte, nul doute qu'elle serait partie en France avec d'autres Oiseaux bleus afin d'apporter un peu de réconfort et des soins appropriés aux jeunes gens mutilés.

Elle s'était perdue dans ses réflexions, mais Lord Brook n'en prit pas ombrage pour autant. De toute façon, il se plaisait en compagnie de Lady Brand. D'ailleurs, il avait un incident mineur à lui signaler.

— Oh, j'oubliais, déclara-t-il à brûle-pourpoint. Il m'est arrivé quelque chose d'étrange lors de l'un de mes passages en Angleterre au cours de l'hiver.

Alertée par son expression hésitante, Esther fut tout à coup sur la défensive. Qu'avait donc à lui révéler cet homme ?

— Que vous est-il arrivé de si particulier ? s'informa-t-elle d'un ton qu'elle voulait neutre.

Lord Brook toussota, comme pour dissiper sa gêne. Il n'aimait pas se mêler de la vie privée des autres, mais tout ce qui touchait de près ou de loin Lady Brand l'intéressait.

— J'ai fait la connaissance du major MacBain lors de l'une de mes escales, un soldat hors du commun, si je peux me permettre.

Le nom mentionné fit tiquer Adélaïde, mais elle se garda de le révéler. Toutefois, une boule commença à se former dans le creux de son estomac.

— C'est très étrange, poursuivit Lord Brook. Alors que nous discutions de divers sujets, la conversation a dérivé sur mes nombreux déplacements au Québec, puis une histoire en entraînant une autre, nous en sommes venus à parler de vous, Lady Brand, ainsi que de votre nièce, une certaine mademoiselle de Beauchamp. C'est surprenant, car pour ma part, j'ignorais que vous aviez une deuxième parente. Ce faisant, je lui ai mentionné la présence de Lady Kent à vos côtés, ce qui a semblé le perturber.

D'emblée, un froid glacial remonta le long de la colonne vertébrale d'Adélaïde. Aidan la cherchait activement. Il avait ferré sa proie en Lord Brook, était parvenu à lui soutirer l'information dont il avait besoin pour la retrouver. Devait-elle s'en étonner ? Cet homme n'abandonnerait jamais. Ce qu'elle ne comprenait pas en revanche, c'était pourquoi il s'acharnait de la sorte sur sa personne ? Depuis tous ces mois écoulés, il aurait dû tourner la page, tout comme elle l'avait fait de son côté.

— Ce major a une réputation qui le précède. Certains disent qu'il a la rage au cœur, que c'est une véritable teigne et qu'il est risqué de se frotter à lui.

Un éclat de rire nerveux échappa à Adélaïde. Elle plaqua aussitôt une main devant ses lèvres en s'excusant pour son manque de savoir-vivre. Elle étouffait. En remarquant son malaise, Lord Brook se rapprocha d'elle en fronçant les sourcils.

— Aurais-je commis un impair en lui dévoilant votre présence à Québec, Lady Kent ? Car si c'est le cas, il serait préférable que je vous informe que le major MacBain compte se présenter à cette réception plus tard en soirée.

Adélaïde vacilla, alarmant davantage le pauvre Lord Brook. Il devenait évident pour lui qu'il avait fait preuve de maladresse en renseignant le major. La jeune femme qui lui faisait face avait perdu toutes ses couleurs, comme sous le coup d'une émotion vive.

— Je peux faire avancer mon fiacre pour vous reconduire chez vous si vous le désirez, s'empressa-t-il de déclarer.

— S'il vous plaît, Monsieur, ce serait grandement apprécié, répondit Esther pour elle, puisque Adélaïde semblait tétanisée sur place.

L'aristocrate s'exécuta en toute hâte. Dès qu'il se fut éloigné, Adélaïde se retourna vers sa tante, comme assommée.

– Ma chérie, nous aviserons en temps et lieu. Pour l'heure, je vous ramène à la maison. Attendons de voir quelles sont les intentions du major MacBain avant de nous inquiéter, tenta de la rassurer Esther.

– Moi… murmura Adélaïde d'une voix blanche.

– Ma chérie, que cherchez-vous à me dire ?

– C'est moi qu'il veut…

– Doux Jésus ! Si c'est le cas, nous devons trouver un moyen de tempérer la situation avant que les événements dégénèrent.

Lord Brook, qui arrivait sur les entrefaites, entendit les dernières paroles de Lady Brand.

– Milady, je me sens responsable de votre déconvenue. Permettez-moi de me racheter en mettant ma personne à votre entière disposition.

– Merci à vous, Lord Brook. Si d'aventure nous avions besoin de votre assistance, je vous enverrais un message, rétorqua Esther.

L'aristocrate s'inclina devant elles, puis les regarda partir. Tout le long du trajet de retour, Adélaïde demeura d'un calme anormal. Elle savait ce qui lui restait à faire.

Quelqu'un frappait à coups redoublés contre le battant de la porte.

– Ouvrez ! mugit Aidan, de l'autre côté. Ouvrez cette foutue porte, sinon je n'hésiterai pas à l'enfoncer.

Le majordome lança un coup d'œil incertain en direction de sa maîtresse, peu désireux de se retrouver face à l'homme enragé qui envahissait leur domicile si tôt. Esther, qui se trouvait encore en robe de chambre, resserra la ceinture autour de sa taille.

— Laissez-le entrer avant qu'il n'ameute tout le quartier. Par la suite, hâtez-vous de faire porter un message à Lord Brook afin de l'aviser que sa présence est requise. Dites-lui que le major MacBain a forcé notre porte. Il comprendra.

Le majordome acquiesça en silence avant d'ouvrir le battant. Il eut juste le temps de se reculer pour éviter d'être percuté de plein fouet par une masse tout en muscles.

— Où est-elle ? tonna Aidan en se plantant devant Esther.

— Bonjour, major ! Que nous vaut cette visite matinale ?

Aidan fut déconcerté l'espace d'un instant par l'accueil direct de ce petit bout de femme. À plus forte raison, elle n'hésitait pas à l'affronter avec un sourcil hautain relevé en signe de mécontentement. Adélaïde avait de qui tenir, ne put-il s'empêcher de songer avec nostalgie. Radouci, il consentit à se montrer plus civilisé.

— Je sais qu'elle est ici ! Je dois la voir !

— Pourquoi, major ?

Cette question toute simple le prit au dépourvu. Il ne s'était pas attendu à devoir s'expliquer devant Lady Brand. Il y avait une éternité qu'il cherchait Adélaïde, et de découvrir qu'elle lui avait filé entre les doigts la veille avait mis son flegme à rude épreuve. Il lui avait fallu la nuit entière pour parvenir à trouver l'adresse de leur demeure.

— Major, pourquoi la persécuter de la sorte ? Ne comprenez-vous pas qu'elle mérite un peu de bonheur ? insista Esther devant son mutisme.

— Justement ! C'est tout ce que je désire aussi !

— Vraiment ? s'impatienta Esther. Et vous croyez que forcer ma porte en mugissant comme un animal enragé aidera votre cause ?

— Écoutez, Lady Brand ! Sauf votre respect…

— Non ! Vous allez m'écouter, major ! le coupa Esther en levant un doigt vers lui pour le tancer. Vous allez devoir vous calmer avant de la revoir ! La pauvre petite est assez perturbée comme ça par votre retour impromptu.

Avant même qu'elle ne poursuive sa litanie, Aidan la contourna et monta deux à deux les marches de l'escalier. Il ouvrit deux portes avant de tomber sur celle d'Adélaïde, mais à la place de la jeune femme, il trouva son manteau de marin étendu sur la courtepointe ainsi qu'une lettre adressée à Lady Brand. Le lit n'était pas défait, signe qu'elle n'y avait pas dormi.

Charlotte, qui avait été alertée par tout ce bruit, s'arrêta net dans l'encadrement, et Esther, qui venait de les rejoindre, eut un hoquet de stupeur en remarquant l'expression d'Aidan. Celui-ci était abasourdi et éprouvait une douleur incommensurable à la suite de la lecture de la note. Esther s'empara à son tour du pli, qui était demeuré entre ses mains, en prit connaissance avec accablement. Elle se retourna aussitôt vers Charlotte.

— Elle est partie, souffla-t-elle, désemparée.

— Mais, c'est impossible… balbutia Charlotte. C'est insensé, dans son état !

Aidan tourna aussitôt la tête dans sa direction, plus sombre que jamais.

— Quel état ? aboya-t-il.

Charlotte se tassa sur elle-même, consciente d'en avoir trop dit. Sauf que le major la terrorisait. Elle n'aimait pas cet homme, mais elle n'était pas idiote et ne risquerait pas de s'opposer à lui. Leur dernier affrontement à Métis, au moment de l'enlèvement de sa maîtresse, lui avait servi de leçon.

— Mademoiselle Adélaïde attend un bébé, lâcha-t-elle avec précipitation.

— Quoi ? crièrent Esther et Aidan de concert.

— Elle ne souhaitait pas l'annoncer tout de suite, mais son ventre était plein. Il n'y a aucun doute qu'elle était déjà enceinte à son retour d'Europe.

Aidan se laissa choir sur le lit, dévasté, et enfouit son visage entre ses larges paumes. Il n'arrivait pas à croire que son cauchemar se poursuivait. Il allait finir par devenir fou à courir ainsi derrière une ombre. Mais comment faire autrement ? Il l'aimait, et voilà qu'il apprenait dans la foulée qu'elle portait de nouveau son enfant.

— Elle refusait de retomber dans ce monde de cruauté, major ! Pouvez-vous lui en vouloir ? déclara Esther d'une voix douce.

— J'en suis conscient, Lady Brand. Mais tout ce à quoi j'aspirais était de l'épouser et de la ramener sur mes terres en Écosse afin d'y vivre des jours heureux en sa compagnie.

— Un beau rêve, major, je vous le concède. Mais elle ne pouvait y adhérer après ce qui s'était passé en Afrique. Vous l'avez trompée, utilisée, ce qui lui a brisé le cœur !

— Je le sais pertinemment ! C'est pourquoi je dois la retrouver, lui prouver que mon amour est sincère ! Je suis prêt à tout abandonner pour elle...

Esther le jaugea en silence, pesant le pour et le contre. Elle respectait le choix de sa nièce ; toutefois, celle-ci n'était plus seule en cause. Un bébé venait d'entrer dans l'équation, l'enfant d'Aidan MacBain.

— Je n'aurais pas cru que je prononcerais un jour ces paroles, mais la situation a changé. Ma nièce est enceinte, et le petit à venir aura besoin de la présence d'un père, surtout en cette période trouble. Alors, je vous donne ma bénédiction, Aidan MacBain. Trouvez ma nièce, faites-en une femme honnête et rendez-la heureuse comme elle le mérite.

Aidan se redressa d'un bond, animé d'une nouvelle résolution. Il se posta devant Esther, prit l'une de ses mains entre les siennes.

— Je la retrouverai, Lady Brand ! C'est une promesse !

Là-dessus, il quitta la demeure et gagna la promenade qui surplombait le fleuve à grandes enjambées. Il devait réfléchir, envisager toutes les options possibles.

— Peu importe où vous êtes, Adélaïde… Je vous retrouverai…

Il porta son regard sur l'étendue d'eau, vit un navire de l'armée s'éloigner pour rejoindre la mère patrie afin de fournir des armes ainsi que de la nourriture aux soldats et à la population. Une femme se trouvait à bord, un Oiseau bleu enrôlé le matin même pour apporter son soutien au front, du moins le temps que le lui permettrait sa grossesse. Ensuite, elle aviserait. Sa mère et son père résidaient toujours en Angleterre dans leur maison de campagne. Elle ne serait donc pas seule.

Adélaïde resserra sa cape de lainage autour de son corps, consciente qu'elle venait de nouveau de jouer son destin…

Note importante :

L'*Empress of Britain* n'était pas en circulation durant toute la période de la Première Guerre mondiale, mais pour les besoins de mon roman, je n'ai pas tenu compte de cette réalité, car il était primordial pour mon histoire qu'Adélaïde revienne au Québec à bord de ce bateau.

Ne manquez pas
le dernier volet de cette série :

D'amour et de haine

Dans les affres de l'enfer